<평전>

沈連洙의 시문학 탐색

엄창섭 지음

▼ 일본 유학 시절의 심연수

제이앤씨
Publishing Corporation

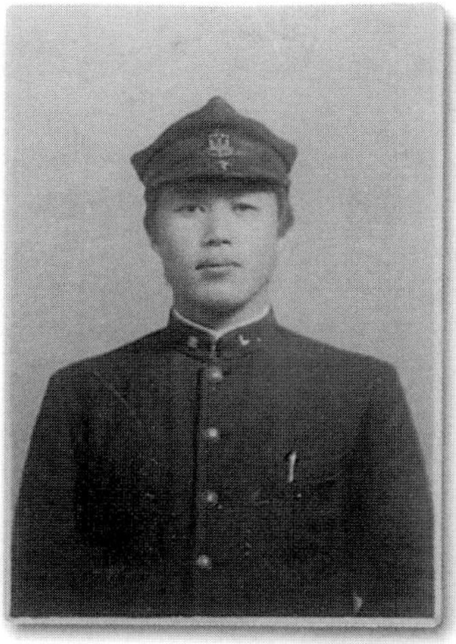

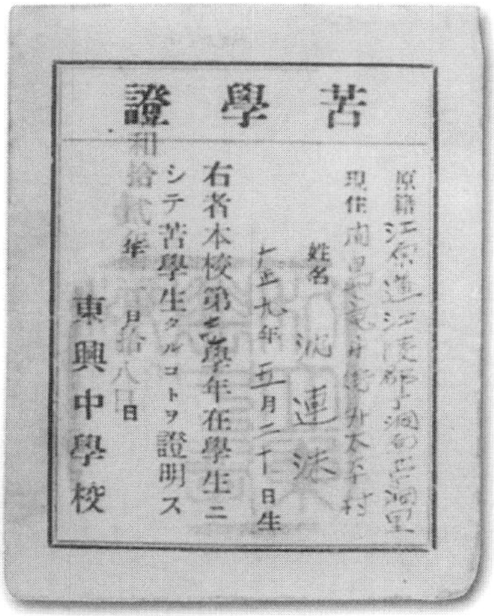

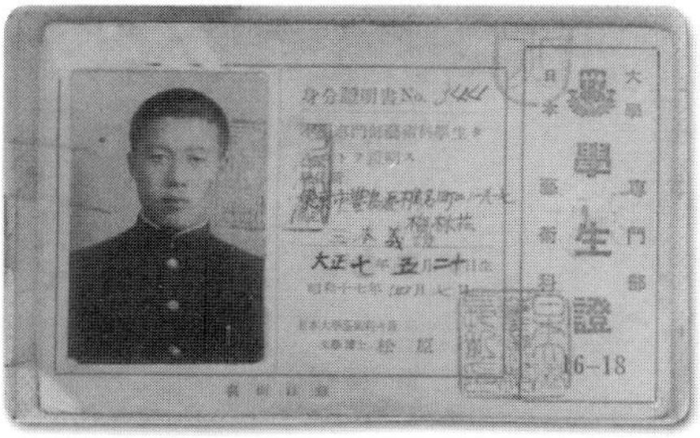

▼ 일본 유학시절 사용했던 심연수 시인의 고학증(동흥중학교 발행)

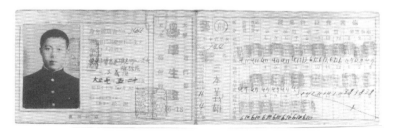

▼ 일본대학 예술과 재학 시의 학생증과 성적표

❱ 룡정중학 시절 동창들과 함께(강덕 7년 10월 11일)

❱ 일본 유학시절 합숙생들과 함께(1943년 2월)

❱ 심연수 시인의 부(심운택), 모(최정배)

❱ 결혼 사진(아내 백보배) (1945년 2월)

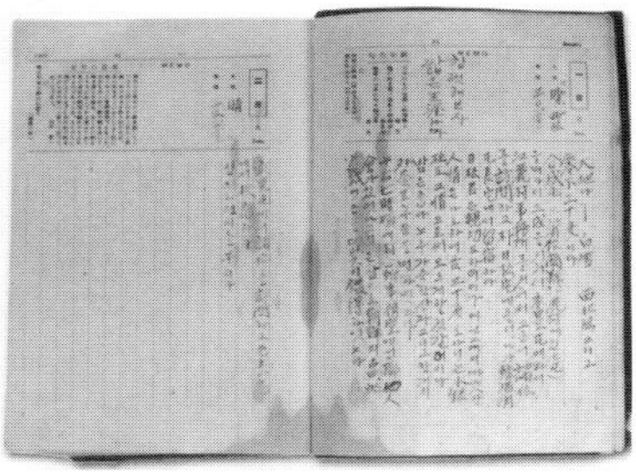

▼ 심연수 시인의 일기문(유고)

▼ 심연수 시인이 소장했던 문집들(유품)

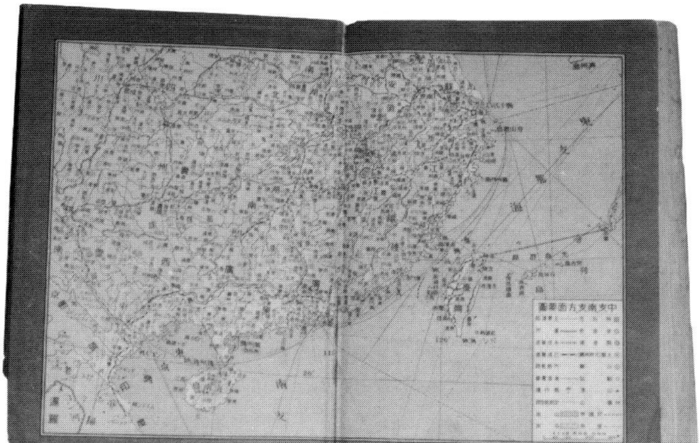

▼ 심연수 시인의 소장 지도(당시 지도는 개인적으로 소장할 수 없었음)

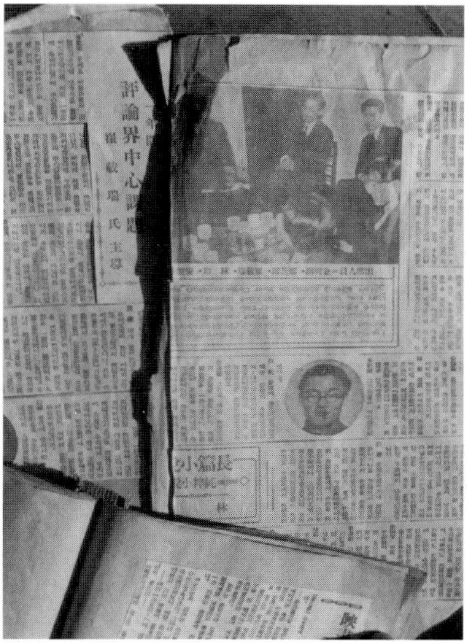

▾ 심연수 시인의 스크랩
(유품)/최재서

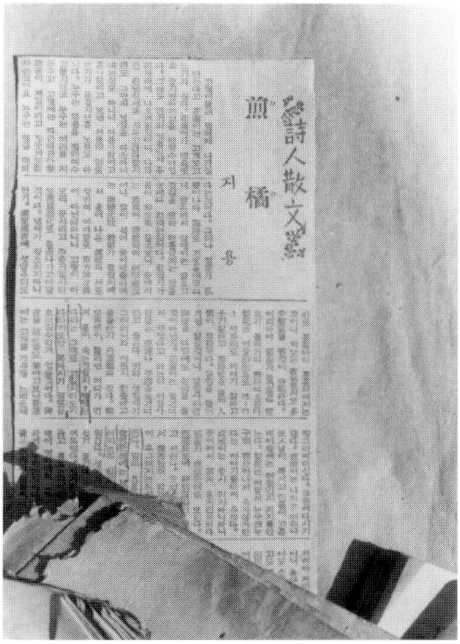

▾ 심연수 시인의 스크랩
(유품)/정지용

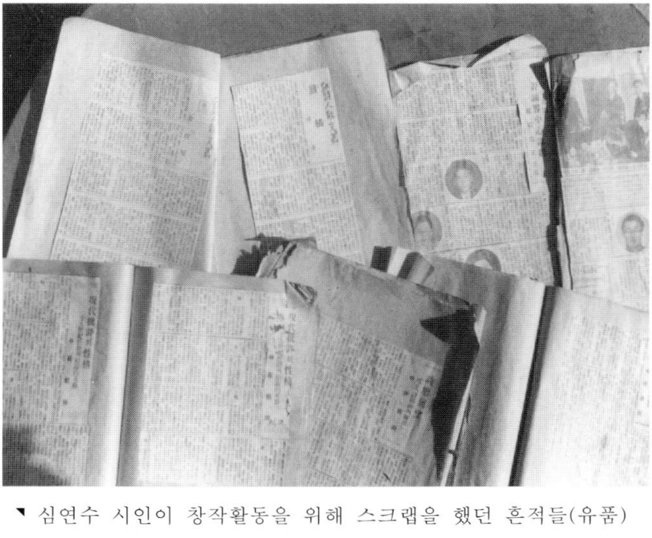

▾ 심연수 시인이 창작활동을 위해 스크랩을 했던 흔적들(유품)

❱ 용정시 토기동 뒷산의 심연수 묘지(2003년 6월 단장)

❱ 강릉시 경포호수 주변의 심연수시비(『눈보라』),(2003년 5월 20일 건립)

"비명碑銘에 찾는 이름"에 붙여

온종일 쉴 새 없이/ 헤매며 찾았노라/ 아무도 없는 곳/ 비석만 층층 서 있는 공동묘지/ 이역의 쓸쓸한 어느 겨울날/ 하루해는 소리 없이 저물더라/ 손바닥이 부르트도록/ 비석을 붙잡고 돌았으나/ 한 사람도 기억에 안 남는 碑銘/ 모두가 낯설은 이름이더라 - 심연수의 <碑銘에 찾는 이름>에서

(1943, 2, 17)

모름지기 언젠가 이름 모를 낯선 항구에 닻을 내려야 할 때를 예감 하는 자라면 세월의 격랑激浪에 밀려 여기까지 흘러왔지만, 저마다 '홀로 있기'라는 사유思惟의 존재로 한번쯤 살아온 날을 뒤돌아보면 가 슴 깊은 곳에서 울컥 뜨거운 회한悔恨의 눈물이 솟아나는 것을 체득할 것이다. 인용한 시의 시적 정조는 우연의 일체감이라 할 수는 없지만, 일세를 풍미風靡한 초허超虛 김동명金東鳴 시인의 이름조차 까맣게 잊혀 진 <옛 시인의 노래>와 일맥상통한다.

27세 그 꽃다운 나이로 "따뜻한 감성과 생명의 불꽃"을 치열하게 태우며 불행하게도 생을 마감한 「민족시인 심연수의 문학과 삶」을 나름대로 조명하노라면, "예술에는 국경이 없지만, 예술가에게는 조국이 있다."는 오랜 날 나의 어설픈 지론을 다시금 절감하게 된다. 기실 우리의 덧없는 삶에 있어 특정한 사람과의 만남은 운명적일 수 있다.

30여 년 남짓 대학 강단에서 미래의 지성들에게 미국의 대법관을 역임한 프랭크 후트의 발상처럼 나름대로 꿈의 날개를 달아주는 정신작업에 몰두하면서도 강릉 출신으로 "芭蕉와 湖水, 그리고 강직한 신념의 시인" 김동명(1900-1968)의 연구에 열정을 쏟아왔고, 또 그간 8년 남짓한 기간을 고심하면서 우리문학사에 있어 천년의 시향詩鄉인 동향의 민족시인 청송靑松 심연수沈連洙(1918~1945)의 새로운 조명과 시문학사의 자리 매김, 문학상 제정 및 전국 규모의 시낭송대회 개최와 시비건립, 시인에 대한 인식의 보급과 문학의 특성에 대한 이해 확장 등에 열정을 쏟게 된 것은 결코 우연일 수는 없다.

지난 2006년 2월에 사제 간의 연이 닿아 학문에 열중하던 최종인 박사와 『沈連洙 문학연구』(푸른사상)를 함께 공저하기도 하였지만, 아직은 내 자신 학문적 능력이 우둔하여 3,4년을 주기로 문학의 장르를 다양하게 갈마들며 많은 량의 유고를 남긴 심연수 시인의 문학적 생산물에 대하여서는 기실 의욕에 앞서 소박한 관심을 지녔다고 자처하더라도 그간에 학문의 독자적 지평을 열어 가는데 다소의 한계를 극복하지 못하였다는 솔직한 고백을 저서의 모두冒頭에서 밝히지 않을 수 없다. 까닭 모를 초조함으로 잠자리를 뒤척이던 차에 나름대로 삶의 틈새에서 작은 애착으로 지상에 발표한 논고를 출판사와 주위의 후학들의 요청과 따뜻한 애정에 힘입고 떠밀려 평전評傳의 형식에 묶어 『심연수 시문학 探索』을 선행연구의 측면에서 다시금 상재上梓하게 되었다.

뒤늦은 감이 없지 않으나 세인의 관심사가 되어 한국현대문학사에서 새롭게 조명되고 있는 심연수 시인은 1940년 4월 <만선일보>에 "旅窓의 밤"을 포함한 5편의 시를 발표하여 시인으로서의 족적足跡을 남겼으나, 안타깝게도 우리 문학사에서서 2천년 벽두까지 그의 이름마저 찾아 볼 수 없던 실로 불행한 실체였다. 1925년, 일제 저항기에 7세의 어린 나이로 고국을 떠나 러시아를 거쳐 비록 황량한 북만주의 용정에서 젊은 날의 꿈을 꽃피우지 못하고 1945년 8월 왕창현에서 피살되어 27세의 생을 마감한 시인이지만, 오로지 그는 불타는 열정과 신념으로 역사의 와중渦中에 몸담으면서도 조국과 민족에 대한 집념을 불멸의 시혼詩魂으로 승화시킨 존재였다.

여기서 모더니즘적 경향이 짙은 그의 대표시 <눈보라>를 통해 확인되는 심연수 시인에 대한 작금의 평가- "암흑기 민족의 별, 재중국 조선인 문학의 山脈, 일제 암흑기 대표적인 저항시인, 하나의 詩聖 등"-는 실로 큰 충격이며 신선한 감동임에 틀림이 없다. 특히 다양하고 폭넓게 문학의 장르를 갈마들며 활동한 심연수 시인에 대해 감사하게도 저자의 큰 스승으로 「沈連洙論을 위한 각서」를 집필하여준 문덕수 교수님과 특히 본서의 이론을 체계화 할 수 있도록 [부록편]에 건강한 비판정신으로 예리한 붓끝을 세우면서도 시인과 작품연구에 애정을 지니시고 정신적 작업에 거부감 없이 동참하여주신 김호웅, 김우종, 허형만, 홍문표, 오오무라 마스오 교수님들께 머리 숙여 감사한 마음을 전한다.

끝으로 다소 미흡하지만, 이렇게나마 생산된 결과물을 『심연수의 시문학 탐색』으로 묶는 작업에 열정적으로 애정과 관심을 지니고 따뜻한 도움을 준 학술전문출판사 <제이앤씨>의 윤석원 사장님과 본서가 간행되기까지 사려 깊고 꼼꼼하게 챙겨준 이혜영 편집자에게도 그 고마운 심사深謝를 적어 책머리에서 밝힌다.

2009년 2월 하순
관동대학의 청송 숲에서

엄 창 섭 識

沈連洙論을 위한 각서覺書

- 문덕수(시인, 예술원 회원)

시인 심연수가 우리 곁으로 바짝 다가왔다. 생소함에서 오는 거부감도 줄어들었다. 강릉 출신, 가족과 함께 블라디보스토크를 경유한 7세 때의 북간도 이주, 일본대학 유학, 시 「旅窓의 밤」(1940. 4. 29), 「大地의 봄」(1940. 4. 16), 「大地의 모색」(1940. 5. 5) 등 5편을 만선일보에 처음 발표한 것, 27세의 요절(피살), 대량 유고 발견 등등.

시인 심연수는 『20세기중국조선족문학사료전집 제1집』(연변인민출판사, 2000)의 발행을 계기로 표면화되었으나(?) 국내에서 알려진 계기는 엄창섭嚴昌燮 교수의 전략적 활동에 기인한다. 심하게 말하면 그가 방화범이다. 제1회 민족시인 심연수 국제학술심포지엄(2000. 11)에서 심연수의 문학사적 역할과 자리매김을 위하여 논문 「심연수 시인의 문학과 시적 층위」(관동대논문집 29집, 2001)를 발표하였고, 심연

수 연구사의 맥락을 짚은 저서 『민족시인 심연수의 문학과 삶』(홍익
출판사, 2003)과 최종인 박사와의 공저인 『沈連洙 문학연구』(푸른사
상, 2006)를 잇달아 상재했다. 물론 그 동안에 발표된 다른 학자들의
논문도 꽤 된다.

　이러한 일련의 논문 및 저술의 발표를 통해서 시인 심연수의 두 가
지의 변화가 감지된다. 첫째, 그의 고향인 강릉 동해의 문화권에서 이
신참자(new comer)가 중심적 스타로 편입되어 빛을 뿜기 시작한다. 경
포호변의 명소에 이미 그의 시비가 섰거니와, 앞으로 또 어떤 현장사
업이 베일에 싸인 채 대기하고 있는지도 모른다. 이러한 운동의 핵에
엄창섭 교수가 자리하고 있다. 둘째, 더욱 주목할 점은, 심연수가 윤
동주와 더불어 일제 강점기에 활동한 불우하고도 희귀한 시인이었다
는 사실이다.

　유고 30편을 모아 시집 『하늘과 바람과 별과 시』(정음사, 1948)를
내어 윤동주를 한국시사의 한 사람으로 정착시킨 정병욱과 같은 일
을, 다행스럽게도 지금 심연수의 동향 후배인 엄창섭이 하고 있다.

　심연수가 논란의 표적이 된 이후, 아직까지 이 점에 대하여 그 누구
도 이의를 제기하지 않고 있다. 학계나 평단의 침묵은 그의 문학사적
등장을 보장하는 일인지도 모른다. 그러나 이 일을 혼자 다 떠맡기에
는 여러 가지 복병이 가로막고 있다.

　어쨌든 시인 심연수는 정략적인 한 비평가를 만나 제2성장기를 맞
고 있다. 그러나 그의 성장에 비례하여 그의 어둔 그림자도 그만큼 성
장한다. 특히 우리는 그의 '그림자'에 주목하지 않을 수 없다. 심연수
의 그림자의 바닥에 가라앉았다가 떠올라서는 가끔 얼비치는 무슨 비
명碑銘 같은 잠언을 본다.

하나는 심연수의 해석 공간에 대한 역설적 은폐다. 은폐는 접근거부와 본질의 축소로 연결된다. 지금까지 나온 심연수 관련 논문이나 저서를 보면, 진심이야 아니겠지만 뭔가를 가리기 위한 것 같은, 아니면 의욕의 과잉에서 오는 수식의 콤플렉스를 보게 된다. "문단에 솟아난 또 하나의 혜성", "또 하나의 詩聖", "우주적 시야와 거창한 안목", "별과 같은 시인", "무산계급의 사상성", "민족시인"-이러한 일련의 수사적 베일을 안목 높은 독자는 애정으로만 받아들이지는 않을 것이다.

관광지에서나 일시적으로 빌려주는 망원경이나 색안경 같은 것은 심연수 연구에 도움이 되지 않는다. 작품의 정본(텍스트)을 확정하는 데 힘을 모으면서 그의 다양한 연구공간을 활짝 열어 놓아야 한다.

다음으로는, 심연수에 대하여 일제 강점기 말기에 활동한 시인이라는 전제하에서 그의 작품의 가치평가가 재론되어야 한다. 그러나 가치평가에 강점기 말기의 활동에 대한 부정이나 존재 말소라는 전략이 내포되어서는 안 된다고 본다.

조국이 없으면 시도 있을 수 없다는 역사주의적 막말로 밑받침된 시론이 그의 시를 일방적으로 미화할 수 없듯이, 그의 일제시대 말기의 활동은 그 자체로서 작품에 대한 가치평가 자체를 넘어서는 사실로서 존중되어야 할 것이다.

沈連洙의
시문학 탐색

목차

03 ● ●

04 ● ●

05 ● ●

06 ● ●

07 ● ●

08 ● ●

부록편 ● ●

沈連洙의
시문학 탐색

01
심연수 시문학의 조명과 틀 짜기

1 그 불멸의 시혼詩魂

일상적인 삶에 있어 특정 시인과의 만남은 운명적일 수도 있다. 그
간 8년 남짓한 기간 나름대로 애정과 관심을 지니고 저자는 심연수沈
連洙(1918. 5. 20-1945. 8. 8) 시인의 조명과 시문학사의 자리매김을 위
해 열정을 쏟아 왔다. 2004년 5월 20일에는 그의 향리인 경포호수 변
에 시혼詩魂을 기리는 추모행사로 강인한 의지와 신념이 각인된 시(눈
보라)를 제막하는 감동의 현장에서 엄숙한 심정을 확인하기도 하였
다. 그간 연구자는 학문의 독자적 지평을 열어가기 위해 2004년 3월,

『20세기 중국조선족 문학사료전집(심연수 문학편)』(중국조선민족문화예술출판사)이 새롭게 육필 원고의 검증을 거쳐 수정본이 출간됨에 따라 다시 『민족시인 심연수의 삶과 문학』(홍익출판사, 2004. 4)을 보완하여 간행하였고, 『한국현대문학사』(새문사, 2002)를 집필하여 부끄러운 공간이라는 일제 암흑기 문학의 장을 보완하는 한편, 본격적 연구물인 『沈連洙 문학연구』(푸른사상, 2006)를 최종인 박사와 공저로 출간한 바 있다.

　근자에 이르러서야 한국현대문학사에서 관심이 증폭되는 심연수 시인의 실체는, 1940년 4월 <滿鮮日報>에 "旅窓의 밤"을 포함한 5편의 시를 발표하며 문학의 장르를 넘나드는 족적足跡을 남겼으나, 20세기 벽두까지 우리 문학사에서 생경한 존재였다. 27세의 꽃다운 젊음을 마감한 그는, 조국과 민족에 대한 투지와 집념을 불멸의 시혼詩魂으로 승화시킨 한 시대를 대변하는 당당한 문사文士이다. 뒤늦은 감이 없지 않으나 2001년 8월 《우리문학기림회》에 의해 중국 용정 실험소학교 교정에 시비(地平線)가 건립되었고, 그의 의로운 삶을 기리기 위해 생가 터 가까운 강릉의 경포호변鏡浦湖邊에 《심연수 시인 선양사업위원회》에서도 2004년 5월 20일 그의 생일에 맞춰 시비(눈보라)를 제막하였다.

　　바람은 西北風/ 해 질 무렵 넓은 벌판에/ 싸르륵 몰려가는 눈가루/ 칼날보다 날카로운 이빨로/ 눈덮인 땅바닥을 갈거간다.//
　　漠漠한 雪平線/ 눈물 어는 샛파란 空氣/ 추위를 뿜는 매서운 하늘에/ 조그만 해ㅅ덩이가/얼어 넘는다.//

　　　　　　　　　　　　　　　　　　　　-<눈보라> 전문

우리 현대문학사에서 논외의 대상이던 심연수 시인에 대한 평가로, 중국 문단에서는 "암흑기 민족의 별, 재중국조선인 문학의 산맥, 일제 암흑기 대표적인 저항시인, 하나의 시성詩聖" 등으로 조명 받는 정황이다. 문학의 장르를 다양하게 갈마들며 활동한 그에 대해 『韓國詩大事典』(을지출판공사, 2002년)의 수록은 물론, 심연수 시인의 문학사적 위상과 시학에 대한 10여차 한·중·일의 국제학술심포지엄, 또 국제한인문학회(2003년 5월 30일)에서도 "심연수와 윤동주" 라는 논제가 다루어졌으며, 뿐만 아니라 국내의 대학에서 석·박사학위 논문이 발표된 점은 실로 다행스럽다 할 것이다. 가까운 시일에 그의 생가(강릉시 난곡동 399번지) 터에, 테마 파크의 성격을 지닌 문학공원을 조성하여 저항기 민족 시인으로 위상을 정립하는 것은 후학들의 몫이기에 "심연수의 시문학 탐색"에 대한 논의를 통시적 관점에서 서술해 보기로 한다.

2 시문학의 시사적 검토와 특성

<심연수 시문학의 조명과 틀 짜기>에 대한 다각적인 해석을 위해 시사적 검토와 특성의 측면에서 '1) 시문학과 시적 층위, 2) 시어의 특이성 및 비교연구, 3) 시의 특성과 역동적인 힘'이라는 항목으로 구분지어 기술하는 것이 그의 시 조명에 효과적인 결과가 될 것이다.

1) 시문학과 시적 층위

일제 강점기 우리나라의 대표적 저항시인으로는 북간도 동명 출신의 윤동주尹東柱와 충남 홍성 출신의 한용운韓龍雲으로 압축된다. 시대적 정황에 비추어 근간 중국 연변의 문화예술 및 학술단체에 의해 또한 명의 저항시인에 대한 시문학적인 탐색이 심도 있게 다루어져 왔다. 연구사의 맥락에서 저자는 『민족시인 심연수의 문학과 삶』[1]을 간행한 바 있지만, 동향同鄕으로서 27년의 생애를 통하여 민족혼을 불사른 그에 대한 애정을 지니고 미시적이나마 선행연구에 착수하였다.

그에 대한 조명작업이 진행되는 과정에서 2003년의 석사학위 논문과 2004년 2월의 박사학위 논문[2]을 포함하여 허형만, 이명재, 임헌영의 검증된 결과물과 박미현의 심층보도가 그 맥을 함께 했다는 점이다. 2004년 3월 『20세기 중국조선족 문학사료전집(심연수 문학편)』이수정·보완되어 그의 삶과 문학세계를 검색하는 작업에 새로운 지평을 터놓는 계기가 마련되었다.

심연수 시인의 유작이 발굴된 2000년, 연변 사회과학원의 『문학과 예술』 잡지사에서는 「심련수 문학작품 연구소」를 세우고 비로소 그의 작품 전반에 대한 총체적인 정리, 연구 작업에 착수하였다. 그간의 연구결과에 견주어 심연수의 위상은 일제 강점기의 윤동주와 쌍벽을 이룰 뿐만 아니라, 윤동주의 시가 부끄러움의 미학에 뿌리를 둔 여성적이며 비장성에서 뛰어난 반면, 보다 남성적이며 거창함과 정신적 빈곤에서 생산된 불안의식과 심각성을 지닌 것으로 평가된다. 용정의

---

1) 엄창섭, ≪민족시인 심연수의 문학과 삶≫(홍익출판사, 2003)
2) 金海鷹, "沈連洙詩文學硏究"(한국정신문화연구원 한국대학 박사학위 논문, 2004. 2)

통신원 김문혁은 '용정이 낳은 또 한 명의 저항시인 심련수, 그의 이름
과 청춘의 뜨거운 피로 쓴 주옥같은 시편들은 윤동주와 마찬가지로
이제 우리 민족의 마음속에 깊이 자리 잡을 것이다.' 로 지적하고 있
다. 연변작가협회의 김호근이 '자신의 피와 목숨을 바쳐 중국 조선 문
학을 위해 씨를 뿌린 심련수 시인'이나 '민족문학의 명맥이 이어지고
일제 암흑기 우리 문학의 한 줄기 빛이라.' 는 김홍의 역설은 문학사적
의미의 지대함을 지적하여준 보기일 것이다.

하소연과 공허한 삶의 넋두리, 그리고 비분悲憤을 절제된 감정 없이
토해내기도 한 심연수 시인의 시편을 통해 삶의 고뇌와 흔적은 민족
의 수난으로 핏줄의 끈끈한 층위, 그리고 정신적 기후로 해석된다. 그
의 시 <돌아가신 할아버지>에서 '할아버지'는 평생을 가난 속에 살
다간 단순한 실존적 인물의 명징에 머물지 아니 한다. 바로 '펄럭이는
흰옷'의 상징은 슬픈 조선의 얼굴이며 '놈들의 총에 맞아/ 객사하신 나
의 할아버지시여' 라는 시행은 상상력의 자유로움 마저 상실한 불행
하고 병약한 우리 역사의 편린片鱗이다. 그의 시편에서 유년의 그리움
이라고 단정 지을 수는 없지만, '강과 호수, 그리고 바다'가 연계된 변
전變轉의 표징으로 물(水)이 많이 차용된 것은 항구와 같은 고향(江陵)
이 항상 의식 속에 잠재해 있었기 때문이다. 아울러 그의 내면인식으
로 고향의 개념은 정서적 량감量感으로서 일제에게 강탈당한 한국적
공간임을 이역異域에 머물고 있으면서도 <기행시초편>이나 <시편>
의 작품을 통해 보다 이를 명증하여 주고 있다.

일단, 시인의 시력詩歷은 두 시기로 구분되고 있다. 전기는 동흥중
학 재학 시로, 이 무렵에 창작된 시편들은 시상의 진실성이 체현體現
되고 있다. 비교적 시적 기교는 유치하고 시어 선택의 미숙성, 시 구

조의 단순성과 감정의 절제미 결여성이 단점으로 지적된다. 후기는 일본 유학시절부터 피살되기까지의 변모된 시편들의 틀과 시어의 다양성 확장으로 제시된다. 후기 시의 경향은 시적 구조의 복잡성과 언어밀도의 정치精緻, 사유 공간의 확장과 시적 시각 등은 초기에 비해 수평에서 상승으로의 이양移讓이다.

심연수 시인의 시적 품격은 새로운 시의 지평을 열어 보이며 <隕星>, <한줌의 모래>, <星座> 등에서 발견되는 미적주권으로 확인되는 눈부신 서정성이다. 시인의 정신적 산물인 시문을 통하여 인간 정의와 진리를 집요하게 추구하고 불의와 사악을 극도로 증오하는 그만의 품격을 통하여, 제국주의의 침략으로 주권을 착취당한 민족의 비극적인 삶은 고통의 빛깔로 채색되어 있다. 시대적 환경 속에서 자신의 문학과 사상을 갈마들며 그 자신이 추구한 정의와 진리는 상실된 조국을 회복하기 위한 행위로 이 같은 정황은 <빨래>에서 선명하게 드러난다.

심연수 시인의 시적 긴장미를 통한 시의 특성과 경향은 (1)시의 유연성과 병폐성, (2)전통의 인식과 고향 회귀성, (3)시의 호방성과 거창성 등으로 지적된다. 반세기 동안 실체를 파악할 수 없던 심연수 시인의 문학 자료는 대다수 미 발표작으로 광복 전에 창작된 것이다. 때문에 해방 후 문화 혁명이라는 중국의 사회 현상에서 그의 유작이 발표될 수 없던 점은 고려되어야 한다. 조금 큰 틀에서 접근하면 ≪심련수 문학편≫의 간행은, 중국 내 활동한 조선족문학연구의 밑그림을 그리는 기초 작업에 해당된다. 김룡운의 역설처럼 "중국조선족 시인인 심연수에 대해 투철히 연구함으로써 동양, 나아가서는 세계적인 차원에서 중국조선족문학에 대해 정확한 자리 매김을 하는데 기여를 하게 될 것"은 너무도 자명하다.

보편적으로 시인은 섬세한 감정의 존재이기에 강점기에 생존한 시인을 망라주의로 민족 시인이라는 틀에 맞출 필요는 없다. 따라서 심연수 시인의 감미로운 서정성은 긍정적으로 수용하여야 할 타당성이 따른다. 여기서 저자가 우리 현대시문학사에서 그의 시사적 위상을 확인하려는 의중은, 한국의 현대시가 뛰어 넘지 못한 철학과 사상성의 빈곤 문제를 그나마 심연수는 비중 있게 다루어준 예감의 시인이라 점에 착안한 까닭이다.

2) 시어의 특이성 및 비교연구

심연수의 시정신과 시 세계를 중점적으로 논의할 때, 그만의 시적 언어가 정직성에 기인한 점이 감안된다. 그는 강점기의 어떤 시인에 견주어 표현하고자 하는 즉물적 대상에 관여는 주저함 없이 곧장 투명한 시격詩格을 엮어 가는 재능의 소유자였다. 그의 시편은 정직한 언어의 행보나 시적 구사로 인식되고, 시어의 특성은 가공되지 않은 일상의 어법으로 처리된 질감의 투박함이다. 이 같은 그만의 시적 특성은 (1)정직한 시어의 구사력, (2)남성다움과 신념의 노래, (3)빛나는 서정과 시의 틀을 유지하는 것이다. 새롭게 조명되는 심연수 시인의 시편에서는 그만의 순수한 영혼과 투명한 정신이 날카로운 비판과 준엄한 자기반성으로 접목되어 있다. 그의 투명한 시정신은 천지에 가득한 생명의 꿈틀거림으로 자신의 삶 속에 투영되고 있다. 이 점은 <大地의 여름>, <흩어진 무리> 등에서 수시로 확인되며, 그것은 궁핍한 시대를 살아가는 민족의 간절한 꿈이며 생명력이기에 그의 시

본령을 이해하는 키워드에 해당된다.

　의구심이 없이 물상에 정직하게 접근하여 민감하게 조응하는 시인의 거침없는 호방성과 굵은 선, 그리고 웅변적인 톤은 무너짐이나 꺾임을 거부한 집념의 고리로 연결되어 있다. 이것은 심연수 시인만이 지닌 시적 매력으로 그의 시를 떠받들고 있는 원동력이다. 시인의 치열한 삶과 곧장 나아가는 선비적인 기질은 또다시 특유의 어법과 결합하여 모더니티 한 시적 정조情調를 형성하여 새로운 시적 영토를 확장시켜주는 인자因子로서 <어대로 갈가>, <땀> 등에서는 더욱 선명하게 드러난다.

　그의 시편에는 기질적으로 낭만적인 인생의 멋과 참담함 속에서도 개선가를 불러야 한다는 확신에 찬 결의와 젊음의 호연지기浩然之氣, 그리고 불의 앞에 투쟁하는 신념이 날 푸르게 자리해 있다. 이처럼 역동적 상상력은 거침없는 호흡으로 확산되어 <大地의 겨울>, <떠나는 젊은 뜻>, <海蘭江> 등의 시편에서는 독자의 정감까지 사로잡고 격하게 변주시키는 힘을 발동시킨다. 비교적 '체험＋형상'의 틀에서 이탈하지 않는 심연수 시인의 시적 이미지는 선이 굵고 남성적이다. 나아가 겨울을 단절과 침묵의 시간대가 아닌 시련의 시간대로 인식하고 있는 시적 의지는 지극히 생산적이다.

대체로 그의 시편은 사회 공간의 모순, 비정, 모함, 비열한 이기주의, 환경 등 동시대가 지닌 온갖 부조리로 압축된다. '눈을 감고 귀를 막고 입코까지 막어라' 라고 강하게 거역하면서도 이를 시의 틀에 담아 표출하는 것이 그 같은 조짐의 대응對應이다. 또 다른 시의 일면은 긴박한 삶에 짓눌려 사는 화자의 안쓰러운 일상의 스스럼일 것이다. 아울러 시적 대상은 화자의 삶의 편린에 해당되지만 실상은 민족이 겪는 시대적 고통으로 총체적 삶의 표징에 틀림이 없다.

빛나는 서정과 시의 틀을 유지하고 있는 심연수 시인의 시적 메시지는 비교적 리얼리즘 쪽이지만, 정지용보다는 김기림적인 모더니즘 경향에 편중하고 있다. '체험+형상'이라는 시의 틀이 이를 증명하고 있다. <눈보라>, <埠頭의 밤>, <속>, <東京三題> 등의 시편들은 독특한 짜임과 현실 인식의 자장磁場에서 형성된 결과물이다. 이 같은 그만의 빛나는 서정은 한국적 자연에 힘입고 형상화되어 체험과 관념의 틀 속에서 새로운 시의 가능성을 열어주고 있다. 그의 시에서 발견되어지는 시적 공간의 모순矛盾과 비정非情은 시적 주제를 환기시키는 또 하나의 층위로 풀이된다.

3) 시의 특성과 역동적인 힘

심연수 시의 틀 짜기란, 혼돈의 문학 풍토에서 새로운 정체성(identity)을 추구하는 정신적 형상화로서의 특성과 접맥된다. 그의 인식과 삶의 실체를 해체, 통합하는 정신작업으로 시인이 생존했던 불행한 당시의 전통적 문학의 토양은 상황 설정에 해당한다. 바로 그가 직면한 시간대는, 일본의 문화적 지배력에 의해 인간관계가 소외되고 표현성과 실험성에 민감한 시문학 또한 예외 없이 정체停滯될 위기에 직면한 상황이었다.

그간에 맥을 이어온 한국의 전통문학에 견주어 문학적 암흑기[3]라는 시간대에서 정신적 산물로 생성된 심연수 시인의 시편을 시의 주제나 경향, 그리고 꼴(형식)을 무의미한 상태로 치부할 수만은 없다. 시

---

3) 강원도민일보사, <소년아, 봄은 오려니>(민족시인 심연수 시선집, 2002) pp.201-203.

대 정황을 참작하여 중심부의 문학권력이 하층부의 대중에게 나름의 상태로 유지된 연유와 상층부의 지배력 상실에 의한 문학의 보편성은 재음미하여야 할 과제이다. 그의 시를 강점기 전통문학의 갈래에서 새로운 대안의 패러다임(典型)의 양식으로 해석하려는 조짐은, 역사적 현상에서 사회가 직면한 새로운 정치권력의 변형 속에서도 실험정신으로 문학의 역동성을 진지하게 모색하려는 결과이다.

심연수 시인의 정신적 산물인 시편에 수용된 그 자신의 시적 매력은, 암울한 시대적 상황 속에서 현실에 안주하기를 거부하고 항거 양식의 발견, 전복의 시도 등을 모색하며 고뇌한 흔적을 확인시켜 준 점이다. 윤동주와 심연수의 시작품을 시의 현대성과 철학성, 문학성의 비중을 견주어 볼 때, 다소의 변별력이 주어진다. 이미지의 형상화, 시상의 관념화, 시의 현대성, 시적 처리와 기법 등을 비교 분석해야 하는 것은 응당 거쳐야 할 항목이나, 심연수 시인의 경우 전자에 비해 감별력 있게 시의 모더니티를 다각적으로 인식한 점일 것이다.

그의 시적 모더니즘 성향에 대해 소수의 평자들은 공통적으로 두 가지 요소에 의견을 함께 하고 있다. 즉 일제 강점기 민족의 저항성과 전통성의 인식, 그리고 미학적 승화로 부각되는 모더니즘적 요소인 현대성에 대한 자리매김이다. 민족성과 현대성은 심연수 시의 양대 축이다. 전자의 민족주의 성향은 비교적 연구되어 왔지만, 후자의 모더니티에 대해서는 특징적 단초端焦로만 언급될 뿐, 구체적으로 연구되지는 않았다.

한편, 시어의 특성에 대한 이해를 돕기 위한 제시로 통시적인 관점에서 설사 언어의 배열이 부수적이라 할지라도 실험의 형태를 내포하는 형태의 모험들, 이것은 주제의 사용으로서 작가의 작업의 제기에 대한 고찰의 중요성으로 해석된다. 시편과 무관하게 작품의 본질에 해당되는 시의미가 아니라, 작품 내부에서 주제가 실제로 획득하고 있는 본래적인 의미를 주제의 의미로 이해할 때, 다음의 문제가 제기된다. 한편의 시는 설명해야 할 어떤 비밀에서 탄생되고, 그 비밀을 드러내면서 완성된다. 따라서 예상되는 두 가지 질문의 동시성은 연속성과 근소하게 다른 단절로 규정되기에 지속적으로 검색되어야 한다.

심연수 시인의 시적 배경과 이론의 제기로, 순수 서정의 미적 형상을 범주화하는 작업은, 그의 현대주의적 시의 특질을 강하게 드러내는 유학시기 이후부터 점차 수면 위로 부상한다. 우리가 주지하듯 그 자신은 일본대학 문예창작과에서 서구의 모더니즘 이론과 상징주의를 접하였다. 청년기의 일본 유학은, 새로운 문화와 문명의 접촉을 통한 전치轉置와 전위, 즉 문화적 수용을 위한 공간 바꾸기로 풀이된다.

그의 유학과 현대성에 대해서 전기傳記문학적 경계를 초월해서 질문해야 할 과제이지만, 이 점은 시적 도피와 전치, 재현의 의미로, 시적 특질과 권위, 우수성 등의 요인으로 작용한다. 여기서 물음의 해답은 시인의 의도와는 무관하지만, 강점기 담론의 정당성을 뒷받침하는 것으로 간주될 타당성이 따른다.

이 같은 시각을 확대 해석하면, 암울한 미래의 삶에 대해 현재 결정하지 못하는 의사결정의 보류의 결과로 유추할 수 있다.[4] 당시의 시대 상황에서 시적 완성과 만족을 확보하는 유일한 방법이 새로운 문명과 정신적 원천을 찾는 공간대로 대치되었을 가능성도 예측할 수 있다. 이 점은 ≪심연수 문학편≫에 수록된 다수의 '일기 및 서간, 기

---

4) 이에 대한 논증할만한 근본 자료가 없는 것이 아쉽다. 다만 미화된 프론티어 정신을 강조하거나 시대적 주체의식을 강조하지 않고, 순수 시적 자료(시 성격 및 어조 등)만 의존해서 평가할 때의 유학의 성격은 미결정의 새로운 탈출구로서 이해할 수 있다.

타 글'에 구체적으로 명기되어 있지 않아도, 그의 시적 콘텍스트 (context)에서 색채와 특성이 다양하게 확인되고 있다.

심연수 시인의 시문학에 대한 접근은, 그의 이미지와 시어의 총합이 그려내는 전체적인 시적 조망도를 살펴보는 선행 작업에 해당된다. 때문에 시적 비유, 내용, 표현을 구축하는 연구로 매듭짓는 방안 모색 또한 바람직하다. 기실 그의 시에 수용된 시적 요소를 이미지 중심으로 분류하여 구조적으로 재구축하는 작업은 어려움이 따른다. 시에 표출된 제반 이미지와 시적 담론이 함축 지향하는 내용을 해석하여 시 의미를 구축하고, 정신지리의 지형도를 그려보는 작업으로 지적 풍경이나 시적 서정성의 범위를 포착하는 행위는 그만의 차별성을 지닌다.

그의 시적 상상력과 현대성에 대한 논의 또한 가치와 타당성을 지닌다. 강점기라는 혹한의 시간대에서 혼돈의 시적 자아와 지배자인 타자의 의식 간에 치욕스러움을 창작을 통해 갈등을 초극하려고 시혼을 불태운 시인과의 대면은 실로 신선한 감동이다. 열혈熱血의 시인인 심연수의 시편들은 불안의식과 범 아시아적 요소, 모더니스트의 시성 詩性과 토속적 전통성, 문화적 소외에 대한 감수성, 새로운 지적 예술적 자아의 맥락을 찾으려는 시적 특성을 폭넓게 반영하고 있다. 그만의 시적 특성은 문화적 맥락과 분리해서 해석할 수는 없다. 그의 시편에 비중 있게 수용된 총체적 시 의미는 동시대의 예술적 풍토 속에서 어느 시인보다도 특징 있는 정신기후의 조성이다.

당시 민족의 혼과 문화인 우리글과 국토를 강탈당한 민족이 겪은 그 참담함을 불멸의 지조로 꽃 피운 심연수 시인의 경우도, 사랑할 조국을 상실한 비통 속에서도 타자의 주관성을 강요받았다. 민족이 처한 비극기에 겪어야 할 사회 현상은 극한상황에 처한 시인에게 있어 자아의 정체성을 강화하기 위한 유일한 방편은 문학을 '항거를 위한 생존 도구'로 사용하는 것이었다. 바로 이 점은 타자화 된 위치에서 자아를 찾으려는 역작용, 주체 탈환 의식이 그의 시에서 강하게 작용되고 있음을 보여주는 예이다. 정신의 전방위前方位 현상을 발견하자면, 응당 후기의 문화비평론이 도입되어야 할 것이나, 아직은 심연수의 문학 연구가 초기 비평단계에 머물고 있어 지속적인 연구가 수행되어야 할 과제이다. 심연수 시인의 시문학에서 보완되어야 할 각론의 시론은 그림자의 이미지에 관한 문제일 수도 있다.

일반적으로 빛의 반대편이나 개념은 어둠과 그림자로 대치된다. 심연수 시인의 시편 <玄海灘을 건너며>, <턴넬>, <거울 없는 화장실>을 통해 정감에서 비롯되는 분노, 시기심, 비난, 탐욕 등은 이런 개인적 그림자의 투사로 발현發顯하는 심리적 파상波狀에 비견되는 예이지만 집단적, 원형적 그림자를 투사할 경우에는 인종 차별, 원수 만들기, 전쟁과 같은 위험한 행위에 도달한다. 그의 시적 상상력 연구가 심도 있게 수행되어 그 의미가 보다 심층적인 분석과 접근을 통하여 명료하게 천착穿鑿되면, 그의 시에 대한 비평적 패러다임 정립은 가능할 것이다. 그의 시 연구가 아직은 문학 콘텍스트 내에서의 비평, 민족의식 비평, 고향의식 연계 비평 등의 초보단계에 머물고 있지만, 시문학 전반에 대한 본격적인 연구물은 빛을 볼 것이다. 김해응金海鷹은 앞서 "심연수의 생애와 시 세계 연구"에서 다음과 같은 결말을 제시하고 있다.

　　... 심연수의 작품은 사상성과 작품성, 예술성이 모두를 고루 갖추
었다. 이 부분에 관하여서는 앞으로 본인의 박사논문에서 구체적으
로 연결될 것이다. 앞으로의 연구에서는 심연수 작품의 주제의식 외
에도 상징성, 이미지, 시의 구성 등 시적 예술성에 대한 성취도를 연
구함으로서 심연수가 민족 저항시인일 뿐만 아니라, 작품성과 예술
성에서도 뛰어난 시인임을 증명함으로 한국시사에서의 심연수의 위
상을 정립하려 한다.5)

　한국의 현대시가 안고 있는 시의 철학성과 사상성의 빈약함에 비추
어 1940년대 활동했던 심연수 시인이 단순히 서정적 감상주의가 아닌
보편적 세계주의나 철학적 보편주의로 진행할 가능성을 <세기의 노
래>, <지구의 노래>, <우주의 노래>, <인간의 노래>, <인류의 노
래>와 같은 시편들을 통해 시사적 의미가 크고 밝은 것으로 평가할
수 있다. 그의 시적 상상력과 현대성 연구를 검색하는 과정에서 예견
되는 사회현상은 불안 요소로 남는다. 시대적 양상에 따른 한국과 일
본의 문화적 불균형의 모순 속에서 시인 자신이 어떻게 양국의 문화
관계를 극복, 계발하였으며, 자신만의 미학적 시 창작을 가능하게 할
수 있었는지? 또 두 문화 간의 이질감에서 파생하는 긴장과 갈등을
어떻게 해소하고 그 자신이 시 창작에 몰두하였는가를 총체적으로 검
색하여야 할 당위성은 지속적으로 모색되어야 할 과제이다.

　시인은 삶의 공간이나 환경의 변이에 따라 세계인식도, 기존 세계
의 가치관을 바탕으로 보다 심화확대하여야 한다. 심연수 시인의 경
우도 초기 시에 나타났던 정의, 진리, 참됨, 성실 등의 추상적 지향성
이 후기 시에서는 보다 구체적 지향성과 인생의 철리성哲理性으로 추

---

5) 國際韓人文學會 제1회 정기학술대회, "국제 한인문학의 現況과 課題"(2003. 5. 30),
　 pp.78-79.

이변전되고 있음이 확인된다. 그 자신이 어떤 시인보다 시대성을 지혜롭게 실험정신으로 극복한 것으로 인식되지만, 일본의 문화적 또는 문학적 헤게모니가 그의 시에 차용되는 과정 및 형태, 시적 내재화 현상과 변형의 과정과 성격을 구체적으로 규명할 때, 저항기의 시 이해와 문학사 정리에 있어 현대시를 아우르는데 전초를 놓은 매개자로서의 업적은 응당 인정되어야 할 것이다.

3 저항기 문학의 새로운 접근과 해석

저항기 문학의 꽃을 피워준 심연수 시문학의 위상을 확인하고 검색하여 불투명한 실체에 대한 확인 작업은 해결해야 할 과제이다. 저항기 문학의 새로운 지평과 그의 시문학의 시간과 공간 문제에 대한 다양하고 깊이 있는 해명은 문학사적으로 거쳐야 할 엄연한 통로이기에 해결의 열쇠에 해당할 것이다.

1) 저항기 문학의 새로운 지평

『20세기 중국조선족문학사료전집』의 재출간 동기를 이상규는 다음과 같이 밝히고 있다.

> 받침이 틀리면 틀린 대로 기록하여 그 시대 북간도 어휘를 연구하는데 도움이 되도록 원본 그대로를 기록하였다. 예를 들면 장소를 나타내는 '곳'이 때를 표시하는 '곧'으로 표현이 되었더라도 일체 교정을 하

지 않아 원본에 가깝도록 최선을 다하였다. 그런데 몇 편의 시가 원본의 복사본이 없어 안타깝게도 출간된 첫 작품집 그대로를 옮겨 실었다. 일기에서도 확인되듯이 독서량이 대단히 많았던 선생이 왜 '곳'과 '곧'을 혼동하여 썼을까? 이 자체도 연구 대상이 되는 것이다.[6]

국권의 상실로 민족의 비극적인 삶은 고통으로 일관된다. 시대적 환경에서 심연수 시인이 문학과 사상을 갈마들며 추구한 정의와 진리는, 상실된 국권 회복의 적극적인 행위와 수단이다. 순수와 정의를 주장하는 그의 시정신과 시 의미는 비교적 담백하게 단시로 처리되어 있다. 이 같은 의지의 표명은 <빨래>, <燒紙>, <소년아 봄은 오려니> 등의 시편에서 민족적인 순수성으로 드러나고 있다.

　　　不義의 때가 묻거든 / 私情 없는 빨래 방망이로 / 두다려 싫어 주소서. //

-<빨래>에서

　　　다만 님을 생각하는 넋의 눈자위로 / 漆黑같이 깊어가는 神秘의 밤을 / 끝없이 바라며 발을 옴기노라. //

-<燒紙>에서

심연수 시인의 문학작품을 총체적으로 분석하면 시인의 실체는 조국과 겨레를 사랑하는 뜨거운 피의 소유자라는 점이다. 이 같은 양상은 시편에서 담담한 색깔로 채색되어 빛나며, 기행문과 일기에서도 의분義憤이 분출되고 있다. <만주>에서는 순수서정이 조국을 상실한

---

6) 중국조선민족문화예술출판사, 『20세기 중국조선족 문학사료전집(심연수문학편)』(2004), pp.26-27.

민족의 애한哀恨으로 형상화되어 있다. '拓史의 血痕'은 조국을 상실한 민족의 고통, 증오가 치유되지 못한 피의 흔적으로 확인된다. 한편 그의 시상은 "칼날보다 날카로운 이빨(눈보라)"과 같은 집념으로 결부된다. 그의 초기 시편을 고찰하면 '망국의 설움, 민족에 대한 사랑', 후기에는 '인생의 哲理와 眞理에 대한 追求'가 초현실적으로 시화詩化되고 있다. 여기서 그를 대상으로 시적 우수성을 논할 수 있는 것은, 우리의 현대시가 해결하지 못한 철학과 사상성의 깊이를 그나마 심도 있게 다루려고 노력한 다잡多雜한 예감豫感의 시인으로 확증되기 때문이다. 거인의 형태로 우리 앞에 실체를 들어낸 '별과 같은 시인'의 존재이기에 현대시문학사에서 새롭게 조명되고 관심을 끄는 것은 당연한 논리이다.

근간 심연수 시인의 작품과 의식에 대한 연구가 다각적이고 총체적으로 수행되고 있다. 차지에 작은 기대라면 유학시절 현지에서 집필된 반일적 색채가 강한 자료가 가까운 시간대에 발굴된다면 민족시인 윤동주보다 문학 전 장르를 갈마들며 활동하며 선이 굵고 다양한 역사인식을 지닌 문인으로 그 위상이 확정될 것이다. 그의 시에 수용된 시 의식은, 미래에 대한 갈망과 소명의식을 거쳐 거듭나기의 몸부림과 저항의식이 전제된 "새로운 세계질서 추구 정체성의 확인"[7]의 집약으로 해석된다.

문학사료전집의 부록[8]에서는 "심연수 시문학의 특징"을 비애 어린 유랑의식, 같은 민족의식과 항일정신, 민족수난 고발과 고난 극복, 범우주적인 시야 활동, 상징성과 시조양식의 활용"으로 구분 지어 기술

---

7) 고세환, "심연수의 시연구 - 시의 발전과정과 시의식 전개를 중심으로", (관동대학교 교육대학원 석사학위 논문, 2002. 6.)
8) 중국조선민족문화예술출판사, 『20세기 중국조선족문학사료집』(2004), pp.537-565.

하였다. 암울한 강점기의 정황을 감안하지 않을 수는 없지만, 심연수의 남성다움이나 기질적인 호방성은 단면적이나 "紂나 네로 같이 暴君이 되어/ 세상을 한번 맘대로 해 볼 걸/ 한 손에는 玉佩를 들고/ 한 손에는 칼을 쥐고(暴想)"에서나 "가슴 속 불길을 뿜어 보자/ 타올으는 불길에 태워 보리라(寒夜記)"에서 검증된다. 그러나 그의 시편은 "뼈 속까지 저린/ 그러나 맨살로/ 더듬는 초행길(觸感)"이나 "내 마음이 흰 돛을 달고/ 네 가슴을 헤쳐가리라/ 그 님 가슴에 안기러 가리라.(水平線)"처럼 애써 '그 님'의 실체를 단적으로 밝힐 필요는 없지만, 따뜻한 감성과 감미로운 서정성의 존재임은 확증할 수 있다.

2) 시문학의 시간과 공간

'시간은 모든 현상 일반의 형식적 조건이다.'[9] 공간 또한 모든 외적 직관작용의 근저에 있는 필연적인 표징이다. 시에 수용된 시간과 공간은 시인의 시를 가능하게 하는 근본 요소에 해당된다. 츠베탕 토도로브는 구조주의 시각으로 문학의 시간성[10]과 관련하여 (1) 순서와 (2) 지속과 (3) 빈도頻度와 관계되는 문제로 연관 짓고 있듯이 빈도는 진술의 시간과 허구의 시간 사이의 관계가 지니는 본질적 특성에 해당한다.

시에 있어서 공간의 문제는 조동일의 지적[11]처럼 음악의 공간적 질서는 시간적 질서에 종속되어 있다. 문학의 공간적 질서는 일차적으로 진행과 내용 사이에서 파악되는데 진행의 내용을 안에서나 밖에서 다룰 수 있다. 문학의 모든 장르에서 시간적 질서와 함께 공간적 질

---

9) I. 칸트, <純粹理性批判>, (崔載善 역), (박영사, 1981), p.83.
10) 츠베탕 토도로브, <구조시학>, (郭光秀 역), (문학과 지성사, 1983), pp.65-69.
11) 조동일, <문학연구방법>, (지식산업사, 1982), pp.163-164.

서를 문제 삼는 것은 어둠과 밝음, 보수와 진보 등이 함께 대립을 이루는 공간적 질서는 문학의 본질을 구명하는데 중요한 의미로 작용한다.

심연수 자신이 즐겨 다룬 한국의 자연은 곧, 의식 속에 늘상 잠재되어 있던 유년의 고향임에 틀림이 없다. 그의 고향은 전통적으로 문향으로 일컬어져 오고 있다. 비교적 이 지역은 자연이 아름다워 "溟州詩人之多(藥城社詩集序)" 라는 지적처럼 시인이 많이 배출되었다. 사실의 입증은 1919년(대정 8년, 강릉인쇄소)『藥城詩稿』의 간행이다. 그의 시에 내재된 순수와 정의, 진리를 추구하는 시정신과 담백한 시 의미는 단시적인 틀 속에 담겨 서정적 미감으로 처리되었다. 그 자신이 1940년대 전반기 저항정신의 공백기를 메우며 치열한 저항과 인간미가 넘치는 서정시를 썼음은 객관적으로 평가된다.

■ 4 검토되어야 할 과제들

<심연수 시문학의 조명과 틀 짜기>를 아우르는 과정에서 얻은 결론은, 한국의 현대시가 안고 있는 시의 철학성과 사상성의 빈약함에 비추어 그는 자신의 시편을 통해 서정적 감상주의가 아닌 보편적 세계주의나 철학적 보편주의로 진행할 가능성을 보여주었다. <세기의 노래>, <지구의 노래>, <우주의 노래>, <인간의 노래>, <인류의 노래>와 같은 시편들을 통해 시사적 의미가 크다는 점은 투명하게 확인되었다.

여기서 자명한 것은 인간은 자신이 몸담고 있는 삶의 공간이나 환경의 변이에 의해 시인의 세계인식이나 기존 세계의 가치관이 보다

심층적으로 확장되어야 한다는 것이다. 심연수 시인의 경우는 초기 시에 나타났던 정의, 진리, 참됨, 성실 등의 추상적 지향성이 후기 시에서는 보다 구체적 지향성과 인생의 철리성으로 추이변전되고 있음이 실증되었다. 이 점은 그 자신이 이 땅의 어떤 시인보다 실험정신으로 직면한 현상을 극복한 것으로 인식된다. 그러나 일본의 문학적 헤게모니가 그의 시에 차용되는 과정 및 형태, 시적 내재화 현상과 변형의 과정, 시격, 강점기의 문학과 시 이해, 그리고 현대시를 아우르는데 새로운 전초를 놓은 매개자로서의 업적은 인정받아야 할 항목들이다. 이명재는 "시인 심연수 문학론"에서 '민족문학사의 새 지평 위로 떠오르는 심연수는 항일민족 시인으로서의 존재는 제대로 자리매김하여야 마땅하다.…각종 학교의 국어 교과서에도 심연수의 <국경의 하룻밤>, <빨래>, <만주>, <지평선>, <우주의 노래> 등의 대표 시를 실어서 산교육으로 널리 활용해야 할 것이다.' 라고 역설한 바 있다.

시는 긴즈버그의 지적처럼 '심신의 최고 순간을 신비적인 계시'에 따라 가장 행복한 심성의 최고 열락悅樂의 순간을 표출한 기록이어야 한다. 심연수 시인의 시편에서 보편성을 지닌 시어의 사물성이 존재의 현현顯現으로 제기되어 깨달음의 미학으로 확증되고 있다. 우리가 생명외경이 생성된 순수서정의 시학을 조심스럽게 형상화하려고 노력한 그의 시편에서 자기의 육성, 냄새, 느낌이 있는 시적 영토를 확장하여 비교적 지나친 자기과시의 드러냄 보다 경계를 허무는 품격 있는 시인의 실체임은 부정할 수 없다.

02
심연수 문학과 시적 층위

-현대시문학의 시사적 의미와 위상

1 소중한 삶과 시인의 집짓기

현대 한국시문학사에 있어 일제 강점기의 대표적 민족 저항시인으로는 북간도 동명 출신의 윤동주尹東柱(1917-1945)가 지칭된다. 근간 중국 연변의 문화·예술 등 학술단체에 의해 또 한 명의 저항시인에 대한 시문학적인 조명이 다양하고 심도 있게 다루어지고 있다. 논의의 대상이 되는 인물은 일제 점령기 만주에서 발행되던 《滿鮮日報》에 중학생의 신분으로 다섯 편의 시를 발표한 후 족적을 찾아 볼 수 없던 심연수沈連洙(1918-1945)[1]의 많은 시문들이 그의 동생 심호수沈浩

洙(78·연변 용정시 광신향 길흥 8대 거주, 2007년 5월 이후 현재 강릉 시에 거주)에 의해 55년간 항아리 속에 보관되었다가 뒤늦게 세상에 공개됨으로써 그의 문학성과 문학사적 가치가 비로소 세인의 주목을 받게 된 작금의 현상이다.

『20세기 중국조선족문학사료전집』2)제1집《심연수문학편》이 <연 변인민출판사>에 의해 2000년 7월 출간된 바 있다. 이 방대한 도서출 판 기획은, 『20세기 중국조선족 문학사료전집』이라는 전 50권의 방대 한 규모를 갖춘 대하적인 계획으로 지난 100년 동안의 중국 조선족문 학에 대한 전면적이고도 과학적인 총화와 문화 유산정리를 그 취지로 하고 있다. 제1집 출판기념 행사가 용정에서 2000년 8월 15일에 거행되 었다. 논의의 대상이 되는 《심연수문학편》에는 8·15 광복 전 중국에서 생활한 천재적 시인의 작품이 수록되어 있다. 27세로 삶이 마감되었 기에 그의 작품 절대 다수가 미발표 작이었으나, 광복 55년을 맞는 해 에 그나마 전모를 들어내어 의의는 새롭다 할 것이다.

본 논고의 텍스트가 되는 제1집의 편집은 50여만 자의 편폭에 6개 부분, 제1부 시편(174편), 제2부 기행시초편(64편), 제3부 소설 수필편 (단편소설 4편, 만필 4편, 수필 2편, 평론 1편), 제4부 기행문편(1편), 제 5부 편지편(26편), 제6부 일기편(310편), 부록(<희생>(2막), 강영희 작, / 심련수 베낌)으로 구성되어 있다. 앞으로 이 자료집의 간행은 전면 적으로 심연수 시인의 문학성과 시문학사적 위상을 새롭게 조명하여 민

---

1) 광주매일신문, "또 하나의 저항시인 용정의 심연수", 2000, 7, 10.
2) 중국 흑룡강신문, "20세기 조선문학총결산", 2000, 6, 6, 3면.
　중국 흑룡강신문, "제1집 <심련수문학편> 출판", 2000, 9, 5, 1면.
　중국 길림신문, "20세기 중국조선족문학사료집-출판기획", 2000, 6, 6.
　중국 연변의 창, TV신문, 2000, 제24호, 3면.
　중국 朝鮮文報(료녕신보), "한세기 중국조선문학을 위한 대검열", 2000.9.15.
　조선일보, "잊혀진 시인 沈連洙 발굴...연변 흥분", 2000, 8, 1. 19면.

족 시인으로 자리 매김을 하는 인자因子로서의 계기를 열어 줄 것이다.

이 같은 점을 중시할 때, 일제가 1939년 조선어 말살정책을 수립하여 창씨개명(1940), 『文章』폐간(1941), 정신대 근무령 공포(1944) 등의 식민지 정책으로 친일문학을 양산하여 우리 민족의 혼을 말살한 시간대인 1945년에 이르기까지 '일제 암흑기의 부끄러운 문학은 묵살하자, 우리 문학사에서 지워 버리자'는 일부 학자들의 주장에 문제가 있음을 확증시켜 주는 여지가 남는다. 지난 8월, 『20세기 중국조선족문학사료전집』의 출판기념식에 참석한 이들의 고증을 통하여 다양한 의견이 피력된 점도 감안할 필요가 있다.

연변의 인민출판사 발행의 『20세기 중국조선족문학사료집』제1집을 중심으로 하여 심연수의 삶과 문학세계의 깊이와 넓이 그리고 다양성에 대하여 일차적으로 검색하는 작업은 의미가 크다고 할 것이다. 따라서 본 논고의 서술 목적은, 작게는 그의 문학사적 의미를 확장하여 우리 문학사에 있어 상징적인 민족 시인으로서의 족적足迹을 고찰하여 선행연구의 토대를 구축하는데 있다.

2 심연수의 삶과 문학의 층위

1) 생애와 약전

우리 시문학사에 있어 대표적 민족 시인으로 각광받기에 충분한 문학적 자료가 저서로 간행되어 세상에 그 실체를 드러낸 심연수는 1918년 5월 20일 강원도 강릉군 난곡리 399번지에서 삼척三陟 심씨沈

氏인 심운택沈雲澤의 삼남으로 출생하였다. 그의 위로는 진수와 면수라는 누이와 학수, 호수, 근수, 해수라는 남동생이 있다.

조부 심대규沈大奎(執奎)는 강원도 강릉군 일대에서 나름대로 명성이 있는 인물로 비교적 다소의 학식이 있는 유학자였다. 그는 선천적으로 성격이 호방하고 의협심이 강해서 주위에서 억울한 일을 당한 이들이 있으면 자신의 일처럼 발을 벗고 나서는 의혈인이었다. 빈한한 여건 속에서도 주위의 사람을 위해서는 사재를 털어서 도와주는 인물이어서 대인 관계는 좋은 편이었다. 가난한 농민들을 위하여 권세가들과 대결하여 주재소에 수차 불리어 가기도 한, 조부의 호방하고 의협심이 강한 일면은 훗날 심연수의 강직한 성격의 축이 되었다.

1910년 한일 합방 당시, 그의 가족은 이 땅에서 농업에 종사하는 이들처럼 어려운 소작인의 삶을 영위하였다. 2천 평이 남짓한 땅은 척박하여 소작료를 물고 나면 일곱 식구가 삼 개월을 먹을 식량이 부족한 형편으로 가족의 생계를 위해, 조모와 모친은 길쌈을 하였다. 이같은 현실 상황에서 조부인 심대규는 온 가족을 이끌고 1924년에 러시아의 블라딕보스톡으로 이주하기에 이르렀다. 당시 동행한 심연수 시인의 삼촌 심우택沈友澤은 그 곳에서 반일 단체에 가담하여 항일운동에 나서기도 하였다. 1931년 9.18 사변이 터지던 당시에 러시아 정부는 1차 5개년 경제계획을 실시하면서 조선인들을 먼 내지로 집체이주시키는 정책에 의해 그의 가족은 처소를 중국으로 옮기게 된다.

중국에 이주하여 밀산, 신안진에서 살다가 1935년에는 용정 길안촌(지금의 길흥촌)으로 이사를 하였다. 당시의 간도 지역은 특이한 이국에 대한 정서와 유난한 향수, 그리고 민족의식으로 한글문학이 왕성한 곳이었음은 감안할 필요가 있다. 신안진에서 소학교를 다니던 심

연수는 용정으로 이사 온 후, 용정소학교에 입학하였고, 1937년 소학
교를 졸업한 후, 동흥중학교에 입학하여 1940년 12월 6일에 졸업한다.

동흥중 재학 시엔 교무주임 장하일張河一의 부인인 강경애姜敬愛(「지
하촌」의 작가)와 가까이 교유하는 인연을 맺는다. 중학교 졸업 후, 한
동안 고민 속에서 방황하다가 1941년에 도일하고, 마침내 1943년 말
일본 유학을 마치게 된다. 다음의 인용을 통해 그의 착잡한 심정의 토
로와 유학 당시 가정의 분위기를 파악할 수 있다.

> 가난한 가정 형편에서 어떻게 또 일본 류학을 가겠다는 말을 꺼낸
> 단 말인가. 모진 고민 끝에 그는 끝내 자기의 고충을 부모님들 앞에
> 털어놓는다. 심련수의 부모는 굶어 죽는 한이 있더라도 공부는 끝까
> 지 시키겠으니 아무 걱정 말고 일본으로 가라고 아들을 고무 격려하
> 였다. 동생들도 자기네가 뒤를 섬길테니 꼭 일본으로 류학을 가라고
> 권고하였다.3)

패기에 찬 23세의 심연수는, 가족들의 따뜻한 애정을 확인하며 마
침내 1941년 4월에 일본 유학의 길에 오르게 된다. 당시 그의 가족들
은 의지할 곳 없이 떠돌며 살아가는 처지로, 소작할 땅은 작고 가족의
수는 많아 살아가는 것 자체가 눈물겨운 상황이었다. 부친 심운택은
부지런히 황무지를 개간하였으며, 이른 새벽에 일어나 일몰 후에 집
에 돌아오는 처지였다. 부친은 강한 힘의 소유자로 70~80kg되는 나
무도 지게로 져서 나르는 인물로 아들의 일본 유학을 위하여 한 푼이
라도 절약하려고 즐기던 술과 담배까지 끊었다. 그의 부친은 기독교
집사로 있던 김기숙과 교분이 두터워 도움을 받기도 하였다.

---

3) 연변 TV신문, "룡정에서 솟아난 또 하나의 별", (2000, 제24호), 24면.

심연수는 일본대학 예술학원 문예창작과에서 고학으로 유학을 했다. 가난한 형편은 동흥중학교장東興中學校長 발행의 고학증을 통해 확인된다. 그는 가정의 어려운 형편을 피부로 절감하여 대학 재학 시에도 짐을 나르고 밀차를 미는 일에도 열중하였다. 온 집안 식구들은 그가 대학을 졸업할 수 있도록 불평이나 원망함이 없이 노동 현장에서 땀을 흘렸다. 부친은 아들에게 가족과 돈 걱정은 하지 말고 오로지 학문 연구에 몰두하여 성공하여 줄 것을 소망하였다. 다음과 같은 편지와 일기문을 참고하면 곤란한 가정 형편이 입증된다.

> 부주전상서(父主前上抒)
>
> ...(생략)... 집이 그토록 바쁜줄을 알면서도 급한 전보를 여러번 쳐서 얼마나 심려하셨습니까. 오늘 아침 받아서 얼른 물어줬습니다. 눈물 엉킨 돈을 절대 허수히 쓰지 않을 것입니다. 은혜에 보답하기 위해 노력하겠나이다.
>
> 4월 18일 불초식 련수 배상[4]
>
> (이 서간문은, 심련수가 일본에서 공부할 때 집에다 보낸 편지 중의 한통이다. 근 200여 통의 편지 중 95%가 이와 유사한 내용이다.)
>
> 5월 8일 수요일 맑음
>
> 오늘 호수로부터 돈을 받았다. 손이 떨리고 가슴이 떨린다. 집에서 꾼것일가 쌀을 판것일가. 편지에는 번번이 아무 걱정하지 말라고 하나 내 어찌 걱정하지 않을 수 있으랴. 몸이 고달프지만 래일저녁엔 또 공장에 가서 구루마를 밀어야겠다.[5] ......(생략)......

---

4) 20세기중국조선족, <문학사료전집>제1집, (연변인민출판사, 2000), p. 389.

그는 대학을 졸업한 후, 일본의 학도병 징병을 피하여 흑룡강성 신안진 진성소학교에서 교도 주임 겸 6학년의 담임을 맡는다. 이 때도 학생들에게 반일 사상과 독립의식을 깨우친 것으로 두 차례 유치장에 구속되기도 한다. 1945년 5월 22세인 백보배와 결혼하고, 같은 해 8월 8일, 광복을 불과 일주일 눈앞에 두고 심연수는 흑룡강성 신안진에서 도보로 용정으로 귀가하는 길에 왕청현汪淸縣 춘양진春陽鎭 부근에서 피살(일본군에 의한 학살로 추정) 되어 불행한 생을 마감한다.

피살 소식을 접하고 용정에서 달구지를 몰고 간 부친은, 허술한 트렁크 고리를 잡은 채 풀밭에 쓰러져 있는 비참한 현장을 목격한다. 그 트렁크 안의 유작이 무려 55년간을 심호수에 의해 항아리 속에 숨겨져 보관되어 왔다. 1946년 3월, 심연수의 시신은 수습되어 용정 선영에 매장되었으며 그 뒤 유복자인 심상룡沈相龍이 출생한다.

심연수의 유작이 발굴된 후 연변 사회과학원의 『문학과 예술』잡지사에서는 '심련수 문학작품 연구소'를 세우고 작품 전반에 대하여 총체적인 정리, 연구 작업에 착수하기에 이른다. 이들의 해석에 의하면 그는 능히 일제 강점기의 우리시문학사에 있어 윤동주와 쌍벽을 이룰 뿐만 아니라, 윤동주의 시가 부끄러움의 미학에 뿌리를 둔 여성적이며 비장성에서 뛰어나다면 그의 시는 보다 남성적이며 거창함과 정신적 빈곤에서 생산된 불안의식과 심각성이라는 다양함을 지닌 것으로 평가된다.

---

5) 상게서, p.625.

2) 심연수 시인의 시사적 의미

중국 용정의 통신원 김문혁의 지적처럼 '용정이 낳은 또 한 명의 저항시인 심련수, 그의 이름과 청춘의 뜨거운 피로 쓴 주옥같은 시편들은 윤동주와 마찬가지로 이제 우리 민족의 마음속에 깊이 자리 잡을 것이다.' 또한 연변작가협회의 김호근이 '자신의 피와 목숨을 바쳐 중국 조선문학을 위해 씨를 뿌린 심련수 시인'이나 '민족문학의 명맥이 이어지고 일제 암흑기 우리 문학의 한 줄기 빛이라.' 는 김홍의 역설은 문학사적 의미가 자못 크다.

> 5년 전에 제 시선집이 연변에서 출간된 것을 계기로 연변에 갔던 길에 그 쪽 사정이 매우 어려운 것을 알고 그곳 문인들에게 '당신들을 도울 길을 찾겠다'고 약속했습니다. 그 뒤 1998년부터는 남북한과 중국 조선족 문인들이 함께 참여하는 연간지<한마당> 발간을 지원하고 있습니다. <20세기 중국조선족문학사료집> 발간에 대해서도 무조건 지원을 약속했습니다.[6]

우리 현대시문학사에 있어 심연수 시인의 발굴은 이상규(한국 중국 조선족문화인후원회 회장)의 뚝심이 이루어낸 업적으로 평가된다. 원로 시인으로 『몽양 여운형 평전』을 집필한 이기형은 그의 예술학원 동기생으로 다음 같이 당시의 정황을 술회하고 있다. '신문배달이 끝나고 나면 매일 서로 습작한 시를 놓고 토론했다.'[7] 또 '1941년 늦여름 어느 일요일, 필자는 대학 동창 심연수와 함께 몽양을 모시고 동경 스

---

6) 한겨레신문, "심련수 존재에 우리 정부도 관심 기울였으면", 2000, 8,15, 11면.
7) 강원도민일보, "55년만에 이국 땅서 재조명", 8`15 문화 특집, 2000. 8. 16, 11면.

가모巢鴨 유원지와 그 일대 무사시노武藏野를 찾으며'[8] 조국의 미래를 걱정하기도 하였다.

'심련수는 일본 모더니즘의 세례를 받은 시인이다. 대책 없는 탐미주의나 현실 도피주의는 결코 아니다. 남성적 강건함과 현실 타개 의지를 담은 시를 쓴 그는, 윤동주와 더불어 암흑기 우리 문학을 지탱한 시인으로서의 재평가가 필요하다.'는 것이 당시 연변 지역에 몸담고 있는 대다수 조선 문인들의 집약된 현장의 여론이다. 일제 강점기의 용정은 항일 투사와 저항 문사들의 처소로, 민족문화와 얼의 산실이기도 하다. 뒤늦게 민족 시인으로 새롭게 조명될 심연수의 실체는 중국 조선족의 자긍심을 일깨워 주는 계기가 될 뿐 아니라, 남북 화합의 지평을 열어 가는 7천만 우리 민족의 올곧은 지사적 정신의 들어냄이라고 할 것이다.

모름지기 인간은 자기 흔적을 남기는 존재이기에 한 시대를 당당하게 살아가며 예술혼을 꽃 피운 심연수 시인에 대한 검색은 의미 있는 정신적 작업으로 해석된다. 비록 문화의 세기를 살아가는 우리에게 생소한 존재이기는 하지만, 우리 문학사에 있어 저항시인으로 입증된 윤동주 시인과 가까운 시일에 그의 문학에 대한 심도 있는 검증작업이 이루어지면 쌍벽을 이루게 될 것이다. 이 점에 대하여 임헌영은 윤동주와 여러 항으로 구분 지어 대조한 바가 있다.

이 같은 시점에서 다행스럽게도 그의 둘째 동생 심호수에 의해 원고의 보존에 힘입어 연변사회과학원 『문학과 예술』잡지사의 발굴, 연변인민출판사의 <심련수문학편>간행은 실로 충격적인 사건이다.

물론 새로운 민족 시인에 대한 문학사적인 검색을 통한 작업이 수

---

8) 이기형, 『여운형 평전』, 실천문학사, 2000, pp. 231-233.

행되기까지 각고의 노력이 요청되는 현상이지만, 오늘의 감격이 있기까지 누군가의 눈물과 고통이 자리한 놀라운 사실의 확증은 이를 뒷받침한다. 중국의 문화대혁명 때 심연수 시인이 일본에 유학한 지식인이라는 것을 기억하고 있는 반란 파들은 '심련수를 무조건 일본 특무대의 인물로 단정하고 심호수의 집에 침입하여 그가 죽을 때 남겨 놓은 유작들을 내놓으라고 협박하고 나중에는 린치를 가하기도 하였다.' 특히 심연수의 아들인 심상룡도 홍위병들이 부친의 유고遺稿 시문詩文을 내놓으라는 가혹한 폭행과 등살에 못 이겨 1966년 북한으로 피신하고, 현재 평양에서 거주하고 있다.

심호수가 시대의 조짐을 간파하여 반우파 투쟁 때, 심연수의 시문들을 항아리에 넣어 땅에 묻어 버렸기에 홍위병들이 몇 십 번 그의 집을 발칵 뒤집었지만, 끝내 그 혼란을 견뎌낼 수 있었던 것은 천만다행이다. 그것은 27세의 젊음으로 비극적인 삶을 마감한 심연수의 문학작품을 통해 통시적으로 그의 예술적 생애와 문학에 대하여 그나마 족적을 논할 수 있기 때문이다.

여기서 하나의 참조로, 현재 심연수 시인의 형제자매 중 유일하게 호수만이 생존해 있다. 당시 그가 도일한 후 얼마 안 되어 일본의 특설부대에서 그의 아우 학수더러 참군參軍하라고 강박强迫한 바 있다. 조부와 부친의 영향을 받아 일본인을 극도로 증오하는 학수는 깊은 밤에 용정을 떠나 삼강성(오늘의 흑룡강성) 벌리현으로 피신하여 김일성의 이종사촌인 반일투사 박관순과 사귀었고 후에는 동서지간이 되었다. 학수는 박관순을 통해 김일성의 부인 김정숙을 수차에 걸쳐 접한 바 있으며, 윤동주 시인의 동생 광호와의 친분이 두터운 점은 고려할 필요가 있다. 특히 사상 및 그의 성격 형성에 큰 영향은 뒷날에 김일성대학의 교수를 역임한 김수산과의 만남에 기인起因함은 기억될 일이다.

본고에서는 심연수 시인의 시편을 중심으로 그의 성장 배경과 성격 형성에 관하여 검토하는 과정에 있어 비교적 가난한 가정 형편을 시화詩化한 것이 많음은 주목할 일이다. 그의 시편에는 삶에 대한 어두운 그림자와 고뇌가 자리해 한편의 시라기보다 추도문을 연상하게 하는 단점을 들어내기도 한다.

> 돌아가시던 그날 식전까지
> 수고를 모르시고 도우시다가
> 자손을 위하여 길바닥에서
> 놈들의 총에 맞아
> 객사하신 나의 할아버지시여
> 　　　(중략)
> 막일에 다슬어 이지러진 손톱
> 찬물과 흙물과 서리바람에
> 터갈라진 손등과 팔목
> 닳아터진 열손가락, 찢어져 펄럭이는 흰옷.
> 진흙투성이된 헌 버선과 짝고무신…
> 　　　　　-<돌아가신 할아버지>에서

애써 '한 시대의 정신적 산물인 시를 그 시대의 그물망으로 건져 올리거나 잣대로 계측하는 것이 타당하다.' 는 이론을 고집하거나 부정할 필요는 없다. 여기서 우리는 하소연과 공허한 삶의 넋두리, 그리고 비분悲憤을 절제된 감정 없이 토해낸 심연수 시인의 시편을 대하게 된다. 그러나 이 같은 삶의 고뇌이며 흔적인 그만의 시편을 통해 파악되는 것은 가정 형편과 핏줄의 끈끈한 층위, 그리고 정신적 기후이다.

그의 가정도 대다수 조선의 소작인들이 겪는 빈곤에서 예외 일 수 없다. 그러나 우리는 삶의 진실한 흔적인 일기와 서간을 통해 오로지 그의 가족들이 그를 유학시키기 위해 참담할 정도로 고통을 감내하는 감동적인 가족애를 확인할 수 있다.

시편 <돌아가신 할아버지>에서 '할아버지'는 평생을 가난 속에 살다간 단순한 실존적 인물로만 명징 되는 것이 아니다. '펄럭이는 흰옷'이 상징하는 슬픈 조선의 얼굴이며 '놈들의 총에 맞아/객사하신 나의 할아버지시여' 라는 시행詩行처럼 상상력의 자유로움 마저 상실한 불행하고 병약한 우리네 역사의 편린片鱗이라고 할 수 있다.

부친은 장남인 심연수에게 큰 기대를 걸고 온갖 뒷바라지를 해주었음은 물론, 다른 자녀들에게도 배움에 게으르지 말 것을 항상 일깨워주었다. 그 같은 가정 분위기에서 큰누이인 심면수는 학생 글짓기 콩쿠르에서 1등으로 입상하였다. 막내 심해수는 해방 후 수차 소설을 발표하여 연변작가협회 회원으로 활동하다 뒷날 반우파 투쟁 때 우파로 몰려 북한에 피신하기도 하였다. 가난과 생애를 함께 한 심연수 시인이 비교적 노동자 찬미와 가난한 자의 동정, 정의의 추구와 사악을 증오한 것은 거짓의 꾸밈이 아니라, 그가 살아온 총체적 삶을 통한 자연적인 발상이다.

특히 그의 시편에 유년의 그리움이라고 단정 지을 수는 없지만, '강과 호수, 그리고 바다'가 연계된 변전變轉의 표징인 물이 많이 수용된 것은 항구와 같은 고향인 강릉江陵이 항상 의식 속에 잠재하고 있었음을 부정할 수 없다. 심연수 시인의 시적 표징表徵이 되는 고향의 개념은 하나의 정지된 공간에 머물지 않은 정서적 량감量感이다. 이처럼 일제에게 강탈당한 한국적 공간이기에 그 자신은 이국에 몸담고 있으면서도 다행스럽게 <기행시초편>, <시편>에 수록된 다수의 작품을 통해 이를 명증明證하여 주고 있다. 이 같은 정신적 지리地理나 환경環境은, 그의 심성이나 문학관 형성에도 커다란 영향을 미쳤기에, 자신보다 일 년 선배인 용정 출신의 저항 시인인 윤동주와 '왜 친밀한 인간관계를 맺고 교류를 하지 않았을까?' 라는 의문의 제기나 층위도 꼬인 실타래가 풀리듯 이해될 것이다.

<滿鮮日報>에 "려창의 밤", "대지의 여름" 을 포함한 5편의 시를 발표한 후, 족적을 감추고 젊은 나이에 불행한 생을 마감하고 사라졌던 심연수가 민족의 시인 윤동주와 쌍벽을 이룰 만큼 시성이 되어 우리 앞에 부활하여 그 실체를 드러내고 있다. 뒤늦은 감이 있으나 다행스럽게도 연변의 현지 문단은 "1940년대 문학사가 결코 암흑기가 아니었음이 이번 심련수 문학의 발굴로 입증됐다"9)고 평가하고 있다.

비교적 김기림 시의 영향을 받은 그는 남성적인 힘을 빌어 모더니즘적 성향의 시어로 동시대의 어떤 시인보다 빼어난 시편을 생산하였다.『문학과 예술사』의 김룡운은 "심련수 시의 특징은 유연성과 거창성"10)이며 "간도문학의 경우 향수와 조국애, 민족적 정서가 시의 주조였는데, 이번 심연수의 유작에서는 모더니즘 경향을 새롭게 발견했다."고 설명하고 있는 점은 간과하지 말아야 할 것이다.

작금에 연변 현지에서는 윤동주 시인과의 비교 작업도 다양하게 이루어지고 있다. 윤동주보다 1년 연하인 그는 용정龍井에서 비슷한 시기에 중학교를 다녔고, 광복 직전에 젊은 생을 마감한 일, 또 다수의 유고가 빛을 보게 된 것들이다. 임헌영은 "일본 유학 이후 모더니즘의

---

9) 조선일보, "잊혀진 시인-심련수", 2000, 8, 1, 19면.
10) 김룡운, "문단에 솟아난 또 하나의 혜성",『20세기조선족 문학사료전집』제1집, pp.621-642.

세례를 받은 작품들은 윤동주 못지않게 우수하다. 역사적 격변과 부담이 주는 충격을 미학적인 위안으로 치유해 냈다."고 심연수 시인의 작품세계를 총체적으로 지적하고 있다.

> <형님의 소중한 유물이고 또 보기에도 귀중한 글들이라 비닐천에 꽁꽁싸서 오지독에 넣은 후 땅속 깊숙이 파묻었댔지요. 그때 (<문화대혁명>)반란파들이 일본특무물건을 내놓으라고 악착스레 달려들어 두들겨패고 했지만 입을 꾹 다물고 있었지요. 형님의 유복자로 태어난 조카놈은 매를 견디지 못해 조선으로 도망쳐 간 것이 지금도 거기서 살고있어요. 그때 못참고 내놓았더라면…>11)

그의 창작활동은 심호수의 지적처럼 '책을 사서 읽느라고 돈을 너무 쓰니 어느 날엔가 아버지께서 엉뎅이를 발길로 툭 차면서 책망하는 것을 목격한 적이 있다. 최서해의 글이랑 즐겨 읽던 기억이 있다.'

심연수 시인은 자신의 일기에 "나는 문인이 부럽다. 문인들은 자기가 하고 싶은 말을 글로써 나타낼 수 있으니 얼마나 행복하랴."12)라고 적고 있다. 어려운 형편 속에서도 소설과 시집, 그리고 잡지와 영화를 무척 즐겨 보며 문학에 대한 꿈과 저력을 키우고 다져 갔음을 알 수 있다.

무엇보다 심연수 시인이 지닌 시적 특성으로 시적 긴장미를 통한 '유연성과 호방성, 그리고 거창성, 모호성' 등을 지적할 수 있다. 그러나 여기서 확인하고 넘어가야 할 것은 심연수 시인의 시적 품격은 어디까지 새로운 시의 지평을 열어 보이며 미적 주권이 확인된 눈부신 서정성을 지니고 있는 점이다.

---

11) 연변일보, "27세 꽃나이에 요절, 룡정이 낳은 또 하나의 시성 심련수", 3문화면, 2000. 6.2.
12) 전게서, 『20세기중국조선족문학사료전집』, p.430.

아귀벌레 움켜쥐는 한얌 분(粉)모래/ 흐를가 샐가봐 아무리 애써/
가락새로 스며새는 얄미운 존재/ 쥐면 새고 새면 다시 움키면서//

<한줌의 모래> 전문

기울어진 하늘/ 반짝이는 별무리/ 북으로 틀어진 천하의 머리에/
위치 잃은 별들/ 빛을 찾아 헤매는/ 천사의 옷고름에/ 싸락별들이 반
짝이더라.//

<星座> 전문

위의 시편을 통해 우리는 맑고 투명한 시인의 정감과 눈동자를 만
나게 된다. '이름모를 한 개의 별', '가락새로 스며새는 얄미운 존재',
'싸락별들이 반짝이더라'는 시구를 통해 확인되는 것은 때 묻지 않은
순수한 영혼이다. 심연수 시인의 초기 시편에는 우리 민족이 겪는 총
체적인 현상이 애상과 결부되어 있는 연유로 감상적인 면에서 일탈할
수 없다는 논리가 성립된다. 그의 시정신의 시각이 지적으로 응시되
고 있음을 중시할 필요가 있다. 뿐만 아니라, 힘에 논리에 의해 '자유
와 선, 그리고 옳음'이 파괴되고 고통당하는 참담함으로부터 우주의
질서를 바로 잡아야 한다는 상상력의 자유로움으로 시적 차원의 비상
을 시도하려고 고뇌한 사실을 접할 수 있음은 그의 시적 세계를 한
단계 끌어올리는 계기가 된다.

우리는 작가의 분신인 시문을 통하여 얼마나 그 자신이 인간 정의
와 진리를 집요하게 추구하고 불의와 사악을 극도로 증오하는 인물인
가를 발견할 수 있다. 당시 일본 제국주의의 침략으로 주권을 착취당
하고, 멸시와 천대를 받는 조선 민족의 비극적인 삶은 고통으로 채색
되었다. 이 같은 시대적 환경 속에서 심연수 시인이 자신의 문학과 사

상을 갈마들며 그토록 추구한 정의와 진리는 상실된 조국을 회복하기 위한 적극적인 행위의 들어냄으로 분석된다. 여기서 대표 시로 논의되는 <빨래>를 보기로 하자.

> 빨래를 생명으로 아는/ 조선의 엄마 누나야/ 아들 오빠 땀 젖은 옷/ 깨끗하게 빨아주소//
>
> 그들의 마음 가운데/ 불의의 때가 있거든/ 사정없는 빨래방망이로/ 뚜드려주소//
>
> -<빨래> 전문

시에 내재된 순수와 정의, 진리를 주장하는 시정신과 시 의미는 담백하게 단시로 처리되어 있다. 여기서 '불의의 때가 있거든/ 사정없이 빨래방망이로/ 뚜드려주소.' 라는 의지의 표출은 심연수 시인에게 있어 신념의 노래로 인간적인 참됨과 조국 광복의 징표로 해석되어진다.

> 스스로 칼을 들어/ 가슴팍을 푹 찌르라/ 주먹같은 랭덩이가 쑥 빠지게/ 빛잃은 죽은 피가 쭉 빠지게/ 사정없이 감행하라.//
>
> -<벙어리>에서
>
> 벗으라 무거운 신을/ 뒤축높은 군떡개를/ 끊으라 죄이는 들메/ 그 발목에 피가 돋으리라.//
>
> -<맨발(2)>에서

인용한 두 편의 시를 통하여 울분과 증오에 집착한 심연수 시인의 심성이 발견된다. '사정없이 감행하라.'는 투쟁적인 표현이나 '벗으라 무거운 신을'에서 접할 수 있는 인위적 제도와 구속으로부터의 진정한 자유를 위한 그만의 저항적인 시 세계를 감정의 절제 없이 격하게 표현되고 있는 피가 뜨거운 시인의 형상임이 확인된다.

3 심연수 시의 특성과 경향

1) 시의 유연성과 병폐성

일반적으로 심연수 시인의 초기 시편에서 접하게 되는 것은 유아기적인 유연성과 세기말적인 시대적 분위기에서 오는 낭만주의의 병폐성이 흔적처럼 자리해 있다. '죽음, 병실, 절망, 동굴' 등으로 제시되는 문예사조적 일면은 이 시대의 모든 시인들이 뛰어 넘고 건너야 할 하나의 불가피한 과제이다.

> 말못할 비극이 도리질하고/ 탄력 잃은 창백한 혈관으로/ 죽은 피가 찔룩거리나니//
>
> -<가난한 거리>에서

> 기대룬 이 하루도/ 보람없이 가버린다/ 띠잉...띠잉.../ 음향은 굵게 길게/ 이 땅의 모든 설음/ 모아 울어주려무나.//
>
> -<이역의 만종晩鐘>에서

위의 시편에서 접하게 되는 '때물에 함빡 젖은 살림'이나 '이 땅의 모든 설음/ 모아 울어주려무나.'라는 시행은 일제 강점기 당시, 조국을 상실한 민족의 불행과 참담함을 '가난'에 결부시킨 시작이다. 또한 민족이 하나 같이 겪는 고통과 비극적 삶을 절감하며 그 질고疾苦를 감내하겠다며 '통곡'할 수밖에 없는 안타까운 자신의 정감을 토로한 그의 시편에는 눈물이 묻어 있다.

> 마음에 타는 불길/ 하늘에 닿거늘/ 다 탄 뒤 이 자리를/ 어느 뉘가 보련고/ 그 무엇이 남을는고.//
>
> -<불탄 자리>에서

우리는 시인의 깊은 정신세계에서 '활활 타는 불길'이 민족애인지, 조국에 대한 사랑인지는 모른다. 그러나 '그 무엇이 남을는고.'라는 마지막 행에서는 한없는 절망감에 고뇌하는 민족 시인의 젊은 날의 초상肖像을 접할 수 있다. 심연수의 시나 기타의 글을 분석하여 보면 조국과 겨레를 무척 사랑하는 피가 뜨거운 시인으로 주목된다. 그러한 사상이 시에서는 비교적 담담한 색깔로 채색되어 있으나, 기행문과 일기문에서는 의분義憤이 분출되고 있어 인간 심연수를 이해하는데 자못 의미가 크다. 또 <만주>는 시상이 아주 소박한 순수한 서정시로 조국을 상실한 조선민족의 애한哀恨이 내재되어 있다.

> 서글퍼 가없던 부모형제
> 헐벗고 주림을 참던 일
> 지금도 뼈아픈 눈물의 기록
> 잊지 못할 척사(拓史)의 혈흔이었다
>
> -<만주>에서

인용한 시편에서 '척사의 혈흔' 이라는 시어詩語는 조국을 상실한

민족의 설음과 고통, 그리고 증오가 치유되지 못한 그대로의 깊은 상
처이다.

> 바람은 서북풍/ 해질무렵 넓은 벌판에/ 싸르륵 몰려가는 눈가루/
> 칼날보다 날카로운 이발로/ 눈덮친 땅바닥을 물어뜯는다.//

-<눈보라>에서

광복전 중국에서 생활한 또 하나의 詩聖 심련수의 신상과 유작들이
일전 세인들 앞에 형체를 드러냈다. 심련수의 시들은 높은 예술성과
문학사적 가치로 중국조선족문학예술계를 놀래웠으며 권내인사들은
그의 성과를 윤동주와 쌍벽을 이룰 수 있다고 높이 평가하고 있다.[13]

심연수 시의 사상성을 일차적으로 고찰하면 초기에는 '망국의 설
움, 민중에 대한 사랑'이, 후기에는 '인생의 哲理와 眞理에 대한 追求'
가 초현실적으로 시화詩化되고 있다. 여기서 우리가 그의 시적 재능의
우수성을 지적할 수 있는 것은, 우리의 현대시가 아직도 극복하지 못
한 철학과 사상성의 깊이와 빈곤 문제를 심도 있게 다루고 있는 예감
豫感의 시인이라는 점이다. 따라서 신선한 충격으로 우리 앞에 실체를
드러낸 '별과 같은 시인'의 시편이 우리 시문학사에 있어 새롭게 조명
되고 관심을 끄는 것은 독자적인 가치와 의미를 지니기 때문이다.

> 갈자리틈눈에는
> 뭇손의 려지이 절어있고
> 칼자리 난 목침에는
> 려수(旅愁)가 천백번 배여졌구나

- <려창旅窓의 밤>에서

---

13) 흑룡강신문, "역사의 긴 터널을 지나 경이롭게 현신하는 광복전 재중국조선인 문학
의 또 하나의 산맥-심련수"(문화림), 2000, 7, 11.

<려창의 밤>은, 운명처럼 심연수 시인에게 있어 고향을 등진 강한 애수哀愁가 설음으로 채색된 초기의 시편이다. 시상이나 표현 수법은 평이하여 미적 주권을 확보하지 못하고 있다. 물론 이것은 당시의 시적 환경이 조국을 상실한 민족의 증오로 일관되어 있기에 정신작업에 종사하는 시인이라면 또 다른 시 <이역의 만종>에 있어서도 피맺힌 한스러움을 노래할 수밖에 없는 보편성을 지닐 것이다.

2) 전통의 인식과 고향 회귀성

국문학 장르에 있어 민족의 얼과 생명이 살아 있는 전통 양식인 시조時調의 틀에 담긴 <紀行詩抄>에서 접할 수 있듯이 강원도적江原道的인 것을 대상으로 노래한 "전통의 인식과 고향 회귀성"은 심연수 시인의 담백한 시 정신을 떠받들고 있는 축이며 동력이다. 앞에서 지적한 바, 그의 초기 시 창작 형식에 있어 하나의 특이할 바는 시조가 많은 부분을 차지하고 있다. 물론 300여 편의 시편들 중 지극히 단시적인 것에서부터, 장시적인 것들이 시조와 함께 다양하게 쓰여 지고 있으나 하나 같이 시적 대상은 한국적인 자연이다. 바로 '한국적인 자연' 그것은 그의 정신에 내재된 고향에 대한 간절하고 절박한 그리움의 표징이다. 17일간의 수행 여행길에서 시화된 <여행시초편>이 이를 입증하여 준다.

> 승경(勝景)을 그려와서 취해서 돌아가는
> 금강의 구경군이 되었던고
> 울고픈 사람도 다시 웃으며 가더라우.
>
> -<외금강역>에서

리상향 찾는 사람 이리오 온정리로
이 아니 극락이냐 이곳이 에덴이라
사람도 집도 나무도 다같이 어짐이여.

-<溫井里>에서

　수십 편에 달하는 그의 시조들은 대부분 평시조 구조를 지닌 연시
조이다. 특이하게도 <기행시초편>에 수록된 64편이 올곧게 시조 형
식을 유지하고 있는 사실은 우리 시조를 연구하는데 있어 비중 있게
다루어져야 할 문제의 여지가 있다. 내용면에 있어 자연을 시적 대상
으로 하여 슬픔과 기쁨이 교차된 초기의 시편들은 대체로 여성적인
나약성이 유연성을 지니고 있어 심연수 시의 특징으로 지적된다.

대옆의 묵은 솔아 학이 간지 오래였지
그러나 네 푸름은 그 때와 똑 같으리라
학은야 간다더라도 유사(游士)는 찾아오소서.

-<경포대>에서

정앞에 자라있는 버들아 마른 풀아
잉어가 서서 잔 곳 네 품 안 그곳이지
자다가 깨서 가는 것 그냥 보고 두었더냐.

-<鏡湖亭>에서

　이처럼 여섯 살 어린 나이로 동해와 호수(鏡浦湖)와 접한 고국을 떠
나 이국에 몸담고 있으면서도 그토록 <경포대>, <경호정>, <형제
암>, <새바위>, <죽도> 등을 자신의 시편에 담고 있는 것은 고향에
대한 자신의 간절한 그리움을 명백하게 밝혀주는 계기가 된다.

3) 시의 호방성과 거창성

후기에 접어들며 심연수 시의 여성적인 분위기에서 오는 유연성은 점차 무산되고 시의 톤이 강해짐과 남성다움이라는 변모된 시의 양상을 접하게 된다. 종전까지 자연을 대상으로 낮은 언덕이나 여울을 이야기하던 섬세한 감성의 시인이 공간을 달리하고 '우리' 라는 작은 대상으로부터 인류로 확장하여 우주와 대화하려는 지난한 몸짓을 시도하는 실상의 확인이다. 이것은 대다수 삶을 관조하던 이 땅의 시인들의 단순 시각에 비하여 복합적인 시각으로, 평면 시각에서 입체적인 시각으로 수평 시각에서 상승 시각으로의 놀라운 변전, 새로운 시적 인식이며 실험정신인 것이다.

김룡운의 역설처럼 '심련수 시의 호방성과 거창성은, 윤동주 시에서 찾아볼 수 없을 뿐만 아니라 한반도를 포함해 광복전 어느 시인에게서도 찾아볼 수 없는 것이다.' 유연성으로부터 거창성으로 이양하는 과정에서 교량적 역할을 수행한 시편은 일본에서 창작한 <추락한 명상>이다. 이 시편을 통해 우리가 감지할 수 있듯이 그는, 아득한 명상의 심연으로 떨어지는 찰나 문득 오도의 경지에 오르고 진정한 시의 정원에 이르는 과정을 나름대로 시사해준다.

> 억만년 묵고 쩔어/ 조충(潮風)에 검은 살이/ 성상보다 거룩하다/ 추락의 찰나/ 그러나 명상은 지속한다.//
>
> -<추락한 명상>에서

<추락한 명상>을 통하여 피상적으로 보아오던 삶의 괴로움을 심층으로부터 느낄 때 비로소 숭엄한 고독, 절벽의 고정 같은 것을 새롭

게 인식하는 계기가 된다. 그후 <패물>, <우주의 노래>, <세기의
노래>, <소지> 등의 시편들은 다소 중후한 경향과 색채를 지닌다.

> 오려놓은 칼흔적에다
> 마음대로 휘젓고싶은 심사
> 깨여진 쪼각속에
> 알뜰한 예술이 숨어있으리니
> 할복(割腹)한 예술가여
> 사기(史記)에 꽃을 새기며
> 먼 나라 오랜 옛날
> 영원히 빛내일
> 생명아 깃들여라
>
> -<패물>에서

 이 시편은 시인의 '생명, 대결, 파괴, 전위' 의식을 강하게 표출하여
준다. 나름대로 그는 이 세상과 인생 내지 예술적 대결을 자처하고 있
음을 유추할 수 있다. 때로는 삶의 제 현상을 패물과 연계 지어 도로徒
勞를 하고 상머리(즉 인간 세상)에다 칼의 흔적을 남기며 낙서를 연상
하기도 한다. 심연수 시인은 바로 그 같은 작업 후에야 불멸의 혼(생
명)이 주어진다고 확신하고 있다. '깨여진 쪼각속에 알뜰한 예술이 숨
어있으리니' 라는 표현은 적절한 시적 처리다.
 이 시의 표제인 '패물'과 '할복한 예술가'는 서로 조응되면서 시의
주제를 심화시키는 효과를 보여준다. 우리는 찢어진 그물의 코를 깁
듯 찬찬히 주시하면 <패물>의 시적 분위기나 내용면에서 '호방성과
거창성, 그리고 비중 있는 哲理'라는 시적 특이성을 확인하게 된다. 또
한 이 시편을 통해 그 시인이 당시의 부조리한 사회에 큰 불만을 품

고, 시라는 자신의 유일한 도구로 대결하며 저항하려고 애쓴 예술의
혼 불을 발견하게 되면 우리의 피도 끓어 오를 것이다. 혹자에 의해
<우주의 노래>, <추락한 명상>, <패물>을 그의 대표작으로 분류
하기도 하지만, 심연수 시인의 시 전반에 걸쳐 충분한 시간을 갖고 총
체적으로 심도 있는 검색작업이 주어져야 할 것이다.

> 몹시도 대담하던 가설의 학자가
> 신을 모독했다는 혐의를 입고
> 죽음의 도살장에 마지막 서서
> 독배(毒杯)의 법정을 노려본다.
>
> 명왕성밖에 천왕성이 울어
> 은하의 범람에 눈물이 질제
> 뭇별이 또다시 부서져서
> 나머지 운행을 계속한다.
>
> 태양의 흑점이 옮아가면
> 인력(引力)의 바줄이 빨라지고
> 태음(太陰)의 차광(借光)이 밝아지는 밤
> 군성(群星)의 근육이 경련한다.
>
> -<우주의 노래>에서

　이 시의 표제가 암시하듯 <우주의 노래>는 대상을 바라보는 열린
시인의 거대한 안목을 통해 전율마저 느끼게 된다. 여기서 하나의 반
문이 주어진다면, '우리 한국시문학사에서 이처럼 거대한 시적 구조
를 시도한 시인이 있는가?' 라는 물음일 것이다. 우주를 인간사회로
상징하면서 낡은 것은 소멸되고 닭이 홰를 치는 새날이 밝아올 것이

라는 예감을 암시하고 있는 이 시편은 '함축성, 난해성, 철리성, 거창성'을 지니고 있어 세인의 주목을 받기에 부족함이 없다. 삶과 예술에 대한 전위 의식은 시 <우주의 노래>에서 현현顯現된다. 이 시는 우주 전반을 인간 사회로 상징하고 메타퍼로 처리되어 있다. 이 시는 문예 사조 측면에서 접근하면 초현실주의적인 특성을 지니고 있다.

특히 그는 자동기술법을 동원하여 광활한 우주를 시적 공간으로 삼고 그 넓은 공간을 상상력을 통해 자유로이 비행하면서 혼돈의 논리에 지배받는 인간 사회의 모순을 역설적으로 노래하고 있다. 초현실주의의 핵심이 반란이고 혁명이 듯이, 오류를 범하고 있는 시행착오와 모든 전통규범, 원칙과 윤리가 파괴된 공간에 새로운 질서가 바로 서야 한다는 것을 신념으로 노래하고 있다.

여기서 무엇보다 자명한 것은, 이 시기에 발표된 이상화李相和의 <빼앗긴 들에도 봄은 오는가>와 대조를 보여주는 소화 18년에 쓰여진 <소년아 봄은 오려니>는 조국 광복을 예감한 시적 영감을 너무 선명하게 천명하고 있다.

> 봄은 가까이에 왔다.
> 말랐던 풀에 새움이 돋으리니
> 너의 조상은 농부였다
> 너의 아버지도 농부였다
> 전지(田地)는 남의 것이 되었으나
> 씨앗은 너의 집에 있을게다
> ...생략...

앞으로 심연수 시에 대한 연구는 보다 다각적이고 총체적으로 수행되어야 한다. 특히 유학시절에 현지에서 집필된 반일적 색채가 강한 다수의 자료가 발굴 보완된다면 민족시인 윤동주보다 선이 굵고 다양한 예술인식을 지닌 문인으로 새롭게 가치 평가를 받게 될 것이다. 임헌영이 모더니즘적 계열에 우수한 시편을 남긴 심연수 시인에게 있어 '이 시기 모더니즘이란 현실도피가 아니라 엄청난 역사적 격변과 부담감이 주는 충격을 미학적인 위안으로 치유하려는 형식으로 이루어진 것 같다. 남성적 모더니즘 성향에다 의지의 시가 특색을 이룬다.'는 지적은, 가까운 시기에 한국시사에 찬연히 빛날 민족의 별로 자리매김 할 것이라는 가능성에 대한 예견이다.

▨ 4 마무리 - 문제의 제기

생을 마감한 이후, 반세기 동안 실체를 파악할 수 없었던 심연수 시인의 문학 자료는 대다수 미 발표작으로 그 유고들은 8·15 광복 전에 창작된 것이다. 때문에 해방 후 중국의 사회적 환경에서는 그의 유작을 발표할 수 없는 현상임은 주지할 바다. 여기서 확인하고 넘어갈 사항은 심호수가 항아리 속에 간직해 두었던 심연수의 시인의 작품을 몇 편씩 베껴서 여러 잡지의 편집부에 보냈지만 별로 기대할 수 없었다. 다행스럽게도 1999년에 근 60여수의 시작품을 《문학과 예술》편집부에 보내고 또 몇 달 후에 육필肉筆 원고를 들고 찾아간 것이 연유가 되어 연변인민출판사 문예편집부와의 긴밀한 연계가 이루어지게 되었다.

심연수의 문학작품연구는 발굴로부터 출판, 연구에 이르기까지 새로운 천년인 금년 봄, 연변인민출판사와 《문학과 예술》편집부, 한국 중국조선족 문화예술인후원회의 공동 주최로 『20세기 중국조선족문학사료전집』출판기획소식 공개발표회에서 심연수 문학작품 및 심연수 개인의 경력이 비교적 상세하게 공개되기에 이른다. 그 후《문학과 예술》,《연변문학》,《도라지》,《은하수》등 잡지에서 그의 작품을 발표하고 《연변일보》,《흑룡강신문》,《연변라지오, 텔레비죤신문》 등에서 심연수에 관한 기사와 그의 작품을 보도하거나 발표하고 있는 점은 중시할 필요가 있다.

조금 큰 틀에서 접근하면《심련수문학편》의 간행은 중국 내 활동한 조선족문학연구의 밑그림을 그리는 기초 작업이기도 하다. 김룡운의 역설처럼 '중국조선족문단에서 우리 중국조선족시인인 심연수에 대해 투철히 연구함으로써 동양, 나아가서는 세계적인 차원에서 중국조선족문학에 대해 정확한 자리 매김을 하는데 기여를 하게 될 것'은 물론하고, 문화의 세기에 있어 중국조선족의 위용을 새롭게 확인하는 시대적 소임과 역할 또한 엄숙하게 수행하여야 할 것이다.

단, 시편을 중심으로 본고를 정리하며 '민족의 시인'이라는 시각에 접근하면서 그의 '시의 특성과 경향'을 '시의 유연성과 병폐성, 전통인식과 고향 회귀성, 시의 호방성과 哲理性'으로 결론을 지어 보았다. 그러나 무엇보다 그의 시편이 어디까지나 감미로운 서정성을 지니고 있음은 수긍할 필요가 있다. 특히 그는 아직도 한국의 현대시가 뛰어 넘지 못한 철학과 사상성의 빈곤 문제를 그 나름으로 비중 있게 다룬 의지적 시인이다. 저자는 지속적으로 수행되어야 할 문제를 다음과 같이 제기한다.

그 하나는 심연수 시인의 생가 터[14]에 가까운 시일에 복원을 하고,

---

14) 강원도민일보, " 저항시인 심련수 '생가터 찾았다' ", 2000. 8. 21.

민족 시인으로 문학사적인 업적이 조명되면 하나의 표징의 구조물로서의 조형미를 갖춘 문학비 건립이 추진되어야 한다는 것이다. 둘째는 매년 한국과 중국의 학자나 문인들에 의한 국제학술심포지엄이 개최되어야 한다는 것이다. 시인의 폭 넓은 예술세계 작게는 문학세계에 대한 보다 심층적인 검색이 반드시 주어져야 할 것이다. 셋째는 지역의 예술인들이 중심축이 된 지역의 주민이 적극 참여할 "심연수 추모 문학제"와 지역성을 탈피한 전국 규모의 "심연수문학연구소"의 설립이다. 차지에 문화의 지역구심주의라는 차원에서 확실한 자리매김을 확장할 필요성이다. 이미 강릉시에서 행하여지는 "단오제", "율곡제", "허균·허난설헌 문화제" 등을 비롯하여 <강원도의 우리 얼 선양사업>이 세인들의 관심사가 되고 있는 현상은 주지할 바다. 행사 기일은, 가급적 심연수의 생일(5월 20일)이나 기일(8월 8일)에 맞추되 지역 출신 문학인들이 대거 참여할 수 있는 시민의 축제로 기획하는 것도 생산적인 행사가 될 것이다. 넷째는 자료의 발굴이 끝나 '민족의 시인, 詩聖, 시의 山脈' 등으로 지칭되며 조명되고 있는 현실 상황에 대한 안목의 확장이다. 다소의 예산이 확보되어야 할 사항이지만 전국 규모의 <심연수 문학상>제정과 <심연수 문학자료관>설립 등을 그의 출생지와 연계하여 지역민의 자긍심을 일깨워 주는 동적인 인자 因子로 발상을 전환시켜야 할 것이다.

03
시어詩語의 특이성에 대한 분석

- 정직성과 남성다움의 시적 매력

1 정직한 시어의 구사력

근간 민족 시인으로 새롭게 조명을 받는 심연수의 시적 언어는 정 직하다. 그는 일제 강점기에 몸담았던 어떤 시인보다 표현하고자 하 는 즉물적 대상에 관하여는 주저함이나 망설임 없이 곧장 투명한 언 어로 그 틀을 엮어 가는 힘을 지니고 있다. 그의 시편은 정직한 언어 의 행보에 있어 지나친 시적 구사는 언어의 유희나 군더더기로 인식 되기에 앞서 가공되지 않은 일상의 어법으로 처리되어 질감의 투박함 이 그대로 자리해 있다.

　연구자는 앞서 "심연수 시인의 문학과 시적 층위"[1]라는 논제의 글에서 '심연수 시의 특성과 경향'을 시의 유연성과 병폐성, 전통의 인식과 고향 회귀성, 시의 호방성과 철리성哲理性으로 구분 지어 검색하였다. 특히 글을 마감하며 민족 시인으로 비중 있게 다루어질 심연수는, 아직도 한국의 현대시가 극복하지 못한 철학과 사상의 빈곤 문제를 심도 있게 다룬 예감의 시인으로 그의 문학사적 위상과 실체를 정립한 바 있다.

　이 같은 그만의 시적 언어가 전적으로 일상의 어법에만 의존하고 있는 것은 아니다. 예컨대 자료집인 《심련수문학편》제1부의 [시편]에 편집된 174편 중 두드러진 시의 표현 양상으로 두개의 서로 상이한 현상을 하나로 얽어매는 은유의 들어냄이 비중 있게 발견되기 때문이다.

<blockquote>

오 - 차거운
뼈속까지 저린
그러나 맨살로
더듬는 초행길

-<촉감觸感> 전문

찾노라 지기(知己)를
나와 같은 젊은이를
일생을 두고 사귈
나와 같은 늙은이를

-<소원> 전문

</blockquote>

---

1) 엄창섭, "심연수 시인의 문학과 시적 층위", (민족시인 심연수 학술심포지엄, 2000, 11), p. 30.

　이처럼 비유조차 오관을 통한 친근감 있는 대상으로 형상화시키는
시적인 힘은 바로 언어의 정직성에서 비롯되는 것임을 감지하게 된
다. '나＝젊은이＝늙은이'라는 직유적인 도식에서 확인되듯 질감 있고
투박한 시적 언어가 구축한 시적 세계는 무기교의 정직성으로 올곧은
남성다움으로 빛난다. 때로는 날 푸른 칼날처럼 예리하고 섬뜩하기에
시적인 긴장감이 따른다. 그 같은 칼날의 이미지가 그의 시편에서 선
명하게 드러난다.

　　　　칼 끝에 육화((肉華)를 피우리라
　　　　총부리에 육향(肉香)을 피우리라
　　　　성화(聖火)에 혈향(血香)을 피우리라

　　　　　　　　　　　　　　　　　　-<肉華>에서

　　　　헝클어진 머리를 쓰담으며
　　　　거리의 좁은 골목
　　　　헤매며 찾는 밤의 사나이
　　　　직녀의 그리움을 담뿍 안고서
　　　　젖음을 꺼리잖고 헤매고 있다

　　　　　　　　　　　　　　　　　　-<七夕>에서

　　　　놓아라 나를 진정 사랑하거든
　　　　진정을 벗으로 믿는 그대면
　　　　하려는 모든 것을 맡겨 두어다구
　　　　칼 든 손을 막지 말아라
　　　　남을 살해할 내 아니고
　　　　쳐놓은 금줄을 끊지 않으며
　　　　가려운 포장막 찢지 않으리

　　　　　　　　　　　　　　　　　　-<우정>에서

이 시의 의미구조는 두 층으로 형상화되어 있다. 칼을 가는 것이 하나이고 그 칼을 무기로 사용하지 못하는 나약함에서 오는 자기반성이 그 하나이다. 비록 시의 길, 시인의 길을 강직하게 걸어가겠노라는 의지의 들어냄이 확연하지는 아니하다. <肉華>에서 보여주는 좌절과 증오, 자기파멸에서 오는 세기말적인 절망감, 그러나 직녀를 사랑하는 그리움에 머리와 옷이 젖을지라도 온 밤 어두운 거리를 헤매며 방황하는 자신의 심상이나 진정한 우정을 강렬하게 역설하며 진실을 포착하고 해명하려는 그만의 애씀과 다짐에서 심연수의 건강한 시정신은 밝게 확인된다.

> 새로 뜯은 봉투에서 떨어지는
> 글자 없는 편지
> 아아 그것은 간절한 사연
> 설움에 반죽된
> 눈물의 지문(指紋)
> 떨리던 그 쪽마음
> 여기 씌여졌구나.
>
> -<편지> 전문

> 오! 바다여
> 귀에 익은 해조음을
> 다시 들려주면
> 맨발로 오리라
> 흩어진 기억을
> 옷섶에 싸가지고.
>
> -<추억의 해변>에서

쓸데없는 분홍사연
사랑의 해안에 외로운 배 한척
누구 찾아 오는 님을 실었음일가
철없는 기다림에 가슴 조이는
이 하루 비 내리는 외로운 밤
님 사는 바다 저쪽 무한 그립다.

-<기다림>에서

　그의 시 <사연>의 변주變奏인 <편지>에서는 사랑으로 열병을 앓는 심리가 그 어떤 수식이나 화려한 장식으로 치장되지 않은 진솔함으로 드러난다. '흩어진 기억을 옷섶에 싸들고(추억의 해변)'이나 '비 내리는 외로운 밤/ 님 사는 바다 저쪽 무한 그리워(기다림)'하는 절절함에 고뇌하는 열혈熱血의 시인의 삶을 통하여 확인할 수 있는 것은 무엇인가. 그것은 곧, '안개 낀 새벽아침/ 이슬 내린 내기슭을 더듬으며/ 지나간 기억을 찾아올제/ 오직 떠오르는 것은/ 가식없는 생활에/ 외로이 자라온 알몸뚱이었다. (고독)'에서 표출하고 있듯이 일정한 거리를 유지하며 자리해 있는 그리움과 고독이다.
　심연수 시인에게 있어 그토록 사모하는 그리움의 대상은 단순한 연인이기보다는 또 하나의 조국이며 겨레로 해석된다. 비록 이국의 땅인 중국 연변에 몸담고 있으나, 오로지 한국 태생(강원도 강릉 출생)임을 자부하는 그의 정신 기후와 풍토는 지극히 한국적인 것에 기인하기에 시적 글감이 우리에게 신선한 감동을 안겨주는데 부족함이 없다. '손때 묻은 공책 펴고/ 옛문서 갈피갈피 뒤적이던 밤/ 등잔엔 기름이 다 졸았고 / 먼지 묻은 초불 한 대/ 벼루등에 섰소/ 길던 것이 타들어가며/ 불꽃이 풀럭거릴 때마다/ 서러운 울음에 눈물 같은 초방울이/

서울에서 흘러내려 엉켜집니다(밤이 새도록)'에서나 '혈관도 없는 두루뭉숭이/ 심장의 피는 어쩌고 있는지/ 칼로 푹 찔러 보고도싶건만/ 생의 애착이 한사코/ 아교처럼 안떨어져 병이더라.(회한懷恨)' 와 같이 현실적인 삶에 대한 애착은 심연수 시인에게 있어 떨쳐 버릴 수 없는 것이기에 자기혐오와 자성自省과 연계된다.

시인의 길을 걷겠다는 신념과 일제 강점기를 살아가는 사회 현상에서 피할 수 없는 자기혐오와 반성은 심연수 초기 시편을 엮고 있는 두 골격骨格이다. 시인의 길을 올곧게 걸어가리라는 확신에 찬 신념은, 물질과 권력을 쫓아 마구잡이로 치닫는 자들이 타락한 현실에 대한 분노와 폭력적인 권력이 자리한 사회, 그리고 인류 공멸을 위한 맹목의 질주를 멈추지 못하는 근대문명의 파괴성을 통찰하고 비판하는 힘의 근간根幹이다.

> 어제 친 전보는
> 오늘은 받으실게다
> 얼마나 놀라셨으랴
> 얼마나 안타까왔으랴
> 이제 와서 후회한들
> 무슨 쓸데 있으랴
> 죄는 벌써 저지른 것.
>
> -<過誤> 전문

심연수 시인의 시편에서 접하는 준엄한 정직성에서 연계되어 있는 층위는 자기반성의 정신이다. 애써 윤동주 시인의 '부끄러움의 미학'을 떠올리지 않더라도 자성에서 비롯된 암울한 현실 비판은 결코 방

관자의 공허한 절규나 좌절에서 기인한 통곡이 아니다. 그것은 바로
자신의 내면에서 파장된 진정한 뉘우침이며 비장한 자기 연민인 것이다.

2 남성다움과 신념의 노래

우리는 비중 있는 민족 시인으로 새롭게 조명되고 있는 심연수 시
인의 시편을 통하여 시인의 순수한 영혼과 투명한 정신이 날카로운
비판과 준엄한 자기성찰自己省察로 접목되어 있음을 파악할 수 있다.

그의 강직하고 투명한 시정신이 천지에 가득한 생명의 꿈틀거림으
로 자신의 삶 속에 투영되고 있다. 그것은 궁핍한 시대를 살아가는 민
족에게 있어 간절한 꿈이며 강인한 생명력이기에 그의 시를 해명하는
데 보다 소중한 열쇠가 된다.

마음껏 자라나라 힘껏 굵어라
네가 할수 있는 정도까지
부족없는 자연속에
구속과 절제 없이
하늘을 찌를 듯이
땅이 어물어들도록
자라라 굵으라 이 땅의 만상아
대지는 네 것이다 하늘도 네 것이다.

-<대지의 여름>에서

뛰는 피 젊은 가슴
엉클린 우리 무리

> 배움의 동산에
> 굳게 뭉쳐 자라났다
> 빛을 찾아 모인 무리
> 불을 안고 돌아갈제
> 새 희망 타오르는
> 힘찬 가슴 길렀겠지.

-<흩어진 무리(2)>에서

　'자라라 굵으라 이 땅의 만상아/ 대지는 네 것이다 하늘도 네 것이다(대지의 여름)', '새 희망 타오르는/ 힘찬 가슴 길렀겠지(흩어진 무리(2))'에서 감지되듯 의구심이 없이 물상에 정직하게 접근하여 민감하게 조응하는 시인의 거침없는 호방성과 굵은 선, 그리고 웅변적인 톤은 무너짐이나 꺾임을 거부한다. 이것은 심연수 시인이 지닌 시적 매력으로 그의 시를 떠받들고 있는 원천적 힘이다. 이처럼 시인의 치열한 삶과 곧장 나아가는 선비적인 기질은 또다시 특유의 어법과 결합하여 현대적인 시의 정조情調를 형성하여 새로운 시의 영토를 확장시켜주는 역할을 담당한다.

> 온 길은 몇천리며
> 갈 길은 몇만리냐
> 해마다 찢어지면
> 그 일을 어찌한담.

-<청춘>에서

> 워싱톤의 땀이 미씨씨피강이 되고
> 나뽈레옹의 땀이 로하수가 되었다
> 보라!

영웅의 땀은 문명의 윤활유가 되고
혁신의 연료가 되었다

-<땀>에서

　지금 시인은 젊음을, '낙타에 두몸을 싣고 오아시스를 찾는(청춘)' 열정으로 온 천지를 가슴에 안으려는 꿈을 불태우고 있다. '타 오르는 불길(寒夜記)'이나 '땅에 버티고 하늘을 당겨라(무제)'의 시행처럼 그의 천부적으로 정직하고 남성다움의 시격詩格은 그 공간을 우주로 변용 확장시킨다. 역동적 상상력은 거침없는 호흡으로 확산되어 심연수 시인의 시편을 접하는 독자의 정감까지 때로는 격하게 만든다.

추위에 자라는 이 땅의 아들
즐겨 맞노니 사모(思慕)의 시-즌
단련의 겨울이 오고야 말 것이다

-<대지의 겨울>에서

험한 힘 가는 곳에
두려움 없을세라
심신이 젊었으니
일마저 튼튼하여라.

-<떠나는 젊은 뜻>에서

내 잊지 못할 하나의 흐름인 너
거친 땅 간도의 품을 흐르는 힘찬 동맥
마른 입 마른 목 추겨주는 생명수야
너는 가장 믿음성 있고 든든한 나의 동무였다.

-<해란강>에서

비교적 '체험+형상'의 틀에서 이탈하지 않는 심연수 시인의 시적 이미지는 선이 굵고 남성적이다. '암흑을 익힌 개선장병아/ 분투의 앞에 굴복한 과거는/ 캄캄한 어둠속에 쓰러졌다/ 승리자여,/ 만난을 극복한 투사여/ 오래지 않아 서광이/ 그의 낯을 몸을 비치리니/ 속으로 웃어 마음에 기꺼하라(새벽)'의 시행처럼 불려지는 신념의 노래는 남성 화자의 어투로 장식되어 강인한 생명력이 활기차다. 그러나 무엇보다 그의 시가 수용하고 있는 중요한 특징은 아름다운 서정성의 들어냄으로 시의 본질을 팽팽하게 유지하고 있는 점이다.

> 아귀벌레 움켜쥐는 하얀 분(粉)모래
> 흐를가 샐가봐 아무리 애써도
> 가락새로 스며새는 얄미운 존재
> 쥐면 새고 새면 다시 움키면서.
>
> <한줌의 모래> 전문

일제 강점기 민족적인 분노와 자신의 울분을 저항적으로 시편에 담아 토해낸 시인이라면 이육사, 이상화, 김동명, 유치환 등의 시인을 거론할 수 있다. 이 같은 우리네 시단에서 심연수 시인은 이 땅의 어느 시인보다 민족이 처한 어려운 상황 속에서 예언자로서의 몫을 충실하게 담당하였다. 세계2차 대전 중인 1940년에, 그는 놀랍게도 역사인식이 뛰어난 한 사람의 민족 시인으로 다음과 같은 시편에 조국의 광복은 물론 아시아의 평화를 점철시켰다.

> 봄은 가까이에 왔다
> 말랐던 풀에 새움이 돋으리니

너의 조상은 농부였다
너의 아버지도 농부였다
전지(田地)는 남의 것이 되었으나
씨앗은 너의 집에 있을게다
...(생략)...
너의 집이 가난해도
그만한 불은 있을게다
서투른 대장쟁이의 땀방울이
무딘 연장을 들게 한다더라
너는 농부의 아들
대장의 아들은 아니래도...
겨울은 가고야만다

-<소년아 봄은 오려니>에서

때는 온다
온 천하가 뒤집혀도
겁낼 것 없다
온 지맥이 뒤틀려도
덤빌 것 없다
...(생략)...
아세아의
서광은 빛나리라
때는 만들고야 오나니
때는 왔다.

-<肉華>에서

이상화의 <빼앗긴 들에도 봄은 오는가>의 발상이 아니라, 심연수
시인 나름의 창법으로 불려진 <소년아 봄은 오려니>나 <육화>의

시적 이미지는 절망적이고 핍박받는 이들을 대변하고 소극적인 독자의 감성마저 보다 희망적이고 긍정적으로 발아시키는 매개자로서의 역할을 충실하게 담당하고 있음을 증명하고 있다. 특히 <소년아 봄은 오려니>는 민족의 미래를 준비해야 한다는 암묵적 은유기법을 수사적으로 처리한 유작으로 극명하게 저항정신을 보여주고 있다. 일제로부터의 민족해방을 전제한 이 작품은 '전지는 남의 것이 되었으나'라는 시적 발상을 통하여 일제에 강탈당한 국권의 현상에 강도 높게 분노하고 있다.

여기서 '씨앗'이란 시어는 조국 광복을 위한 국권 회복을 '너의 집에 있을 것'이라는 시구는 예언자적인 저항성을 예감한 의지의 표현이다. 또한 '겨울은 가고야 만다.'는 시적 의미는 거부할 수 없는 자연의 순리에 빗대어 힘의 논리는 겨울과 같아서 일제는 패망할밖에 없다는 시인의 확신을 천명한 비장함을 수반한 시편이다.

> 쉴새없이 밀려드는 사나운 물결
> 륙지의 테두리를 깨물어 뜯는
> 마지막 발악을 그대여 보는가
>
> -<인류의 노래>에서

> 눈을 감고 귀를 막고
> 입까지 막아라
> 사악과 가식의 티끌 먼지바람이
> 밉살궂게 불어온단다.
>
> -<폭풍>에서

심연수의 시편은 대체로 시대적 사회 공간의 모순, 비정, 모함, 비열한 이기주의, 환경 등 동시대가 지닌 온갖 부조리를 현대시의 틀에 담아 표출하고 있다. 우리는 또 다른 그의 시편을 통해 긴박한 삶에 짓눌려 사는 화자의 안쓰러운 일상을 스스럼없이 접하게 된다. 여기서 시적 대상이나 시대적 상황은 화자의 삶의 편린으로 제시되지만 실상은 민족이 겪는 시대적 고통으로 총체적 삶의 표징이다.

> 고집을 써라 끝까지
> 티끌만한 순종도 보이지 말고
> 타고난 엇장을 굽히지 말라
> ...(생략)...
> 우기고 뻗치다 꺾어진건 통쾌해도
> 뉘게다 굽석거리는 꼴은
> 보기 싫도록 역겨웁더라
>
> -<고집>에서

'티끌만한 순종도 보이지 말고...뉘게다 굽석거리는 꼴은/ 보기 싫도록 역겨웁더라'의 시행에서 접목되는 시인의 강렬한 아집我執은, 단순한 자아로 머무는 삶의 흔적으로 해명되지 않는다. 어디까지나 그는 죽어 없어지지 않을 신념을 지닌 예언적 존재로 보편적인 상황에서도 한 올의 비굴함을 허락하지 않는 지사로서의 면목을 지녔기 때문이다. 시인이 그토록 비분, 기개, 고집불통, 비타협과 같은 절개를 강도 높게 피력하는 이유는 무엇일까? 그것은 곧 일제에 항거하는 강인한 문사로서 지조의 들어냄이다. 이 점에 있어 이재호의 지론은 긍정적이다. 또 하나 '뻗치다'가 갖는 시적 의미는 절개의 정신과 맥을 잇고 있으며, '보기 싫도록 역겨웁더라.'고 말할 수 있는 것은 일제 치하에

서의 죽음을 뜻하는 일이라고 했다.[2]

> 섬도 없는 바다에서
> 풍파 높아 지쳤어라
> 네 또다시 날아갈 바다길
> 하늘아 바다야 잔잔하거라.
>
> -<갈매기>에서

> 끝없이 맑은 하늘에
> 키돋움을 하며 큰다
> 대지의 품에 안겨
> 볕에 붉은 천진한 얼굴
>
> -<들꽃>에서

무엇보다 다행스러운 것은 심연수 시인의 시 전편을 통해 그의 건강한 서정은 미적 주권의 확립으로 확인된다. 망망한 바다에서 풍파에 지친 한 마리 갈매기를 위해 '하늘아 바다야 잔잔하거라' 라고 소망하는 모성적 심상으로 아름답게 채색되고 있는 점이다. 하찮은 물상인 "들꽃"을 주시하며 '키돋움을 하며 큰다' 라는 수사적 처리나, '볕에 붉은 천진한 얼굴'의 표징은 차별화 된 그의 시적 기법을 선명하게 입증하고 있다. 서정과 기법이 비교적 눈부시게 빛나는 심연수 시인의 시편 중 낭만주의적 성격이 강한 <수평선>을 고찰해 보기로 한다.

> 부풀어 오른 수평선 너머
> 그 님이 계신다고

---

2) "일제의 항거 꼿꼿한 절개 詩에 고스란히", 강원도민일보, 2001, 3, 1. 9면

내 마음이 흰 돛을 달고
네 가슴을 헤쳐가리라
그 가슴에 안겨지러 가리라.

-<수평선> 전문

비록 그의 따뜻하고 인간적인 시 의식은 미세한 현상을 분석하는 고성능 카메라의 렌즈나 "一物一語說"로 적확하게 포착되지는 않는다. '빠미르고원에다 천막을 치고/ 모우의 등에서 짐을 풀어라(세기의 노래)', '오늘도 사막에는 지친 대상이 건느겠지./ 폭열에 목마른 락타와 사람(지구의 노래)', '이 하늘아래/ 이 땅덩어리 우에서/ 영원한 생의 찬가를/ 언제든지 부르세(새벽)' 등에서도 쉽게 발견되듯이 그의 성격이 낭만적이라, 그의 시편이 철저히 객관성을 배제하지는 못하였다 할지라도 그것을 결점으로 치부할 수는 없다.

■ 3 빛나는 서정과 시의 틀

심연수 시인의 시적 메시지는 비교적 리얼리즘 쪽이지만, 정지용보다는 다분히 김기림적인 모더니즘 경향에 편중하고 있다. '체험+형상'이라는 시의 틀이 이를 명증한다. 특히 젊은 날, <의란>에서 '칼날보다 날카로운 이발로/ 눈덮친 땅바닥을 물어뜯는... 조그만 해덩이가/ 얼어넘는다.' <눈보라>를 모더니즘 수법으로 시화하여 가히 절창絶唱으로 불려 지기에 족한 시편을 보기로 한다.

막막한 설평선(雪平線)
눈물 어는 새파란 공기
추위를 뿜는 매서운 하늘에
조그만 해덩이가
얼어넘는다.

-<눈보라>에서

심연수 시인 자신이 현해탄을 건너기 전 [부산] 부두에서의 착잡한 그 자신의 심상이나 '밤은 깊어 외로운 해협의 기슭/ 눈물로 얼리는 부두의 고정(孤情)/ 철없는 가슴에 한이 엉키며/ 여울의 거친 물을 헤엄치련다.(부두의 밤)', 대학시절 [동경]에서 신문배달을 하며 체험한 뼈저린 가난과 고달픔에서 오는 한스러움 '아무것도 못가진 신문들을/ 너무나 못살게 굴었구나/ 한몸이 그처럼 알뜰한 죽음/ 그것조차 생각지 않고서.(속)'를 통해 확인되듯 그의 시편들은 독특한 짜임과 현실인식의 자장磁場 안에서 형성되고 자리매김을 한다.

호수의 련꽃이 누르려 누구러지고
돌층계에 석양이 붉게 물들제
청춘을 실은 뽀트가 미소하는 낮은 음성
저무는 우에노(上野) 숲에 깃들이라.

-<東京三題>에서

해지는 저녁마다 물새는 울었지만
달없는 어둔 밤엔 무엇이 울어줄고
밤 흐린 나그네여 이곳에서 맘 맑히시소.

-<새바위>에서

푸른 바다 물결 자지색 바다빛
바다가 흰바위에 바투 자란 다박솔
어느 것 한가지인들 맘 아니들소냐

　　　　　　　　　　　-<바다가에서>에서

　당시 일본 제국주의자들의 침략으로 주권을 빼앗기고 멸시와 천대를 받는 조선민족의 비극적 삶은 고통으로 얼룩져 있음은 주지할 바다. 그러나 이 같은 시간대에 생존하면서 <동경3제>나 '서천에 남긴 노을/ 어둠에 젖어 울고/ 음기(陰氣) 품은 저녁바람/ 땀 배인 몸에 스며든다.(대지의 모색暮色)' 와 같이 읊어진 시편들을 심도 있게 검색하는 것은 타당성이 따른다.

　특히 <새바위>, <바다가에서>, <경포대>, <옛터를 지나면서>를 비롯한 한국적인 대상을 국문학 장르상 민족혼民族魂의 표징인 시조에 담아 고아한 서정시로 꽃 피운 점에 비추어, 심연수 시인은 까닭없이 분노하거나 저항하는 불안한 심리의 피해망상 자가 아니다. 그는 감정의 구속을 원치 않는 강직한 시혼詩魂의 소유자로 본질적으로 투명한 서정적 감성의 시인으로 감지된다.

　이 같은 시대적 환경 속에서 시인이 자신의 문학과 사상을 갈마들며 추구한 정의와 진리는 상실된 조국을 회복하기 위한 적극적 행위와 들어냄으로 분석된다. 여기서 <빨래>를 예시로 보기로 한다.

그들의 마음 가운데
불의의 때가 있거든
사정없는 빨래방망이로
뚜드려주소.

시에 내재된 순수와 정의, 진리를 추구하는 시정신과 담백한 시 의미는 단시적인 틀 속에 담겨 처리되고 있다. 여기서 '불의의 때가 있거든/ 사정없이 빨래방망이로/ 뚜드려주소.'라는 의지의 표출은 심연수 시인이 그토록 소망하였던 불굴의 신념으로 불의 앞에 저항하는 인간적인 참됨의 표징으로 해석된다. 이미 앞서 기술하였듯이 그의 시편들은 동시대 이 땅의 어느 시인 보다 이미지의 굵은 틀 속에서 형성되어 남성다움과 불굴의 신념으로 불리어 지고 있다.

특히 심연수 시인의 시적 분위기나 내용 면에서 '호방성과 거창성, 그리고 비중 있는 哲理'라는 시적 특이성이 확인되는데 이해를 돕기 위하여 논리를 거부하지 않는 시편을 음미하여 보기로 한다.

> 네 손으로 만든 것이 그것이며
> 네 마음으로 아는 것이 그것이다
> 참다운 기적은 평범 가운데서 나고
> 그 평범은 부단한 노력에서 온다.
>
> -<奇迹>에서

결론적으로 우리 한국의 현대시사에서 가장 대표적인 민족 시인으로 평가되기에 족한 심연수 시인에게 있어, 일제 강점기 그만의 빛나는 서정은 한국적 자연에 힘입고 형상화되어 체험과 형상의 틀 속에서 새로운 시의 지평을 열어주었다. 여기서 무엇보다 자명한 것은, 그의 시에서 발견되어지는 시적 공간이 갖는 모순矛盾과 비정非情은 시적 주제를 환기시키는 또 하나의 층위로 재인될 것이다.

04
심연수의 시어 비교 연구

- 윤동주 "서시序詩"의 시어와의 대비

1 시의 경향과 해제

한국현대시문학사에 있어 일제 강점기의 대표적 민족 저항시인으로는 북간도 용정 출신의 윤동주(1917 - 1945)로 지칭된다. 근간 중국 연변의 문화`예술 등 학술단체들에 의해 또 한 명의 저항시인의 시문학적인 조명이 다양하고 심도 있게 다루어지고 있다. 논의의 대상이 되는 인물은 중학생의 신분으로 <滿鮮日報>에 "려창의 밤", "대지의 여름" 외 3편의 시를 발표한 후, 족적을 찾을 수 없던 심연수이다.

특히 동시대 용정 출신의 시인 윤동주의 『하늘과 바람과 별과 시』

라는 유고시집이 1948년 간행되어 세인의 주목을 받은 데 비하여, 뒤
늦게나마 『20세기 중국조선족 문학사료전집』이 간행된 점을 간과하
지 말아야 한다. 이것은 일제 강점기 한 무명 시인인 윤동주의 기념유
고시집이 한국문학사에 자리 매김을 확고하게 한 점에 비추어 충분하
게 검색할 여지가 남는다.

　『하늘과 바람과 별과 시』의 [서문]에서 다음과 같이 기술한 바 있는
정지용의 의중을 여기서 한번쯤은 파악할 필요가 있다. "내가 무엇이
고 정성껏 몇 마디 써야만 할 의무를 지녔건만 붓을 잡기가 죽기보담
싫은 날 ...... / 무엇이라고 써야하나?"

　저자는 문제의 제기에 앞서 '죽는 날까지 하늘을 우러러/ 한 점 부
끄럼이 없기를' 소망하는 윤동주 시인의 [序詩]를 중심으로 <심련수
문학편>에 수록된 174편의 시에서 접할 수 있는 시적 대상을 표집 하
여 "하늘, 바람, 별, 길, 밤"이라는 시어를 중심으로 비교 분석하고 심
연수 시인의 시적 경향과 특색을 고찰해 그의 시를 이해하고 풀어내
는 인자로서의 역할을 분담하여 본고에서 약술하여 보기로 한다.

2 시어의 대비 및 특성

　비교적 심연수 시인의 초기의 시편들이 하소연과 공허한 삶의 넋두
리, 그리고 비분을 감정의 절제 없이 토해내고 있음을 발견하게 된다.
이 같은 시편들을 통하여 파악되는 것은 그의 가정 형편과 핏줄의 끈
끈한 층위, 그리고 정신적 기후의 조성이다. 또 하나 그의 시적 표징
이 되는 고향의 개념은 하나의 고정된 공간의 개념에 머물지 않은 정

서적 양감일 뿐 아니라, 일제에게 강탈당한 한국적 공간이기에 비록 중국에 몸담고 있으면서도 <시편>이나 <기행시초편>에 수록된 다수의 작품이 이 문제를 다양하고 비중 있게 제시하고 있다.

'정의의 앞에 굴복할자는/ 허위를 감행하면 악마(惡魔)이리라.(세기의 노래)' 라는 투사적인 정신지리情神地理나 환경은, 심연수의 심성이나 문학관 형성에 커다란 영향을 미쳤기에 자신보다 일년 선배인 용정 출신의 윤동주 시인과 "왜, 친밀한 인간 관계를 맺고 교류를 하지 않았을까?" 라는 의문의 제기나 층위도 꼬인 실타래가 풀리듯 자연히 이해될 것이다. 한국 국적의 강릉 출신 심연수 시인은 윤동주와는 국적뿐만 아니라, 출신 성분이 다르다. 그러나 같은 시기, 같은 공간에서 청소년기를 보냈고 그의 동생 학수가 윤동주 시인의 동생 광호와 절친한 친구이며, 또 심연수 시인 자신이 윤동주 시인의 문학 수업에 관계된 여러 종류의 유인물을 소중하게 스크랩하여 자신의 육필 원고와 함께 보관하면서도 생전에 거리감을 둔 것에 대한 임헌영의 지적[1]은 참조할 필요가 있다. 일단, 오늘 날 민족시로 애송되는 1941년 11월 20일에 시작詩作된 윤동주 시인의 <序詩>를 옮겨 본다.

> 죽는 날까지 {하늘}을 우러러
> 한점 부끄럼이 없기를,
> 잎새에 이는 {바람}에도
> 나는 괴로워했다.
> {별}을 노래하는 마음으로
> 모든 죽어가는것을 사랑해야지
> 그리고 나한테 주어진 {길}을

---

1) 임헌영, "심연수의 생애와 문학"(민족시인 심연수 학술심포지엄), 2000, 11, p.10.

걸어가야겠다.
오늘{밤}에도 별이 바람에 스치운다.

※ { }의 시어는 필자가 편의상 비교할 핵심어이다.

여기서 <序詩>는 문학의 장르에 속하지는 않으나 최병로崔秉魯의 "한국현대시문학 속에는 서시라는 문학적 유형이 분명히 존재하기에... 그러므로 서시는 한국 문학의 한 장르로서 선택되어야 된다."[2]는 지적은 수긍할 가치가 있다. 일제 강점기에 출간된 시집 김동환의 「國境의 밤」(1925)과 「昇天하는 靑春」(1925)이나 민족에게 바쳐진 한용운의「님의 沈黙」(1926)에는 "군말"이란 서시가 있다. 뿐만 아니라, 3인(이광수·주요한·김동환) 공저의 「三人詩歌集」(1929)에도 3편의 서시가 있고, 황석우의「自然頌」(1929)과 「朴貴松處女詩集」 등의 시집에서도 서시를 접하게 된다. 또한 1940년대에 간행된 시집인 윤동주의 『하늘과 바람과 별의 시』와 김기림의 『바다와 나비』에 서시가 수록되어 있음에 주목할 필요가 있다.

특히 최병로는 "왜 윤동주는 서문을 쓰지 않고 "서시"를 썼는가?"라는 하나의 물음에 대하여 다음과 같이 해명하고 있다.

당시 윤동주에게는 서문을 써 줄 사람이 없었다. 교수 이양하도 윤동주의 시집 발간을 반대하였다. 그 후 윤동주는 3권의 필사본 시집을 만들어 이양하 교수에게 주고 또 한 권의 시집은 후배 정병욱에게 주었는데 그것이 8.15 해방 이후에 초간본이 된 것이다. 그러나 윤동주가 이양하 교수에게 시집 출판을 상의한 것은 큰 실수였다. 당시 이양하는 1940년 이광수를 비롯한 친일 문인들과 더불어 조선 청년

---

2) 崔秉魯, "윤동주의 序詩 평설", 순수문학 83, 2000. 10. pp.209-229.

들의 지원병 훈련소로 위문을 가는 등 친일성이 강한 교수이기 때문
이다.

　그 후 윤동주는 시집의 "서문" 등 여러모로 생각하던 중에 한용운
시집 「님의 침묵」이 생각났던 것이다. 서문 따위는 필요 없이 시집
전체의 내용을 압축한 "군말"이라는 서시가 마음에 들었을 것이며,
마침내 윤동주는 졸업 한 달을 앞두고 "군말"형의 서시가 완성된 것
이다.[3]

　윤동주의 시론 중에 보편적인 논평은 저항 시인론과 부끄러움의 미
학론이다. 시집 『하늘과 바람과 별과 시』에는 비교적 부끄럼이란 시
어가 많이 발견된다. 우리 시문학사에 있어 윤동주 시인의 '부끄러움
의 미학'은 그 자신의 시문학세계를 구축하는 동력이며 모티프로 결
론지어질 뿐 아니라, '저항적이고 지사적 색채'라는 시 경향의 특징과
결부된다.

　본고의 기술에 앞서 최병로가 부끄러움의 시 세계를 논의하는 한국
의 시인으로 『님의 沈黙』을 출간한 만해萬海와 윤동주를 비견한 시도
는 이 계통에 있어 괄목할 정신적 작업으로 평가된다. 그것은 윤동주
시인의 시편 <사랑스런 추억>, <태초의 아침>, <쉽게 쓰여진 시>,
<서시>, <별 헤는 밤>, <참회록> 등과 한용운의 <독자에게>, <참
아 주세요>, <예술가>, <錯忍>, <첫 키스>, <어디라도> 등에 점철
된 "부끄러움"과 연계된 시어의 다양성을 검색하여 그들의 시 세계를
구축하는 인자因子로서의 역할을 수행하고, 동시대의 시인들이 빈도
높게 사용한 시어를 폭넓게 비교하여 상호간의 영향 관계를 확인한
바의 의미 있는 작업이기 때문이다.

---

3) 상게서, p. 212.

일제 말의 저항시인 윤동주는 북간도에서 출생하여, 조국 상실의 분노에 찬 지사들이 모이고 교회와 학교가 새로 형성되던 인구 10만의 용정에서 유년의 시절을 보냈다. 천성이 맑고 고운 윤동주는 신작로를 걷다가도 부역하는 시골 아낙들에게 따뜻한 말을 건네고 싶어 하고 골목에서 노는 아이들이 귀여워 함께 씨름도 하는 순수한 영혼의 소유자이다. 한 포기 들꽃을 따서 가슴에 꽂거나 책갈피에 끼어 넣으며 '모든 죽어가는 것을 사랑해야지.' 라고 독백하는 인물로, 연약한 것에 대한 그의 이 같은 애정의 표출은 하늘처럼 높고 깨끗한 천품에서 기인한 것이다.

일차적으로 생명의 원천이며 지고지선至高至善의 표징인 "하늘"에 대한 시적 이미지의 접근을 위해 몇 개의 시어를 제시해 보기로 한다. 비교적 상상력의 세계를 지향하고 확장하며 "하늘과 바람과 별과 시"를 접목시켜 노래한 윤동주 시인에게 있어서의 "하늘"은, 기독교의 하나님과 동일한 종교적 대상이기도 하다. 그의 하늘은 사랑과 용서, 그리고 공의의 표징으로 명증된다.

윤동주 시인의 시편에 있어 "하늘"은 '바람에 스치우는(序詩)' 별이 자리한 실재의 공간이다. '하늘은 푸르다...밝음(明)...(별똥 떨어진데)' 이라는 가시적인 일반적 개념에서 '푸른 젖가슴(蒼空)' 이나 '어둠이 잉태되고 생장되는' 처소로 확대된다. "하늘"은 곧, '소리처럼 바람이 불어오는(또 다른 故鄕)' 곳이며, '十字架와 尖塔(十字架)' 이 높이 솟아 있는 불가시적 이념의 공간대로 인식되기도 하지만 때로는 시 <둘다>에서 보여 지는 천진무구하고 메르헨적인 순수한 동화의 나라이다.

바다는 푸르고
하늘도 푸르고

바다도 끝없고
하늘도 끝없고

바다에 돌던지고
하늘에 침뱉고

바다는 벙글
하늘은 잠잠.

이 점에 견주어 같은 시기에 쓰여진 심연수 시인의 시편들은 빼앗긴 조국 상실의 비분, 소외계층에 대한 애상이 담담한 빛깔로 채색되어 있다. '유연성과 병폐성, 전통인식과 고향 회귀성, 시의 호방성과 철리성'4)을 역사 인식에 담아 노래한 그의 시편 중 '하늘, 나지막한 언덕이나 시내'라는 대상은 비교적 실향민의 슬픔에 젖어 있다. 《심련수문학편》제1부의 [시편]에 수록된 174편중에 그 시적 대상은 자연(80여 편), 시간-밤(10여 편), 心象(20여 편)으로 대별되어진다. 일본 유학시절의 시편들은 삶의 문제(10여 편), 인체에 관한 것(20여 편), 일상적인 것(30여 편) 들이 시정신의 성숙과 예술성의 들어냄을 보여주기도 한다.

심연수 시인의 시편의 "하늘"이라는 시어는 윤동주 시인과는 양상을 달리하여 상이하게도 '맑은 하늘(들꽃)', '맑고 깨끗한(개인 하늘)',

---

4) 엄창섭, "민족시인 심연수의 시사적 위상",(민족시인 심연수 학술심포지엄), 2000. 11. pp.20-24.

'푸른 하늘, 淡靑의 하늘'로 처리되기보다는 '천사와 성인 같은 얼굴'
로 빗대어 지기도 한다. 또 그의 시편에서는 '고향밤 별 하늘에(비)',
'밤하늘(들불)', '기울어진 하늘(星座)'처럼 밝음 지향보다는 암담한 시
대적 현상에서 오는 어둠, 절망과 같은 개념으로 표징 되고 있음을 접
하게 된다.

> 기울어진 하늘
> 반짝이는 별무리
> 북으로 틀어진 천하의 머리에
> 위치 잃은 별들
> 빛을 찾아 헤매는
> 천사의 옷고름에
> 싸락별들이 반짝이더라.
>
> -<星座> 전문

　　다시 "바람"이라는 시어에 관하여 논의하기로 하자. 윤동주 시인은
'잎새에 이는 바람(序詩)', '파아란 바람이 불고(自畵像)', '소리처럼 바
람이 불어온다.(또 다른 故鄕)', '이파리를 흔드는 저녁바람이(山林)',
'봄바람을 등진 초록빛 바다(風景)', '狂風이 휘날리는.....旋風이 일고
(거리에서)' 등의 시편의 "바람"은, 삶의 고뇌나 시련 또는 시간의 흐름
으로 파악되는 바람이 아니다. 그것은 일상적이며 가시적인 단순한
자연 그대로의 의미로 처리되고 있을 뿐이다.

　　이에 비하여 암흑기 문학사에서 '떠오르는 또 하나의 별'로 조명되
는 심연수 시인의 경우 '골바람(솔밭을 걸으며)', '사악과 가식의 티끌
먼지바람이(폭풍)', '식어가는 량극에서 찬바람 일어(인류의 노래)', '비

바람 못미더워 (인간의 노래)', '바람은 서북풍(눈보라)', '강바람 루에 드니(浮碧樓)' 등의 시편에서 보여 지듯 시제詩題에 따라 윤동주 시인과는 상이하게도 시어를 다양하게 변주하여 형상화하고 있음을 발견할 수 있다.

우리는 심연수의 시편 중 <지구의 노래>, <세기의 노래>, <우주의 노래>, <인류의 노래>, <인간의 노래> 등을 통하여 김기림의 시집 『기상도』에서 접할 수 있는 모더니즘 경향을 지니고 있음을 감지하게 된다. 이 점은 '윤동주가 정지용 계열이었다면 심연수는 김기림 계열이라 불러도 좋을 것이다.' 라는 임헌영의 지적처럼 남성적 모더니즘 성향에다 의지의 시가 특색을 이룬 심연수 시인의 시를 이해하는 데 열쇠가 된다.

한국 시문학사상 암흑기 민족의 별로 겨레의 아픔과 시대의 어려움을 개인적 고뇌로 형상화하여 궁핍한 시대를 살다간 윤동주는, 우리 현대시사에서 가장 아름다운 별의 시로 일컬어지는 <별헤는 밤>을 남겼다. 민족 역사의 와중에서 끝내 자신을 굽히지 않고 현실 안주에는 일체의 타협도 없이 '별과 어둠'과의 갈등에서 29세의 젊음을 불태우며, 생명연소의 강인성을 천명한 그의 시편 속에 수용된 별의 시상은 놀랍게도 어떤 패턴을 거쳐 <序詩>로 승화되었다.

천부적으로 단정하고 결백한 윤동주 시인의 지성은 현대적이었지만, 베적삼, 베 고의에 고무신을 끌고 산책을 하는 그의 멋에는 한국적인 내음이 짙게 배어 있다. '별을 노래하는 마음으로/ 모든 죽어가는 것을 사랑해야지.' 라는 영혼이 따뜻한 그에게 있어 "별"에 대한 이미지는 '별하나에 追憶과/ 별하나에 사랑과/ 별하나에 쓸쓸함과/별하나에 동경과/ 별하나에 詩와/ 별하나에 어머니, 어머니,'에서 접할 수

있는 미래로 열려 있는 시간대의 꿈과 희망의 표징이기에 시적 상상
력과 결부 지어 해석할 수 있으나 가시적 현상 그대로 파악하는 것도
무리가 따르지 않을 것이다.

> 가슴 속에 하나 둘 새겨지는 별을
> 이제 다 못헤는 것은
> 쉬이 아침이 오는 까닭이오.
>
> 來日 밤이 남은 까닭이오.
> 아직 나의 靑春이 다하지 않은 까닭입니다.
> … 생략 …
> 그러나 겨울이 지나고 나의 별에도 봄이 오면
> 무덤 우에 파란 잔디가 피어나듯이
> 내 이름자 묻힌 언덕우에도
> 자랑처럼 풀이 무성할게외다.
>
> -<별헤는 밤>에서

> 나무틈으로 반짝이는 별만이
> 새날의 希望으로 나를 이끈다.
>
> -<山林>에서

비교적 윤동주 시인의 시력詩歷에 있어 1941년은 시문학의 총결산
의 해이다. 그의 문학성을 평가받는 대부분의 시편들은 이 시기의 작
품이다. 그러나 우리가 인식하여야 할 시대적 현상은 바로 이 시기는
인류가 시를 외면한 시간대였다. 윤동주 시인이 즐겨 바라보던 '하늘
과 바람과 별'의 공간에는 공습경보가 울리고 민족의 혼인 조선어가
말살된 암울한 시기이기도 하였다. 특히 우리 현대시문학사에 있어

이 시대의 시인 중 천체나 기상학에 남 다른 관심을 지닌 윤동주 시인
의 경우, 그의 시편에 자리한 "별"은 의미의 확대나 상징적 처리가 아
닌 자연 현상 그대로 해석하는 것이 타당하다.

이 점에 있어 심연수 시인의 시어로 사용된 "별"의 보기는 다음과
같다. '북쪽으로 떨어진/ 하나의 별은/...(생략).../ 영영 없어진/ 이름 모
를 한개의 별(隕星)'이나 또는 '고향밤 별하늘에/ 님의 샛별눈 그리노
라(비)' 등을 접할 수 있다.

> 오늘 밤중
> 작은 별 하나
> 오늘밤 해시(亥時)에
> 나의 별 하나
> 무엇보다 반가와
> 사람보다 귀한 별
>
> -<心星>에서

> 기울어진 하늘
> 반짝이는 별무리
> 북으로 틀어진 천하의 머리에
> 위치 잃은 별들
> 빛을 찾아 헤매는
> 천사의 옷고름에
> 싸락별들이 반짝이더라.
>
> -<星座> 전문

심연수 시인의 시편에 있어 "별"은 자연의 대상인 매개체로 해석될
수 있으나, <隕星>이나 <星座>에서 '떨어지고 없어진 한개의 별, 기

울어진 하늘/ 위치 잃은 별들'의 시행을 통하여 시인이 처한 암울한 시대적 상황을 예견할 수 있으며 '사람보다 귀한 별(心星)'을 통하여서는 어설프게나마 상징적 기법임을 접할 수 있다.

최병로는 '윤동주 문학에 있어 길의 이미지와 한용운의 문학 속의 길의 이미지를 대비' 하여 서술한 바 있다. 우리는 종교적 양상을 달리하는 두 시인의 시편에서 '바람, 별, 하늘, 길' 등 많은 상징적 시어를 접하게 된다. 이처럼 '한용운과 윤동주'와의 관계뿐만 아니라, 우리는 여러 시인의 시편을 통하여 '한용운과 조지훈, 그리고 서정주', '한용운과 타고르, 그리고 김동명', '유치환과 니체', '서정주와 보들레르' 등의 층위를 연계 지어 상오 관계를 폭넓게 비교 검색할 수 있다.

이제 다시 '그리고 나한테 주어진 길을/ 걸어가야겠다.(序詩)'라는 시구에서 쓰인 윤동주 시인의 "길"에 대한 시어를 논의해 보기로 한다. 일반적으로 '길'은 도정道程, 여정旅程으로 사용되고, 때에 따라 삶의 좌표, 신념, 의지, 운명 등으로 쓰인다.

'어제도 가고 오늘도 갈/ 나의 길 새로운 길(새로운 길)', '길 우에 긴 그림자를 드리우고/ 길은 아침에서 저녁으로/ 저녁에서 아침으로 통했습니다.(길)'에서 접할 수 있듯이 윤동주 시인의 시편에서의 "길"은 의미의 다양성보다는 <序詩>나 <새로운 길>에서의 보기처럼 신으로부터 허락된 운명이거나 시간의 흐름인 여정으로서의 서정성을 지니거나, 시편 <길>에서의 보기처럼 일상적인 길로 단순성을 지니고 있을 뿐 그 이상의 의미로 해석할 필요는 없다.

물론, '모든 죽어가는 것을 사랑해야지.' 라는 시구를 통해 윤동주 시인의 결연한 의지를 확인할 수 있다. 최후의 한 순간까지 어떠한 시련에도 신념의 굽힘이 없이 좌절하지 않으며 신으로부터 허락된 길을 오로지 걸어가리라는 확고한 그 자신의 집념을 외면할 수 없다. 이해를 돕기 위하여 위기적 상황 속에서 처절하리 만치 자신의 신념을 굽히지 않는 불굴의 투지를 강하게 표출한 한용운의 시 <나의 길>과 김동명의 시 <斷章>의 일부를 옮겨 보기로 한다.

> 의 있는 사람은 옳은 일을 위하여 칼날을 밟습니다.
> ......
> 나의 길은 이 세상에 둘밖에 없습니다.
> 하나는 님의 품에 안기는 길입니다.
> ......
> 그렇지 아니하면 죽음의 품에 안기는 길입니다.
>
> -<나의 길>에서

> 님이 명하시면
> 불로라도 드올 것이
> 열 번 죽음 앙탈 아니 하올 것이
>
> -<斷章>에서

이에 견주어 볼 때, 심연수 시인의 시편에 쓰인 "길"은, 시 전편에 분포되어 다양하게 사용되고 있다. 그 쓰임의 보기로는 '들길, 산길, 진흙길, 고개길, 솔밭길, 외길, 쪽길, 앞길, 눈길, 발길'에서 '갈 길, 온 길, 지난 길, 험한 길, 나갈 길, 떠나는 길, 먼 길, 오름길'로 또는 '우리의 길(송도를 떠나며), 목 말라 타는 길...(天氷), 가슴속 불길 타오르는 불길(寒夜記), 가고파 애쓰던 길(떠나는 젊은 뜻), 옳은 길(어디로 갈까), 불길! 불길! 불길!(들불), 극락가는 길(昆沙門)' 등에서 찾아 볼 수 있듯이 그의 시격이 윤동주 시인에 견주어 다양하고 시의 폭이 넓음 또한 파악된다.

특히 '목 말라 타는 길, 가슴속 타오르는 불길, 가고파 애쓰던 길, 옳은 길, 나갈 길' 등을 통하여서 우리는 암담한 상황에 대한 저항, 울분 같은 올곧고 강직한 심연수 시인의 품격을 접할 수 있다. 다음은 "밤"이라는 시어의 쓰임에 대하여 지적해 보기로 한다. 우리 현대시사에 있어 혹자에 의해 대표적 밤의 시인으로 지칭되는 윤동주 시인은, 문제의 <序詩>에서 '오늘밤에도 별이 바람에 스치운다.'라고 시행을 마무리하고 있다. 이처럼 윤동주 시인의 시편에 수용된 "(오늘)밤"이라는 시어는 단순히 하루라는 개념의 시간대가 아니라, 민족이 처한 일제의 암흑기라는 절망과 어둠의 시간대로 확대하여 해석할 필요는 없다.

보편적으로 우리는 윤동주 시인의 시편 중 "밤"을 시제로 하여 쓰여 진 시의 보기로 <돌아와 보는 밤>, <달밤>, <못자는 밤>, <별 헤는 밤>, <비 오는 밤>, <밤>을 들 수 있다. 이 시편 가운데서 "밤"이라는 시어가 실제로 사용된 시편으로는 '따는 밤을 세워 우는 버레는 (별 헤는 밤), 지조(志操) 높은 개는/ 밤을 새워 어둠을 짖는다(또 다른 故鄕), 窓밖에 밤비가(쉽게 씨워진 詩), 이밤을 하염없이 안개가 흐른다(흐르는 거리), 밤은 다시 조용히 잠드오.(밤), 灰色빛 밤거리를 (거리에서), 그믐밤(반디불), 밤은 깊고 날은 추운데(거짓부리), 밤이다(별똥 떨어진데)'를 구체적 보기로 열거할 수 있다.

우리는 올바른 시 감상과 시 읽기에 있어 고정관념을 버려야 한다.

일제 강점기 활동한 대부분의 감정이 섬세한 시인들을 민족시인의 틀로 묶고 구분 짓는 우를 범하지 말아야 할 일이다. 이 같은 점에 비추어 윤동주 시인을 민족 시인이라는 고정 틀에 결부하여 '밤'의 의미

를 확대하거나 다양한 이미지로 풀이하는 작위는 시의 본말을 거스르
는 자의적 해석이기에 경계하여야 한다.

> 六疊房은 남의 나라
> 窓밖에 밤비가 속살거리는데
> 등불을 밝혀 어둠을 조곰 내몰고,
> 時代처럼 올 아침을 기다리는 最後의 나.
>
> -<쉽게 씨워진 詩>에서

이처럼 고독한 초상 앞에서 스스로 좌절할 수밖에 없던 윤동주, 그
러나 '時代처럼 올 아침을 기다리며', '눈물과 위안으로 잡는 최초의
악수'를 거부하기에 현실의 상황은 힘겨운 격랑 그대로였다. 우리는
28세의 삶을 마감하고 '白骨 몰래 또 다른 故鄕'으로 떠난 윤동주 시
인은 밤하늘에 빛나는 민족의 별처럼 이 땅의 어떤 시인보다 조국과
자유와 문학을 사랑하며 주어진 길을 홀로 걸어갔기에 그의 이름이
우리 현대시문학사에 있어 소중할 밖에 없다.

본고에서 민족 시인으로 인식된 윤동주 시인과 새로이 조명을 받고
명증되어야 할 심연수 시인에게 있어, 두 시인의 시 경향과 색채에 관
하여 본격적인 논의는 접어 두고라도, 이해를 돕기 위한 하나의 작업
으로 동일한 제목의 시편을 옮기어 보기로 한다.

> 빨래줄에 두 다리를 드리우고
> 흰 빨래들이 귓속 이야기 하는 午後,
>
> 쨍쨍한 七月햇발은 고요히도
> 아담한 빨래에만 말린다.
>
> -윤동주의 <빨래> 전문

누나!
이 겨울에도
눈이 가득히 왔습니다.
흰 봉투에
눈을 한 줌 넣고
글씨도 쓰지 말고
우표도 붙이지 말고
말숙하게 그대로
편지를 부칠가요?

누나 가신 나라엔
눈이 아니 온다기에.

-윤동주의 <편지> 전문

빨래를 생명으로 아는
조선의 엄마 누나야
아들 오빠 땀젖은 옷
깨끗하게 빨아주소
그들의 마음가운데
때가 묻거든
사정없는 빨래방망이로
두드려 씻어주소서!

-심연수의 <빨래> 전문

새로 뜯은 봉투에서 떨어지는
글자없는 편지
아아 그것은 간절한 사연
설움에 반죽된
눈물의 지문(指紋)

떨리던 그 쪽마음
여기에 씌어졌구나.

-심연수의 <편지> 전문

우리가 두 시인의 예시를 통하여 시의 현대성에 비추어 시적 우수
성이나 비중을 가름 하는 것은 다소의 무리가 따를 여지가 있다. 그러
나 애써 이미지의 형상화와 시상의 관념화, 그리고 시의 현대성 또는
시적 처리와 기법의 문제 등을 심층적으로 검색하여 분석하지 아니
하더라도, 이처럼 두 시인에게 있어 시작품의 경향이나 색채가 관심
의 대상이 되는 하나의 과제가 일제 강점기의 현대시문학사에 있어
건너야 할 강이라는 점은 너무나 명백하다.

3 시어의 의미 상징

이상과 같이 우리 시문학사에서 민족 시인으로 자리 매김하고 있는
윤동주 시인과 근간에 김성호의 지적처럼 '중국조선족문단에서 우리
조선족시인인 심연수에 대해 투철히 연구함으로써 동양, 나아가서는
세계적인 차원에서 중국조선문학에 대해 정확히 자리 매김을 하는데
기여하게 될 것'5)이라며 비중 있게 다루어지고 있는 심연수 시인의
시어 및 작품의 대비를 시도하였다. 물론 민족시인과 민족의 별, 그리
고 암흑기의 대표적 저항시인으로 지칭되면서도 서로 간의 성장 배경
과 출신, 가치관 내지 문학적인 양상이 상이하여 같은 시기, 같은 공

---

5) 전게서, <심련수문학편>, p. 646.

간에 처해 있으면서도 상호간에 미친 영향은 공감대의 형성이 미미해서 이렇다 할 문제점이 발견되지는 않는다.

작금에 이르러 우리 문단에 새로이 논의되는 심연수 시인에 비하여 윤동주의 시문학적 평가는 1960년대 초부터 이론의 틀을 구축되었기에 많은 독자층을 확보하면서 저항문학의 지평을 열어 젊은 층에게 영향을 주었을 뿐 아니라, 문학적인 업적은 지대한 편이다. 본고에서는 일단, 시어를 중심으로 두 시인의 작품을 대비하여 볼 때 윤동주 시인은 심연수 시인에 비해 두드러질 정도로 한자를 많이 차용하고 있는 편이다.

두 시인의 시편의 문학성은 심연수 시인의 경우 평가 작업이 가까운 시기에 심층적으로 이루어져야 할 것이나, 양적인 면을 고려할 때, 윤동주의 40여 편의 유고에 비해 3백여 편을, 또 시의 틀로 특이하게 윤동주가 초기에 동시적인 형식을 빌린 점에 비해 심연수는 민족의 혼의 표징인 시조(70여 편)의 양식을 취하고 있다. 여기서 문학 장르의 수용 범위를 윤동주 시인의 경우는 시(산문시 포함)로 국한되어지는 반면, 심연수 시인의 경우는 시(시조 포함), 소설(단편), 평론, 수필(서간문, 기행문, 일기문 포함), 희곡(필사) 등 초 장르적인 다양성은 물론 일부 회화에도 그 범위가 확장되고 있다.

특히 <별헤는 밤>을 통해서 확인되듯이 윤동주 시인은 외국의 문인으로 구수하면서도 신경질적인 프랑시스 잠, 장 꼭도, 그리고 조국애에 불타는 나이드의 시를 읽으며 흥에 겨워 무릎을 치기도 하였다. 어질고 곧은 성품의 소유자인 그는 라이너 마리아 릴케, 투르게네프, 폴 발레리, 앙드레 지드 등에 관심을 지녔고, 국내의 시인으로는 정지용, 한용운, 백석의 영향을 다소 받은 것으로 논의되고 있다.

이에 비하여 필자는 심연수의 경우 편의상 본고에서는 그에 대한 선행 작업의 일환으로 시인으로 지칭하고 있으나, 고학이라는 어려운 환경 속에서도 소설과 시집, 잡지와 영화를 통하여 문학에 대한 꿈을 다양하게 키우고 그 나름으로 폭넓게 예술에 대한 저력을 다져 갔음을 인식하여야 한다. 일단, 김기림과 이육사의 시적 영향을 받은 심연수 시인이 일본대학 예술학원 문예창작과를 졸업한 교육환경도 감안할 타당성이 있다. 그러나 그 자신이 동서양 문학의 공간을 뛰어 넘으며 많은 문학서를 밤을 밝혀가며 탐독한 점은 반드시 참작되어야 할 것이다.

沈連洙의
시문학 탐색

05
심연수의 초기시의 사적 고찰

- 《만선일보》와 『심련수문학편』, 그리고 『민족시인 심연수 시선집』의 대비

1 시의 조명과 해명

조국의 광복 이후, 55년 만에 일제 강점기 우리 문학사에서 종적을 찾아볼 수 없던 심연수에 대한 조명과 평가는 실로 문학사적으로 새로운 의미를 지닌다. 저자는 나름대로 한국 국적으로 동향인 강릉 출신의 문인으로 27년의 짧은 생애를 초 장르적으로 활동하며 불굴의 신념으로 민족혼을 불사른 심연수에 대한 깊은 관심과 애정을 지니고, 그의 문학과 의식을 고찰할 수 있는 『20세기중국조선족문학사료전집』을 기본 텍스트로 하여 몇 편의 논고를 발표하였다.

그 실례로 2000년 11월에 개최된 제1회 민족시인 심연수 국제학술 심포지엄에서 심연수의 문학사적 역할과 자리 매김을 검증하는 작업으로 「심연수 시인의 문학과 시적 층위」1)를 발표하였다. 뒤이어 학회지와 논문집, 개인 저서를 통하여 「심연수 시인의 정직성과 남성다움의 시적 매력」, 「심연수 시인의 시어 연구」2), 「강원문학의 새로운 시적 영토와 지평」3), 「심연수의 단편소설 研究考」4), 「심연수의 의식에 관한 고찰」 등 다수의 졸고를 발표하였다.

본고에서는 심연수 시인이 일제 강점기 《만선일보》에 발표한 당시의 5편의 시와 《심련수문학편》이 간행되는 과정에서 잘못 풀이되고 기술된 실재의 시작품을 중심으로 하여 그 배경과 상이점, 그리고 해결되어야 할 점을 대비하여 고찰해 보는 한편, 이를 다시 『민족시인 심연수 시선집-소년아 봄은 오려니(강원도민일보사 간행)』를 참고하여 시작품의 실제적 비교, 시 의식의 단면적 모색, 그리고 해결되어야 할 문제점을 통시적으로 고찰해 보기로 한다.

2 시작품의 실제적 비교와 문제점

일제 강점기의 조선어말살 정책으로 국내에서 모든 조선인들이 정신적 박해를 받고 있는 참담한 시대상황에서 그나마 중국 용정에서는

---

1) 엄창섭, "심연수 시인의 문학과 시적 층위"(관대논문집, 제29집, 2001), pp.115-136.
2) 엄창섭, 『현대시의 현상과 존재론적 해석』, (도서출판 영하, 2002.)
3) 엄창섭, "강원문학의 새로운 시적 영토와 지평"(『민족시인 심연수 시선집』, 강원도 일보사, 2001.) pp. 176-200.
4) 엄창섭, "沈連洙의 短篇小說研究考", (한국시문학, 2001, 제11집), pp. 359-372.

민족의 혼이며 역사인 모국어로 다행스럽게도 뜻 있는 문인들에 의해 《滿鮮日報》가 간행되고 있었다. 안수길, 모윤숙 등이 기자로 활약하던 강덕康德 7년(소화 15년) 4월 16일, 재정적인 어려움 속에서도 《만선일보》는 2,293호가 간행되었다. 특히 제4면인 학예면(문예란)에는 대표적 농민작가인 박영준의 장편 <双影>(제12회)과 윤지현의 시 <憂愁>, 김북원의 시 <태동>이, 그리고 심연수의 처녀 시 <대지의 봄>이 발표되었다.

여기서 문단적 사건은 <대지의 봄>을 비롯한 4편의 시를 발표하고 조국 광복 55년이 되기까지 우리 한국 현대문학사에서 족적을 찾아 볼 수 없던 심연수 시인이 20세기를 마감하고 21세기로 이행하는 세기적 분수령에서 연변의 문인들에 의해 일제 암흑기를 대변하는 대표적인 저항적 민족시인, '문단에 솟아난 또 하나의 혜성'5)으로 화려하게 조명되며 평가를 끝냈다는 사실이다.

특히 고세환은 "沈連洙의 詩研究- 시의 발전 과정과 시 의식 전개를 중심으로"6)나름대로 새로운 세계질서에 대한 갈망과 소명의식, 거듭나기의 몸부림과 저항의식이 정체성 확인을 초점으로 하여 피력한 바 있다. 물론 그의 초기시편들이 수용하고 있는 직설적 이유로 정의와 진리, 참을 향한 시인의 시대적 소명 의식 및 강직한 성품의 내재성에 대하여는 추후 논의하기로 한다.

일단, 본고에서는 중국에 거주한 조선족 후예들에게 민족의 풍습과 전통, 그리고 언어를 면면이 지켜온 정신적 표징인 문학을 정신적 유산으로 물려주자는 운동이 확산되어 이상규李尙圭(중국 조선족 문화예

5) 앞의 책, 《20세기중국조선족문학사료전집(심련수문학편)》, pp.621-642.
6) 고세환, "沈連洙의 詩研究-시의 발전 과정과 시의식 전개를 중심으로"(관동대학교 교육대학원 석사학위 논문, 2002, 6)

술인 후원회 회장)를 주축으로 일제 강점기의 암울한 우리 민족의 이민사移民史와 함께 100여 년의 문학 사료를 통합적으로 검색되는 작업이 수행되었다. 전50권이라는 방대한 물량의 출간계획이 구체적으로 논의되는 가운데 그 첫 간행물로 작품의 다양성이나 문학성이 검증되어 불멸의 민족혼을 형상화시킨 심연수가 비중 있게 다루어진 사실이다. 이 같은 상황에서《심련수문학편》에는 그의 처녀작인 <대지의 봄>이 그 2번째 시편으로,『민족시인 심연수시선집』에는 10번째로 각기 수록되어 있다.

심연수의 시 <대지의 봄>을 고찰하여 보는 것은, "심련수의 문단사적 자취와 현주소(1)"에서 림연7)이 논의한 바 있듯이 그의 문단사적 자취나 현주소를 확인하고 유추하는 계기가 될 것이다.

> 1) 봄은 이즌듯하던 이땅에도
> 蘇生의 봄이 차자오고
> 녹음을 비린듯이 업었던
> 江에도
> 얼음장 나리는 봄이 왔대요
> 눈우에 마른풀 뜻던
> 불상한 羊의 무리
> 새풀 먹을 즐길날
> 멀지 않았네
>
> 넓은 荒蕪地에단
> 蜃氣樓 宮을 짓고
> 새로오신 봄님마지

---

7) 연변사회과학원 문학예술연구소,《문학과 예술》(2001, 3월호), pp. 20-36.

        잔치노리 한다옵네
        옛봄이 가신곳
        내일밧비 못밟길래
        올해 오신 이 봄님은
        누구더러 보라 할고
                            - 康德 七, 四, 一, 龍井에서(《만선일보》)

2) 봄을 잊은듯하던 이 땅에도
    소생의 봄이 찾아오고
    록음을 버린듯이 얼었던 강에도
    얼음장 내리는 봄이 왔대요

    눈우의 마른풀 뜯던
    불쌍한 양의 무리
    새풀 먹을 즐거운 날
    멀지 않았네
    넓은 땅무지에단
    신기루궁을 짓고
    새로 오신 봄님맞이
    잔치놀이 한다옵네

    옛봄이 가신 곳
    내 일 바삐 못왔길래
    올해 오신 이 봄님은
    누구더러 보라 할고.
                        - 강덕 7년 4월 1일 룡정에서(《심련수문학편》)

3) 봄을 잊은 듯하던 이 땅에도
    소생의 봄이 찾아오고

> 녹음을 버린듯이 얼었던 강에도
> 얼음장 내리는 봄이 왔대요
>
> 눈 위의 마른풀 뜯던
> 불쌍한 양의 무리
> 새 풀 먹을 즐거운 날
> 멀지 않았네
> 넓은 황무지에단
> 신기루 궁을 짓고
> 새로 오신 봄님 맞이
> 잔치놀이 한다옵네
>
> 옛 봄이 가신 곳
> 내 일 바빠 못 왔길래
> 올해 오신 이 봄님은
> 누구더러 보라 할꼬.
>
> — (1940. 4. 1)(『민족시인 심연수 시선집』)

예시한 시편 1), 2), 3)은 논의의 대상으로 제시한 <대지의 봄>이다.
1940년 《만선일보》에 발표된 이 시를 《심련수문학편》에 수록된
것과 대조하여 보면, 다소의 의문점이 발견된다. 그 하나는 연변인민
출판사 간행의 《심련수문학편》에 수록된 <대지의 봄>은 사료적 가
치보다는 오히려 언어적 실감을 감지할 수 없게 하여 시 본래의 맛에
손상을 가져다주고 있으나, 비교적 현대적인 표기로 시미詩味를 그나
마 보완한 『민족시인 심연수 시선집』에서도 영향을 직접적으로 미치
고 있는 점이다.

편의상 보기 1)과 2)시의 구체적 제시로는 먼저 연의 구분에 있어

2연이 3연의 시로 잘못 짜여 져 있다. 1연의 4행인 '江에도'가 3행으로 처리되어 있으며, 1)에 사용된 한자어가 2)에서는 한글로 표기되는 과정에서 '蜃氣樓 宮'이 '신기루궁'으로 '荒蕪地'가 '땅무지'로 오기 내지 오역되고 있어 시의 본뜻을 그르치게 하고 있다. '이즌듯하던'을 '잊은 듯하던', '잊은 듯하던'으로 '녹음'이 '록음'으로 다시 '녹음'으로, '차자, 뜻던, 봄님마지, 잔치노리' 등이 '찾아, 뜯던, 봄님맞이, 잔치놀이' 등으로 오늘의 어법에 맞게 고쳤다고 보아 별 문제는 없지만, '비린 듯이 업었던'이라는 시구가 '버린 듯이 얼었던'으로 되거나 '밧비'가 '바삐'로, '못밟길래'가 '못왔길래'로, '즐길날'이 '즐거운 날'로 확대 해석된 것 등은 문제점으로 지적된다. 물론 원문의 처서격 조사 '에'가 소유격 조사 '의'로 고쳐진 것은 이해할 수 있으나, 주격조사 '은'이 목적격 조사 '을'로 고쳐진 것은 문제의 여지가 있다.

운문(poetry)이나 산문(prose)을 막론하고 용어 선택이나 표기에 오기나 탈자가 있으면, 시 의미의 전달이나 해석에 오류나 무리가 따를 수 있다. 특히 언어 경제의 미학으로 논의되는 시의 경우, 시어의 조탁이나 언어의 압축성은 중시해야 할 일반적 요소이다.《심련수문학편》에 수록된 유고의 정리, 편집, 간행의 작업 과정에 있어 참여한 이들의 노력의 결과에 오해를 안겨주는 여지가 남지만, 초기 시편을 견주어 볼 때 인위적인 손질이 너무 가해졌다는 의문과 함께《심련수문학편》의 신빙성 그 자체에도 의구심이 남는다.

또 하나는, 그의 시 <지평선>이《심련수문학편》의 첫 장에 비중 있게 장식되어 있는 점이다.

하늘가 지평선
아득한 저쪽에
휘연히 밝으려는
대지의 려명을
보라, 그 빛에,
들으라, 그 마음으로
달려라, 해가 뜰
지평선으로
막힐것 없는
새벽의 대지에서
젊음의 노래를 높이 부르라.

- 康德 七, 四, 一, 龍井에서

심연수 시인의 <대지의 봄>과 같은 일자에 창작되어진 <지평선>을 어떤 이유에 근거하여 첫 자리에 놓고, 공식적으로 추천작에 해당하는 <대지의 봄>을 '두 번째 시로 선정하여 지면을 할애하였는가?'라는 의문에 대한 해결이 주어져야 한다. 상식적으로 시선집의 첫 장을 장식하고 있는 <지평선>이 미 발표작이라는 점을 고려할 때, 문학사적 의미에 있어 어디까지 발표된 기성의 작품이 중시되어야 한다는 점에는 변명의 여지가 없다. 《심련수문학편》은 편집원칙에서 작품의 창작시점을 기준으로 했는지, 또는 시의 문학성이나 가치에 기준 했는지 안타깝게도 일정한 가늠의 잣대가 없다.

특히 이 같은 모순점은 『민족시인 심연수시선집』을 통해서도 확인되는 사항이다. 그 하나의 보기가 《심련수문학편》에 수록된 예시인 <지평선>은 11행으로 짜여 진 시편이나, 『민족시인 심연수시선집』에 수록된 동일 제목의 시는 '들으라, 그 마음으로/ (외쳐라, 힘찬 성대

로)/ 달려라, 해가 뜰'로 ( )부분이 첨가된 12행의 시의 골격을 지니고
있는 점이다.

《만선일보》1940년 5월 5일자에 발표된 <려창旅窓의 밤> 또한 어
떤 편집 원칙에 근거하였는지는 확인할 수 없으나, 《심련수문학편》
의 3번째 시로 선정되어 수록되어 있다. 시의 선정과 편집상의 문제
가 없는 것은 아니나, 이 시는 창작의 일자와 장소가 '강덕 7년 4월
20일 룡정에서' 라고 기술되어 있는데도, 15일 앞서 창작된 <이역의
만종晩鐘>이나 <대지의 모색暮色> 앞에 배열된 점을 미루어 발표
의 시간대나 창작 시간의 일정한 구분 없이 임의대로 편집되었음을
예측할 수 있다. 여기서도 《심련수문학편》에 수록된 <려창의 밤>은
4연 16행의 시인데, 2연 4행의 '려수(旅愁)가 아득히 배였구나.' 가 『민
족시인 심연수시선집』에서는 '여수(旅愁)가 몇 천 번 베어졌댔나.' 로
원시에 근거하여 바로 잡혀 있다.

보편적으로 우리의 문학 풍토에 있어 한 작가나 시인의 작품이 공
식적인 간행물에 처음으로 수록되었을 때, 그것을 문단 데뷔작이라
칭한다. 이러한 데뷔작은 작가나 작품 연구에 열쇠가 된다. 간혹 미발
표된 작품이 데뷔작은 아니더라도, 문학사적 가치나 문학성이 돋보여
중요하게 다루어지는 경우도 있다. 심연수의 경우, <지평선>이 대표
작으로 비중 있게 논의되어야 할 근거는 없다. 이 점에 있어 <대지의
봄>을 발표 시간대나 문단의 데뷔작이라는 점에 착안하여 대표작이나
출세작으로 선별하여 심층적으로 검색하는 데는 결코 이의가 없다.

3 심연수 시인의 시 의식 모색

모름지기 작가나 시인에게 있어 처녀작은 저마다 특성을 지니고 있다. 일반적으로 문학작품이나 작가의 연구에 있어 논자들은 처녀작을 텍스트로 삼아 작자의 의식세계와 창작과정 및 경향을 구명하는 단서를 파악하기도 하고, 시대적 배경과 사회성을 탐색하는 근거가 된다.

심연수 시인의 경우, 일단 <대지의 봄>(1940년 4월 1일)을 근거로 하여 작품의 특성을 검색해 보기로 한다. 그는 《만선일보》에 처녀작을 발표한 후 한달 남짓한 시간대에서 <려창의 밤>(1940년 4월 27일), <대지의 모색>(1940년 5월 5일)을 발표하였다. 특히 한 사람의 신인으로서 이 같은 시작에 대한 열정은 우리의 문학사에서 보편적으로 찾아 볼 수 없는 현상이다. 물론 작품 발표의 과정을 통하여 확인할 수 있는 것은, 심연수 시인이 이 시기에 시작에 몰두하여 얼마나 창작 열중하여 고뇌하였는가를 확인할 수 있다.

한국 국적의 심연수 시인이 1940년 5월 5일부터 5월 22일의 수학여행 기간에 놀랍게도 두만강을 기점으로 금강산, 서울, 개성, 평양, 압록강을 거치며 그토록 사랑한 조국의 산하山河에 대한 서정을 민족의 혼과 숨결이 자리한 시조의 틀에 담아 노래한 64편의 <기행시초>가 이를 뒷받침하여 주고 있다. 바로 이 점이 그의 시에 수용된 강한 조국애로 민족 사랑의 표징인 시의식詩意識이다.

여기서 확인하고 넘어가야 할 점은, 심연수 시인이 《만선일보》 (1940년 5월 5일)에 발표한 <대지의 모색(暮色)>은 그가 수학여행 길에 오른 점을 감안하면 당일에 이 시의 발표를 알지 못하였을 것으로 유추된다. 이 같은 정황을 참조할 때, 그는 <대지의 봄>에 이어

<려창(旅窓)의 밤> 을 발표할 시기부터 시인이 되겠다는 결심을 굳힌 것으로 짐작된다. 그리고 수학여행의 소산인 기행시초를 보면 그것은 보통학생의 여행이 아니라 결국 완전히 시인의 행각이나 다름없다는 사실에서도 그러한 추정은 실증되고 있는 셈이다. 물론 이 점은 1940년 일년 간의 일기문과 각종 서신, 그리고 일본 예술대학 문예창작과(1940-1943) 졸업 등을 통하여 확증된다.

심연수의 시 세계는 자연회귀 의식, 곧 조국 산하와 연계된 고향의식으로부터 전개되고 있다. 일제의 강점기 말에 항일 민족 시인으로 활동하며 역사의 격랑 기이자 사회적으로 불의와 회의, 그리고 갈등이 심각한 시대에 몸담았던 심연수의 문학작품에는 자연의 일부였던 과거의 세계로의 추억, 보편적으로 우리가 품고 있던 본원적인 기대와 갈망, 또 그 세계로 복귀하려는 고향에 대한 자연회귀 의식自然回歸意識이 강하게 표출되고 있다. 긴장미의 완성을 보이고 있는 그의 후기 시편에도 새로운 세계질서의 추구・정체성 확인이 강하게 수용되고 있다.

문단의 데뷔작인 <대지의 봄>, <려창의 밤>, <대지의 모색> 등도 예외는 아니다. 그 자신이 즐겨 사용한 시어의 '대지, 봄, 밤' 등의 이미지의 형상화가 바로 심연수 시인의 시의 성격과 시 세계를 구명하는 인자로서의 역할을 담당하고 있다. 여기서 무엇보다 심연수 시인이 중학시절에 이미 기성 문인 못지않게 왕성한 작품 활동을 한 여적은 물론 1940년 무렵에 문사로서의 뜻을 세우고 문학적 소양을 쌓기에 전력하고 있었음은 그의 정신적 산물인 일기문과 수필, 서간문을 포함하여 <기행시초> 외에 <일만리 려정을 답파하고서>라는 기행문을 통하여 도처에서 확인되고 그의 시 의식 또한 조국의 산하인

한국의 자연을 축으로 불굴의 신념으로 강하게 접목되어 있음을 발견
하게 된다.

<심련수문학편>의 출간이 심연수 사망 후, 반세기가 늦게 이루어
진데다가 그의 주변 인물 다수가 고인이 되어버렸고 그의 활동 장소
가 당시의 연변과 용정에 국한되어 있으며, 아직은 일본 유학시절의
작품을 찾을 수 없는 어려움을 겪고 있는 현상이다. 비록 '영웅이요
위인보다 문인이 부럽다는 것을 토로하며 고(苦)가 있더라도 희망 있
는 참사람이 바로 문인이라.' 고 인식하고 있는 그의 문학동기와 사상
을 자서전적 기록인 일기, 서한, 기행문 등에 의존할 수밖에 없으나,
1940년의 1년 분 일기가 그대로 보존되어 있음은 실로 다행스러운 일
이다.

> 나는 문인이 부럽다. 문인들은 자기가 하고싶은 말을
> 글로써 나타낼수 있으니 얼마나 행복하랴. 세상에서 자
> 기를 표현하지 못하는것처럼 불쌍한 사람은 없을것이
> 되, 인생의 락원이요 안위를 줄 동안이면 희마옥에는 고
> (苦)가 있으니 고가 있더라도 희망있는 사람은 참사람이
> 요 희망없이 허덕이는 사람은 불쌍한 사람이다.
> -1940년 2월 16일의 일기에서

림연의 주장처럼 "심연수의 일기에 나타나고 있는 염원의 빈도수
와 이론의 정연성과 체계성으로 보아 <나는 문인이 부럽다.>는 것이
바로 심연수가 문학에 뜻을 둔 동기이자 진정한 선택인 것"[8] 으로 파
악된다. 특히 '문인은 행복한 사람이다.' 라는 3월 26일 일기문은 문인

---

8) 림연, 앞의 글, p.26.

에 대한 그의 자긍심의 단면을 실증하여 준다.

당시 청년문사인 심연수 시인이 <나는 문인이 부럽다>, <천하는 문인을 우러러 보아야 할 것이다>라고 의지의 일면을 토로해 보였듯이 그 자신이 문학에 몸담은 동기는 개인적 차원에만 국한된 것이 아니라, 일제 강점기의 정신사적 지리나 문학풍토와도 연계된 것은 배제할 수 없다. 바로 이 점은 의학을 버리고 문학을 선택하게 된 노신魯迅이「幻燈事件」(1907년)을 계기로, 작가가 되어 민족혼을 일깨우자는 교양주의 사상이었음을 감안할 필요가 따른다. 이에 견주어 심연수 시인의 경우, 문인숭배 의식이 싹터서 문학의 길에 들어섰던 것은 부정할 수 없는 사실이다. 그 자신은 초념初念부터 '문인들은 자기가 하고 싶은 말을 글로써 나타낼 수 있으니 얼마나 행복이랴, 그들이 쓴 글은 남을 웃기기도 하고 울리기도 하니 무명문인이라 해도 큰 영웅과 같고 나폴레옹도 그 외 전세의 영웅도 문인과 같은가.'라는 의문을 제기하면서 문학의 감화력, 작가의 영생과 같은 우월성을 부러워하면서 '행복한 사람, 참사람'이 되려고 문학에 길에 들어서기로 고심한 흔적을 수차 확인할 수 있다.

이처럼 문학적 동기의 고찰에서 심연수 시인이 인식한 문학의 우월성은 다행스럽게도 과거의 선비의식에서 벗어난 현대문인의 새로운 인식이라는 점이다. 그것은 림연의 지론처럼 '선비의 충군사상과 같은 가치 관념과 노예적 근성에서 벗어난 개성해방이며, 자아의 추구와 개인주의적 가치 관념을 비롯한 보편적인 시대정신의 범주에서 사회개조와 인간개조를 시도한 이데올로기였다.'[9] 여기서 심연수 시인이 문학인으로서 꿈을 키우며 배움의 길에 정진할 무렵인 1940년대의

---

9) 림연, 앞의 글, p. 27.

용정은, '간도의 서울', '문화의 도시'로 특히 조선인들에게 있어 이민 사회의 정치, 경제, 문화의 중심지였음을 고려할 필요가 있다.

4 해결되어야 할 문제점

여기서 청년문사(1931-1945)의 요람인 용정중학교는 '인재 육성의 요람' 으로 김창걸(1911-1991), 윤동주(1917-1945), 송몽규(1917-1945), 문익환(1918-1994), 심연수 등을 배출하였다. 일찍이 김창걸은 1917년, 윤동주와 송몽규가 출생하던 해에 명동과 근접한 장재촌에 이주하여 왔고 윤동주나 송몽규 보다는 7년 일찍 명동학교에 다녔으며 15세 때에 용정에 나가 중학교에 다녔다. 김창걸의 《전필사》에 명동학교시절의 이야기가 별로 없는 것으로 보아 윤동주가 소학교를 다니던 그 시기, 즉 1920년대에 와서야 소학교들에 문학적 분위기가 자리 잡기 시작한 것으로 추정된다. 윤일주가 쓴『윤동주의 생애』에 의하면 윤동주는 4학년 때부터『어린이』,『아이생활』등과 같은 잡지를 서울에서 주문해 다 읽었고 5학년 때에는 급우들과 함께『새명동』이라는 등사본 잡지를 만들었다.

심연수의 경우 아직 연보가 구체적으로 검증되어 정리되지 않았고, 유년기의 기록이 발굴되지 않았으나, 정황을 참작할 때 1920년대에 이곳의 조선족학교에서는 문학적분위기나 풍토가 자리 잡기 시작했으며 저마다 문학도들이 꿈을 키우고 있었다는 것은 엄연한 사실이다. 여기서 1930년대에 들어서면서부터 20년대에 이 땅에서 자라던 제1대 청년문사들인 명동출신의 김창걸, 윤동주, 송몽규 등의 경우를 간략하게 기술하여 보기로 한다.

　김창걸은 용정 대성중학을 다니다가 1928년 「간도공산당사건」에 연루되어 러시아의 연해주 지방과 조선반도에서 두루 방랑하였고 1934년 3월에 집에 돌아와 1935년부터는 신동소학교에서 교편을 잡았다. 「무빈골 전설」이 1936년에 창작된 것으로 보아 그 무렵부터 김창걸은 재학시절의 뜻대로 작가의 길에 들어선 것이다.

　윤동주의 연보를 보면 그는 1934년 은진중학교에 다니던 시절에 <초 한대>, <삶과 죽음> 등 시편들을 쓰기 시작하여 1935년 9월 평양 숭실학교에 옮겨가 10월에 『숭실활천(崇實活泉)』에 <공상(空想)>을 발표하는 등 시 쓰기를 멈추지 않았다. 1936년 봄에 숭실학교가 신사참배문제로 폐교 당하자 그는 용정으로 돌아와 광명학원 중학부 4학년에 편입해서도 시 쓰기에 열중하여 50여수를 썼다. 문학사적으로 그는 동시 <병아리>를 『카톨릭소년』(1936년 11호)에 발표하면서 <빗자루>, <오좀싸개 지도>, <무얼먹고 사나> 등 주로 동시를 발표하기에 이르렀다.

　송몽규는 유년시절에 윤동주와 동일한 경력을 가지고 있으면서도, 문단데뷔는 1935년 1월 1일에 《동아일보》에 꽁트 「숟가락」이 당선되면서부터이다. 이것은 그가 은진중학교 3학년 재학 중의 일이다.

　그의 문단 데뷔는 비교적 당선자들 주소가 모두 조선반도내의 어느 지점인 데 견주어 그만은 간도 용정이라는 점이 문단의 이목을 집중시켰다.

　이에 비하여 심연수의 경우는 엄연히 1918년 강원도 강릉군 출생의 한국 국적의 소유자라는 점이다. 그는 7살 때에 부모를 따라 러시아 해삼위로 갔다가 1931년에 중국으로 건너와 밀산, 신안진 등을 전전하다가 1935년에 룡정 길안촌으로 이주해왔다. 1937년에 소학교를 졸업하고 1940년에 동흥중학교를 졸업하였다. 그리고 중학교 3학년의 신분으로 시 <대지의 봄>을 포함한 4편을 《만선일보》에 발표했다.

사실 유서 깊은 용정은 우리 민족의 수많은 인재를 육성한 곳이요 문학인들이 자라고 커서 1930년대부터 문단을 형성하던 곳이다. 그 문학인들이 자라던 과정을 더듬어보면 20년대에 이 땅의 제1대 문학 소년들이 30년대에 들어서면서부터는 청년문사로 두각을 나타내기 시작하였다. 이런 견해는 림연이 "작가 김창걸의 문학사적 위상" (『문학과 예술』, 1996년 5호)에서 이미 기술한 바 있다.

이러한 사실들은 당시 6대 중학이라 불리던 룡정중학은 이 땅의 제1대 문학인재를 배출해낸 요람이었으며 백악산인, 김창걸, 천청송, 김유훈, 윤동주, 송몽규 등을 비롯하여 1930년대를 넘어서 1940년 <대지의 봄>으로 《만선일보》에 두각을 나타내기 시작한 심연수에 이르기까지 모두 청년문사로 지칭하는 역사적 근거가 된다.

이상 심연수의 처녀작 <대지의 봄>과 심연수가 동흥중학교 학생이었다는 사실을 감안하고 "심연수 초기시의 사적 고찰" 의 과정에서 다음과 같은 결론과 해결해야 할 몇 가지 문제점에 이르게 되었다.

첫째, "심연수 초기시의 사적 고찰―《만선일보》와 《심련수문학편》, 그리고 『민족시인 심연수 시선집』의 對比" 에 있어 원시原詩에 대한 철저한 검색이나 이해 없이 무모하게 문집이 편집, 간행되어 본래의 시편을 전반적으로 해석하는데 오류가 행하여 질 위험성이 명백하다.

둘째, 심연수의 문학적 동기는 '나는 문인이 부럽다' 는 데서 확인할 수 있으나, 철학이나 문학에 대한 존중과 연결되고 있는 교양주의 사상이 노신의 경우에 비추어 20세기 초의 사조思潮임을 간과하지 말아야 한다. 그러나 일제 강점기의 시대적 양상을 '거역'이나 '순응'의 흑백논리로만 인식하던 안목을 확장할 필요성이 있다.

셋째, 청년문사들에 대한 연구는 중국조선족문학의 형성과 발전을 다루는데 있어 문학사적 의미와 해결의 실마리가 된다. 차지에 《심련수문학편》(p. 646)의 간행은 심연수 시인의 심층적 연구에 중요한 텍스트로서의 역할을 다할 것이다.

넷째, 심연수 시인의 처녀작 <대지의 봄>은, 결국 일제 강점기의 대표적인 저항적 청년문사의 마지막 초상인 심연수의 시 세계가 새로운 세계질서를 추구하고 정체성을 확인하려는 의지의 발상으로 자연회귀의식에 근거한 고향의식과 접목되고 있다는 점이다.

다섯째, 다소 늦은 감이 없지 않으나 심연수 시인의 초 장르적인 문학적 족적을 통하여 한국문학사에 있어 일제 암흑기로 일컬어지는 시기의 대표적인 문인으로 그 의미망을 확장하기에 일말의 주저도 허락되지 않는다.

여섯째, 비교적 심연수 시인의 작품과 의식에 대한 논의는 1943년도 작품에 머무르고 있는 현상이다. 작고할 때까지의 유작이 발굴된다면, 시인의 의식전개 과정을 지속적으로 검토해야 할 과제를 안고있다. 따라서 그의 시 의식의 형성과 흐름에 대한 보다 다양하고 심층적인 검색이 수행되어야 할 것이다.

沈連洙의
시문학 탐색

06
심연수 시의 경향과 모더니즘적 특성

1 시대 상황과 문학의 양상

우리 현대문학사에 있어 1930~40년대 문학이 어떤 상황에서, 목적을 가지고, 어떤 양태로 존재했는가는 일차적으로 그 시대의 구체적 조건에서 천착穿鑿되어야 한다. 대상의 역사화와 함께 범주들까지도 역사화 하는 연구방법이 문학사 연구에서도 최근에 들어 폭넓게 시도되고 있다[1]. 이는 소위 암흑기 문학이라고 일컬어지는 1940년대 문학을 이해하고 연구하는데 있어 무엇보다 중요하는 바, 이는 1930년대

---

1) 이선영 편, 『1930년대 민족문학의 인식』, (한길사, 1990), p.12.

문학은 1920년대 문학과 연결되고, 1940년대 문학은 1930년대 문학과 연계성 내지 연속성을 지니고 있기 때문이다. 부연하면 첫째로 그 시대의 생산양식과 함께 구체적 정세를 분석하는 작업, 둘째로 혼란스러운 것처럼 보이는 각 문학유파, 사조, 작가활동 등에 대해서 그것들이 가능할 수 있었던 집단적·계급적 실천과 세계관의 분석, 셋째로 각 작가의 개별적 작품 활동과 그것들을 큰 테두리로 묶는 문학양식에 대한 탐구가 중요하다. 이밖에 전통과의 관련성, 외국문학의 영향 관계에 대한 파악도 포괄된다.

대체로 1930년대 문학의 양상은, 첫째 국내와 국외의 문학이 구분되어 활동되었다는 점, 둘째 프로문학과 순수문학의 공존, 셋째는 리얼리즘·모더니즘·전통문학양식·저항문학 등으로 구분된다. 당시 국내의 문학의 형태는 그나마 리얼리즘 문학과 순수·모더니즘 문학이 새로운 양상과 조짐을 보이는 추세였다. 즉 리얼리즘 문학은 소설과 비평에서 문제의식을 표현하고 있으며, 순수·모더니즘 문학은 시에서, 항일혁명 문학은 연극과 가요를 주요 장르로 선택하였다.

1930년대에 리얼리즘 문학이 거둔 결실은 다른 어느 유형의 문학보다도 풍요롭다. 구체적 보기로 염상섭의 <삼대>, 이기영의 <고향>, 한설야의 <황혼>, 강경애의 <인간문제>, 채만식의 <탁류>·<태평천하>, 김유정의 단편들, 홍명희의 <임꺽정> 등의 소설을 들 수 있다. 이밖에 시에서 임화·이용악·백석의 작품, 희곡에서 송영·유치진의 작품이 있다. 특히 이 작품들이 보여주는 세계는 놀랍게도 전대의 문학이 포용한 세계와는 비견할 수 없으리만큼 폭과 깊이가 있다.

<임꺽정>의 광활한 서사세계와 <삼대>·<태평천하>의 역사의식, <고향>·<황혼>을 뒷받침하고 있는 사상성, 김유정·이태준·박

태원의 작품들이 품고 있는 소담한 세계 등은 1930년대 소설의 풍요로움 뿐만 아니라 그 문제의식이 결코 간단치 않음을 말해준다. 그러므로 우리가 그 리얼리즘 문학을 총체적으로 이해하기 위해서는 각 작품들의 연원을 검색하여 그 계열을 확인하여 볼 타당성이 따른다.

특히 경향파 문학운동의 전개와 각 작품이 지니는 리얼리즘의 성격 사이에는 긴밀한 상관관계가 있어, 그 운동의 변천과정과 지도이론의 변화양태, 작품의 실제 양상을 살펴 보기로 한다. 1930년대에 접어들 무렵 카프조직을 중심으로 벌어진 프로문학 양식에 대한 논의와 대중화 논쟁은 상징적인 의미가 있다. 그것이 단순하게 프로문학은 어떻게 이루어질 수 있는가? 대중화의 방법은 무엇인가 하는 소박한 의식 수준에서 이루어진 논의가 아니다. 프로문학은 종래의 부르주아 문학과 다른 독자적인 질을 갖기 위해서는 무엇이 필요하며 대중화란 구체적으로 어떻게 되는 것을 말하는가? 하는 근본적인 문제의식의 각 성과정이었음을 참고해야 하는 것은 1930년대 리얼리즘 문학 전체의 문제의식도 이와 관련을 맺고 있기 때문이다.

이와 같이 당시의 논의는 정치투쟁에 있어서도 예술작품의 인식론적 의의가 중요하다고 본 김기진의 주장에 대해서, 정치투쟁에 의해 예술운동이 규정되는 속에서 양자가 통일되어야 한다는 임화의 볼셰비키화론이 대중의 지지를 얻은 것으로 나타난다. 정치성 또는 사상성과 예술성의 통일이라는 문제가 프로문학에서 기초 범주에 속하는 사항이라는 점을 감안하면 이 논의의 파장은 클 수밖에 없을 것이다.

때문에 1930년대 내내 그 문제의식은 지속되어 이론적으로 전개되어 간다. 즉 정치성을 강조함으로써 문학에서 당파성을 고조한 임화의 문학운동론이 볼셰비키화론, 사회주의 리얼리즘론으로 이어지고 있음에 반해, 상대적으로 예술의 형상적 인식이란 특수성에 비중이 실린 김기진의 주장이 변증법적 리얼리즘론, 비판적 리얼리즘론으로 계승되고 있다.

1930년대 리얼리즘 문학의 이러한 이론적 대립을 반영하면서 문학의 혁명성·정치성을 견지하고자 한 작품과 기본적으로 예술적 형상의 인식적 가치에 신뢰를 둔 작품 군으로 크게 나뉜다. 그리고 각각의 작품군은 '프로문학 독자의 질'을 확보하려는 지향과 '사회현실의 총체적 인식'을 추구하는 지향이라는 상이한 지향성을 내포하게 된다.

전자의 예로서 <고향>·<황혼>을, 후자의 예로 <삼대>·<탁류>·<태평천하> 등을 손꼽을 수 있고, 이 작품들의 차별적 양상 또는 동질성을 통해서 1930년대 리얼리즘 문학의 면모를 이해할 수 있다. 중요한 것은 이론을 뒷받침하는 문학작품이 있기에 가능성의 모색을 찾는 것이다.

한편, 1930년대 또 하나의 유파로는 대체적으로 순수문학, 모더니즘 문학, 생명파로 구분해 볼 수 있다. 생명파가 비교적 후반기에 나타났다는 점 외에는 혼재된 모습을 보여주고 있다. 조연현은 순수문학→모더니즘 문학→생명파로 보고 있지만, 정지용 시의 모더니즘적 경향이 1920년대 후반부터 선을 보였고, 순수적 경향이 1940년대 초 이태준을 중심으로 한 『문장』(1939), 청록파의 작품 등에 지속되고 있어 일관해서 논의하는 데는 다소의 무리가 따른다. 여기서 '순수'란 태도의 대두와 모더니즘적 경향의 유파형성, 생명파적 문학의식의 대두라는 측면에서는 기존의 시간적 순서가 타당하다.

따라서 순수·모더니즘 문학의 성과를 개괄하기 위해서는 그것의 보편적 특성과 각 유파·문학인의 특질을 각각의 사태나 원인에 유의

하면서 통합적으로 이해하는 과정이 필요하다. 1930년대에 접어들면 서 순수·모더니즘 문학이 대두하게 된 문학적 배경에 대해서는 그동 안 충분히 논의되어 온 바, 경향문학이나 계몽문학, 감상적 문학에 대 한 반발, 예술성 추구로 인한 '순수'적 태도의 발현으로 설명된다. 그 리고 문학에서 근대성을 실현하려는 상이한 문제의식에서 전연 판이 한 양상을 갖춘 모더니즘 문학의 출현으로 이해된다. 한편 사회·문 화적 배경으로서는 만주사변, 중일전쟁의 반발이라는 정치적 상황과 사상탄압, 한글운동, 카프조직의 볼셰비키 화와 해체에 이르는 과정 등이다.

이와 같이 동시대 순수·모더니즘 문학의 전모는 바로 이와 같은 각 유파의 외적 차별성과 내적 동질성의 통일적인 파악을 통해서만 올바른 해석이 가능하다. 여기서 동질성이란 역사적·구체적 현실의 소거消去라고 본다.[2] 순수·모더니즘 문학은 민족적 삶의 구체적 현 실을 문학적 현실이나 현대문명 일반, 심리적 현실, 구원한 인간의 본 성이라는 추상적 현실로 치환하고 있는 것이다. 역사적·구체적 현실 이란 사람들의 삶이 이루어지는 시간적·공간적 구체성뿐만 아니라 인간이 삶을 영위하기 위해 맺게 되는 개별적 연관들의 역사적·사회 적 필연성을 전제로 한다. 그러므로 그 주체성과 필연성이 확보 유무 에 따라 작품 속의 현실은 구체적인 것일 수도 있고, 추상적인 것일 수도 있다. 그런데 1930년대 순수·모더니즘 문학에서는 객관적 현실 이 문학적 현실만을 주로 의식하는 역사의식에 의해서 다른 현실로 대치된 것이다.

또 하나 예를 들면, 김영랑의 시에서 현실이 은은한 정조에 휩싸여

---

2) 이선영, 「1930년대 한국문학 개관」(최유찬), 앞의 책, p.22.

감춰져 있는 점이나, 김기림의 <기상도>에서 현실을 서구사회의 현대문명으로 상정하고 있는 점, 유치환의 <생명의 서>나 서정주의 <화사>에서 똑같이 등장하는 원시적·본원적 세계는 그들의 사조적인 차이에도 불구하고 동질성을 나타내고 있다. 시문학파의 이론가인 박용철이 "시는 시인이 늘어놓은 이야기가 아니라, 말을 재료삼은 꽃이나 나무"로서 시인이 시인되는 소리는 "현실의 본질이나 각각의 전이轉移를 인지할 뿐만 아니라 체험하며 그 모든 깊이를 가진 자신을 하나의 꽃이나 새, 나무로 변용하는데 있다3)"고 했다.

시문학파인 박용철이나 김영랑의 시편에서 은은하고 아련하며 애틋한 시어들은 현실을 직접적으로 표현한 것이 아니라 '내면의 깊이'로 침잠한 체험 내용의 표출이며, 거기에서 현실 본래의 모습을 확인하고자 하는 것은 걸맞지 않다는 것이다. 마찬가지로 모더니즘의 이론가인 김기림은 '시는 언어의 한 형태'로서 '시인은 시를 제작하는 것'이고 당위의 세계인 '가치의 창조4)'를 지향하며 '시는 꿈의 표현'이기 때문에 '어떠한 시간적·공간적 동존성도 비약도 이곳에서 가능5)'하다고 주장한다. 이러한 이론을 지닌 모더니즘 문학에서 구체적 현실의 내용이 큰 의미를 지닐 수 없는 점은 쉽게 유추할 수 있다.

아울러 정지용의 <향수>와 <고향>에서 기억 속의 고향이 감각적으로 재현된 것이나, 김광균의 도시가 전신주와 성교당, 고층빌딩, 와사등에 의해 시각적 심상으로 제시될 때, 삶이 근거하고 있는 생활 자체는 격자 속의 풍경일 수밖에 없다. 이 같은 양상의 현실관은 생명파

---

3) 권영민 엮음, 「시적 변용에 대하여」(박용철), 『한국문학비평(1) 1896~1945』, 1995, pp.563~567.
4) 「詩論 - 시의 방법」, 『김기림 전집 2』, (심설당, 1988), p.78.
5) 「詩論 - 감상에의 반역」, 『김기림 전집 2』, (심설당, 1988), p.109.

(인생파)나 김동리, 이상에게서 엿볼 수 있다. 서정주의 '석유 먹은 듯' 숨 가쁜 관능과 김동리의 무속도巫俗圖에서 원형질적인 인간세계가 탐색된다면, 언어를 거부하며 자아의 세계에 칩거하는 이상의 실험은 의식의 세계를 탐험하는 작업이라고 할 수 있다. 여기서 그 대상들은 서로 다른 국면에서 상이한 양상으로 이루어진 것일 뿐 현실을 유폐하고 있다는 점에서는 공통적이다. 이처럼 순수·모더니즘 문학은 많은 가지가 뻗어 있고 잎사귀를 무성하게 달고 있지만, 그 줄기는 민족의 궁핍한 삶으로부터 다른 세계로 시선을 옮기는 문학적 방법이다.

이처럼 시문학파는 1930년대 순수·모더니즘 문학의 원류로서 시작詩作 방법에 대한 뚜렷한 의식을 지니고 있었다. 시적 방법의 개혁에 의한 시적 현실의 발견, 시어에 대한 세심한 배려, 남도 사투리의 시어로의 채택 등은 시문학파의 새로운 시도이자 성과였다. 이후 순수·모더니즘 문학의 각 유파가 방법적 성찰을 진행하는 데 큰 영향을 끼쳤다. 모더니즘 문학과 생명파 문학이 종래의 시를 지양하기 위해 시적 방법에 따른 시적 현실의 발견을 재시도하고 청록파가 시문학파의 자양을 흡수해 모더니즘의 극복을 기도하면서 시적 방법에 따라 시적대상을 달리하고 있는 중심축에 시문학파가 놓인다. 시문학파와는 다른 입지에서 시적 방법의 혁신을 기도한 모더니즘 문학은 방법에 대한 의식이 보다 더 자각되어 있고 조직적이다.

또한 김기림이 체계적인 시작의 방법을 주장하면서 정의情意와 지성의 통합을 목표로 내세운 것은 바로 그 사례이다. 그의 주지적 방법이 정의보다는 지성의 관여라는 측면을 강조하는 것이고, 모더니즘 문학에서 정의의 측면이 약화되면서 이미지 조형을 위한 회화성의 도입이 강력히 추진된 것은 익히 알려진 사실이다. 언어의 음질, 음운에 대한 시문학파의 배려와는 다른 차원에서 회화의 내재적 리듬에 기초한 작시법을 주장한다. 이에 김기림은 문명현상을 직접적으로 표현할 수 있도록 공장의 기계소리, 교통기관, 군중들의 아우성을 시에 반영하라고 요구한다. 문명의 대표적인 현상인 도시적 감수성6)에 대한 이 요구는 김광균의 시에서 가장 세련된 감각으로 화답되고 있는데, 김기림 자신도 <기상도>에서 극히 축약되고 속도감 있는 어법으로 현대문명을 시에 담기 위해 시도하고 있다. 즉 성명을 생략한 채 이미지와 이미지의 연결을 통해 현실의 편린片鱗들을 제시하고, 현대문명 현상을 비판하고자 한 시적 방법의 실험이다.

또한 주지주의 평론가인 최재서가 <기상도>에 대해서는 지나친 이미지의 고립과 내면적 통일성의 부족으로 실패에 그쳤다고 평가했지만, 정지용과 김광균은 이 방법에 의해서 한국시의 새로운 측면을 개척했다. 또한 같은 시대 모더니스트이긴 해도 이상은 김기림이나 정지용과는 다른, 일제 강점기의 모더니즘을 그대로 구현한다. 일제 강점기의 상황 역시 거시적으로 보면 이른바 현대성, 혹은 근대성이라는 삶의 조건이 이성의 부식, 혹은 도구화된 이성으로 전락하면서 경제적으로 확장되는 과정의 산물이다. 그런 점에서 일제 강점기의 모더니즘은 현대성이라는 삶의 조건에 대한 암울한 미적 지향이며, 일제 저항시가 대상에 대한 직접적 비판을 구현한다면 식민지 모더니즘은 일제 강점기 상황이라는 대상 속에 자신을 던지는 형식의 저항으로 해석된다.

---

6) 이승훈, 『한국 모더니즘 시사』, (문예출판사, 2000), p.70.
　모더니즘은 도시의 미학이고, 도시는 자본주의가 생산한다. 그 동안 30년대 우리 모더니즘 시가 비판된 것은 주로 물적 기반과 괴리된 상태에서 나타난 문화현상이라는 점 때문이었고, 이 때 물적 기반이란 서구 자본주의 사회와 달리 우리의 상황은 일제 식민지였음을 의미한다.

초현실주의 색채가 강한 이상의 <오감도>를 포함한 그의 시편에
서 읽을 수 있는 실존의식 역시 크게 보면, 실존이라는 말이 나오게
된 철학적 문맥이 그렇듯이 합리성, 혹은 근대성이나 현대성 개념에
대한 정신적 비판과 관련 된다7). 1940년대는 일제의 탄압과 수탈이
강화되면 될수록 민족해방에 대한 민족과 민중의 열망이 더욱 강렬하
게 표현되고 있던 시대이다. 이 시기에 프로문학의 시 정신을 발전시
키고, 일제말의 암흑기를 새롭게 노래하는 이육사와 윤동주의 시가
등장한다. 일제 강점기에 이루어진 문학 행위 중 일명 저항문학8)은

---

7) 이승훈, 앞의 책, pp.145～146.
8) 김용직 · 염무웅 著,『日帝時代의 抗日文學』, 신구문화사, 1976, pp.8～139. <참조>
외국의 경우 프랑스 · 아일랜드 · 중국 등에서 저항문학의 사례를 찾아볼 수 있다. 우
리나라에 있어서는 일제 강점기 36년 동안에 이루어진 문학의 한 형태로 한국의 저
항문학은 일제의 탄압에 의해 별로 떨치지 못했고, 우수한 저항문학의 자산도 일제
가 압수, 소멸시켜 버린 까닭에 양적으로 많이 남아 있는 형편은 못된다. 당시 우리
의 문학은 시대적으로 길고 매우 잔인한 식민지 정책에 의하여 깊은 상처와 시련을
겪었다. 이러한 사정 때문에 우리의 저항문학은 어느 나라의 저항문학보다도 철저하
며 작가들의 수난도 컸다. 일제에 대한 저항문학의 시기 구분을 1910년대 · 1920년대
· 1925년대 · 1935년대 · 1945년대 등으로 구분하는 경우도 있으나, 저항문학의 시대
적 변화는 분명한 체계 위에서 나타난 것은 아니다.
신소설과 창가가 중심이 된 1910년대의 문학은 주로 자주독립사상이라든가 계몽사
상, 개화사상, 미신타파와 현실폭로, 새 도덕과 가치관의 확립 등을 통하여 일제에
간접적인 저항을 시도하였으나, 일제에 대한 투쟁적 저항의식은 거의 찾아볼 수 없
었다. 3.1 운동이 실패로 돌아간 뒤 민족의 많은 목숨을 잃어가며 유혈의 항쟁을 벌
였던 1920년대는 오히려 항일정신의 위축을 나타낸 시기이고, 신문학의 이념적 건설
이 활발했던 시기였다. 문학사의 수준은 놀라울 만큼 1920년대에 이르러 도약하는
모습을 보여주게 되지만 치열한 투쟁적 작품 경향보다도 문학 원론적인 작업에 몰두
하면서 지식인의 사회의식과 작가 정신을 성숙시킨 시대로 규정할 수 있을 것이다.
가령 이 시대에 낭만주의 · 자연주의 · 사실주의 · 퇴폐주의 · 유미주의 등 예술지상
주의적 사조가 그 시대의 주조를 이루었다는 사실은 매우 시사적이다.
1930년대와 1940년대 문학 역시 소수의 두드러진 시인과 소설가에 의해서만 그 저항
의 빛깔을 찾아낼 수 있을 정도였다. 통계에 따르면 일제 36년간 옥사한 작가가 3명
(尹東柱 · 李陸史 · 李允宰), 출옥 후에 병으로 작고한 작가가 1명(金海卿), 적극적으
로 항일운동을 한 작가가 4명(毛麒允 · 白基萬 · 李容相 · 張虎崗), 징역 및 금고형을
받은 작가가 16명(金珖燮 외), 검거 규류된 작가가 14명(桂鎔黙 외), 피신과 낙향이
20명(沈薰 외), 퇴학 · 퇴직 등을 당한 작가가 14명, 출한 불허 · 원고 몰수 · 발표 중
단 · 삭제 등이 19명(蔡萬植 외) 등으로 그 당시 우리 문인이 입은 피해는 아주 컸다.

해방 이후에야 그 진면목이 밝혀진다.

우리의 현대시문학사에 있어 이 같은 시대적 정황에 비추어 대표적 시인으로 이육사[9], 윤동주[10], 그리고 근자에 이르러 심연수가 거론된다. 이들은 시에서 비극적이고 절망적인 현실의식을 드러내지만, 현실에 결연히 대응하는 의지의 일면에서는 이육사가 조금은 더 치열한 편이다. 윤동주의 경우는 <서시>, <쉽게 쓰여 지는 시> 등에서 존재론적 성찰과 새로운 세계인식을 지향하고 <또 다른 고향>이나 <간>, <참회록> 등은 내면적 의지를 표상해 준다. 이육사는 <교목>, <절정>, <광야> 등에서 절망적 현실 인식을 딛고 선 주체를 강한 톤의 남성적 이미지로 형상화하고 있다. 이들은 민족이 암울한 현실에 몸담고 있을 때, 시인이 예기豫期하는 전망을 응시하는 점에서 시적 상상력에 의한 현실인식의 투철함을 보여주고 있다.

2 모더니즘 경향의 심연수의 시

우리가 살고 있는 시대를 모던[11]이라고 부르고, 그 속에서 경험하

---

9) 이육사는 죄수 생활을 할 때의 囚人番號가 64번이었던 까닭에 호를 육사(陸史)라 지었다 할 정도로 감옥살이를 여러 차례, 그리고 여러 해에 걸쳐 치렀다. 그는 <광야>와 같은 잠언적 서정시를 남기고, 독립을 위한 비밀 결사의 맹원으로 활약하다가 체포되어 1944년 북경에서 옥사했다.

10) 윤동주와 송몽규는 일본 후쿠오카 형무소에서 28세의 젊은 나이로 옥사한 청년문사였다. 그들은 친구였고 내외 종간이었다. 이들 중 항일적인 저항문학 활동을 했던 이는 윤동주이다. <쉽게 쓰여진 시> 등 여러 시편에서 저항적인 의식이 깊이 담겨져 있다.

11) 빅토르 츠메가치 · 이주동 옮김, 『현대문학의 근본 개념 사전』, 솔, 1996, pp.113~123. '모던'은 새로운 시대라는 개념으로 고전적인 고대(Antike)의 반대를 표시한다. 중세의 모더누스(modernus)는 두 가지 의미를 가지고 있는데, 하나는 이전의(vorherig)와 반

는 지적·문화적 시대정신을 모더니티[12] 즉, 현대성으로 파악하여 볼 때, 지식·정보화 사회의 우리는 다양한 문화를 향수·전수하고 있음을 확인할 수 있다. 특히 현대인 사이에 모던은 다른 어떤 것보다 우수한 것이며, 현대인 또한 고대인보다 월등하다는 인식을 점차 확대하고 있다. 그러나 그것은 현대인이 천부적 능력으로 전진한 것이 아니라, 다른 사람의 정신적 힘에 의해 뒷받침되기 때문이다. 이런 현대인을 베르나르(Bernard)는 '거인의 어깨 위에 올라앉아 있는 보잘 것 없는 난쟁이[13]'로 비유하고 있다. 이처럼 현대란, 완전한 무에서 유를 창조한 것이 아니라, 과거의 골격에서 이룩된 것이다.

일반적으로 모더니즘은 전대의 모든 것을 부정하는 운동이지만, 모더니즘이 비판의 대상으로 삼은 것은 기성 전통과 인습이지, 모든 문화 현상 자체를 부정한 것은 아니다. 따라서 모더니즘은 전통과의 단절인 동시에 계승의 의미를 가진다. 모더니즘이라는 용어의 개념은 광의와 협의로 나눌 수가 있다. 광의 개념은 소위 '근대'라는 개념에 준하는 것으로 이해된다. 여기서 '근대'란 정치적으로는 근대 국가 단

대되는 현재의(gegenwartig)라는 말이고, 다른 하나는 옛(alt)과 반대되는 새로운(neu) 이라는 말이 있다. 현대(modern)가 지니고 있는 함축적 의미의 바탕은 역사의 예측할 수 없는 변화 가능성에 대한 의식이며, 동시에 사건의 잠재성에 대한 의식이다. 19세기 말경 이 말은 전통을 편입시키지 않은 현실성, 새로움, 변혁을 함축하는 것으로 모던은 가장 최근의 사회적, 문화적, 예술적 방향들의 총체 개념의 명칭으로 낭만주의와는 달리 다원주의의 특징을 갖는 운동을 말한다.

12) 보들레르는 모더니티는 일시적인 것, 우발적인 것, 즉흥적인 것으로 예술의 반이며, 나머지 반은 영원적인 것과 불변적인 것으로 보고 있으며(M. 칼리니스쿠, 이영욱 외 옮김, 『모더니티의 다섯 얼굴』, 시각과 언어, 1994, p.60. 재인용), M. 칼리니스쿠는 오직 특정한 시간의식의 틀 내에서만 일직선적이고 되돌릴 수 없으며 끊임없이 앞을 향해 흐르고 있는 역사적 시간으로 파악한다. 옥타비오 파츠는 모더니티를 자신에 반대하는 전통으로 보고 있으며(옥타비오 파츠, 윤호병 옮김, 『낭만주의에서 아방가르드까지의 현대시론』, 현대미학사, 1995, p.18.), 김기림은 모더니즘을 한 시대의 시대정신으로 파악하고 있다.(김기림, "시와 인식", 『詩論』, 심설당, 1988, p.100.)

13) 베르나르(Bernard de chartres / ?~1130) 중세 스콜라 철학자.

위의 역사 전개와 그에 이어진 정신적 흐름을 뜻한다. 문예사조 상으로 볼 경우 모더니즘에는 근대 이후 나타난 모든 현상이 포함된다. 문예사조 측면에서 다다이즘이나 이미지즘, 초현실주의, 심리주의, 큐비즘 등은 근대 이후에 나타난 사조에 대한 상위개념으로 이해할 수 있다. 그러나 협의의 모더니즘이란 어떤 특정한 문학 예술상의 유파를 지칭한다. 따라서 역사적, 민족적, 지역적인 한계성을 벗어날 수 없는 것이다. 구체적으로 그것은 1920년대부터 영시에서 등장한 이미지즘과 유사한 정신 및 기법에 해당된다.

서구에서의 모더니즘에 대한 개념을 우리의 문학사에서 그대로 반복하는 것은 중요하지 않다고 본다. 왜냐하면 어느 문화권이나 특정 지역에 있어서의 역사 전개는 그 나름의 수용과 그 수용 이유를 갖기 때문이다. 따라서 우리의 문학사에서 모더니즘을 바라볼 때는 다음과 같은 범주를 설정하여 고찰함이 보다 바람직할 것이다. 그것은 한 나라의 문학예술의 전개를 전통지향성(tradition orientation)과 모더니티 지향성(modernity orientation)의 변증법적 발전으로 파악하는 일이다.

어느 문화나 그것이 독자적으로 성장하려면 전통적 요소만으로는 불가능하다. 거기에는 적어도 외래적인 요소가 작용하지 않으면 독자적 주체성을 세울 수가 없을 것이다.[14] 모더니즘은 자본주의 미학을 본질로 한다. 1930년대 시에 나타난 모더니티는 상실과 소외의식, 현대 문명과 도시성, 유토피아 의식과 이상향 추구로 나누어 볼 수 있다. 우리의 시문학사에서 모더니즘시란 일제 강점하의 조선이라는 역사적 조건에서 규정된다. 이는 1930년대 중반에 크게 성장한 시단의 경향이며, 그 시론상의 거점은 이미지즘이다. 일찍이 문학사를 정리

---

14) 김윤식, 『한국현대문학사』, (서울대학교출판부, 1992), p.290.

한 백철은 'Modernism=Imagism'의 등식으로 파악하였지만, 이 문제를 보다 확실히 파악하기 위해서는 당시 모더니즘 시 운동의 기수중의 한 사람인 김기림의 글을 검토[15]할 필요가 있다.

김기림은 1939년 한국모더니즘 시 운동의 결산서에 해당하는 「모더니즘의 역사적 위치」를 발표한다.

> 모더니즘은 우선 오늘의 문명 속에서 나서 신선한 감각으로써 文明이 던지는 印象을 붙잡았다. 그것은 현대의 文明을 도피하려고 하는 모든 태도와는 달리 문명 그것 속에서 자라는 문명의 아들이었다. 그 일은 바꾸어 말하면 우리 新詩史上에 비로소 都會의 아들이 탄생했던 것이다. 題材부터 위선 都會에서 구했고 文明의 뭇面이 風月 대신에 등장했다. 文明 속에서 형성되어 가는 새로운 감각 정서 사고가 나타났다. ……줄임…… 그런데 朝鮮에 있어서 모더니즘은 集團的 詩운동의 모양을 갖지 못했다. 또 위에서 말한 특징을 개개의 詩人이 모조리 갖춘 것은 아니다. 오직 대부분은 부분적으로만 모더니즘의 징후를 나타냈다. 또 그것은 반드시 의식적인 것도 아니고 詩人的 민감에 의한 天才的 발현인 경우가 많았다. 그러나 여하 간에 위에서 말한 두 가지의 지표를 통해 우리는 몇 사람의 우수한 詩人과 그 詩風을 한 개의 流派로서 개괄하는 것은 타당한 일이다. 더군다나 그들이 활약한 30년대의 전반기에 있어서 시간의 젊은 추종자들이 압도적으로 이 영향 아래 있었던 사실은 이 시기를 한 개의 특이한 역사적 에포크로서 특징짓기에 족하다.[16]

여기서 몇 사람의 모더니즘계의 시인이란 구체적으로 『시문학』(1930)

---

15) 이점은 심연수 시 연구 논문 검토에서 언급했듯이 임헌영의 논문에서 심연수의 시가 일본 유학 이후에 모더니즘적 경향이 강하다고 보았으며, 윤동주가 정지용 계열의 모더니즘이라면, 심연수는 김기림 계열이라 불러도 좋을 것이라고 평가했기 때문이다.
16) 김기림, 『시론』, (심설당, 1988), pp.55~56.

과 『카톨릭 청년』(1933)을 거점으로 한 정지용, 김기림, 신석정, 이상과
그 후에 등장한 김광균, 장만영, 조영출 등을 말한다. 한편 1940년대
의 모더니즘 시를 논하면서, 이승훈은 다음과 같이 기술하면서 김기
림, 오장환, 김광균 등의 작품을 논하였다.

>   식민지 시대 모더니즘도 엄연히 모더니즘이다. 서구 모더니즘과
> 다르다는 점이 하등 비판의 대상이 될 수도 없고 또한 칭찬의 대상이
> 될 수도 없다. 사회, 경제제도의 전근대성을 모더니즘 문학의 허약성
> 과 관련시키지만, (중략) 그런 점에서 나는 모더니즘이 아니라 식민지
> 모더니즘이라는 용어를 사용한 바 있고, 이 용어는 조선적 특수성을
> 비판하기보다는 수용하면서 동시에 그것을 초월하려는 태도를 암시
> 한다.17)

 특히 서준섭은 김기림과 오장환의 시를 논하면서, 당시의 정치성을
배제할 수 없는 정황을 피력하기도 하였다.

>   김기림과 오장환이 해방 후 정치와 시를 동일한 과제로 생각하게
> 되는 것은 모더니즘 자체의 성격 때문이다. 이미 말했듯이 현대성의
> 인식과 탐구는 모더니즘의 기본 이념이다. 다른 어떤 것보다도 자기
> 시대의 사회적 삶이 중요하다고 생각하는 데서 진정한 현대성의 문
> 제가 제기된다. (중략) 김기림과 오장환은 '30년대와 해방 공간의 현
> 대성이 역사적으로 서로 다른 점이 있으나, 현대성의 문제라는 점에
> 서는 동일하다는 사실을 잘 알고 있다. 이들의 문학적 반성과 재출발
> 이 모두 이와 관련되어 있다.' 40년대 이들의 문학적 행위는 한국 모
> 더니즘이 정치와 긴밀한 관련을 맺고 있었다는 사실을 생생하게 보
> 여 주는 예18)

---

17) 이승훈, 「1940년대 한국 모더니즘 시의 전개」, 앞의 책, p.160.

　이제 저자가 모더니즘적 경향의 청송靑松 심연수의 시를 논의하기
에 앞서, 그는 용정의 동흥중학교를 졸업한 이듬해인 1941년 2월 초
일본 유학을 떠난다. 처음 도일渡日하는 그의 심회心懷는 인용하는 시
에서 쉽게 확인되듯이 의외로 기대감에 충만한 기쁨과 감격, 낙관적
분위기와 접목되고 있음을 파악 할 수 있다.

　　　　連絡船 더난다 釜山埠頭의 밤
　　　　등불에 깨여지는 波문의 그림자
　　　　울렁거리는 가슴 설레는 마음아
　　　　　　　　　　　　-<玄海灘아 永遠히 잊이 못할 너>에서

　　　　아두운 밤 깊어 별 나리는 바다
　　　　희망 실고 뜬 배 달린다 헤친다
　　　　甲板에 흔드는 몸 젊은 넋이
　　　　유토피아 찾는 나의 앞날에
　　　　오! 건너는 海峽은 거세여라.

　　　　밤이 새이도록 날이 밝도록
　　　　거룩한 이 바다 감사한 玄海灘
　　　　언제나 못 잊으리니 이 하로밤
　　　　내 염통에 피 뛰는 날까지
　　　　　　　　　　　　-<玄海灘을 건너며> 전문(1941년 2월 9일)

　서구의 모더니즘이 물질문명과 기독교적 세계관에서 연유하고 있
는데 비해, 1930년대 우리의 근대화는 1920년대의 낭만주의와 카프

---

18) 서준섭, 「모더니즘의 반성과 재출발-1940년대 모더니즘 시의 전개」, (『현대시사상』
　　가을호, 1995), pp.123~124.

계열의 내용편향에 대한 반발과 일제 강점기라는 특수한 시대 상황에서 오는 고향 상실에서 연유한다. 서구의 모더니즘이 신의 부재를 채우려는 노력으로서의 유토피아 개념이라면, 우리의 모더니즘은 상실된 고향을 회복하고자 하는 노력으로서의 유토피아 개념이라고 할 수 있다. 이 때 고향이 유토피아라면, 고향 상실은 유토피아 상실로 설명된다. 이 시는 전체 3연으로 구성해야 시상의 전개가 바르게 진행된다. 1연의 마지막을 '아 - 玄海灘아 永遠이 잊이 못할 너 - '로 끝내고, 3연에 와서 '언제나 못 잊으리니 이 하로밤/ 내 염통에 피 뛰는 날까지'로 시적 구성을 강도 높게 형상화한 시인은 일본행에 무한한 기대를 품고 있다. '힘찬 힘 가는 곧에/ 두려움 없을세라/ 心身이 젊엇으니/ 일마저 튼튼하여라'의 <떠나는 젊은 뜻>에서도 시의 다짐은 낙관적이다.

1920년대에 일본행 배를 탔던 카프 시인 임화는 '적의 것을 배워 적을 물리치리라'는 엄숙한 각오를 한다. 또 그는 배에서부터 느꼈던 일제 강점하의 차별대우는 더욱 강한 의지를 불태우게 한다. 그러나 심연수의 일본행에는 조그마한 그늘도 보이지 않으며, 희망과 확신에 찬 모습을 보이고 있다. 이와 같이 희망을 안고 도착한 일본이었지만 최초의 감격이 가시고 난 후 심연수가 일본에서 정작 느낀 것은 자신의 기대와는 다른 삶에 대한 실망과 외로움이다. 그로 인해 자연스럽게 가지게 된 것은 떠나온 곳에 대한 향수였다. 심연수가 현해탄을 건널 때는, 임화가 현해탄을 건너는 마음이었을 것이다. 하지만 김기림의 시는 현해탄을 건너기 전에 되돌아오고 만다.

아모도 그에게 水深을 일러준 일이 없기에
흰 나비는 도모지 바다가 무섭지 않다

靑뭉밭인가 해서 나려갔다가는
어린 날개가 물결에 저저서
公主처럼 지쳐서 도라온다.

三月달바다가 꽃이피지않어서 서거푼
나비허리에 새파란 초생달이 시리다
-<바다와 나비> 전문(1939. 4)

 여기서 인용한 심연수의 시 <玄海灘을 건너며>와 김기림의 시
<바다와 나비>는 당시 시인(지식인)들의 현해탄 콤플렉스 즉, 현해
탄을 넘나들며 지식과 감각을 배웠던 많은 지식인들의 정신사가 그
속에 요약된 것으로 인식된다. 수심을 몰랐던 나비 한 마리가 현해탄
을 건너려고 한다. 나비는 수심을 모르고 일단 현해탄을 건너다가도
어린 날개가 지치면 포기하고 되돌아와야 하는 우울한 현실이다.

한 마리 적은 새 날르는 앞길
구름 깊어 지리한 자욱한 하늘
마음 죄여 못 놓는 안타가움에
너를 품을 가슴이 무한 뛰노라
어둡는 저녁 바다 적은 섬에서
앉었다 쉬어 오는 젖은 몸둥이
낮설은 해협의 비포에 배여
무거워 지친 모습 애처러워라.
-<외로운 새>에서 (1942년 7월 27일)

처음에 꿈꾸었던 것과는 달리 일본에서 마주치는 현실은 무척 냉혹하게 다가온다. 그는 이러한 일본에서의 삶을 '사막'과 '작은 새'의 이미지를 빌어 자주 표현하고 있다. 사막은 자신이 부닥친 일본에서의 삶이며, 작은 새는 그 속에서 상처받고 외로움에 지쳐 있는 자신을 투영한 상징물이다. 이처럼 부조리하게 자신을 옥죄는 외부세계를 감옥이나 폐허(사막), 암흑 등으로 인식하고 자신을 가련한 작은 새로 비유한다. 외부세계로 인해 자신의 내면이 겪는 이런 갈등과 부조화에 시달리면서 결국 심연수는 일본에서 자신의 삶을 '뜻없는 人生의 沙漠에/ 하염없는 苦生에 찡그린 얼골/ 네얼골이초라코나 보기싫코나(人生의 沙漠)"라고 하여 패배한 삶이라고 선언하게 된다. 이 같은 삶의 고난 속에서도 그의 시는 점차 모더니즘적 기법으로 변주變奏된다.

> 방바닥을 옴질거리기 시작하고
> 벗어 놓은 안 경 앞에 산발 여인이
> 뱅글 돌며 등 뒤로 숨는게 빛어
> 귀에다 입술을 대고 가만한 소리로
> 무엇하러 않 자느냐 물어 보길래
> 당신을 만나려고 않 잔다니까
> 자꾸만 거짓이라 다짐 받더니
> 따끈한 입술이 목덜미를 깨물고는
> 어디론지 소리 없이 사라지고
>
>   -<次 그믐밤 혼자 깨여>에서

이 시는 전체 124행으로 마치 장편의 이야기 시를 연상케 한다. 또한 이 시는 다른 시와는 다르게 매우 실험적 시상전개로 시인 스스로 자유로운 연상 작용을 통해 엮어낸다. 잠에서 깨어는 있지만 무의식

의 상태에서 마치 꿈을 꾸는 자가 순간순간 손이 닿는 대로 스스로의 내면세계를 표출하는 인상을 안겨준다. 심연수의 시에서 모더니즘적 기법 가운데 하나는 위 시에서 보는 것과 같은 초현실주의적 기법[19]이다. 인용한 시뿐만 아니라 <幻魔>, <벽>등에서도 같은 기법이 사용되고 있다. 이 시기 모더니즘적 기법을 취하여 쓴 시 중 이미지 구축에 비교적 성공한 것으로는 다음과 같은 시가 있다.

> 무사시노 서쪽 하늘에/ 옅던 노을 붉어 짙고/ 黑潮 걷힌 파아란 潮風이/ 저문 街街를 흘러 넘친다/ 어도가와 한쪽 옆을 달리는 電車/ 疲勞한 胴體를 일럭이며/ 緯度처럼 얽혀진 導線에 매달려 항/ 무거운 몸을 끄을고 간다/ 蒼然한 暮色이 거리에 오고/ 太平洋이 불어 뿜은 어둠의 噴霧 속에/ 끄실은 빌딩 떼가 자맥질한다/
>
> -<歸路>에서

인용한 시편은 한낮의 고된 일을 마친 저녁 무렵의 귀가 길의 시인에게 비친 무사시노의 풍경이다. 이 시는 일본 유학 이전의 시와는 분명히 구별되는 시어와 이미지의 구성이 가일층 돋보인다. 바닷바람을 '黑潮 걷힌 파아란 潮風'으로 시각화하여 묘사한 기법의 처리나, 에도가와 옆을 달리는 전차에 자신의 심정을 투사하여 '疲勞한 胴體를 일럭이며/ 緯度처럼 얽혀진 導線에 매달려/ 무거운 몸을 끄을고 간다'의 감각적 수법이 특이하다. 이 같은 표현은 이전의 시적 경향에서는 찾아볼 수 없는 모더니즘식의 표현 처리이다. '太平洋이 불어 뿜은 어둠의 噴霧 속에/ 끄실은 빌딩 떼가 자맥질한다'의 표현에서는 미약하지만 초현실주의적 경향까지 지니고 있다. 이승훈은 심연수의 시 <부

---

19) 이승훈, 『詩論』, 태학사, 2005, p.365.모더니즘 시는 광의로는 제1차 세계대전을 전후하면서 나타나는 심상주의, 미래주의, 다다주의, 초현실주의 등을 포괄하는 개념이다.

두의 밤>, <異鄕의 夜情>, <방>, <갈매>, <편지>에 나타나는 이 미지의 특성을 새롭게 해명한 바 있다[20].

여기서 이 같은 표현들은 당대에 이미 익숙하게 사용되던 것으로 그다지 새로운 것은 없을지라도, 전통적인 서정시 작법에 익숙했던 그의 시가 근본적인 변화를 일으키고 있다는 것을 파악할 수 있다. 또한, 이전까지의 습작 상태에서 벗어나 본격적인 현대시 창작의 문턱에 들어서고 있음을 알게 해준다. 이것은 단순히 모더니즘적 시어나 이미지 구성을 시에서 사용하고 있다는 것에 기인하는 것이 아니다. 이제까지 당위론적, 운명론적 현실을 그리는데 익숙했던 심연수가 이 시기부터 근대시의 특성인 비판하고 풍자하는 상황으로 현실에 주목하면서 동시에 현실에 대한 냉엄한 바라보기를 시도하고 있는 점이다. 이 같은 세계관의 변화요인을 찾는다면, 우선은 삶의 현실 이동을 통한 체험적 갈등을 들 수 있다. 용정과 강릉을 오고 가면서 다시 떠나야 만하는 삶의 긴 여정, 동흥중학교 4학년 때 15일간의 긴 수학여행을 통한 세상 돌아봄에 대한 새로운 인식, 현해탄을 건너 일본유학 시절, 그 자신이 체험하고 있는 삶의 현실과 세계에 대한 갈등이다.

특히 시 <歸路>에 사용된 이미지들이 대개 무겁고 어두운 것들이라는 점도 주의 깊게 살펴볼 필요가 있다. 이것은 유학 이전의 시에서 대체적으로 긍정적이며 낙관적인 모습을 보여주던 심연수 시인이 이 시절에 창작한 시에서 이처럼 부정적이며 답답한 이미지를 주로 사용하는 것은, 힘들고 어려운 상황이었음을 짐작케 한다. 힘든 현실에서 심연수가 탈출구로 삼는 도구가 바로 '붉은 태양'을 찾는 마음이다.

---

20) 이승훈, 「심연수의 시와 모더니즘」, 제5차 심연수시인 국제학술세미나, 2005, pp.37~40.

未明의 廣野를 달리는 者 누구냐
동터 올 새벽을 기뻐 맞을 젊은이냐
짧어진 횃대에 콸콸 붙는 불
샛빨간 불길이 춤을 춘다
푹푹 우그러든 자죽마단 땀이 고엿고

-<새벽>에서

붉은 태양을 찾은 순간부터 그의 시는 이제까지의 절망하고 비탄하는 모습을 탈피하여 강건하고 호방한 모습을으로 현현된다.

꺼저분한 形式은 누가 만들고
억울하게 服從할 者 그 누구드냐
覇絆을 끊어던진 알몸둥이로
활개치며 하늘 아래 巨步를 하자
아낌없이 이 땅을 굴러 보노라
銳利한 神經을 짚어 보노니
地脈은 예보다 더 힘차게 뛰고 있더라.

-<맨발>에서

이 시에 나타난 시인의 모습은 이제 더 이상 피곤에 지치고 삶에 지쳐 거꾸러진 모습이 아니다. 그는 대지와 연결되어 있는 자이며, 하늘아래 거칠 것이 없는 자이다. 때문에 이제 그는 더 이상 형식에 얽매이지도 않고, 패배에 묶여 굴종하지도 않는다. 알몸뚱이로 땅을 구르며 진정한 자기 꿈을 실현할 자신을 가지고 움직이는 자이다. 심연수의 시를 모더니즘적인 시각에서 깊이 있게 논의한 글은 몇 안 된다.

비교적 최근에 발표된 논고에서 이승훈의 지적은 그나마 심연수의 시적 경향에 선행적인 가치를 지닌다. 이와 같이 이 글에서 모더니즘이 강조한 것은 자율성 미학이고 그것은 반재현주의, 반리얼리즘의 태도로 요약된다. 내가 읽은 바로는 심연수는 모더니즘을 고집한 것도 아니고 모더니즘에 대한 자의식이 있었던 것도 아니고 대체로 그의 경우엔 전통적인 서정시, 민족적인 리얼리즘, 모더니즘이 혼재한다.[21]

3 비극적 현실에 대한 시 의식

실존주의 문학에 있어 저항적 의미를 지닌 시는 삶의 현실과 대립된 긴장관계에서 형성된다. 말하자면 삶과 현실의 현재적 조건이 바람직성에 입각한 당위적 진실에 어긋나거나 위배되면서, 모순과 불합리성을 노정하는 가운데 이와 상반되는 정신적 지향 과정에서 토대가 마련된다. 이런 점에서 일제 강점기의 현실은 민족의 주체적 생존과 자유를 위협하는 온갖 제도적, 비제도적 폭력이 가해졌던 만큼, 이 시기의 문학 역시 이에 대응하는 저항정신을 기본 축으로 하여 전개될 수밖에 없었다. 그러므로 저항시는 모순된 현실과 불행한 역사의 문학적 소산물이다. 삶의 현실과 역사가 모순과 부정으로 가득 차고 파행적 방향으로 치달을 때, 삶의 황폐화와 현실의 불모성, 그리고 역사의 암담함으로 연결되는 비극적 현실인식의 계기가 이루어진다.

레지스탕스적인 저항 시는 기본적으로 이와 같은 비극적 현실인식을 시적 사유의 중요한 요건으로 삼고 있는 점이다. 하지만 비극적 현실인식 자체가 저항시를 이루는 충분조건은 아니다. 저항시는 비극적

---

21) 이승훈, 앞의 글, pp.40~41.

현상인식의 토대 위에 현실의 모순과 불합리성을 들추고 비판하면서, 동시에 현실상황의 극복 의지를 적극적으로 나타낼 때 온전한 시 의미를 갖는다. 특히 일제 강점기의 역사현실에서 저항시가 반일反日의 비판적 인식을 바탕에 깔면서 궁극적으로는 민족해방의 적극적 의지를 고양해 가는 것은 이 경우 매우 당연하다. 따라서 저항시는 현실비판과 사회참여의 성격을 지니며, 그 궁극적 의식에서 민족주체의 생존과 자주독립 및 발전을 꾀하는 민족주의적 성향을 갖는다. 저항시가 비판과 참여의 성격을 가진다고 할 때, 그 비판의 대상이 반드시 객체인 상대와 현실에만 두어지고, 또한 참여의 의미가 실천적인 쪽에만 있는 것은 아니다. 비판의 대상이 주체인 자아가 되면서 자아의 삶과 정신에 대한 정직성을 엄정하게 되돌아보고 반성하면서 내면적인 참여의 의지를 가다듬는 자세도 저항적 자세로 간주할 수 있다.

저자는 저항시의 이런 특성, 곧 자아의 내면적 성찰을 모더니즘의 또 하나의 특성으로 본다. 그것은 권태, 우울, 절망, 불안, 허무 등으로 나타난다.

> 가난한 거리
> 내ㅅ물에 함박 젖은 살림
> 번화를 자랑하는 뒷골목에는
> 말못할 悲劇이 도리질하고
> 彈力 잃은 창백한 血管으론
> 죽은 피가 찔룩거리나니
> 그것은 일에 찢인 이 거리의 사내엿고
> 빛 잃은 좁은 거리는
> 造幣局 뒷골목이엇다.
>
>   -<가난한 거리>에서

이 시는 시인이 처한 현실인식을 파악하는데 좋은 자료가 된다. 이 시에서 심연수는 번화한 조폐국 앞거리와 그 뒷골목에 자리 잡은 빛 잃은 좁은 거리의 대비를 통해 당대 사회에 내재한 빈부의 문제를 이야기하고 있다. 시인은 가난한 이들의 처참한 삶의 절망을 구체적인 묘사를 통해 보여주고 있다.

> 깨여진 입살에 깔깔한 혀 끝
> 목멘인 하소를 귀에 담어 보는
> 부두의 설음은 슱은 푸념
> 손에 든 투렁크가 무거워진다
> 밤은 깊어 외로운 해협의 기슭
> 눈물도 얼려는 부두의 孤情
> 철없는 가슴에 한이 엉키어
> 여을의 거츤 물을 헤엄치련다
>
> -<埠頭의 밤> 부산에서

여기서 심연수 자신이 현해탄을 건너기 전 부산 부두에서의 착잡한 심상이 '밤은 깊어 외로운 해협의 기슭/ 눈물도 얼려는 부두의 孤情/ 철없는 가슴에 한이 엉키어/ 여을의 거츤 물을 헤엄치련다.'에 나타나 독특한 짜임과 현실인식의 테두리 안에서 형성되고 자리매김을 한다.

> 바람은 西北風/ 해 질 무렵의 넓은 벌판에/ 싸르륵 몰려가는 눈가루/ 칼날보다 날카로운 이빨로/ 눈 덮인 땅바닥을 갈거간다//
>
> 漠漠한 雪平線/ 눈물 어는 샛파란 空氣/ 추위를 뿜는 매서운 하늘에/ 조그만 해ㅅ덩이가/ 얼어 넘는다//
>
> -<눈보라> 전문, 依蘭에서

인용한 시에서도 지적할 수 있지만, 심연수 시인의 시적 메시지는 비교적 리얼리즘 쪽이다. 정지용보다는 다분히 김기림적인 모더니즘 경향에 편중하고 있다. 이는 '체험＋형상'이라는 시의 틀이 증명한다. 특히 젊은 날 -依蘭에서 '칼날보다 날카로운 이빨로 / 눈 덮인 땅바닥을 갈거간다', '조그만 해ㅅ덩이가 /얼어 넘는다'로 표현된 모더니즘적인 정조를 시적으로 표현한 <눈보라>는 심연수의 대표 시로 논의된다.

> 언제나 어두운/ 햇빛 한 점 못 보는/ 캄캄한 굴방//
> 퇴창 하나 못 가진 주위/ 한갈같이 맥히운 방//
> 죄수처럼 가치워/ 조각같이 앉아 있는/ 변함없는 성자의 침방.//
> -<방> 전문

심연수 시인의 시적 공간인 방은 내면의 자유로운 처소가 되면서 다른 한편으로는 외부로부터 격리된 소외된 공간의 상징이다. 1, 2연에서 묘사된 방은 어둠의 이미지가 가득하다. '퇴창 하나 못 가진' 방이기 때문에 빛이 들어올 곳이 없다. 시인은 고립된 고독의 공간인 '캄캄한 굴방'에서 혼돈, 죽음, 악, 암울 등에서 이탈하려는 의식은 3연에서 보다 더 확장된다. '죄수', '조각'의 비유를 통해 냉정하게 받아들이면서, 결국은 '성자의 침방'이라는 상황적 역설을 보여주고 있다. 이것은 표현된 의미와 다른 진실이 그 이면에 감추어짐을 보여준다. 시인은 어둠 속에서 스스로 심층적 자아와 치열한 투쟁과 심한 내적 갈등 속에서 끝내 죄인의 모습을 극복하고 성자를 꿈꾼다.

고독과 어둠의 폐쇄된 공간을 시인은 오히려 구도와 이상을 추구하는 성전으로 승화시키는 것이다. 이는 곧 내적 갈등의 극복과 자아성찰을 보여주는 시로 해석되어진다. 문학이 우리에게 주는 감동은 크게 서정적 감동과 파토스적인 감동으로 나뉜다.[22] 서정시는 당연히 서정적 감동을 준다. 슈타이거에 의하면 서정적인 것은 우리의 마음을 부드럽게 한다. 시적 세계관에서 볼 수 있었던 것처럼 서정시에서 자아와 세계는 분리되지도 않을 뿐만 아니라 대결하지도 않는다.

서정적인 것은 적대감정이 아니라 조화의 감정이다. 이 같은 서정적인 것과 대립하여 파토스[23]적인 감동은 적대 감정이다. 이는 자아와 세계의 대립·갈등 구도를 전제로 하고 이것을 타개하려 한다. 비록 심연수 시인에게 있어 당위적 세계의 시적 형상화가 현저하게 이루어지지 않은 상태이지만, 시대적 정황에 비추어 볼 때, 그 자신이 자아와 세계의 조화보다 대립과 갈등의 세계를 보여주는 모더니즘의 특이한 양상을 시적 토양과 정신적 기후로 조성시킨 역동성을 접할 수 있다는 점은 하나의 놀라움으로 지적된다

---

22) E. 슈타이거, 李裕榮·吳賢一 譯, 『詩學의 根本槪念』, (삼중당, 1978), pp.210~212.
23) E. 슈타이거, 앞의 책, p.243. 파토스(pathos)는 불운·고뇌·격정 등 병적 상태의 어원적 의미도 가진다. 마음의 병적 상태이기 때문에 때로 광기의 병리학적 용어로도 기술된다. 파토스는 격정이고, 격정이기 때문에 절제를 떠나 방황하는 마음 상태이다. 격정과 적대감정으로서 파토스는 또한 무엇인가를 지향하는 갈망이다. 그래서 서정적인 것과는 달리 파토스적인 것은 무엇을 욕구하는 것이 그 특징이다. 이 욕구 자체는 실제로 '있음'과 '있어야 함의 분리에 대한 반응이다. '있어야 함의 당위적 세계가 아직 지금 여기에 없으므로 격정·방황하는 마음이 되고 세계에 대한 적대감정이 될 수밖에 없다. 그래서 파토스적인 것은 언제나 "무엇을 찾느냐", "어디로 가느냐" 하는 물음을 동반한다.

07 심연수의 시조문학과 바다의 층위

푸른 바닷물결 자지색 바닷빛/ 바닷가 흰 바위에 바투 자란다박솔/
어느 것 한 가지인들 맘 아니들쏘냐.// -심연수의<바닷가에서>

- 8. 14. 동해안에서

1 바다와 시조문학의 탐색

그간에 우리 국문학사에 있어 해양문학(Sea Literature)이란, 사전 풀
이식의 피상적 이해에 머무르고 있을 뿐, 구체적 해석이나 이론적인
정리는 비교적 빈약한 현상이다. 일반적으로 해양문학이란 '바다를 대상
으로 하거나, 바다를 소재·주제로 쓰여진 문학'으로 볼 수 있으며, '바다
가 문학작품 속에서 주요 구실을 하는 것'으로 설명된다.

지정학적으로 반도인 우리의 지리적 여건과 해양환경은 바다뿐만
아니라, 바다 생물·섬·어촌·바닷가·어부 등 다양한 소재로 다루

어졌다. 어디까지나 해양문학의 범위는 바다이며, 또한 바다를 배경
으로 존재하는 섬·어촌 등도 광의적으로 해양문학에 수용되어 다루
어지는 현상이다. 따라서 해양문학의 역할을 '쓰여 짐에서 읽혀짐, 그
리고 생활의 합일과 생산성'으로 활용되게 변형시키는 것은 바람직한
정신작업으로 바다와 인간, 바다를 통한 인간의 감성이 투영된 해양
문학에 있어 바다 자체의 관조觀照는 요건이 된다.

물의 총합으로 생명의 원천이며 화합과 끌어안음의 바다를 배경으
로 삼거나 대상물로 해양문학에 등장하는 인물은, 바다라는 무대에
포함된다. 문학사적으로 해양의 발전을 구축한 국가나 국민에게는 바
다를 주제로 한 문학이 다양하고 그 양도 풍부한 편이다. 일단, <생명
의 본원, 바다와 시조문학의 층위>라는 논제를 풀어가기 위해 "바다
와 시조문학의 탐색"에 관하여 전반적으로 기술해 보기로 한다.

2 물의 총합, 바다와 시조문학의 연계성

현실적으로 바다는 삶을 유지하는 자원 보고로서의 역할을 한다.
바슐라르가 바다란 어머니이며 바닷물은 기적의 우유로 상징하였듯
이, 그만큼 바다는 다양한 생명체를 탄생시키고, 또 그것을 양식하는
자양분을 내포하고 있다. 바다는 인간의 삶과 유기적 질서를 가진 역
동적·완성적 공간으로 작용한다. 국문학사에 있어 최고의 시가로 한
여인의 죽음에 관한 비장감 넘친 노래는 <공무도하가>이다. 이처럼
한국시문학의 장은 물과 깊은 연관성을 지니며 불어佛語의 어머니
(mere)와 한자의 바다(海)가 내포되고 있다. 물의 속성과 연계하여 볼

때 인간의 삶이란, 곧 원천적으로 변전變轉하는 흐름이다. 물의 근본적 속성은 흐름과 빛과 소리를 형성한다. 간혹 물의 예술적 미감은 종교적 신비성이나 도덕적 교훈성으로도 해석되어진다.

지정학적으로 우리나라는 삼면이 바다로 둘러싸인 반도국이지만, 아쉬운 점은 서구 해양문학을 보는 관점에서 연구되고 있는 현상이기에 국문학사에서 우리의 해양문학과 연계성을 지닌 향가는 <공무도하가>와 <해가>로 압축된다. 국문학사상 최고의 고대가요로 2세기 후반에 쓰여 진 <공무도하가>는, 고조선의 진졸에 사는 곽리자고의 처 여옥麗玉의 작으로, 진나라 최표의 『古今注』에 배경설화가 기록되어 있다.

임이여 그 물을 건너지 마오/ 임은 그예 물을 건너시다/ 물에 휘말려 돌아가셨으니/ 임은 어쩌란 말이오.

신화의 원형적 관점에서 보면, 주로 물이란 탄생이나 새로운 생명의 실체로 이해된다. 즉 죽어가는 대상에게는 생명을 주고, 살아있는 것에게는 죽음을 준다. 이 노래에서 물의 이미지는 삶과 죽음, 그리고 사랑의 논리성을 드러낸다. 어떻든 물의 총합인 바다는 이 모든 것을 포괄하는 완성된 공간으로 자리한다. 특히 강릉 태수 순정공이 임해정에서 용에 의해 납치된 아내 수로 부인을 위해 그 지역의 주민들과 불렀다는 <해가>는 빼앗긴 아내를 찾기 위한 주술적 노래이다. 건국신화인 <구지가>와는 동기 면에서는 서로 다르나 형식과 내용은 흡사하다. 상이점이라면, 수로 부인이라는 매개체에 의해 '수로'와 '바다의 용'이 있기에 '그물'이란 소재가 첨가되었을 것이라는 유추가 따른다.

거북아 거북아 水路를 내놓아라/ 남의 아내를 뺏은 죄 얼마나 크냐/ 네가 만일 거역하여 내놓지 않으면/ 그물을 넣어 잡아 구워 먹겠다.//

한편, 고려 충목왕 이전에 지어진 <어부가>나 조선 명종 때 농암 이현보의 <어부사>, 그리고 효종 때의 윤선도가 지은 <어부사시사>는, 서구적 생동감과 모험, 그리고 긴장과 공포가 있는 해양의 묘사가 아닌 자연의 풍광을 도학적인 차원에서 읊은 음풍명월내지 강호연가 풍이다. 이에 대한 보기로 맹사성의 <강호사시가>를 단면적으로 구분지어 보면, 춘사는 흥겹고 한가한 강호생활을, 하사는 강호의 초당 생활을, 또 추사는 고기 잡으며 즐기는 생활을, 그리고 동사는 안빈낙도하는 생활이다. 이처럼 우리의 강호가도는 자연의 찬미와 함께 충의 이념을 가미한 시조로 통합된다.

江湖에 녀름이 드니 草堂에 일이 업다./ 有信흔 江波는 보내느니 ᄇᆞ람이로다./ 이 몸이 서늘히옴도 亦君恩이샷다.//

민족의 혼이 스며 있는 시조를 논할 때, 조선조 시조문학의 으뜸인 윤선도가 거론된다. 당시의 선비들이 한문문학과 경직된 사회구조의 틀 속에 갇혀 있을 때 고산은 우리말의 아름다움을 살려 섬세하고 미려한 시조들을 지었다. 그는 천성적으로 강직하고 곧은 성격의 소유자로 자신의 주장을 감추지 못하였기 때문에 순탄한 삶을 영위하지는 못하였다. 1636년(인조14) 병자호란 당시 그는 인조의 치욕적인 삼전도 소식을 접한 직후, 초야에 묻혀 살 것을 결심하고 완도의 보길도에 정착한다. 그는 샘과 돌이 아름다운 보길도를 '물외物外의 가경이라고 감탄하며 <어부사시사>를 짓는다. 고산은 정치적으로 불우했지만 문학적으로 매우 뜻 깊은 시대를 살다간 시인이다.

한편, 한국현대시사에 있어 새로운 시 형식을 통해 바다를 형상화한 최남선의 신체시 <해에게서 소년에게>(1908년)는 그 나름으로 문학사적 중요성을 지닌다. 우리 시조문학의 변천사를 집중적으로 탐색할 수는 없지만, 1927년의 국민문학과 프로문학의 대립 관계의 속에서 시조부흥운동에 대한 정인보의 지론은 중시할 필요가 있다.

첫째, 민족문학으로서의 시조부흥의 당위성 둘째, 현대에 있어서 그 엄격한 자수율에 의한 형식과 작법의 용납 불허 셋째로 그 형식과 내용을 현대감각에 맞게 변화를 모색해야 한다는 점은 기억 속에 담아 두어야 할 사항이다. 특히 우리시조의 형식에 새롭게 양장시조를 선보이며 국민문학파로서의 할을 담당한 이은상의 <가고파>는, 미적주권의 확립 차원에서 정서적인 면이 돋보인다. 떠나온 향리에 대한 애절한 그리움을 주제로 한 작품으로 《동아일보》(1932년)에 전통적인 시조 형식을 현대적으로 변용시켜 표현하였다. 마산 앞바다의 향수와 정한이 수용된 이 시에서 푸른 바다와 물새는 깨끗한 고향의 이미지를 불러 줄 뿐 아니라, 당대의 삶이 현실과 상이한 연유로 더욱 정감을 안겨준다.

> 옛 동무 노젖는 배에 얻어 올라 치를 잡고/ 한바다 물을 따라 나명 들명 살까이나/ 맛잡고 그물던지며 노래하자 노래해//
>
> -이은상의 <가고파>에서

한편, 한국현대시의 새로운 지평을 열어보인 정지용의 '바다'를 제목으로 한 9편과 바다를 제재로 하고 이미지를 형상화한 20편[1]의 시편이나 "파초와 호수의 시인"으로 일컬어지는 김동명과 민족 시인으로 새롭게 조명되는 강릉 출신의 심연수의 시편을 통해 "묵시적으로 말하면 물은 한 인간의 체내를 혈액이 순환하듯 우주의 체내를 순환한다."[2]는 점을 다 선명하게 확인할 수 있다.

3 물의 연계성과 심연수 시조의 양상

일제 강점기를 꽃다운 나이로 마감한 심연수 시인이 본격적으로 시작활동을 시작한 시점은 1940년이다. 당시 한국문학의 정황은 1925년부터 프로문학이 점차 그 세력으로 확장하게 되자, 이 계급주의에 대립하는 민족문학파는 문학 본래의 순수성을 지향하며 민족문학의 정통으로서 시조를 민족문학운동의 구체적인 수단으로 표방하였다. 시조 부흥운동(론)은 시조 혁신론으로 전개되었고 혁신시조는 1920년대 후반에 이르러 주된 경향으로 형성되었으며 가람, 노산, 조운 등에 의하여 1930년대 말까지 전개되었고, 심연수의 시조 창작에 많은 영향을 끼친 인물은 노산이다.

최남선 이후의 시조부흥운동은 일제 강점기 민족운동의 일환이었다. 1939년 조선어 말살정책을 수립하여 창씨개명(1940), 『문장』폐간(1941), 정신대 근무령 공포(1944) 등의 강압정책은 친일문학을 양산하였다. 민족의 혼을 말살한 시간대(1940년-1945년)에 그 자신의 일기에 기술하였듯 심연수가 우리글로 전통적 민족시가인 시조를 80여 편 가깝게 창작하였다는 것은, 결코 1940년대가 우리문학의 암흑기로 인식

---

1) 그의 시 몇 편을 열거하면 <해협>, <선취>, <갈매기>, <고향>, <바다>, <말> 등이다.
2) 임철규 역, [Anatomy of Criticism](N.Frye), (한길사, 1982). p.201.

될 수 없음을 입증해준 것이다. 심연수의 시조는 연시조 형식을 취하고 있다. 비교적 일본 유학시절 이역의 체험을 바탕으로 한 그의 시편들에는 모더니즘적 특성이 드러남을 접할 수 있는 반면, 이와 대비되게 그가 조국 방문을 경험하며 당시의 시적 정취를 4음보율의 시조 형식으로 나타내고 있는 일련의 작품에는 민족적 동질성이 자리매김하고 있다.

특히 황규수에 의해 확정된 『노산시조집』(경성 : 한성도서주식회사, 1937년)에 수록된 심연수의 시조 7수(추가 발굴 편, <봄소식>, <책집>, <憧憬의 金剛>, <할일>, <靑春>, <참(眞)>, <님의뜻>)를 포함하여 80여 편에 달하는 시조들은 그의 일반 자유시 167편의 절반에 가까운 비율(약 48%)이다. 그 중의 한 편을 예시로 옮겨 본다.

    물결이 허비는 듯 백사불 핥고 가고/ 난바다 설은 곳에 낯선 객 발자욱이/ 핥고 허비는 물결에 지웠다 없었다 하네.//
                        -심연수의 <바닷가에서> (8. 14. 동해안에서)

비록 심연수 시인의 시조 편은 대부분 중학교 졸업반 때 쓴 여행시조에 속하지만 오히려 더 자연스럽고 감정전달에 안성맞춤일뿐더러, 특이하게도 물(호수, 강, 바다)과 연계된 대상들이어서 논의의 대상이 된다.

    1) 초장에서

    頭滿江 네 아니 몇 萬年 흘럿대니(3·3/3·4-國境의 하로밤)
    푸른 물 뛰고 치는 東海岸 모래불에(3·4/3·4-東海)
    絕壁에 그 웬 물이 저렇게 흘러나와(3·4/3·4-飛鳳瀑)

물이 되려면은 이 江山 물이 되고(2·4/3·4-萬瀑洞)
漢陽의 남쪽으로 안고서 흘럿으니(3·4/3·4-漢江)
못 속에 樓가 빛어 물속에 잠겼으니(3·4/3·4-慶會樓)
檀君의 오신 길에 물 흘러 이 江되니(3·4/3·4-大洞江)
白頭山 天地에서 떠난 지 석달 열흘(3·4/3·4-鴨綠江)
渤海의 한가운데 내여민 遼東半島(3·4/3·4-旅順)
松花江 흘러간다 오호쓰키 넓은 바다(3·4/4·4-松花江)
푸른 바다 물결 자지색 바다ㅅ빛(2·4/3·3-바다ㅅ가에서)
鏡湖畔 亭 짓고서 불러서 鏡湖亭을(3·4/3·4-鏡湖亭)
鏡湖에 잠겨진지 몇 十年 되엿던가(3·4/3·4-兄弟岩)
白波야 東海바다 힌 물결 치는 바다(3·4/3·4-海邊一日)

76편의 시편 중 57편의 시조가 3·4·3(4)·4의 시조의 기본 유형을 유지하고는 있으나 "물이 되려면은 이 강산(江山) 물이 되고(2·4/3·4-만폭동)", "푸른 바다 물결 자지색 바다ㅅ빛(2·4/3·3-바다ㅅ가에서)"에서 초장 1구를 두자로 사용하였다. "계곡(溪谷)의 맑은 언덕에 고히 선 이 절에(3·5/3·3-마하연)", 에서처럼 초장 2구를 5자를 사용하거나 운율이 단조롭지 않고, 자수율에서 융통성 있는 표현으로 '떠남의 미학이랄까, 물의 흐름과 연계성'을 지닌 시조로 자유시의 느낌을 준다.

2) 중장에서

이 江을 건너든이 울더냐 웃더냐 응(3·4/3·4(3·1)-國境의 하로밤)
靑苔낀 바위우에 물구슬 흩어논다(3·4/3·4-飛鳳瀑)
물이 흘으는 것 구슬로 뵈여진다(2·4/3·4-玉流河)
나는 九龍淵에 나리는 물이 제일이오(2·4/3·6(2·4)-九龍淵)

東海의 고래님이 뿜는 물 보옵거든(3・4/3・4-毘盧峰)

山 맑고 물 맑은데 五百年 누리섯지(3・4/3・4-松都)

江물이 고흔 것은 더 말할 것 없어라(3・4/4・3-大洞江)

國境의 絶壁谷을 돌아서 二千里를(3・4/3・4-鴨綠江)

渤海의 一寒村이 大門戶 되엿고나(3・4/3・4-大連港市)

물소리 들리는 건 孟子의 言聲이라(3・4/3・4-黃海)

검은 땅 간도의 품을 흐르는 生命水야(3・5/3・4-追憶의 海蘭江)

바닷가 흰 바위에 밧투 자란 다박솔(3・4/4・3-바다ㅅ가에서)

따(땅)우에 있는 섬은 더욱 더 神奇하다(3・4/3・4-竹島)

중장에서도 76편 중 59편이 3・4・3(4)・4의 시조의 기본 유형을 유지하고 있으나, "나는 구룡연(九龍淵)에 나리는 물이 제일이오(2・4/3・6(2・4)-구룡연)"에서 중장 4구를 6자로 처리하였다. "물이 흘으는 것 구슬로 뵈여진다(2・4/3・4-옥류하)", "나는 구룡연에 나리는 물이 제일이오(2・4/3・6(2・4)-구룡연)"에서 초장 초구를 2자로 처리하고 있으며 등 초장과 같이 운율이 다양하고 자수율의 사용에 있어 자유스러움을 엿볼 수 있다. 또한 "이 江을 건너든이 울더냐 웃더냐 응(3・4/3・3・1-국경의 하로밤)"에서 끝자를 "응"으로 처리하여 시조가 종결되는 듯한 여운을 주면서도 종장으로 연결되는데 무리가 따르지 않는다.

3) 종장에서

고운 산 맑은 물은 어서 오소 부르는 듯(3・4/4・4-東海 北部線 車 안에서)

물 떨어 무지개 서니 이 아니 곱은가.(3・5/3・3-九龍淵)

願하긴 내 죽거든 물 바위 되려 오겟오.(3・4/3・5-萬瀑洞)

네 마음 흐린 곧을 그 물에 찾어 던저라.(3·4/3·5-面鏡臺)
文德公 싸운 자리 옌가젠가 살펴봤오.(3·4/4·4-淸川江)
出帆의 汽笛은 어디 갈 배이련고(3·3/3·4-大連港市)
잔잔한 黃海에다 내밀고 있는가(3·4/3·3-旅順)
孔孟子 난 곧이 이 바다 옆이랫다오(3·3/3·5-黃海)
하르빈 뱃사공 얼골 잊지 말고 흐르소서(3·5/4·4-松花江)
물새의 安息處가 된 돌무덕 새바위라(3·5/3·4-새바위)

　종장에서는 3·5·4·3의 기본형을 유지하고는 있는 것은 "조풍(潮風)은 불어오나니 이 답답한 땅으로.(3·5/4·3 - 해변일일)"의 1편 밖에 없다. 또 종장 2구는 5자로 하는 것이 정형으로 되어 있으나 심연수의 시조에서는 종장 2구를 5자로 처리한 시조는 76편 중 29편에 불과하다. "옛 일홈 이제까지 오니 알 길이야 아득타.(3·6/4·3 - 牡丹江)"에서는 초장 2구를 6자로 처리하고 있으며, "너는 永遠히 믿음성 있는 나의 동무엿다(2·3·5/2·4-추억의 해난강)"에서는 종장 초구와 2구를 2·3·5로 처리하는 등 파격적인 시도를 하고 있다. 한반도에서 정착하지 못하고 모국의 정체성을 상실하면서 이국문화와 접해야 하는 숙명을 지닌 그에게 있어 자아 상실감과 이국의 정감은 국내의 토착적 시문학 전통과는 다른 향수적, 정한적, 과거 회귀적 감수성을 표출하는 상황의 통로로 작용한다. 1940년 8월 16일에 지은 그의 평시조 격인 <海邊一日> 2수를 옮겨 보기로 한다.

　　白波야 동해 바다 흰 물결치는 바다/ 성내인 그 모양이 늠실거려 지금까지/ 潮風은 불어오나니 이 답답한 땅으로//
　　흰 물결 부딪치는 해변의 암석 위에/ 이름 모를 水鳥가 처량히 우는 날/ 나는 힘찬 푸른바다를 오랫동안 보았다.//

특히 심연수 시조에 있어 시창작의 과정은 '자유시→시조→자유시→시조→자유시'로 변형되고 있다. 대부분 시조 혁신론의 영향을 받아 그의 생산물들은 정형화된 시조에서 탈피하였지만, 내용적 측면에서는 운명적으로 새로운 문화와 정치적 대상을 수용하고 있다. 자아상실감과 이국의 정감은 자연히 국내의 토착적 시문학 전통과는 다른 향수적, 정한적, 과거 회귀적 감수성을 표출하는 상황과의 접목이 이루어졌다. "어릴 적 놀던 시내 방축이 높아졌고/ 그 많던 물조차 인제는 말라졌으니/ 옛터에 남긴 기억이 더 희미할세라.(옛터를 지나면서, 1940. 8. 10)" 이처럼 대다수 물과 연계선상에서 창작되어진 심연수의 기행시조들은 1940년대 우리문학의 암흑기에 씌어진 것을 주목하지 않을 수 없다. 당시 국내에서는 한글로 우리의 전통 장르인 시조를 쓴다는 것은 불가능했던 시기이기에 비록 간도지역이지만 그에 의해 시조문학의 맥이 이어져 왔음은 시조사적인 의미를 지닌다.

4 바다와 연관된 시조문학의 층위

우리국문학 장르상 최고最古의 형태로 그 맥을 이어가고 있는 시조 중에 바다나 그 생활을 재제로 하여 다루어지는 작품들은 섬(島)지방의 <고기잡이 노래>와 같은 어로요漁撈謠와 일맥상통하고 있다. 거의 집단으로 불러지는 어로요의 형식은 단련체나 연장체로 분류된다.

그 하나의 실례로 단련체 형식을 지닌 소안도 지방의 <멸치잡이 노래>는, 소리 매김과 받음의 형식, 즉 선·후창으로 되어 고기잡이 작업을 촉진하고 있다. 또 흉어일 때 작업의 실패는 여럿의 아우른 노

래로 극복하며 재기할 수 있는 힘을 돋우는 내용을 담고 있음은 주지
할 바다.

> 우리네 그물에(서소야)/ 멸 들었네(서소야)/ 우리네 선원들(서소야)/
> 입들을 벌여서(서소야)/ 소리를 해라(서소야)/ 서소야(서소야)/ 디가로
> 고나(서소야)//
>
> -<멸치잡이 노래>에서

 이 같은 환경적 배경을 상기하면서, 낙조落照의 아름다움과 그 감동
을 주제로 일몰의 장관을 사실적으로 묘사하고 있는 이태극의 작품으
로 <서해상의 낙조>가 있다. '탐라 시조 기행초'라는 부제를 달고 있
는 1957년에 쓰여 진 영탄조의 기법을 보여주는 이 작품은, 시조집
『꽃과 여인』(1970)에 수록되어 있다. 이 작품은 시조의 현대화라는
측면에서 낙조의 묘사적 재현을 통해 기법상의 현대화를 구축하고 있
다. 아울러『현대시학』(1973년)을 통해 등단한 이우걸의 경우, 시조집
으로『저녁 이미지』,『사전을 뒤적이며』,『맹인』등을 간행하였지만,
비교적 <빈 배에 앉아>는 바다와 접목된 그의 시적 품격을 돋보이게
한다.

> 어허 저거, 물이 끊는다. 구름이 마구 탄다./ 둥둥 원구(圓球)가 검
> 붉은 불덩이다./ 수평선 한 지점 위로 머문 듯이 접어든다.//
>
> -이태극의 <서해상의 낙조>에서

> 외로운 사람들이 파도를 지키는 동안/ 바다는 많은 울음을 그 가슴
> 에 묻었지만/ 시대는 표정도 없이/ 그들을/ 비켜/ 갔다.//
>
> -이우걸의 <빈 배에 앉아>에서

한편 우리 현대시조사에 이호우가 그 같은 면모를 보여주었지만, 드물게 만나는 남성적인 유장한 호흡을 지닌 「동아일보 신춘문예 (1977)」의 당선작인 정해송의 <겨울 바다에 서서>는 그만의 특성을 보여주고 있다. 굵직한 흐름을 내포하고 있는 시적 정조情調는 작은 여울만 보다가 유장한 강물의 흐름을 만나면 마음이 강하게 이끌리는 점과 일맥상통한다. 정해송의 <겨울 바다에 서서>는 현대시조사에서 괄목할 작품이다.

> 해저엔 무거운 함묵이/ 靈火되어 타오르고/ 일월도 근접 못해/비켜 가는 숲의 계곡/ 속 깊이 잠적한 세월이/용트림을 하느니//
>
> -<겨울 바다에 서서>에서

도도한 흐름과 결연한 의지, 역동적인 언어와 맞물려서 내면을 곧장 휘몰아치는 장중한 맛을 감동으로 안겨주는 이 작품은, 맺히고 풀림의 반복 속에서 긴장된 분위기를 지속적으로 조성하는 그만의 직조 능력을 유창하게 풀어보인 품격 높은 절창이다. 김조수의 현대적 감각과 개성이 돋보이는 <미포만의 아침>은 주목할 만한 작품이다. 그는 미포만 현대중공업의 노무자로서 크레인과 지게차 등 중장비 자재를 관리하고 조달하는 일을 한다. 미포만의 작업장은 글쓰기의 공간이기에 그의 시에는 일터와 노동자가 시적 대상이 된다. '생명력과 희망이 글쓰기의 바탕임'을 공언하는 그에게 바다는 끈질긴 생명력의 본체로 작용한다. 임성화의 <아버지의 바다>「대구매일 신춘문예(1999)」시조 당선작도 예외일 수 없다.

어기영차 밧줄 풀어 바다 품에 안겨주자/ 병정놀이 아저씨들 철갑
선을 띄우면/ 공룡은 크게 입 벌려 뱃고동을 울린다.//

-김조수의 <미포만의 아침>에서

소금친 지난 청춘 해무(海霧)를 피워 물면/ 내항에 낮게 깔리는 뱃
고동의 실루엣/ 좌판대에 모을 굳힌 등푸른 고기떼들/ 난 바다 가로질러
회귀를 꿈꾸고 있다/ 흰 눈발 툭툭 쳐내는 저녁 불빛 아래서//

-임성화의 <아버지의 바다>에서

우리의 현대시조사에 있어 2001년에 접어들면서 시조에 대한 관심
이 점차 고조되기 시작하였다. 시조전문지는 물론이고 일반종합문예
지와 시전문 문예지에서도 시조작품 발표의 고정란이 확장되면서 좋
은 작품이 선을 보여준다. 그간에 기존 시조전문 발표지로는 『시조문
학』, 『현대시조』, 『시조세계』, 『시조월드』, 『시조시학』 등이며 『문학
사상』의 '신작시조' 『현대시』의 '한국의 정형시' 『시문학』, 『월간문학』
의 시조지면이 작품의 발표를 적극적으로 독려하기에 이르른다. 『현
대시』에서도 '한국의 정형시'라는 고정기획을 마련하고 있으며, 바다
를 대상으로 하거나 생태시학 차원에서 바다를 소재로 한 시조집의
간행도 활발하였다. 이 같은 시간대에 김연동의 시조집 『바다와 신발』
(태학사, 2001)은 시조문단의 수확으로 치부할 수 있다.

무심한 철새들이 가로질러 가는 바다/ 무심을 건져 올리고픈 절정
의 이마 끝/ 바람이 스칠 때마다/ 굽이 닳는 신발짝//

-김연동의 <바다와 신발> 전문

김연동은 <바다와 신발>을 통해 바다의 카리스마(charisma)를 시적으로 형상화하고 있다. 초장을 통해 이 세상의 모든 생명체는 무한공간을 날아오르는 철새처럼 이 세상을 살다가 떠난다는 점과 세상의 이치란, 그 모두가 '무심한' 상태임을 밝혀주고 있다. 시인의 교시적 의미는 바다가 철새에게 '유심한' 반면, 철새 또한 바다에게 '무심하다'는 점이다. 다시 언급하면 바다가 생동하는 것은 파도가 치고 흐르는 변전 때문이기에 그렇게 바닷가에 이르면 굽이 닳는 바다의 '신발짝(슬리는 물결)'도 볼 수 있다는 놀라운 발상이다. 최근 임아영은 「서울신문 신춘문예 시조(2007)」의 <당선소감>에서 "뼈처럼 단단하고 튼튼한 작품을 빚고 싶어"라고 밝히고 있듯이 <남해기행>과 『낙동강』(12집)에 수록된 김종윤의 <겨울바다>는 애정과 관심을 지녀야 할 역작이다.

> 갈매기 흰 울음이 저녁놀에 잠겨들면/ 달 하나 키우고 싶은/ 섬이 하나 솟는다./ 물때에 부대끼는 서러운 몸짓으로/ 꿈을 잠재우는 파도와 마주서다 보면/ 일몰은 또 하나의 탄생/ 산이 나를 맞는다.//
>
> 　　　　　　　　　　　　　　　-임아영의 <남해기행>에서
>
> 숨죽여 어둠을 가르던 내 이승 不眠의 밭/ 스스로 살을 깎는 수척한 뼈마디 하나/ 뒤척여 싸늘한 밤도 천의 꽃잎 트는 소리//
>
> 　　　　　　　　　　　　　　　-김종윤의 <겨울바다>전문

▌5 문제의 여지

우리 현대시사에서 전봉건에 의해 "바다 시의 탄생"으로 평가받으며 데뷔하였고, 생존 시에 본격적으로 "해양문학의 개척자" 또는 "바다는 삶의 현장 그 자체"로 주목받은 선장 출신 김성식의 『김성식 시선집』(고요아침, 2007)은 해양문학의 장르 중 시에 관한 괄목할 만한 자료적 가치를 지니기에 부족함이 없다. 때문에 바다와 연관된 우리의 시조문학을 고찰하는데 한번쯤 성숙한 독자라면 관심 있게 지켜보아야 할 간행물이다.

바다는 본질적으로 변모해 가는 생명의 처소로 하나의 우주이다.

물은 속성이 부드러운 여성적 자질을 지니고 있으며, 해양문학의 본질을 나타내어 주고 있다. 아직은 우리의 해양문학은 위에서 검토한 바 있지만, 양적으로 빈약하고 질적으로 수준이 낮으며, 그나마 기존의 작품은 고대사회로부터 어업생활과 관련하여 나타난 경험, 지식, 습관, 기원 등 현존하고 있는 민속 등을 활자화 한 것들로 상상력이 배제된 것들이다. 이상에서 논의한 "생명의 본원, 바다와 시조문학의 층위"를 마무리하면서 자명한 것은, 국가적으로도 해양을 새롭게 인식해야 할 중차대한 시간대와 접목하고 있는 점이다.

차지에 우리의 현대시사에서도 생경한 존재인 심연수 시인의 '시조문학과 바다의 층위'는 시조의 양상에서 형식적 특성을 논의한 의도는 우리 시조문학사의 자료 정리 측면이었음을 밝힌다. '예술에는 국경이 없지만, 예술가에게는 조국이 있다.'는 평상시 저자의 지론처럼 피 끓는 27세의 젊음으로 삶을 마감한 심연수 시인이 노산 이은상의 영향을 받으며, 우리의 시조문학에 열정을 쏟았다는 사실, 특히 한국적인 자연(호수, 강, 바다)을 시적 대상으로 즐겨 다룬 점은 민족의 심장 속에 해양민족의 자랑스런 피가 도도히 흐르고 있음을 반영한 보기이다.

결론적으로 이제 이 땅에 몸담으며 정신작업에 종사하는 문인들은 최소한 작가적 소임을 확인하고, 무엇보다 바다를 보는 새로운 눈과 인식, 즉 우리의 시조문학에 대한 개념의 새로운 확립과 무한의 지평을 열어 시적 상상력과 결부시키는 창의성과 실험정신을 지속적으로 추구하여야 할 것이다.

沈連洙의
시문학 탐색

08
심연수의 의식에 관한 고찰

- '고향회귀와 귀농의식'을 중심으로

1 글머리

한 작가의 문학작품에 수용된 의식에 관한 연구는 다양하고 폭넓은 양상을 지니고 있으나, 결론적으로는 문학정신에 대한 연구와 접목되어야 한다. 일차적으로 한 작가의 정신적 부산물인 문학작품은 그 시대의 그물망으로 건져 올려야 하고, 그 시대의 현실적 상황과 결부를 지어 그 가치를 분석하여야 한다. 논의에 앞서 작가는 몸담고 있는 한 시대의 증언자이며, 정직한 예언자로서의 소임을 엄숙하게 수행하여야 한다. 그 까닭은 모름지기 작가란, 한 시대를 대변하고 때로는 물음과 해답을 병행하는 건강한 비판정신의 소유자이어야 하기 때문이다.

기실 논고의 서술에 앞서 여러 가지 연유로 고향을 등지거나 비록 짧은 기간이라도 외국을 여행하는 시간대에 처한 이들에게 있어 비단 저자의 심상의 경우로 단정을 짓지는 아니 할지라도 한번쯤은 심연수의 시, "나의 고향 앞내에/ 외쪽 널다리/ 혼자서 건너기는/ 너무 외로워/ 님하고 달밤이면/ 건너려 하오/ 나의 고향 뒷산에/ 묵은 솔밭길/ 단 혼자서 오르기는/ 너무 힘들어(고향)"을 대하면 '언제나 이름모를 항구에 닻을 내릴 고향'의 정취로 눈물을 흘리게 될 것이다.

"작가는 올바른 질문을 제기하는 것만으로 만족할지 모르지만 자기 시대의 주인 노릇을 하려면 올바른 해답을 제시해야 한다."[1]라는 지론도 있으나, 바로 이 같은 점은 성숙된 작가의 정신적 표상에 결부되는 것으로 해석되어진다. 특히 일제 강점기 말에 활동한 강릉 출생의 항일 민족 시인으로 역사의 격랑기이자 사회적으로 불의와 모순, 그리고 갈등이 심각한 시대에 몸담았던 심연수의 문학작품에는 자연의 일부였던 과거의 세계를 추억하며, 보편적으로 우리가 품고 있던 본원적인 기대와 갈망, 또 그 세계로 복귀하려는 고향에 대한 자연회귀 의식自然回歸 意識이 수용되고 있다. 물론 긴장미의 완성을 보이고 있는 그의 후기 시편에는 새로운 세계질서의 추구·정체성 확인이 강하게 수용되고 있다.

여기서 논고의 서술 동기는 우리 현대문학사에 있어 일제 강점기인 1930년대, 문학적 징후의 하나가 고향상실감이란 견해로 결속된다.

이것은 비교적 이 시기의 시인들이 고향을 제재로 한 작품들을 양

---

1) A · 하우저, 『문학과 예술의 사회사』, (창작과비평사, 1985), p. 165.

산했기 때문이다. 1920년대의 고향이 단순히 소재적인 차원이나, 그곳에 대한 막연한 동경과 그리움을 전제로 노래되었다면, 1930년대의 상이점은 소재의 차원을 넘어 고향에 대한 다양한 의식을 골격으로 모색된 것이다.

특히 이 시기의 고향에 대한 개념은 역사현실에 대한 자각과 반성을 동반하거나, 영원하고 이상적인 귀의처로 확장되는 특징으로 이해된다. 이처럼 1930년대의 고향의식을 나타낸 시작품은 일반적인 시 세계의 모색과 연관성이 있다. 또한 이들의 다양성은 당대의 시적 세계인식을 보여주는 한 준거가 된다. 따라서 1930년대 고향의식을 나타낸 시를 고찰하는 것은 시의 정신사적 관점에서 유형화와 체계화가 가능하게 인식되기 때문이다.

2000년 8월 이후에야 불행하게도 우리현대문학사에서 잊혀진 실체였던 심연수는 비로소 민족 시인으로 새롭고 조명을 받게 되었다. 그는 일제 강점기인 1940년 무렵부터 문학에 뜻을 세우고 4, 5년 짧은 시간대를 문학에 종사하였으나 비극적인 삶을 마감한 존재이다.

이 같은 시대적 토양에서 문학창작의 싹을 틔우며 민족의 불행을 정신작업으로 고독하게 시대적인 상황 앞에 고뇌하며 언어의 의미망을 직조한 심연수의 존재는 조국 광복 55년 이후까지, 그의 족적을 드러내지 못한 어두운 역사의 희생물이었음은 감안되어야 한다.

일제의 강압이 심각한 이 시기는 불행하게도 "경향문학과 민족주의 문학이 퇴조"[2] 하면서 문화사적으로 정신구조의 공백기로 치부된다. 실로 이 시간대는 우리 현대문학사에 있어 민족문학의 공백기[3]

---

2) 김용구, 『한국소설의 유형적 연구』, (국학자료원, 1995), p. 11.
3) 백철, 『조선신문학사조사』, (백양당, 1958), p. 373.

또는 암흑기4)로 민족 양대 언론지인 《동아일보》와 《조선일보》를 비롯하여, 『文章』(1939)과 『人文評論』(1940)등의 문학지들이 폐간된 시기이다.

뒤늦은 감이 없지 않으나 심호수에 의해 상당량의 유고가 빛을 보게 되어 '연변사회과학원 『문학과 예술』 잡지사의 발굴, 연변인민출판사의 《심련수문학편》 간행은 실로 충격적인 사건이다.'5)

따라서 이같은 시대적 환경과 정신적 지리에서 배태胚胎된 그의 문학작품과 의식에 대한 깊은 관심과 이해는 바람직한 것으로 평가된다. 이미 고세환이 "沈連洙의 詩 研究 - 시의 발전 과정과 시 의식 전개를 중심으로" 에서 논의한 바 있듯이 그의 시 의식은 새로운 세계에 대한 갈망과 소명의식을 거쳐 거듭나기의 몸부림과 저항의식이 전편에 흐르고 있다. 보편적으로 예술은 본질적으로 환경 생태학적이어야 한다. 예술은 인간이 만든 문화 중에서 가장 자연 친화적이기 때문이다. 예술의 생성 자체는 인간에게 있어 가장 자연스러운 관습적 행위이며 제도이기에 우리의 삶에 있어 추동력推動力은 자연회귀나 자연을 회상함으로써 작동된다. 인간과 자연의 연관성은 자궁회귀 본능으로도 해석된다. 마치 그것은 포스트 · 구조주의 정신분석학자 자끄 라깡이 말하는 '거울의 단계' 에 대한 그리움처럼 고향의식과 결부되는 것이기도 하다.

예술의 이러한 기능을 좀 더 자연회귀로 확산시켜 불건전한 의식을 홀로 있기를 통한 내적 충만으로 변전시켜야 할 것이다. 자연의 원대한 섭리, 즉 16세기 화란의 생태학자 스피노자가 범신론적인 '신(자연)

4) 장덕순, 『일제암흑기의 문학사』, (세대, 1963).
5) 엄창섭, 『현대시의 현상과 존재론적 해석』, (영하출판사, 2002), p. 57.

에의 이성적 사랑(amor intellectualis dei)' 이라고 칭한 것을 상기할 필요성이 있다. 이런 시각에서 본고는 심연수의 문학정신 특히 심연수 시의 특성의 일면인 "전통인식과 고향 회귀성"[6] 이 그의 담백한 의식을 떠받들고 있는 축이며, 동력이기에 고향회귀와 귀농의식을 중심으로 접근하여 보기로 한다.

2 고향회귀와 사물의 빛남

심연수의 정신적 산물인 《심련수문학편》을 통해 확인되는 것은, 하나 같이 대상과 소재가 한국적인 자연이라는 점이다. 그에게 있어 고향의 의미는 단순한 공간이 아니라, '한국적인 자연과 정서'로서 그것은 그의 정신에 내재된 고향에 대한 간절하고도 절박한 그리움의 표징으로 해명된다. 일단은, 김룡운의 지적[7]처럼 그가 생존하였던 당시의 시 의식과 정신 토양이 조국을 상실한 비통과 민족적 불행으로 연관되어 있기에 강렬한 겨레 사랑의 올곧은 심성과 결부될 수밖에 없는 필연성을 지니고 있다는 점은 감안할 필요가 있다.

심련수의 시세계는 자연회귀 의식으로부터 전개되고 있다고 보아진다. 문단에 데뷔해서부터 속속 발표한 세수의 시를 보게되면 그 시제부터 자연이 소재로 되어있다. 이를테면 <대지의 봄>, <려창의 밤>, <대지의 모색> 등 시제에서의 <대지>, <봄>, <모색> 등의 이미지가 무엇을 말해주는가, 시의 주제나 사상이 무엇인가 하는 등

---

6) 엄창섭, 위의 책, p. 68.
7) 김룡운, 「문단에 솟아난 또 하나의 혜성 - 심련수론」, 《문학과 예술》 (2001, 2), p. 11.

등을 운운하지 않더라도 이 추정은 심련수의 시 성격을 검토하는데 있어서 디딤돌의 역할을 할 것이다.[8]

심연수 시인이 백의민족을 사랑하는 정신지리精神地理는 일제 강점기라는 특수한 시대에서 일제에 대한 항거와 연계성을 지닌다. 비교적 그의 시적 수법은 다소 서술적이며 사회적 현실을 부정하거나 증오와 비난, 불만을 토로하는 양식으로 표출되기도 한다. 그의 시 <방랑>의 2연에서 "떠나는 나그네길 서글퍼도/ 안갈 수 없는 방랑의 신세/ 어제 머물던 오막살이엔/ 박꽃이 수없이 피였건마는/ 서리전에 굳이 열매/ 과연 몇이나 될고." 라는 의문 속에 운명적으로 정신적 방황을 할 수밖에 없는 민족의 현상에 견주어 사회적 상황에 대한 거부를 드러내고 있다.

또 다른 시편인 <파향>에서도 "힘껏 던졌다/ 무엇이든지 맞게/ 맞으면 다 깨여지도록/ 겨누어 던졌다/ 깨여지는 요란한 소리를/ 남김없이 듣고저…" 라고 자신의 서정을 노래함으로 민족적으로는 조국, 구체적으로는 고향을 등진 이주민들을 대변하며[9] 즉물적 대상 앞에 증오와 분노의 정감을 절제할 수 없는 심리 상태로 처리하고 있다. 심연수 시인은 역설적인 수법으로 시대적 위기에 직면한 민족의 불행을 다음과 같이 자신의 시편에 담아 서정적 미감으로 형상화하고 있다.

불행을 행복으로 아는 행복은
참다운 나의 행복
불우한 인생이나마
힘차게 살려는 욕망

---

8) 위의 책, (2001, 3), 림연, 「심련수의 문단사적 자취와 현주소(1)」, p. 24.
9) 위의 책, 전성호, 「심련수문학정신고」, p. 9.

무엇보다 크고도 즐거운 삶
… 중략 …
오로지 한없는 행복의 씨

-<행복>에서

잘 살려고 고향 떠나
못사는게 타향살이
간 곳마다 펼친 심하(心荷)
뜰 때마다 허실됐다

-<만주>에서

나의 고향 가슴에
피는 꽃송이
쓸쓸히 선 것이
너무 서러워
님하고 그우로
자조 가려요.

-<고향>에서

  그 자신의 의식 속에 내재된 고향 상실의 비통함은 <만주>, <고향>에서 발견 되듯이 처절함 그 자체이다. 심연수의 또 다른 시편인 <음울>, <고집>, <벙어리> 등에는 현실에 대한 불만들이 다양한 색깔과 톤으로 제시되어 일제에 대한 증오를 비교적 구체적으로 드러내고 있다. 그 중에서도 비교적 남성적이며 시의 호방성과 거창성이 제시된 <지구의 노래>는 특성의 일면을 실증하기에 부족함이 없다.

황하는 홍파로 흐른지 벌써 10년
장강 연안에는 귀원성만 들리고

헤매던 루각에는 일본도가 꽂혔다
...
병주고 약주고 량쪽 손목에
열쇠 잃은 자물쇠를 내리워라
흑백이 담판하는 시비터에서
민족의 거친 숨결 높아간다

-<지구의 노래>에서

위의 시편에서 심연수 시인은 중국 대륙을 피로 적시고 흑백과 진위를 전도하고 있는 일제의 죄악을 공소하면서 이에 대한 피압박 민족의 저항을 은유보다는 직설적으로 감정의 절제 없이 다소 흥분된 정조로 처리하고 있다. 그의 이 같은 애국애족의 심성은 1940년 5월에 쓰여진 시조 "거리엔 흰옷 조선옷 흰빛이요/ 얼굴도 조선얼굴 모습도 조선모습/ 눈과 귀를 다 뜨고 보고 듣고 하였쇠라. (서울의 밤)"을 통해서 강하게 노출된다. 또 많은 경우에 자초하는 고독이거나 빈자貧者에 대한 동정과 함께 반복되어 표현되기도 하였다.

하늘을 찌를듯한 이 령꼭대기에다
이 넋의 자리를 잡아놓고
마음껏 높은 소리 질러보고
내리막 저쪽을 내리뛰리라
절벽을 심곡(深谷)을 가리지 않고
준령넘은 기쁨을 가슴에 품고
고독의 한평생을 마치려 한다.

-<고독 (1)>에서

문사文士가 되기를 자처한 심연수 시인 자신이 고독하기를 즐겨한

시정신의 내면에는 시대적 현상에 대한 민족적 울분이 강인한 저항
의식의 맥락으로 관념화되어 있음이 감지된다. 이와 같은 정신 풍토
에 있어 그의 시작품들과 소설, 다수의 수필(일기, 서신들)에서 가난과
빼앗긴 이들의 비애가 비장한 정감으로 처리되고 있음은 긍정적으로
파악되어진다. 여기서 또 하나 자명한 것은 이 같은 양상의 드러남은
특이하게도 겨레와 조국의 사랑을 맥락으로 민족적 서정의 틀 위에서
비롯된 것으로 검색되어진다는 사실이다.

> 아재가 지은 아침밥을 먹고 강릉자동차부를 향해 떠났다. 동녘에
> 서 새별이 마지막 빛을 지구에 던져주고 있다. 내가 남대천(南大川)을
> 건늘 때 새벽하늘을 뒤흔드는 인경소리가 들려왔다. 내가 첫 음향을
> 들었을 때 형언할 수 없는 심사가 가슴에 차 올랐다. 첫차는 못타고
> 다음차를 탔다. 짧으면서도 긴 것 같은 고향나들이였다.(*1940년 12
> 월 25일의 일기문이다.)[10]

> 오후 한시경에 동해업무선을 타고 금강으로 가게 되었다. 강원도
> 다. 벌써부터 바위나 물이 맑고 깨끗하였다. 금수강산 절승경개가 과
> 연 다르긴 달랐다.[11]

심연수는 7살 어린 나이에 부모를 따라 고향인 강릉을 떠나고 그의
일생 중 고향 땅을 두 번 밟는다. 항시 그리던 고향을 떠나는 착잡한
자신의 심정을 '형언할 수 없는 심사가 가슴에 차올랐다.'라고 술회한
점이나 "아내가 사랑스러우면 처갓집 말뚝보고도 절한다"는 우리네
속담처럼, 기행문을 통해서도 '강원도다. 벌써부터 바위나 물이 맑고

---

10) 《20세기중국조선족문학사료집》(심련수문학편), (연변인민출판사, 2000), pp.586-587.
11) 위의 책, p. 379.

깨끗하였다.'라는 그의 표현을 미루어 짐작되는 바가 크다.

여기서 심연수의 의식에 내재된 고향의식은, 그 시대만의 국한된 보편적인 현상이 아니라, 여러 징후로 제시된다. 고향의식은 시문학의 소재로 선택될 뿐 아니라, 정신을 나타내는 중요한 매개물로 작용한다. 우리 현대문학사에 있어 1930년대 무렵은 이러한 고향의식이 그 맥락을 이어서 가장 극명하게 민족적 모순이나 시대적 모순을 가장 잘 드러낸 시기이기도하다. 이처럼 상실한 고향 찾기는 외압으로 인해 무너져 가는 고향 지키기의 한 정서임은 새삼 확인할 필요가 없다.

이처럼 삶의 터전에 대한 흔들림으로 인한 유이민流離民의 발생과 고향을 노래하는 시의 상관관계를 고찰하려는 일면은 오늘의 사회현실을 감안할 때 더없이 의미 있는 작업으로 평가된다. 앞에서도 기술한 바 있듯이 1930년대는 일제의 강점기란 특수한 상황에 비추어 한 민족에게 가해지는 정신적인 측면에서의 주체성 상실의 위기의식과, 물질적 측면에서 경제적 궁핍화가 극심한 시간대였다. 이 같은 시대적 현상으로 이농현상離農現象은 심각한 국면으로 조성되었고, 민족의 생존 또한 불확실하게 전개되던 암울한 시기였다. 이때의 고향회귀의 문제는 민족 생존의 차원에서 주체적인 공간에 대한 인식으로 확대, 해석된다.

3 귀농의식의 한계성

《심련수문학편》에서 파악되는 심연수 시인은 일제 강점기의 강릉 출생으로, 중국 용정의 가난한 소작인의 아들로 소년기를 보내고, 젊은 한 때의 일본 유학시절로 그의 짧은 생애는 가난으로 점철된다.

중학 시절의 학생 신분이면서도 농번기가 되면 집에 가서 부모를 도와 영농에 종사할 수밖에 없었던 삶의 여적은, 그의 많은 일기와 서간문들을 통해 가감 없이 제시된다.

특히 현실적으로 농촌과 민족의 표징인 농민에 대하여 애정과 관심을 지닌 그 자신이 땅에 대한 애착을 누구보다 치열하게 의식의 내면에 간직하고 있다. 항시 자신을 '농민의 아들'로 자처하기를 주저하지 않으며 '경농하는 사람은 흙을 사랑하여야 한다. 지구는 흙으로 된 땅덩어리기에 더욱 사랑하여야 한다.' 라는 소신을 굽히지 않았다. 그는 단편소설 <석마>와 <농향(農鄕)>, 그리고 만필漫筆인 <농인기초(農人記抄)-농민의 아들로서 하고싶은 몇 마디>에서 농업과 농민의 소중함에 대한 논지를 보다 구체적으로 기술하고 있다.

농민은 비옥한 경지를 가져야 한다. 내 땅이 없으면 남의 것이라도 얻어야 하기에 대작(代作)이라는 것이 있고 아무 것도 없는 사람은 토박(土薄)한 땅이라도 남의 것을 소작하여야 한다.

×   ×   ×

농부는 부지런하고 괴로움을 견디어 낼 줄 알아야 한다. 넓고 비옥한 땅은 외로운 곳에 있기 때문에.

×   ×   ×

농사는 천하지대본이라 하였은 즉 농촌을 사랑하여야 하며 농민을 우대해 주어야 한다. 농민에게 위덕(偉德)이 있다는 것을 알아야

한다.12)

비교적 그를 농민작가나 시인으로 지칭하지 아니 하더라도 농토, 농업, 수도영농水稻營農, 농민과 관련된 시작품들이 빈도수 높게 다루어지고 있다. 시편의 보기가 <대지의 봄>, <대지의 모색>, <대지의 여름>, <들길>, <목자>, <대지의 겨울>, <들꽃>, <샘물>, <해란강>, <소년아 봄은 오려니>, <정오> 등이다.

> 하늘을 찌를듯이
> 땅이 우물어들도록
> 자라라 굵으라 이 땅의 만상아
> 대지는 네것이다 하늘도 네것이다.
>
>   -<대지의 여름>에서

> 담청(淡靑)의 하늘아래
> 익어가는 가을원야(原野)
> 굵고서 보아도 배부른
> 가을의 마음
> 황금으로 성장(盛裝)할
> 그의 몸이길래
> 헤쳤던 가슴을 여미고
> 님을 찾아 들길로
>
>   -<대지의 가을>에서

> 얼음의 갑옷 입고 엎드린 대지
> 생명의 숨소리는 거세여지고

---

12) 위의 책, pp. 346 - 49.

굳은 겨울 억세여지는 힘
대지는 살았다 소리도 살았다

-<대지의 겨울>에서

이처럼 심연수의 시편에는 농민들만이 느낄 수 있는 땅과 계절, 그리고 그 속에서 만물을 키우고 있는 농민적인 희열이 가식 없이 표출되고 있다. 이해를 돕기 위하여 그의 수필 중 <본대로 들은대로 느낀 대로>를 통해 농촌과 농민동경의 짙은 색조를 확인해 보기로 한다.

… 대지와 싸우는 그들 눈 모자랄 새판가운데서나마 일가를 살리기 위하여 나아가서는 국가를 위하여 농업에 종사하는 그들을 볼적에는 한없는 감사와 존경하고싶음을 느꼈노라....

낮이면 괭이 호미
대지와 싸우는 그대들
밤이면 책을 끼고
배움에 불타는 젊은이
눈날리던 황무지에
돋아나올 새싹이
앞날의 성공과 승리를
노리며 움튼다.13)

인용한 부분은 심연수 시인이 용정중학교 재학 도중 겨울 방학을 이용하여 북만 각지를 여행하면서 그 느낌을 서술한 수필의 한 대목이다. 그는 이 수필에서 자신의 처지처럼 낮에는 고된 일을 하고도 밤

---

13) 위의 책, pp. 355 - 356.

이면 배우겠다는 열의로 야학을 다니는 농촌의 청소년들을 열정적으로 극찬하기에 이른다. 역사적으로 일제의 강점기인 1930년대부터 40년대에 이르기까지 활동을 한 대다수 작가들은 우리 국민의 80% 이상을 차지하고 있는 농민과 농촌문제를 과제로 삼았다. 그러나 심연수에게 있어 우리 민족의 정신적 유산은 자랑스러운 문화며 역사로서, 어디까지나 다음의 시편처럼 농부(농업)와 접목되어 꺼지지 않는 불멸의 혼불로 자리한다는 점이다.

> 봄은 가까이에 왔다
> 말랐던 풀에 새움이 돋으리니
> 너의 조상은 농부였다
> 너의 아버지도 농부였다
> 전지(田地)는 남의것이 되였으나
> 씨앗은 너의 집에 있을게다
> 가산(家山)은 팔렸으나
> 나무는 그대로 자라더라
>
> -<소년아 봄은 오려니>에서

일단 1930년대의 소설문단을 고려할 때, 그 전형적인 대표 작가인 민촌 이기영의 <고향>을 비롯하여 카프 계열에서 발간한 《농민소설집》들이 귀농의식 문제를 다양하게 작품화하고 있는 점이다. 춘원 이광수의 <흙>, 심훈의 <상록수> 등이 그 예에 해당되고, 이 같은 상황에 비추어 당시의 많은 문학사가들은 이 시기의 소설을 차별화하여 「농민소설」[14]로 칭하였다.

---

14) 김용구, 앞의 저서, p. 38.

특히 이재선은 「농민소설」을 두고 "흙과의 숙명적인 상관관계를 지니고 있는 농민세계에 생활상을 제시하고 농민의 농민다운 생활상이나 곤경 또는 집념과 같은 영역이 구체적으로 반영되어 있는 문학"15) 이라고 정의하고 있다. 당시 간도에 거주한 <북간도>의 저자 안수길의 경우, 농민을 주인공으로 하여 농촌문제의 작품을 집필하였으며, 농민도農民道라 지칭될 문학사상을 수립하기까지 하였다.

민족시인 윤동주에 비견되어 '또 하나의 민족의 빛난 별'로 지칭되는 심연수의 농민 관련의 소설에서도 예외 없이 하나의 독자적 사상으로 괄목할 만한 '귀농의식'이 주목된다. 이 같은 그의 귀농의식은 1인칭 단편소설인 <農鄉>에서 적절히 묘사되고 이것은 바로 자연회귀 의식, 즉 귀거래사 격인 고향의식과 무리 없이 융합된다.

> … 우리는 농부다. 너희들은 공부를 하여도 앞으로 농부가 되어라. 그까짓 취직은 아예 바라지도 말아라. 남들이 공부를 하고서도 농사질을 한다면 비웃더라도 절대 상관말아라. 나는 절대 그런 사람을 사랑하지 않는다. 너희들도 이제 중학, 혹시 대학까지 마친대도 별것을 생각지 말고 교문에서 나오는 길로 이 농촌, 우리가 살고있는 이런 촌으로 나와서 네 손으로 보탑을 쥐고 소궁둥이를 두드려라. …나도 몇 해 후에는 농촌으로 돌아오겠다. 그리하여 베잠뱅이를 입고 호미와 낫을 들기로 작심하였다.16)

1인칭 액자소설인 <農鄉>의 배경은 타지방 도회지에 가서 공부하다가 집에 돌아온 주인공인 [나]가 농업에 종사하고 있는 동생들을 생각하면서 자긍심을 일깨우며 되뇌는 독백으로, 결의에 찬 매서운 다

---

15) 이재선, 『한국현대소설사』, (홍성사, 1979), pp. 352 - 354.
16) 심연수, 《농향》.앞의 문학편, P. 343.

짐이기도 하다. 주인공의 처지를 빌어 작가는 나름대로 자신의 사상
을 여실히 피력해 보이고 있다. 이 같은 그만의 귀농의식은 만필인
<농인기초(農人記抄)>나 수필인 <農家>를 통해 진일보 구체화된
작가의 의지를 강조하고 정당화하고 있다.

> … 낫을 갈다가 잘못하여 숫돌을 눌러버린 엄지발가락까지 베여져 피
> 가 흘러내려 숫돌물이 되어질 지경인데도 아픈줄 모르니 이것이 자연
> 의 아들이며 참다운 구세군인줄 못내 못잊어하노니 할아버지두 아버
> 지두 나두 오는 후손까지 이 한길 밟아왔고 밟아가도록 하리라.17)

"심연수 귀농 의식의 한계성"에 대한 기술에 앞서 이광수와 심훈,
그리고 이기영의 대다수 농촌소설의 공통된 특징은 농촌의 문제를 다
루면서 각기 그들 나름으로 농촌 궁핍화의 원인을 찾고 있는 관점들
이 서로 상이하게 나타나고 있는 것이다. 이해를 돕기 위하여 다음과
같이 정리하여 보기로 한다. 춘원은 <흙>에서 농민의 궁핍화 문제를
전래의 관습과 농민의 무지, 게으름에서 찾고 있다. 그것은 '무지는 죄
악이라.'는 영국의 극작가 버나드 쇼오의 지론처럼 그들의 빈곤과 궁
핍의 인자因子는 무지의 소산인 게으름과 나태의 층위로 연계되기 때
문이다. 다소 문제가 없지 않으나 춘원의 <민족개조론>18)과도 일맥
상통하고 있다.

심훈은 <상록수>에서 농민의 궁핍화 문제를 자연의 재해와 농촌
에 만연된 고리대금업으로 제시하고 있다. 당시 농촌에 만연된 돌림
병 같은 변리 돈의 채무에 발목이 잡히어 농민들은 궁핍에서 벗어날

---

17) 심련수, 《농가》 앞의 문학편, P. 352.
18) 춘원의 「민족개조론」은, 허무주의적인 시각에서 민족에 대한 친일적 색채를 강하게
　　표출하였다. 이 같은 점에 비추어 그의 소설 <흙>의 주제도 예외는 아니다.

수는 공통점을 지니고 있었다. 이기영은 <고향>에서 농민의 심각한 문제를 자본주의의 도래와 관련시켜 현대문명에 의한 토지문제, 금전에 의한 인간성의 파멸, 농촌사회 구조의 불합리 등을 그 원인으로 제시하고 있다. 이 같은 현상에 대하여 김용구는 '가난은 부지런한 농민들에게만 있다. 게으를수록 부자가 된다는 역설적 현실을 당대 사회의 구조적 문제로 인식한 데에 민촌 문학의 뛰어남이 있다.'[19]고 기술한 바 있다.

당시 간도의 안수길은 <새벽>, <벼>, <북향보> 등 일련의 창작 소설을 통하여 이른바 '農民道' 라는 문학정신을 제시한 바 있다. 그 핵심적인 내용은 간도 이주민들은 계속 떠돌이사리만 할 것이 아니라 거친 이역에서나마 상부상조하여 새로운 삶의 터전, 즉 제2 고향을 마련하고 건설하여야 한다는 것이다. 이 같은 그의 문학정신은 외관상에서 일제의 '王道樂土'의 시책과 그 맥이 통하여 민족의식이 있는 이들로부터 뒷날 강한 비판을 받는 계기가 되기도 하였다. 이 같은 현상에 접근하여 볼 때, 심연수의 귀농의식에는 다소 감상에 치우치거나 울분에 그친 감이 있을 뿐, 구체적으로 강렬한 의지나 대책이 제시되지 않은 점이 안타깝게 지적된다. 농촌과 농민에 관한 문제의 구체적 제시나 방향 모색의 강한 드러남 없이 다소 맹목적인 귀농이 또 하나의 관심사로 관념화되고 있다.

심연수는 자신의 일기문을 통하여 춘원의 <흙>과 심훈의 <상록수>를 탐독했다는 사실을 밝히고 있다. 그러나 일기문의 기술은 우리에게 다소의 실망감을 안겨준다. 그는 "정말 농촌을 위하여 생명을 바친 그런 사람이 있을까. 만일 있다면 나는 감복하겠다. 그러나 내

---

19) 김용구, 앞의 저서, P. 47.

보기에는 아직은 그런 사람이 없고 그렇게 하려고 하는 사람도 없는 것 같다. … "20) 라고 회의적으로 기술하고 있기 때문이다. 상술한 몇몇 작가들에 비해 농촌개조의 사상은 대조적으로 거리감이 있다. 물론 심연수의 경우도 농촌개혁에 대하여 전혀 관계하지 않은 것은 아니나, 소설 <농향>에서 "나는 부디 나의 동생만은 참다운 현대농민이 되어지라고 마음속으로 빌어마지 않았다." 21)라고 언급한 것은 참조할 여지가 남는다.

반대로 그는 당시 농촌계몽운동에 떨쳐나선 지식청년들에 견주어 지나치게 부정적인 결론을 내리고 있다.

> … 세상에는 그저 강짜로 지식계층에서 귀농운동이니 농촌부흥이니 하는 말을 많이 하였다. 그러나 그들은 벼가 무엇이고 보리가 무엇인지 모르는 사람들이니 어찌 농토에 성실할 수 있겠는가.22)

농촌의 실정은 알려고 하지 않고 실체가 없는 구호만 외쳐대는 이른바 개혁가들을 비판하는 그의 태도에 일단, 공감은 간다. 그러나 자신이 농촌을 잘 알고 있다는 데만 머물러 농촌운동가들을 고정관념으로 받아들이고 이해하여 농민운동에 대한 부정적 견해는 바람직한 것으로만 인식할 수는 없다. 반면에 "만일 소가 성에 차지 않으면 뜨락또르로도할 수 있다. 땅이야 모자라겠니. 언제든 그 넓은 기름진 땅을 개간할 때가 있을게다."23) 라는 구절을 통하여, 농촌개혁에 대하여 미온적으로 대처하고 단순화하려는 소극적인 일면을 그대로 드러내는

---

20) 심련수, 3월 13일 일기, 앞의 문학편, P. 446.
21) 심련수, 《농향》. 앞의 문학편, P. 344.
22) 동상
23) 심련수, 《농향》. 앞의 문학편, P. 343.

안일한 정신적 자세도 간파할 수 있다.

　다수의 일기들과 만필에서 그는 자연을 사랑하고 자연의 솔직함, 자연의 힘을 숭배하고 있음이 파악된다. 농사는 천하지대본이라며 농민들에게는 도시민 보다 가식이 없으나 상대적으로 덕이 있음을 강조하고 있음이 입증된다. 이런 견지에서 심연수의 귀농의식은 막연한 농촌개혁 보다도 만물은 자연에로의 회귀를 이룩해야 한다는 그의 이론이 성립된다. 동생들에 대한 부탁도 단순한 자연회귀로 농민이 되고 과학을 아는 현대농민이 되라는 정도에 머무른 것이다.

■ **4** 글의 마무리

　이상과 같이 심연수의 문학작품에 수용된 의식을 통시적으로 정리하여 보았다. 일제 강점기에 문인의 길을 걷겠다고 자처한 그는 애국애족의 신념을 지닌 열혈의 젊은이였다. 이와 같은 그만의 심성은 일제 강점기라는 특수한 역사의 시간대에서 압제와 구속에 대한 증오와 거부감을 분출하기도 하였다. 물론 그의 표현 수법이 다소 현실 도피적이거나 은폐적이어서 사회적 현상을 거부하거나 불만을 토로하는 양식으로 표현되고 있다. 그러면서도 자명한 것은 민족의 저항과 울분을 사실적으로 표출하기도 하였다.

　그의 이 같은 나라와 민족 사랑의 길은 빈자貧者에 대한 동정으로도 상징되기도 하였다. 스스로 고독하기를 자처한 의식의 내면에는 시대상에 의한 민족적 통한을 개인화 한 색채가 짙게 깔려 있다. 이처럼 그는 문학 장르에 폭넓게 걸친 작품들을 통해 자신의 입장을 대변하고 있다. 일단, 이 같은 양상의 드러남은 그의 애국애족의 정신에 의하여 빚어진 실체로 인식된다.

심연수는 고향과 농촌, 그리고 농민을 사랑하였음은 물론, 땅에 대하여 커다란 애착을 지녔던 존재이다. 그는 낮에는 고된 일을 하고도 밤이면 배우겠다는 열성으로 야학을 다니는 농촌의 청소년들을 열정적으로 찬양하기도 하였다. 어디까지나 그의 심전心田에는 귀농의식에 뿌리내린 농작물이 재배되고 있었음은 주지할 바다. 여기서 그의 귀농 의식의 지적 수준과 시각은 농촌의 개혁보다 만물은 자연에로의 회귀를 이룩해야 한다는 인식 아래, 친화적인 자연회귀를 추구하는 농민이기를 소망한 점이다.

심연수는 과학의 위대성을 이해하는 현대농민이 되라는 지극히 상투적인 점을 지속적으로 피력하였을 뿐, 다수의 민족 지도자들의 공통의 관심사인 농촌개혁과는 거리가 있다. 그 자신은 만필 <직업생활만태>에서 '농부'라는 개념을 다음과 같이 밝히고 있다.

> 좋은 땅 얻어서 많이 부치려는 욕심은 농부의 최대희망이다. 그러난 그것이 마음과 같이 될 수 없는 것은 어쩐 일이냐. 대를 두고 내려오면서 농부는 종래로 자기의 최대희망을 실현하지 못하였다. 농부는 순박하고 선량한 욕심쟁이다.[24]

심연수는 농부라는 개념을 어떤 의식을 지닌 존재이기보다는 삶의 방편으로 농업에 종사하는 순박하고 선량한 욕심쟁이, 즉 농토에 애착을 지닌 집단으로 단순히 인식하고 있을 뿐이다. 비록 작가를 선택하기는 하였지만, 귀농의식에 근거한 그의 농민문학 수준은 외적인

---

24) 위의 책, p. 364.

정황에 의해 미숙한 단계에 머문 것으로 유추된다.

본고의 연구 성과는 《심연수의 의식에 관한 고찰》의 기대에 크게 못 미치나 자연회귀에 뿌리를 내리고 있는 고향의식의 재정립을 위한 하나의 시도이다. 다만 다양한 장르를 통해 생산된 작품들이 고향의식을 노래해 왔는데, 왜 그 자신이 이역의 땅에서 한국적 자연의 표징인 고향에 대해 그토록 깊은 관심을 지녔는가에 대한 의구심은 어느 정도 해결되었으리라 추측된다.

이 점은 결론적으로, 생득적 체험의 공간인 고향은 시대 상황으로 인해 상실한 처소이지만, 우리의 의식 속에 살아 있는 공간대로 자리해 있다. 어디까지나 고향의 서정적 양감은, 바로 모태이면서 미래를 꿈꾸는 자연 공간임은 물론, 한 시대를 살아가는 우리에게 조국의 소중함을 환기喚起시켜주는 생명적인 원형으로 풀이된다. 바로 여기서 귀농의식을 하나의 축으로 한 고향회귀의 상징성은, 증오나 이기심이 자리하지 않는 처소, 세상적인 고뇌와 갈등을 말끔히 치유시키는 모성으로의 동질성을 의미하는 공간으로 해석된다.

沈連洙의
시문학 탐색

09 심연수의 시문학과 고향 이미지의 층위

1 심연수, 그 불멸의 시혼

일상적인 삶에 있어 특정 사람과의 만남은 운명적일 수 있다. 그 실례가 사적으로 21세기 벽두부터 8년 남짓한 기간 동안 향리 출신의 민족시인, 청송靑松 심연수의 조명과 시문학사상의 연구에 관심을 기울여 온 작업일 것이다. 일단, 한 사람의 문인으로 몸담은 공간과 시간대에 관심을 지닌다는 것은 응당 시대적 소임이며 도리이지만, 저자 또한 『20세기 중국조선족 문학사료전집(심연수 문학편)』(중국조선민족문화예술출판사, 2004)이 새롭게 육필의 검증을 거쳐 수정본이 출간되었고, 종전의 『민족시인 심연수의 삶과 문학』(홍익출판사, 2004)도

보완하는 한편,『심연수문학연구』(푸른 사상, 2006)를 최종인 박사와의 공저로 간행한 일환의 작업이다.

한국현대문학사에서 새롭게 논의되는 심연수는, 조국에 대한 집념을 불멸의 시혼으로 승화시킨 민족시인임에 틀림이 없다. 2001년 8월 《우리문학기림회》에 의해 중국 용정실험소학교 교정에 시비(地平線)가 건립되었고, 국내에서는 의로운 삶을 기리기 위해 생가 터 인근의 경포호변에 《심연수시인선양사업위원회》(2004. 5. 20)에서도 시비(눈보라)를 제막하였다. 물론, 우리현대문학사에 있어『개벽』(1923)을 통해 등단한 강릉(사천면) 출신의 초허超虛 김동명金東鳴(1900~1968)은 시집『나의 거문고(1930)』를 펴냈다. 전원적인 서정성을 민족적 비애로 형상화한 이 시집은, 공간적으로 강원지역 현대문학의 지평을 여는 계기가 된다. 이 무렵 백담사에 은거한 만해萬海는『님의 침묵(1926)』을 묶어 민족에게 봉헌하였으며, 또 강릉 출신의 박기원朴琦遠(1908~1978)도『문예공론』(1929)에 <洪水>를 발표하였다. 공간적 측면에서 심연수는, 격랑의 한 시대를 생존하면서 기질적으로 문단이라는 울타리 속에 처하기를 원하지 않았던 김동명과 출생지를 함께 하고, 윤동주와도 그 맥을 함께 한 인물이다.

심연수 자신이 즐겨 다룬 한국의 자연은 곧, 유년의 기억 속에 항상 잠재된 고향으로 해석된다. 예부터 강릉은 경주와 함께 한국의 천년 시향詩鄕으로 일컬어져 온 지역으로 자연이 아름다워 "溟州詩人之多(藥城社詩集序)"라는 지적처럼 비교적 문사들을 많이 배출한 도시이다. 1919년(대정 8년, 강릉인쇄소)에 간행된『藥城詩稿』를 통해 그 사실은 입증된다. 심연수의 시편에 내재된 순수와 정의, 진리를 추구하는 시정신과 담백한 시미詩味는 단시적인 틀 속에 담겨 서정적 미감으

로 처리되었으며, 1940년대 전반기 문학사의 공백기를 메우며 치열한
저항과 인간미가 넘치는 서정시를 썼음은 객관적으로 확인된 바다.

일단, 현대문학사에서 논외의 대상인 심연수에 대한 정황은, 중국
현지나 우리 문단에서 "암흑기 민족의 별, 재중국조선인 문학의 산맥,
일제 강점기의 대표적인 저항시인, 하나의 詩聖" 등으로 다양하게 평
가되고 있다. 문학의 장르를 폭넓게 갈마들며 활동한 그에 대해『한
국시대사전』(을지출판공사, 2002)의 수록은 물론이거니와, 문학사적
위상과 시학에 대한 논의는 심연수선양사업위원회와 한중국제학술심
포지엄, 국제한인문학회, 부경대학교 인문연구소 등에서도 심도 있게
다루어지고 있으며, 근자에도 석・박사학위 논문이 발표되고 있는 현
상이다. 현재 강릉경포초등학교 옛 건물에 <헤르만 헷세 문학박물
관> 건립이 리모델링 중에 있는 시점에서 그의 생가(강릉시 난곡동
399번지) 터에, 가까운 시일에 테마파크의 성격을 지닌 문학공원이 조
성되어 저항기 민족 시인으로의 위상을 정립하는 것은 후학의 몫이기
에 통시적 관점에서 <심연수 시문학과 고향 이미지의 충위>에 관한
논의는 바람직하다.

2 시사적 검토와 심연수 시의 특성

그간에 심연수 시문학에 대한 다각적인 해석을 위해 시사적 검토와
특성의 측면에서 구분지어 기술하는 것은 그의 시에 있어 분할・통합
의 효과적인 결과가 될 것이다.

1) 시문학과 시적 층위

연구사적 맥락에서 그에 대한 조명작업이 진행되는 과정에서 석·박
사학위 논문[1]을 포함하여 허형만, 이명재, 임헌영, 이승훈, 홍문표, 김
우종, 오오무라 마스오 교수 등의 검증된 결과물과 박미현 기자의 심
층보도 등은 그 맥을 함께 한다. 한편 황규수에 의한 『심연수 원본대
조 시전집』(한국학술정보(주), 2007), 이경득의 소설 『불멸의 혼불-심
연수』(성원인쇄문화사, 2007) 등에 의해 그의 삶과 문학세계 검증은
새로운 의미를 지닌다. 심호수에 의해 유고가 발굴된 2000년 이후, 그
간의 연구 결과에 견주어 심연수의 위상은 일제 강점기의 윤동주와
쌍벽을 이룬다. 윤동주의 시가 부끄러움의 미학에 뿌리를 둔 여성적
이며 비장성에서 뛰어난 반면, 그의 시는 남성적이며 거창함과 정신
적 빈곤에서 생산된 불안의식으로 구별된다. 앞서 용정의 통신원인
김문혁은 "용정이 낳은 또 한 명의 저항시인 심련수, 그의 이름과 청
춘의 뜨거운 피로 쓴 주옥같은 시편들은 윤동주와 마찬가지로 우리
민족의 마음속에 깊이 자리 잡을 것이다."로 지적하였다.

비교적 그의 시편에서 유년의 그리움으로 단정 지을 수만은 없지
만, 강과 호수, 그리고 바다'가 연계된 변전의 표징으로의 물이 많이
차용된 것은 항구와 같은 고향(江陵)의 강한 이미지가 그의 의식 속에
잠재하였기 때문이다. 아울러 심연수 시인에게 있어 고향의 개념은,
일제에게 강탈당한 한국적 자연(공간)이기에 이역인 용정에 몸담고
있으면서도 향수에 스며 있는 지극한 소망, "내 마음에 흰 돛을 달고/

---

1) 金海鷹, "沈連洙詩文學硏究"(한국정신문화연구원 박사학위 논문, 2004. 2), 최종인,
   "심연수시문학연구"(관동대학교 대학원 박사학위 논문, 2006. 2)

네 가슴을 헤쳐 가리라/ 그 님 가슴에 안기러 가리라.(수평선)" 이 같은 시적 형상화는 뜨거운 눈물의 질료로 작용한다. 편의상 심연수 시인의 시적 긴장미를 통한 시의 경향은 1)시의 유연성과 병폐성, 2)전통의 인식과 고향회귀성, 3)시의 호방성과 거창성 등으로 지적할 수 있다. 반세기 동안 실체를 파악할 수 없던 심연수 시인의 문학 자료는 대다수 미 발표작으로 광복 전에 창작된 것이다. 때문에 해방 후 중국의 문화혁명의 와중에서 그의 유작이 발표될 수 없던 점은 충분히 고려되어야 한다.

2) 정직성과 남성다움의 시적 매력

심연수의 시 의식을 중점적으로 논할 때, 그의 시편은 정직한 언어의 행보나 시적 구사로, 가식되지 않은 일상의 어법으로 처리된 질감의 투박함이다. 이 같은 그만의 시적 특성은 1)정직한 시어의 구사력, 2)남성다움과 신념의 노래, 3)빛나는 서정과 시의 틀이 흔들림 없이 유지된 점이다. 새롭게 조명 받는 심연수의 시편에는 순수한 영혼과 신념, 그리고 날카로운 비판과 준엄한 자기반성이 형상화 되고 있다.

대체로 그의 시편은 사회적 공간의 모순, 비정, 모함, 비열한 이기주의, 환경 등 동시대가 지닌 부조리로 응축된다. '눈을 감고 귀를 막고 입코까지 막어라'라고 강하게 역설하는 것은 시의 틀에 담아 표출하려는 조짐의 대응對應이다. 그만의 독자적인 시적 대상은 삶의 편린에 해당되지만 실상은 민족이 겪는 시대적 고통으로 총체적 삶의 표징이다. 빛나는 서정과 시격을 유지하는 심연수의 시적 메시지는 비교적 리얼리즘 쪽으로, 정지용보다 김기림적인 모더니즘 경향에 편

중되고 있으며, '체험+형상'이라는 시의 틀은 이를 증명한다.

특히 검증된 258편의 시편 중 <옛터를 지나면서>, <바닷가에서>, <鏡浦臺>, <鏡湖亭>, <兄弟岩>, <海邊一日>, <새바위>, <竹島> 등은 민족 고유의 4음보율의 시조 형식에 담아낸 현실 인식의 자장磁場에서 형성된 결과물이다. 그만의 빛나는 서정은 한국적 자연에 힘입고 형상화되어 체험과 관념의 틀 속에서 새로운 시의 가능성을 열어주고 있다.

3) 시 특성과 역동적인 힘

심연수 시의 틀 짜기란, 혼돈의 문학풍토에서 새로운 정체성(identity)을 추구하는 정신적 형상화의 접목이다. 그의 인식과 삶의 실체를 해체, 통합하는 정신작업은 시인이 생존했던 당시의 전통적 문학의 토양으로서의 상황 설정에 해당한다. 그간에 한국의 전통문학에 견주어 문학적 암흑기[2]에서 심연수 시인의 시편을 시의 주제나 경향, 그리고 꼴(형식)을 무의미한 상태로 치부할 수는 없다. 근간에 그의 시적 모더니즘 성향에 대해 소수의 평자들은 두 가지 요소에 의견을 함께 하고 있다. 즉 일제 강점기 민족의 저항성과 전통성의 인식, 그리고 미학적 승화로 부각되는 모더니즘적 요소인 현대성에 대한 위상의 확장이다. 민족성과 현대성은 심연수 시의 양대 축이다. 전자의 민족주의 성향은 비교적 연구되어 왔지만, 후자의 모더니티에 대해서는 특징적 단초로 논의될 뿐, 아직은 미흡한 연구에 머물고 있다.

이 점에 있어 김명순의 <심연수 시의 상상력과 모더니티 연구>는

---

2) 강원도민일보사, 『소년아, 봄은 오려니』(민족시인 심연수 시선집, 2002) pp.201-203.

시의 현대성에 대한 이 계통의 선행연구이다. 이 같은 시각을 확대 해
석하면, 암울한 미래의 삶에 대해 현재 결정하지 못하는 의사결정은
보류의 결과로 유추할 수 있다.[3] '조선어말살'이라는 시대적 상황에서
시적 완성과 만족을 확보하는 유일한 방법이 새로운 문명과 정신적
원천을 찾는 도구로 대치되었을 가능성이 예상된다. 이 점은 ≪심연
수문학편≫에 수록된 다수의 '일기 및 서간, 기타 글', 그리고 '추가 발
굴된 일문 시편'에 의해 그의 시적 콘텍스트(context)에서 색채와 특성
이 다양하게 확인되고 있기 때문이다. 특히 1940년대 패망을 앞둔 일
제의 황국신민정책에 동화되기를 거부하고 역사의식으로 민족에 대
해 미래의 의지를 일깨워준 시적 성과는 값진 것이다.

시적 상상력 연구가 보다 심층적인 분석과 접근을 통하여 명료하게
천착穿鑿되면, 그의 시에 대한 비평적 패러다임 정립은 무엇보다 가능
하다. 일단, 그의 시 연구가 문학 콘텍스트 내에서의 비평, 민족의식
비평, 고향의식 연계 비평 등의 미흡한 단계로 지적되고 있는 현실은
안타깝지만, 시문학 전반에 대한 본격적인 연구가 수행된다면 그 나
름대로 연구물은 빛을 볼 것이다. 김해응은 "심연수의 생애와 시세계
연구"[4]에서 시사하고 있다.

---

3) 이에 대한 논증할만한 근본 자료가 없는 것이 아쉽다. 다만 미화된 프론티어 정신을
강조하거나 시대적 주제의식을 강조하지 않고, 순수 시적 자료(시 성격 및 어조 등)만
의존해서 평가할 때의 유학의 성격은 미결정의 새로운 탈출구로서 이해할 수 있다.
4) 국제한인문학회 제1회정기학술대회, "국제한인문학의 現況과 課題"(2003. 5. 30),
pp.78-79.

3 저항기 문학의 이해와 해석

저항기 문학의 새로운 지평과 심연수 시문학의 시간과 공간 문제에 대한 다양하고 깊이 있는 해명은 문학사적으로 거쳐야 할 엄연한 통로이다.

1) 저항기 문학의 새로운 지평

『20세기 중국조선족문학사료전집』의 재출간 동기를 이상규가 피력하였지만, 국권의 상실된 처지에서 심연수 시인이 문학과 사상을 갈마들며 추구한 정의와 진리는, 상실된 국권 회복의 적극적인 행위와 수단이다. 순수와 정의를 주장하는 그의 시정신과 시 의미는 비교적 담백하게 단적으로 처리되어 있다. 그의 시에 수용된 의식은, 미래에 대한 갈망과 소명의식을 거쳐 거듭나기의 몸부림과 저항의식이 전제된 "새로운 세계질서 추구정체성의 확인"5)의 집약이다. 문학 사료전집의 부록6)에서는 "심연수 시문학의 특징"을 비애 어린 유랑의식, 같은 민족의식과 항일정신, 민족수난 고발과 고난 극복, 범우주적인 시야 활동, 상징성과 시조양식의 활용으로 구분 지어 기술하였다.

암울한 강점기의 정황을 감안하지 않을 수는 없지만, 심연수의 남성다움이나 기질적인 호방성은 단면적이나 "紂나 네로같이 暴君이 되어/ 세상을 한번 맘대로 해 볼 걸/ 한 손에는 玉佩를 들고/ 한 손에는

---

5) 고세환,"심연수의 시연구 - 시의 발전과정과 시의식 전개를 중심으로", (관동대학교 교육대학원 석사학위 논문, 2002. 6.)
6) 중국조선민족문화예술출판사, 앞의 책, pp.537-565.

칼을 쥐고(暴想)"에서나 "가슴 속 불길을 뿜어 보자/ 타올으는 불길에 태워 보리라(寒夜記)"에서 검증된다. 그러나 그의 시편은 "뼈 속까지 저린/ 그러나 맨살로/ 더듬는 초행길(觸感)"이나 "내 마음이 흰 돛을 달고/ 네 가슴을 헤쳐가리라(水平線)" 항시 '그님'의 실체를 단적으로 밝힐 필요는 없지만, 따뜻한 감성과 감미로운 서정성의 확증이다.

2) 시문학의 시간과 공간

'시간은 모든 현상 일반의 형식적 조건이다.'[7] 공간 또한 모든 외적 직관작용의 근저에 있는 필연적인 표징이다. 시에 수용된 시간과 공간은 시인의 시를 가능하게 하는 근본 요소이다. 츠베탕 토도로브는 구조주의 시각으로 문학의 시간성[8]과 관련하여 (1)순서, (2)지속, (3)빈도와 관계되는 문제로 연관 짓고 있듯이 빈도는 진술의 시간과 허구의 시간 사이의 관계가 지니는 본질이다. 시에서 공간의 문제는 조동일의 지적[9]처럼 음악의 공간적 질서는 시간적 질서에 종속되어 있다. 문학의 공간적 질서는 진행과 내용 사이에서 파악되는데 진행의 내용은 안·밖에서 다룰 수 있다. 문학의 장르에서 어둠과 밝음, 보수와 진보 등이 함께 대립을 이루는 공간적 질서는 문학의 본질을 구명하는데 중요한 요소로 작용한다.

그의 시편에서는 사랑으로 열병을 앓는 시적 심리가 수식이나 화려한 치장 없는 진솔함으로 드러난다. '흩어진 기억을 옷섶에 싸들고(추억의 해변)'에 표출하듯 일정한 거리를 유지하며 자리해 있는 것은 그

---

7) I. 칸트, <純粹理性批判>, (崔載善 역), (박영사, 1981), p.83.
8) 츠베탕 토도로브, <구조시학>, (郭光秀 역), (문학과 지성사, 1983), pp.65-69.
9) 조동일, <문학연구방법>, (지식산업사, 1982), pp.163-164.

리움과 고독이다. 심연수에게 있어 그토록 사모하는 그리움의 대상
은 단순한 연인이기보다는 또 하나의 조국이며 겨레로 해석된다. "옛
일이 그리워 찾아왔으니/ 그대여 반가이 맞아 주게/ 산을 넘고 물을
건너/ 찾아왔노라(舊友를 찾아서-향토를 밟으며)" 이처럼 그 자신이
조선 국적임을 자부하는 정신기후는 한국적인 것에 기인하기에 시적
글감은 우리에게 감동을 안겨주기에 부족함이 없다.

직면하는 대상을 그 자신이 <새바위>, <바닷가에서(동해안에
서)>처럼 국문학 장르상 민족혼의 표징인 시조에 담아 고아한 서정
시로 꽃 피운 점에 비추어 볼 때, 심연수 시인은 까닭 없이 분노하거
나 저항하는 병적 심리의 피해자가 아니라, 정감의 구속을 원치 않는
본질적으로 서정적 감성의 시인으로 직감된다. "작가는 올바른 질문
을 제기하는 것만으로 만족할지 모르지만 자기 시대의 주인 노릇을
하려면 올바른 해답을 제시해야 한다."[10] 라는 지론에 수긍이 따르지
만, 이 점은 성숙된 작가의 정신적 표상에 결부되는 것이다.

우리 현대문학사에 있어 1930년대의 문학적 징후가 고향상실감이
기에 대다수 이 시기의 문인들은 고향을 제재로 한 작품들을 양산했
다. 1920년대의 고향이 단순히 소재적인 차원으로 공간에 대한 막연
한 동경과 그리움을 전제로 노래되었다면, 1930년대의 상이점은 소재
의 차원을 넘어 저마다의 의식을 다양한 골격으로 모색한 것이다.
따라서 시대적 환경에서 배태胚胎된 그의 문학작품과 의식에 대한 깊
은 관심과 이해는 바람직한 것으로 평가된다. 자기고백적인 수필 <농
가>에서 심연수의 고백은 지극히 공감대를 불러 모으기에 족하다.

예술은 인간이 만든 문화 중에서 가장 자연친화적이기에 본질적으

---

10) A · 하우저, 『문학과 예술의 사회사』, (창작과비평사, 1985), p. 165.

로 환경 생태학적이기도 하다. 예술의 생성 자체는 인간에게 있어 가장 자연스러운 관습적 행위이며 제도이기에 우리의 삶에 있어 추동력은 자연회귀나 자연을 회상함으로써 작동된다. 인간과 자연의 연관성은 자궁회귀 본능으로도 해석된다. 마치 그것은 포스트·구조주의 정신분석학자 자끄 라깡이 말하는 거울의 단계에 대한 그리움으로 고향의식과 결부되고 있다.

예술의 기능을 좀 더 자연회귀로 확산시켜 불건전한 의식을 통한 내적 충만으로 변전시켜야 할 것이다. 자연의 원대한 섭리, 즉 16세기의 생태학자 스피노자가 범신론적인 "신(자연)에의 이성적 사랑(amor intellectualis dei)"이라고 지칭한 것을 상기할 필요가 있다. 이 같은 시각에서 심연수 시의 특성인 "전통인식과 고향 회귀성"[11]은 그의 담백한 시 의식을 떠받들고 있는 축이며, 동력이기에 귀농의식의 검색은 의미 있는 작업이다. 실제로 1940년 12월 17일(雪)에서 25일(晴)까지 강릉에 체류하며 남긴 그의 일기문을 중심으로 강릉의 지명과 몇 가지 객관적 사실을 확인해 보기로 한다.

"6시경에 안도(安堵)를 떠나서 리양서 자동차로 정동(丁洞, 苧洞의 誤記)까지 오니 해는 저쪽 산봉우리로 넘어가고 있었다. 나는 향골댁에 들렸고 그 외도 몇집을 돌아다녔다.(12월 17일).", "립암리(笠岩里) 아재네 집으로 갔다. 아재는 반가이 맞아주었다....생략...아버지 누이인 아재는 나를 무척 사랑해주었다.(12월 18일 晴雲)", "내가 떠난다고 아재네 집서 떡까지 하였다.(12월 20일)", "강릉으로 가는 차를 타고 정동(丁洞-苧洞)에 와서 내려 웃댁에 들렸다가 송정(松亭)으로 갔다. 어두운 밤에 험한 길을 걸었다.(12월 21일 晴)", "송정아재네 집을

---

11) 엄창섭, 앞의 책, p. 68.

떠나서 초동리(草洞里)로 왔다. 아무데도 들리지 않고 향수(珦洙)를 찾았다.(12월 22일 雨)", "자동차부에서 그냥 떠나려 하다가 그만두고 죽암리로 갔다. 동수(東洙)를 찾아보고 또 아제네 집으로 갔다. 벌써 세 번째나 되돌아들게 되었다.(12월 23일 晴)", "아저씨의 주선으로 돈이 되었다. 감사한 일이다. 나는 강에 나가서 세수를 하였다. 대관령을 넘으려는 붉은 해도 희망에 타는 불덩이로 보였다.(12월 24일 晴)", "내가 남대천을 건늘 때 새벽하늘을 뒤흔드는 인경소리가 들려왔다. 내가 첫 음향을 들었을 때 형언할 수 없는 심사가 가슴에 차올랐다.(12월 25일 晴)"

이렇게 심연수 시인의 9일간 다소 무료한 고향나들이가 끝났다. 삶의 터전에 대한 흔들림으로 인한 유이민의 발생과 고향을 노래하는 시의 상관성은 사회현실을 감안할 때 숙고할 과제이다. 또 하나 심연수의 농민 관련의 소설에서는 예외 없이 독자적 사상으로의 귀농의식이 주목된다. 이 같은 귀농의식은 그의 1인칭 단편 <農鄕>에서 적절히 묘사될 뿐 아니라, 자연회귀 의식 즉, 귀거래사 격인 고향의식과의 무리 없는 융합이다.

일제 강점기에 문인의 길을 걷겠다고 자처한 심연수는 애국애족의 신념을 지닌 열혈熱血의 젊은이로, 그의 심성은 특수한 역사의 시공에서 압제와 구속에 대한 증오와 거부감을 분출하였다. 물론 그의 표현수법이 다소 현실·도피적이거나 은폐적이어서 사회적 현상을 거부하거나 불만을 토로하는 양식으로도 표현된다. 그에게 있어 생득적 체험의 공간인 고향은 시대상황으로 인해 상실된 공간이지만, 의식 속에서는 그리움의 처소로 자리한다. 고향의 서정적 양감은, 생명적 모태이면서 미래를 꿈꾸는 자연이거니와, 궁핍한 시대에 존재하였던 그에게 조국의 소중함을 환기시켜주는 생명적 원형이다. 여기서 귀농의식을 하나의 축으로 한 고향회귀의 상징성은, 세상의 고뇌와 갈등을 말끔히 치유시키는 모성으로의 동질성을 의미하는 평화적이고 구속이 없는 자유공간을 뜻한다.

▮4 해결해야 할 과제들

<심연수 시문학과 고향 이미지의 층위>를 아우르는 과정에서 얻은 결론은, 한국의 현대시가 안고 있는 시의 철학성과 사상성의 궁핍함에 비추어 그 자신의 시편은 서정적 감상주의가 아닌 보편적 세계주의나 철학적 보편주의를 구축하고 있는 점이다. 초기의 시편은 비교적 자연을 대상으로 낮은 언덕이나 산자락, 여울의 흐름을 섬세한 감성으로 시화詩化하였다. 특히 과학기술과 산업문명이 대량 생산하는 정황에서 왜소하고 분열된 개인 대신 그는 우주라는 모체 속에서 동화적이고도 동시적인 매개체를 이끌어내고 그나마 순수한 자연아自然兒를 제시한다. "얼음장 나리는 봄이 왔대요(大地의 봄)", "나의 故鄕 뒤ㅅ山에/ 묵은 솔밭 길/ 단 혼자서 올으기는/ 너무 힘들어(故鄕)", "어린이의 天眞같이/ 맑고 깨끗한/ 천사의 얼골같이/ 아름답고 유순한/ 풀게 곱게 개여진(개인 하날)", "빛을 찾어 헤매는 천사의 옷고름에/ 싸락 별들이 반작이더라(星座)" 등이 그 보기이다.

우리가 접할 수 있는 것은 심연수 자신이 그처럼 "눈을 귀를 다뜨고 듣고 보고 하였쇠다(서울의 밤)"에서 그렇게 절박한 심정으로 확인한 것은 민족혼의 상징인 조선의 옷과 조선의 얼굴이다. 이처럼 민족

혼을 시조에 담아 고아한 서정을 <새바위>, <바닷가에서>, <鏡浦
臺>, <옛터를 지내면서> 등에서 꽃 피운 심연수 시인은 까닭 없이
정감의 구속을 원치 않는 심성의 소유자로 서정적 감성을 형상화하였
다. <기행시초편>에 수록된 시편은 슬픔과 기쁨을 교차시켜 날줄과
씨줄로 섬세하게 얽어 짠 실크 같은 특성이 나타나 있다.

결론적으로 비교적 여성적인 유연성도 내포하고 있는 그의 시조 68
편에 지형지물地形地物의 대상물은 막연한 그리움의 총체적 드러남으
로 작용한다. 글의 말미에서 이 같은 생산적 결과물은, 문화의 지역구
심주의에 입각하여 또 다른 반세기를 준비하며 새롭게 정진할 지조
있는 지역문인들의 문학정신에서 불멸의 시혼으로 눈부시고 황홀하
게 꽃 필 것을 기대한다.

10
심연수 시문학의 시간과 공간 해석

- 새로운 시적 영토와 지평의 탐색

1 글머리 - 배경背景

'시간은 모든 현상 일반의 형식적 조건이다.'[1] 공간 또한 모든 외적 직관작용의 근저에 있는 필연적인 표징이다. 시에 대한 논의에 있어 시에 수용된 시간과 공간이 그 시의 전부라고는 할 수 없으나, 그 시를 가능하게 하는 근본 요소임은 부인할 수 없다. 츠베탕 토도로브는 구조주의 시각으로 문학의 시간성[2]과 관련하여 다음과 같은 문제들

---

1) I. 칸트, <純粹理性批判>, (崔載善 역), (박영사, 1981), P. 83.
2) 츠베탕 토도로브, <구조시학>, (郭光秀 역), 문학과 지성사, 1983, PP. 65-69.

을 제기하고 있다. 그 첫째는 순서와 관계되는 문제이며, 둘째는 지속과 관계되는 문제, 셋째는 빈도頻度와 관계되는 문제이다. 여기서 빈도는 진술의 시간과 허구의 시간 사이의 관계가 지니는 본질적 특성이다. 시에 있어서 공간의 문제 또한 조동일의 지적3)처럼 음악의 공간적 질서는 시간적 질서에 종속되어 있는 데 비하여 문학의 공간적 질서는 일차적으로 진행과 내용 사이에서 파악되는데 진행이 내용을 안에서 다룰 수도 있고 밖에서 다룰 수도 있다. 여기서 문학의 모든 장르에서 시간적 질서와 함께 공간적 질서를 문제 삼는 것은 어둠과 밝음, 죽음과 삶, 보수와 진보 등이 함께 나타나서 대립을 이루는 공간적 질서는 문학의 본질을 구명하는데 중요한 의미를 지니기 때문이다.

심연수 시인의 강원문학 형성과 발전 양상에 대한 서술에 앞서, 일반적으로 관동關東이란 지역 개념이나 그 범주에 따른 사전적 의미는 관습상 '대관령 동쪽의 땅'으로 통칭된다. 관동 또는 영동嶺東이란 지리적 명칭은 어느 특정한 시대의 행정구역상 지명이 아니라, 관동팔경과 연계되어 '大關嶺 以東' 즉 동해안 일대에 이르는 지역으로 보편화된다. 강릉은 옛 동예東濊의 땅으로《後漢書》,《三國志》동이전東夷傳에 의하면 10월에 무천無天이란 종교적 행사를 행한 곳으로 기록되어 있다.

먼저 이 지역은 예부터 전통의 뿌리, 정신적 유산인 차별화 된 문화가 자리해 있음은 주지할 바다. 〈獻花歌〉, 〈海歌〉, 〈寒松亭曲〉, 〈溟州歌〉 등을 포함한 삼국시대의 한시나 고려시대의 시문, 조선조의 김시습金時習, 율곡栗谷, 신사임당申師任堂, 허씨 오문장가許氏 五文章家, 송강松江의《關東別曲》과 기타 국문학 장르에 관한 것은 줄이고 편의상

---

3) 조동일, <문학연구방법>, (지식산업사, 1982), PP. 163-164.

한국 현대문학사에 새로운 획을 긋는 심연수 시인의 시사적 의미망에 관하여 기술토록 한다.

자주독립 사상의 고취, 신교육의 권장 인습 타파 등이 폭넓게 수용되고 결국은 개화 계몽사상의 고취를 중시한 신문화가 이 땅을 지배하던 1910년대, 신소설의 개척자 국초菊初 이인직李人植(1863-1919)이 1907년《萬歲報》에 춘천의 강동지와 그의 무남독녀 길순이 등장하는《鬼의 聲》과 원주原州 치악산을 배경으로 계모와 며느리의 불화를 소재로 한《雉岳山(1908)》을 각각 발표하였다. 신소설의 3대 작가인 열제悅齊 이해조李海朝(1869~1927)가《昭陽亭(1890)》을 발표한 것이 현대문학으로 접어드는 이 시기의 향토성이 내재된 작품의 보기이다. 우리 한국 현대문학사의 절정기인 1930년대 구인회九人會 멤버인 김유정金裕貞과 이효석李孝石이 작품 활동을 할 무렵, 이 보다 앞서 1923년에 강릉江陵(沙川面) 출신의 김동명이『開闢』을 통해 한국 시단에 데뷔하고『나의 거문고(1930)』,『芭蕉(1938)』등의 시집을 펴냈다. 이것이 전원적 서정과 민족적 비애를 시화한 이지역의 현대문학에 있어 새로운 지평을 여는 계기가 된다. 이 무렵 백담사에 은거한 한용운韓龍雲은『님의 沈黙(1926)』이라는 시집을 민족에게 바치기도 하였다.

江陵 출신의 시인 朴琦遠(1908~1978)은, 1922년 무렵 강릉에서 문학을 지망하는 젊은이들과 시 모임을 조직하여 문사의 길을 걸으며 1929년에『文芸公論』에 시 <洪水>로 데뷔한 뒤 홍민洪民(安鐘和·丁洪敎·廉根洙·尹逢春 등 포함)과 꾸준히 교분을 나누어 왔다. 그가 사상 문제로 일경에 쫓기며 월정사 등지를 방황하다 같은 처지에서 고뇌를 함께 하던 파인巴人 김동환金東煥을 만난 것도 인연이 닿은 일이지만 이 같은 크고 작은 계기가 강원도의 현대문학에 있어 시적 토양을 다

지는 동기를 부여한다. 일단, 본고에서는 2000년 벽두에 민족 시인으로 새롭게 조명 받는 심연수 시인의 문학의 공간적 측면을 분할·통합하여 보기로 한다.

근간 우리 현대문학사에 있어 역사의식 문제가 심도 있게 다루어지고 있다. 그 중에서도 격랑의 한 생애를 시인으로 활동하면서 기질적으로 문단이라는 울타리 속에 처하기를 원하지 않았던 김동명은 문단 중심으로 기록되고 평가받은 우리 문학의 풍토에서 비중 있게 다루어질 수 없었다. 이 같은 현실적 상황을 고려할 때 다소 뒤늦은 감이 없지 않으나, 그는 한국 현대시문학사에 있어 대표적인 낭만파 시인이자 민족적 울분을 기독교 신앙에 의지하여 정화시킨 종교 시인이며 폭넓게 활동한 정치평론가, 교육자로 새로이 조명되어야 할 존재이다. 그는 1942년 <술 노래>, <狂人>을 끝으로 절필하고 치욕과 울분의 나날을 보내며 조국을 상실한 예술가의 고뇌를 민족적인 서정과 독특한 미의식으로 표출하였다. <水仙花>를 최초의 가곡으로 옮긴 김동진金東振은 인간적인 스승의 시에 깊이 매료되었음을 술회한 바 있다.4)

이처럼 김동명은 그 자신이 비록 이루지는 못했으나 한때 마도로스의 꿈을 지니기도 하였다. 그는 40여 년의 시작활동을 통해 이 땅의 시인 가운데서도 누구보다 빈도수 높게 바다(海洋)를 즐겨 노래하였다. <바닷가에서>, <동해>, <바다>, <갈매기>, <새벽>, <잠> 등의 시편을 통해 죽음의 표상인 동시에 죽음의 승화과정을 거쳐 재생으로 이입되는 통로, 또는 존재의 모든 잠재능력의 저장소가 바다(海)임을 확인하기에 이른다.

---

4)《週刊讀書》, 1968. 6. pp.21~22.

밤은
푸른 안개에 쌓인 호수(湖水)
나는
잠의 쪽배를 타고 꿈을 낚는 어부(漁夫)로다.

-<밤>에서

어디까지나 밤의 신비를 주제로 한 인용한 시편에서 김동명은, '상상의 날개를 편 위대한 낭만주의자'로 자신의 존재를 확인하기에 이른다. 우리현대시문학사에 있어 중요한 위치를 구축한 초허는 민족과 조국의 불행을 절규하며 일제 치하에서는 누구보다 '치욕과 분노'를 불태운 시인이지만 그 진면목이 규명되지 못하였다. 그는 만해처럼 민족사의 암흑기를 살면서 민족의 생명력을 긍정한 시인으로 서정의 인식, 현실의 존재성, 농촌과 도시의 다양한 소재를 통해 새로운 시의 방향을 시사해준 시인이다. 바로 초허와 지연地緣을 함께 하며 같은 시기에 강인한 민족애를 순수 서정의 꽃으로 피워낸 한 시인의 출현으로 강원문학의 토양과 지평은 새로운 의미망을 형성하게 되었다.

근간 중국 연변의 문화·예술 등 학술단체들에 의해 또 한 명의 저항시인의 시문학적인 조명이 다양하고 심도 있게 다루어지고 있다. 이명재의 지적처럼 심연수 시인의 생생한 육필원고들은 그대로 백의민족의 수난사이면서 민족문학의 실체[5]라고 정리할 수 있다. 그것은 바로 "중국 조선문학은 중국문학의 구성부분인 동시에 백의 동포문학의 일부분"[6]으로 심연수 시인의 경우도 그의 유고들이 현재 다문화시대多文化時代에 걸맞게 한국의 암흑기 문학사를 복원시키는 텍스트가

---

5) 李明宰, "沈連洙의 문학사적 位相"(심연수문학 국제심포지엄 요지문, 백산호텔 국제회의실, 2001년 8월 8일), p. 1.
6) 조성일, "중국조선족 당대문학 개관"(국제학술발표 요지문, 1983), p. 1.

될 수 있기 때문이다. 일단 논의의 대상이 되는 인물은 일제 점령시기 만주에서 발행되던 《滿鮮日報》에 중학생의 신분으로 다섯 편의 시를 발표한 후, 족적을 찾아 볼 수 없던 심연수의 많은 유고들이 뒤늦게 세상에 공개되어 그의 문학성과 문학사적 가치가 비로소 세인의 주목을 받게 된 작금의 현상은 중시할 가치를 지닌다.

여기서 논의의 대상이 되는 『20세기 중국조선족 문학사료전집』제1집 《심련수문학편》은, 8·15 광복 전 중국에서 생활한 그의 작품을 수록하고 있다. 27세로 삶을 마감하였기에 그의 작품 절대 다수가 미발표 작이었으나, 광복 55년을 맞는 해에 세상에 그 전모를 들어내는 의의는 실로 새롭다. 심연수 시인의 문학성과 시문학사적 위상을 새롭게 조명하여 민족의 시인으로 자리매김을 할 수 있는 인자로서의 계기를 열어준다.

이점을 중시할 때, 일제가 1939년 조선어 말살정책을 수립하여 창씨개명(1940),『文章』폐간(1941), 정신대 근무령 공포(1944) 등의 식민지 정책으로 친일문학을 양산하여 우리 민족의 혼을 말살한 시간대인 1945년에 이르기까지 '일제 암흑기의 부끄러운 문학은 묵살하자, 우리 문학사에서 지워 버리자'는 강경한 일부 국내학자들의 주장에 문제가 있음을 확증시켜 주는 여지가 남는다.

▨2 시문학과 삶의 여적

우리 한국 시문학사에 있어 대표적 민족 시인으로 각광받기에 충분한 문학적 자료가 저서로 간행되어 세상에 그 실체를 드러낸 심연수 시인은 1918년 강원도 강릉군 경포면 난곡리 399(현 강릉시 난곡동 399번지 *강릉도로공사 사업소 정문 옆)에서 출생하였다. 특히 그의 시편에 유년의 그리움이라고 단정지을 수는 없지만, '강과 호수, 그리고 바다'가 연계된 변전變轉의 표징인 물이 많이 수용된 것은 항구와 같은 고향(祖國=江陵)이 항상 의식 속에 잠재하고 있었음은 부정할 수는 없다. 또한 심연수 시인의 시적 표징이 되는 고향의 개념은, 당시의 정황에 있어 일제에게 강탈당한 한국적 공간임은 중국에 몸담고 있으면서도 <기행시초편>이나 <시편>에 수록된 다수의 작품에서 그 실상이 명증되고 있다.

이 같은 정신지리나 환경은, 그의 심성이나 문학관 형성에도 커다란 영향을 미쳤다. 《만선일보》에 <려창의 밤>, <대지의 여름>을 포함한 5편의 시를 발표한 후, 족적을 감추고 젊은 나이에 불행한 생을 마감하고 사라졌던 심연수가 민족의 시인 윤동주에 버금갈 만큼 우리 앞에 부활되어 그 실체가 드러나고 있다. 다소 뒤늦은 감이 없지 않으나 다행스럽게도 연변의 현지 문단은 "1940년대 문학사가 결코 암흑기가 아니었음이 이번 심련수 문학의 발굴로 입증됐다."고 평가하였다. 당시 그가 작품을 써 모으고 있을 시기, 국내적으로는 우리 문학의 최후의 보루였던 『文章』, 『人文評論』이 폐간되고 대다수 저명한 문인들이 친일을 강요받으며 『국민문학』을 비롯한 몇몇 일간지에 일제의 앞잡이로 변신하여 치욕적인 작품을 발표하거나 절필한 상황이었다.

심연수 시인 자신은 우울한 청소년기를 어려운 형편 속에서 보내며 소설과 시집, 잡지와 영화를 무척 즐기며 문학에 대한 꿈과 저력을 키우고 다져나가기 위해 많은 독서량을 확장하였다. 『滑入中脫出』, 『常綠樹』, 『마귀의 섬』, 『路鳥山의 調集』, 『朝鮮三國時代詞華集』, 『님의 沈默>, 『흙』, 『靑空洗心記』, 『순애보』, 『無影塔』, 『新生』, 『鐵假面』, 『조선문학전집 단편』, 『金色夜叉』 등은 이를 뒷받침하는 저서들이다.

여기서 동향인 김동명이 "자신의 부끄러운 시집이라."며 자신의 처녀시집 『나의 거문고(1930)』를 지적한 바 있듯이 국문학 장르에 있어 민족의 얼이 살아 있는 전통양식인 시조를 통해 그 강원도적인 대상을 개성 있게 노래한 "전통의 인식과 고향 회귀성"은 심연수의 담백한 시 정신을 떠받들고 있는 축이며 동력이다. 그의 초기 시편에 하나의 특이할 바는 시조가 많은 양을 차지하고 있다는 점이다.

258여 편의 시편들 중 지극히 단시적短詩的인 것에서부터, 장시적長詩的인 형식의 것들이 68여 편의 시조와 함께 다양하게 쓰여 지고 있으나, 시적 대상이 한국적 자연의 서정성으로 김동명과 그 맥을 함께 한다. 이것은 그의 정신에 내재된 고향에 대한 간절하고 절박한 그리움의 표징으로 대다수 17일간의 수행 여행길에서 시화한 <외금강역>, <溫井里> 등의 시편을 통해 고향에 대한 정감은 <기행시초편>에서 거듭 확인된다.

특이하게도 <기행시초편>에 수록된 64편이 비교적 시조 형식을 유지하고 있는 사실은 우리 시조 연구에도 비중 있게 다루어져야 할 여지가 있다. 내용면에 있어서도 자연을 시적 대상으로 하여 슬픔과 기쁨을 교차하여 읊는 특징을 보여주고 있다. 그의 초기 시편들은

<鏡湖亭>, <경포대>에서 시적 정서가 파악되듯이 때로는 여성적 나약성이 유연하게 표출되고 있는 특성도 지니고 있다. 7세의 어린 나이로 동해와 호수(鏡浦湖)가 접한 생가生家를 떠나 이국에 몸담고 있으면서도 그토록 <경포대>, <경호정>, <형제암>, <새바위>, <죽도> 등을 자신의 시편에 담고 있다는 것은 본질적 그리움을 명백하게 밝혀주는 계기가 된다.

여기서 심연수 시인의 시적 언어는 정직하다. 그는 일제 강점기에 몸담았던 어떤 시인보다 표현하고자 하는 즉물적 대상에 관하여는 주저함이나 망설임 없이 곧장 투명한 언어로 그 틀을 엮어 가는 힘을 지니고 있다. 그의 시편은 정직한 언어의 행보에 있어 지나친 시적 구사는 언어의 유희나 군더더기로 인식되기에 앞서 가공되지 않은 일상의 어법으로 처리되는 질감의 투박함이 그대로 자리해 있다.

저자는 "심연수 시인의 문학과 시적 층위" 라는 논제에서 심연수 시의 특성과 경향을 '시의 유연성과 병폐성, 전통의 인식과 고향 회귀성, 시의 호방성과 철리성'으로 구분 지어 기술하였다. 점차 시간대를 달리하며 민족 비중 있게 다루어질 그는, 아직도 한국의 현대시가 극복하지 못한 철학과 사상의 빈곤 문제를 심도 있게 다룬 지성적인 예감豫感의 시인으로서 그의 문학사적 위상과 실체는 심도 있게 논의되고 규명되어야 할 타당성을 지닌다는 것이다.

특히 심연수 시인의 시적 언어는 전적으로 일상의 어법에만 의존하고 있는 것은 아니다. 예컨대 자료집인 《심련수문학편》 제1부의 [시편]에 편집된 174편 중 두드러진 시의 표현 양상은, 두개의 서로 상이한 현상을 하나로 엮어매는 은유의 표출이 다양성을 지니는 점일 것이다. 일반적으로 좋은 글을 쓴다는 것은 엄숙한 정신 행위이기에 좋은 글의 요건으로 정직성의 개념은 중요한 문제로 인식된다. 그의 시 <肉華>에서 보여주는 좌절과 증오, 자기파멸에서 오는 세기말적인 절망감, 그러나 직녀를 사랑하는 그리움에 머리와 옷이 젖을지라도 온 밤 어두운 거리를 헤매며 방황하는 이미지의 형상화나 진정한 우정을 강렬하게 역설하며 진실을 포착, 해명하려는 그만의 애씀과 다짐에서 건강한 시정신은 발아發芽되고 있다.

> 오! 바다여
> 귀에 익은 해조음을
> 다시 들려주면
> 맨발로 오리라
> 흩어진 기억을
> 옷섶에 싸가지고.
>
> -<추억의 해변>에서

그의 시 <사연>의 변주變奏인 <편지>에서는 사랑으로 열병을 앓는 심리가 그 어떤 수식이나 화려한 장식으로 치장되지 않은 진솔함으로 들어 난다. '흩어진 기억을 옷섶에 싸들고(추억의 해변)'이나 '비 내리는 외로운 밤/ 님 사는 바다 저쪽 무한 그리워(기다림)' 하는 절절함에 고뇌하는 열혈熱血의 삶을 통하여 확인할 수 있는 것은 무엇인가. 그것은 곧, '안개 낀 새벽아침/ 이슬 내린 내기슭을 더듬으며/ 지나간 기억을 찾아올제/ 오직 떠오르는 것은/ 가식 없는 생활에/ 외로이 자라온 알몸뚱 (고독)'에서 표출되듯이 일정한 거리를 유지하며 자리해 있는 그리움과 고독이다.

기실 심연수 시인이 그토록 사모하는 그리움의 대상은 단순한 연인이 아니라, 조국이며 겨레로 해석된다. 비록 이국의 땅에 몸담고 있으나, 오로지 한국 태생임을 자부하는 그의 정신 기후와 풍토는 지극히 한국적인 것에 기인하기에 시적 글감이 우리에게 신선한 감동을 안겨주는데 부족함이 없다. 시인의 길을 걷겠다는 신념과 일제 강점기를 살아가는 사회 현상에서 피할 수 없는 자기혐오와 통찰洞察은 그의 초기 시편을 엮고 있는 두 골격骨格이다. 시인의 길을 올곧게 걸어가리라는 확신에 찬 신념은, 물질과 권력을 쫓아 마구잡이로 치닫는 자들이 타락한 현실에 대한 분노와 폭력적인 권력이 자리한 사회, 그리고 인류 공멸을 위한 맹목의 질주를 멈추지 못하는 근대문명의 파괴성을 통찰하고 비판하는 힘의 근간根幹이 된다.

한국 국적으로 러시아, 중국, 일본이라는 공간에 머물며 삶을 영위한 심연수의 경우, '체험+형상'의 틀에서 이탈하지 않은 그의 시적 형상화는 비교적 선이 굵고 남성적이며 대륙적 특이성을 수용하고 있다는 점이다. 따라서 다소 여성적이며 나약한 윤동주 시인보다는 기질적으로 보다 아니마 적이고 웅혼하여 이육사 시인의 성향에 빗대어진다. '암흑을 익힌 개선장병아/ 분투의 앞에 굴복한 과거는/ 캄캄한 어둠 속에 쓰러졌다/ 승리자여,/ 만난을 극복한 투사여/ 오래지 않아 서광이/ 그의 낯을 몸을 비치리니 (새벽)'의 시구처럼 불러지고 이해되는 '신념의 노래'는 남성 화자(persona)의 어투로 장식粧飾되어 강인한 생명력이 넘쳐나고 활기에 차 있다. 그러나 무엇보다 그의 시가 수용하고 있는 중요한 특징은 아름다운 서정의 들어냄으로 시의 본질을 팽팽하게 유지하고 있다는 점이다.

우리는 심연수 시인의 시편 중 <한줌의 모래>를 음미하다 보면, 영국의 신비주의 시인인 블레이크의 <純粹의 前兆> 시적 분위기나 동기를 연상하게 되고 두 시인의 창조적 직관의 우연한 조응에 관심을 기울이게 된다. 일제 강점기 민족적인 분노와 자신의 울분을 저항적으로 시편에 담아 토해낸 시인이라면 이육사, 이상화, 김동명, 유치환 등의 시인을 거론할 수 있다. 이 같은 우리네 시단에서 심연수 시인은 이 땅의 어느 시인보다 민족이 처한 어려운 상황 속에서 예언자로서의 몫을 충실하게 담당하였다. 세계 2차 대전 중인 1940년에, 그는 놀랍게도 역사 인식이 뛰어난 민족시인으로 시편 <소년아 봄은 오려니>나 "때는 온다/ 온 천하가 뒤집혀도/ 겁낼 것 없다/ 온 지맥이 뒤틀려도/ 덤빌 것 없다.(肉華)"에서 조국의 광복은 물론 아시아의 평화를 점철시켰다.

이상화의 <빼앗긴 들에도 봄은 오는가> 식의 시상의 접목이나 발상이 아니라, 심연수 시인 나름의 창법으로 불려진 <소년아 봄은 오려니>나 <肉華>의 시적 이미지는 절망적이고 핍박받는 이들을 대변하고 소극적인 독자의 감성을 보다 희망적이고 긍정적으로 발아시키는 전신자로서의 역할을 충실하게 담당하고 있음을 명증하여준다.

<소년아 봄은 오려니>는 민족의 미래를 준비해야 한다는 암묵적 은유를 수사적 기법으로 취하여 저항정신마저 극명하게 보여주고 있다. 일제로부터의 필연적인 민족해방을 전제한 이 작품은 '전지는 남의 것이 되었으나' 라는 시적 발상을 통하여 일차적으로 강탈당한 국권의 현상에 강도 높게 분노하고 있다. 여기서 '씨앗(불)'이란 조국 광복을 위한 국권 회복의 강인한 생명력을, '너의 집에 있을 것'이라는 시구는 예언자적인 저항성을 예감한 의지의 표현으로 어디까지나 그의 시적 매력은 "정직성과 남성다움"[7])에 있다. 또한 '겨울은 가고야

---

7) 엄창섭, "정직성과 남성다움의 시적 매력"-심연수 시인의 시정신과 시세계를 중신으

만다.' 는 시적 의미는 거부할 수 없는 자연의 순리에 빗대어 힘의 논리란, 겨울과 같아서 변전과 흐름으로 일제는 패망할밖에 없다는 시인의 확신을 천명闡明한 비장함을 수반한 것이다.

그의 시 '꺾어진건 통쾌해도/ 뉘게다 굽석거리는 꼴은/ 보기 싫도록 역겨웁더라(고집)'에서 접목되는 시인의 강렬한 아집我執은, 단순한 자아로 머무는 삶의 흔적으로 해명되지는 않는다. 어디까지 죽어 없어지지 않을 신념을 지닌 예언자적 존재로 보편적인 상황에서도 한 올의 비굴함을 허락하지 않는 지사로서의 면목을 지니고 있다. 감성의 시인인 그가 그토록 비분, 기개, 고집불통, 비타협과 같은 절개를 강도 높게 피력하는 이유는 곧 일제에 항거하는 강인한 지조의 들어냄이다.

심연수 시인의 시적 메시지는 비교적 리얼리즘 쪽이지만, 정지용鄭芝溶보다는 다분히 김기림金起林적인 모더니즘 경향에 편중하고 있다. '칼날보다 날카로운 이빨로/ 눈 덮친 땅바닥을 갈거간다.// 막막한 설평선(雪平線)/ 눈물 어는 새파란 공기/ 추위를 뿜는 매서운 하늘에/ 조그만 해덩이가/ 얼어넘는다.' 라며 모더니즘 수법으로 시화한 <눈보라> 는 가히 절창으로 불려지기에 족하다.

그 자신이 현해탄을 건너기 전 <부산> 부두에서의 착잡한 자신의 심상이나 '밤은 깊어 외로운 해협의 기슭/ 눈물로 얼리는 부두의 고정(孤情/ 철없는 가슴에 한이 엉키며/ 여울의 거친 물을 헤엄치련다. (부두의 밤)', 대학시절 <東京>에서 신문배달을 하며 체험한 뼈저린 가난과 육체의 고달픔에서 오는 한스러움 '아무것도 못가진 신문들을/ 너무나 못살게 굴었구나/ 한몸이 그처럼 알뜰한 죽음/ 그것조차 생각지 않고서.(속)'에서 확인되듯 그의 시편들은 독특한 짜임과 현실 인식

로(空間文學, 2001, 3월호), pp. 252-264.

의 자장 안에서 형성되고 자리매김을 한다.

화가 파울 클레는 자신의 작업에 관하여 다음과 같이 지적한 바 있다. "그 의미, 양식, 동기 등 어느 점에 있어서나 야심적이어야 한다."[8] 이처럼 예술가가 제작에 즈음하여 지니는 의도는 그 의미나 양식, 동기의 어느 부분이 나타난다는 점은 심연수의 시에서도 예외일 수는 없다. 일제 강점기 심연수 시인의 빛나는 미감美感은 한국적 자연에 힘입고 형상화되어 체험과 형상의 틀 속에서 새로운 시의 지평을 열어주었다. 여기서 무엇보다 자명한 것은, 그의 시에서 발견되어지는 시적 공간이 갖는 모순矛盾과 비정非情은 시적 주제를 환기시키는 또 하나의 층위로 재인되는 현상이다. 비교적 초기의 시편들에서 하소연과 공허한 삶의 넋두리, 그리고 비분悲憤을 감정의 절제 없이 토해내고 있음이 발견되지만, 그의 시편들을 통하여 파악할 수 있는 것은 가정 형편과 혈연血緣의 끈끈한 층위, 그리고 정신적 기후의 조성이다. 또 하나 그의 시적 표징表徵이 되는 고향의 개념은 하나의 고정된 공간의 개념에 머물지 않은 정서적 양감量感으로, 일제에게 강탈당한 한국적 공간이다.

'정의의 앞에 굴복할 자는/ 허위를 감행하면 악마(惡魔)이리라. (세기의 노래)' 투사적인 정신기후의 조성이나 환경은, 심연수의 심성이나 문학관 형성에 커다란 영향을 미쳤을 것으로 유추類推된다. 한국 국적의 심연수 시인은 윤동주와는 국적과 출신 성분이 다르다. 그러나 같은 시기, 같은 공간에서 청소년기를 보냈고 그의 동생 학수가 윤동주 시인의 동생 광호와 절친한 친구이며, 또 심연수 시인 자신이 윤동주 시인의 문학 수업에 관계된 여러 종류의 유인물을 소중하게 스

---

8) 김희보 편저, <시쓰기 입문>, (종로서적, 1991), p. 48.

크랩하여 자신의 육필 원고와 함께 보관하면서도 생전에 거리감을 둔 것에 대한 임헌영의 지적9)은 참조할 필요가 있다.

이 점에 견주어 같은 시기에 쓰여진 심연수 시인의 시편들은 빼앗긴 조국 상실의 비분, 소외계층에 대한 애상이 담담한 빛깔로 채색되어 있다. 그의 시편 중 '하늘, 나지막한 언덕이나 시내'라는 대상은 비교적 실향민의 슬픔에 젖어 있다. 심연수 시인의 시적인 삶의 여적을 통하여 확인할 수 있는 것은, 일본 유학시절의 시편들은 삶의 문제(10여 편), 인체에 관한 것(20여 편), 일상적인 것(30여 편) 들이 시정신의 성숙과 예술성의 들어냄을 보여주고 있다. 그의 시편 중 <지구의 노래>, <세기의 노래>, <우주의 노래>, <인류의 노래>, <인간의 노래> 등을 통하여 김기림의 시집 『氣象圖』에서 접할 수 있는 모더니즘 경향을 지니고 있음을 감지하게 된다. 이 점은 '윤동주가 정지용 계열이었다면 심연수는 김기림 계열이라 불러도 좋을 것이다.' 라는 임헌영의 지적처럼 남성적 모더니즘 성향에 올곧은 의지와 신념은 그의 시를 이해하는 열쇠가 된다.

심연수 시인의 시편에 있어 "별"은 자연의 대상인 매개체로 해석될 수 있으나, <隕星>이나 <星座>에서 '떨어지고 없어진 한개의 별, 기울어진 하늘/ 위치 잃은 별들'을 통하여 시인이 처한 암울한 시대적 상황을 예견할 수 있다. '사람보다 귀한 별 (心星)'을 통하여서는 어설프게나마 상징적 기법 또한 접할 수 있다. 최병로는 '윤동주 문학에 있어 길의 이미지와 한용운의 문학 속의 길의 이미지를 대비' 하여 서술한 바 있다. 종교적 양식을 달리하는 두 시인의 시편에서 '바람, 별, 하늘, 길' 등 많은 상징적 시어를 접하게 된다. 이처럼 '한용운과 윤동

---

9) 임헌영, "심연수의 생애와 문학"(月刊文學, 2001, 5월호)

주'와의 관계뿐만 아니라, 우리는 '한용운과 조지훈, 그리고 서정주', '한용운과 타고르, 그리고 김동명', '유치환과 니이체', '서정주와 보들레르' 등 여러 시인의 시편을 통하여 상오관계相互關係를 폭넓게 비교 검색할 필요가 있다. 이해를 돕기 위하여 위기적 상황 속에서 처절하리 만치 자신의 신념을 굽히지 않으며 불굴의 투지를 강하게 표출한 시편으로는 강원도 내설악의 백담사에 몸담았던 만해의 <나의 길>과 강릉 출신인 초허의 <斷章>을 견주어 볼 수도 있다.

올바른 시 감상에 있어 고정관념을 버려야 한다. 특히 일제 강점기 활동한 대부분 감정이 섬세한 시인들을 민족시인의 틀로 묶고 구분 짓는 우를 범하지 말아야 할 일이다. 이 같은 점에 비추어 몇몇 저항 시인을 민족 시인이라는 고정 틀에 결부하여 시사적 위상이나 의미를 지나치게 확대하거나 다양한 이미지로 풀이하는 작위는 시의 본말을 거스르는 자의적 해명이기에 경계하여야 한다. 본고에서 민족 시인으로 확정된 윤동주에 견주어 새로이 조명 받는 심연수의 시적 경향과 색채에 관한 본격적인 논의10)는 심도 있게 검색되어야 할 것이다.

본고에서 두 시인의 예시를 의도적으로 열거하며 시의 현대성과 우수성, 그리고 비중을 가름하는 것은 다소의 문제가 있다. 그러나 애써 이미지의 형상화, 시상의 관념화, 시의 현대성 또는 시적 처리와 기법의 문제 등을 심도 있게 검색하여 분석하지 아니 하더라도, 두 시인의 작품의 경향이나 색채는 일제 강점기의 현대시문학사를 정리하는 관점에서 해결되어야 할 하나의 과제이다.

---

10) 엄창섭, "심연수 시인의 詩語 硏究"-윤동주 <序詩> 시어와의 對比 (文學空間, 2001, 5월호), pp. 224-237.

3 결론 - 문제의 제기

작금에 이르러 우리 문단에 새로이 논의되는 심연수 시인에 비하여 윤동주의 시문학적 평가는 1960년대 초부터 이론의 틀이 구축되었기에 많은 독자층을 확보하면서 저항문학의 지평을 열어 젊은 층에게 영향을 주었을 뿐 아니라, 문학적인 업적은 지대한 편이다. 본고에서는 일단, 시어를 중심으로 두 시인의 작품을 대비하여 볼 때 윤동주 시인은 심연수 시인에 비해 두드러질 정도로 한자를 많이 차용하고 있는 편이다. 두 시인의 시편의 문학성은 비교문학적인 측면에서 별견瞥見하여 보면, 심연수 시인의 경우 평가 작업(2000년 11월, <민족시인 심연수 국제학술 심포지엄>, 2001년 8월, <민족시인 심연수문학 국제심포지엄>, 용정의 심연수 시비 제막 등)은 아직은 초기 단계에 머무르고 있다. 작품의 양적 면을 고려할 때, 윤동주의 40여 편의 유고 시편에 비해 3백여 편을, 또 시의 틀로 특이하게 윤동주가 초기에 동시적인 형식을 취한 점에 비해 심연수는 민족혼이 수용되어 있는 시조(70여 편)의 형식을 취하고 있음은 쉽게 파악, 비교된다.

여기서 문학 장르의 수용 범위를 윤동주 시인의 경우는 시(산문시 포함)로 국한되어지는 반면, 심연수 시인의 경우는 시(시조 포함), 소설(단편), 평론, 수필(서간문, 기행문, 일기문 포함), 희곡(필사) 등 초장르적인 다양성은 물론 일부 회화에도 그 범위가 확장되고 있음을 감안할 타당성이 따른다. 특히 <별혜는 밤>을 통해서 확인되듯이 윤동주 시인은 외국의 문인으로 구수하면서도 신경질적인 프랑시스 잠, 장 꼭도, 그리고 조국애에 불타는 나이드의 시를 읽으며 흥에 겨워 무릎을 치기도 하였다. 어질고 곧은 성품의 소유자인 심연수 시인은 라이너 마리아 릴케, 투르게네프, 폴 발레리, 앙드레 지드 등에 관심을 지녔고, 이미 앞에서도 기술하였듯이 국내의 시인으로는 정지용, 한용운, 백석의 영향을 다소 받은 것으로 파악된다.

이에 비하여 저자는 심연수의 경우 편의상 본고에서는 그에 대한 선행작업의 일환으로 시인으로 지칭하였으나, 소설과 시집, 잡지와 영화를 통하여 문학에 대한 꿈을 다양하게 키우고 그 나름으로 폭넓게 예술에 대한 저력을 다져갔음을 주지하여야 한다. 심연수 시인의 시편을 통해 회의와 번민, 처절한 고독 속에서 희망을 상실하지 않고 새벽을 꿈꾸는 그의 시 정신을 접할 수 있다. 오로지 올곧은 그의 시적 의지는 불가능을 가능하다고 고집하는 것이 아니라, 일어날 것에 대한 열려 있는 가능성으로 시대의 현실을 통찰하는 역사적 자아가 정신적 지향임을 인식하여야 할 것이다.

일단, 김기림과 이육사의 시적 영향을 받은 심연수 시인이 일본대학 문예창작과를 졸업한 지식인으로서의 교육경력도 고려할 필요가 있다. 또 그 자신이 동서양 문학의 공간을 뛰어 넘으며 영향을 받은 동서양의 고전을 밤을 새워가며 탐독하면서 문학의 장르를 다양하고 폭넓게 넘나든 점에 대한 지속적이고도 심층적인 검색과 남달리 민족적 염원의 고향의식에 대한 고찰은 지속적으로 검토되어야 할 것이다. 비교적 짧은 생애의 시작행위를 통하여 심연수 시인이 그토록 우리 것에 대한 추구로 자아의 인식을 새롭게 하여야 한다는 실상은 높이 평가받아야 할 것이다.

시간적으로 강원도의 현대시문학의 초창기를 장식한 심연수 시인의 현존은, 그 무게나 깊이가 자리매김 되어야 한다. 어디까지나 그는 시의 미적 주권을 확립하는 것을 예술의 기본철학임을 고집스럽게 인식하고 있었기에 어떠한 오탁汚濁의 물상도 그의 시에서는 순수하게 여과되고 미화되었다. 특히 심연수 시인이 즐겨 다룬 한국의 자연은 곧 같은 강원도 출신인 '芭蕉와 湖水의 시인 - 김동명'과 공감대를 형성한 의식 속에 늘상 잠재되어 있던 유년의 고향故鄕이었음은 주지할 바다.

차지에 심연수 시인의 출생지인 강릉은 예부터 문향文鄕 또는 예향藝鄕으로 일컬어지고 있다. 비교적 타 지역에 견주어 이 지역은 특이하게도 자연이 아름다워 "溟州詩人之多(藥城社詩集序)" 라는 지적처럼 시인이 많이 배출되었다는 사실은 《藥城詩稿》를 통해서 입증된다. 비록 42쪽의 한시집은 <惜花>를 주제로 한 346명의 7언 절구의 시가 선별되어 있는데, 그 중 관동지역인 원산, 통천, 양양, 영덕, 울진, 심지어 개성에 거류한 이들의 작품이 수록되어 있는데 강릉 출신 224명의 작품이 수록되어 있다는 사실은 이를 입증하고 있다. 따라서 근간에도 이 지역 출신들이 타 지역에 비추어 문인으로 왕성하게 활동하며 시심을 꽃 피워 가는 것은 그와 같은 연유에 근거한 보기임에 틀림이 없다.

결론적으로, 심연수 시인의 시에 내재된 순수와 정의, 진리를 추구하는 시정신과 담백한 시 의미는 단시적인 틀 속에 담겨 서정적 미감의 들어냄으로 처리되고 있다. 여기서 우리는 그 자신이 1940년대 전반 일제 암흑기를 살아가며 이 땅의 대다수 시인들과는 상이하게도 탄압에 구체화하지 못했던 저항정신의 공백을 메우며 준엄하고 치열한 저항과 청순하고 희생적인 인간미가 넘치는 민족적 서정시를 썼음은 높이 평가받아야 할 일이다.

沈連洙의
시문학 탐색

심연수의 단편소설 연구고研究考 11

1 새로운 인간성 창조와 이해

문학작품을 하나의 학문으로 연구하기 위해서는 문학적 체험을 지적 표현으로 변주하거나 그 체험을 질서정연한 도식으로 체계화 할 타당성이 따른다. 그러나 이와 같은 상황에서 도식이 지식으로 해명되려면 그것은 합리적이거나 논리적으로 서술되어야 한다. 문제는 어떻게 예술, 특히 문학이라고 하는 예술을 지적으로 취급할 수 있는가? 라는 물음에 대한 명증이다.

문제는 두 가지의 관점에서 접근할 수 있다. 그 하나는 문학의 자율성을 수용함으로써 작품의 내재적 해석을 중시하는 본질적 연구이며,

또 하나는 문학의 타율성이 강조되는 비본질적 연구로 '文學은 社會의 表現'이라는 층위로 해석된다. 그러나 관점의 본질은 문학의 연구, 특히 소설에 있어서는 실제적으로 작품의 가치판단이 중시되어야 한다는 점을 고려할 때, 주제의 참신성이나 등장인물의 성격, 소설의 시점, 독자적인 문학성 등이 논의의 대상이 되어야 할 것이다.

작가에게 있어 소설을 구상하는 정신적 작업은, 새로운 인간상을 창조하는 행위이다. 작품 속의 인물의 성격을 분석하고 파악하는 것은 작가의 주제나 세계관에 대한 해명과 접목된다. 때문에 소설에 있어 성격창조와 인물묘사라는 인물의 설정은 작품세계에서 생동하는 존재이어야 한다. 인물 설정에서 가장 중요한 것은, 사실성이다. 이점에 있어, "소설가가 소설을 쓰는 행위는 문학사文學史가 내용하고 있는 인물전시장人物展示場에다 몇 개의 새로운 肖像을 부가시키는 일"이라는 A. Robbe Grillet의 역설은 이를 뒷받침하고 있다.

단 본고에서는 심연수의 소설과 삶에 대한 선행 연구의 하나로 등장인물의 아펠레이션(appellation : 命名)을 통한 성격 파악과 성격 창조의 한 방편을 모색하는 계기로 삼기로 한다. 필자의 이 같은 입장의 표명은 우리 현대문학사에서 2000년 벽두에 이르러 비로소 논의되어 민족 시인으로 새롭게 조명을 받고 있는 심연수의 경우, 그에 대한 단편소설의 전모를 밝힌다는 것은 다소 선행연구라 하지만 어설픈 작업으로 도로徒勞에 머물 수 있기 때문이다.

일차적으로 본고에서는 일제 강점기인 1940년대라는 시간 선상에서 심연수가 난제를 풀어서 분해하고, 풀어 헤쳐서 집필한 일상적인 작은 이야기를 4편의 단편소설에 담아 표출하고 있다. 비교적 그의 단편소설은 소설의 특성 중 허구성이라는 면보다는 진실성과 인생의 진지한 삶, 그리고 형식미와 가공미를 갖추고 있다. 본고에서는 작가 자신이 <비누>, <석마>, <書留>, <農鄕>을 축으로 하여 다소 신변잡기적인 작가의 의식세계와 창작 방법론의 변모 양상, 그리고 작품 속의 등장한 인물을 나름대로 검색하여 문제점을 점검해 보기로 한다.

2 단편소설의 해제와 아펠레이션

일반적으로 소설의 3대 요소란, ① 주제(theme), ② 인물(character), ③ 구성(plot)이다. 주제의 참신성 결여라는 우리 소설문단의 안고 있는 문제는 심연수 소설의 경우도 예외일 수는 없다. 심연수의 소설에 등장하는 일인칭 소설 속의 인물들은 평면적 인물(Flat character)이거나 개성적 인물로서 성격이나 외적 특성인 기질의 변화가 없는 편이다. 짧은 시간 동안 잠시 나오는 인물들이 갖는 성격을 지니고 있어 지극히 보편적이고 상투적인 타입이기에 긴장감보다는 지루함을 안겨주는 약점을 극복하지 못하고 있다.

특히 그 자신이 집필한 네 편의 단편은 공통적으로 강한 자전적自傳的 소설의 틀을 유지하고 있다. 소설 속에 등장한 주인공 또는 '나'는 자신의 삶을 통해 경험한 것을 긴축 미나 극적 요소 없이 일상적인 이야기로 변주시킴으로써 비로소 거기에서 벗어나려는 의식, 분위기를 그려내고 있다. 네 편의 소설에서 독자들에게 작가의 의중을 강요하지는 않지만, 스토리의 전개를 상상하도록 자극하는 에피소드와 상황, 그리고 현실에 대한 드러냄이 표출된다. 여기서 소설의 정체성이 현실을 충실하게 반영하는 생리에의 접근이기에 문학의 자리와 역할을 되돌아보고 성찰하는 과정임을 그나마 심연수가 일깨워 주려고 노력한 점을 파악할 수 있으나 논리성의 결여로 사건 전개에 있어 신뢰감이나 긴장감이 완화된 단점 또한 지니고 있다.

1) <비누>의 '나'

1인칭 소설로 주인공은 20세의 남성이다. 여기서 주동적 1인칭 형태로서의 '나'는 서술자가 바로 소설의 세계에 속하는 것으로 보다 행동의 주동적 인물이며 서술자가 되는 경우이다. 여기서 단순 구성으로 다소 비모순의 원칙이 드러난 '나'는 행동자로서, 서술자로서의 기능을 동시에 지니고 있다. 그것은 작가의 현실적 자아의 개입이며, '경험하는 자아 및 서술하는 자아대 경험自我對 經驗된 자아 및 서술되어진 자아의 퍼스펙티브의 대치전환代置轉換이다.

특이하게 심연수의 소설의 배경은 세 편(<農鄕>은 예외) 모두 강江이 무대로 전개된다. <비누>와 <書留>에는 두만강이, <석마>에는 밀화강蜜花江과 서위하西威河, 모란강牧丹江이 등장한다. 하나의 유추적 해석일 수도 있지만, 바로 물에 대한 표징은 작가의 내면의 정신 지리지인 유년 시절의 고향에 대한 '그리움'의 층위로 파악할 수 있다. 여기서 하나의 참조할 사항이기는 하나 심연수의 시편 중 <추억의 해란강>, <송화강 저쪽>, <경포대>, <경호정>, <바닷가에서>, <추억의 해변>, <해란강>, <해변 일일> 등 다수가 있다.

심연수에게 있어 '바다와 강, 그리고 호수' 라는 공간대는 바로 집념의 처소이다. "쉬파리들이 왱왱거리며 날아다니는 거지들의 움막집"의 전경을 사실적인 수법을 통해 치밀한 구도로 표출시키고 있는 점은 특이할뿐더러, 이 같은 표현은 다음과 같은 지문에서 수시로 확인되는 보기이다. '인간의 숨결, 인간의 삶' 혹독한 일제 강점기, 다소 물질위주로 오해받을 여지가 없는 것은 아니나, '꿈이 꼭 있어야 한다.'는 주인공(화자)의 강인한 신념은 신선한 감동과 충격을 안겨준다.

특히 우리는 개인적 사회 배경이 드러난 <비누>를 통하여 "참담한 조선의 어두운 얼굴" 속에서 그나마 절망하거나 좌절을 모르는 꿈(소망)이 있는 또 다른 양면성을 접하게 된다.

> 분홍빛 한복저고리에 동정이 이맞추어 곱게 마물린 아래엔 고름과 함께 볼록한 젖가슴이 할딱거리는 것이 보이었다. 빨래를 하느라고 고름꼴을 모아 품속에 넣은 것이 어머니다운 입내를 내면서도 귀염성스러움이 엿보였다. (p. 316)

여기서 우리는 다행스럽게도 '볼록한 젖가슴이 할딱거리는' 작가의 섬세한 표현 기교나 "노란 비누와 빨간 손", "분홍빛 한복저고리에 (하얀) 동정이 이맞추어"를 통한 선명한 색조의 대비로 스카치 폴 식의 발상으로 '대상을 예리한 메스로 토막 내고 잘라내어 확대하는' 기법을 확인하게 된다.

> 나는 일어나서 손을 코에 대여 보았다. 아까 쓰던 비누냄새가 훅-하고 코속으로 기여 들어왔다. 그와 동시에 무엇을 잃은 듯이 마음이 허전하고 슬쓸해졌다. 나는 후회되었다. 하다못해 이름이라도 물어볼 걸. (p. 317)

화자인 나는 비누냄새를 통하여 영리하고 귀여운 여자애, 즉 이성의 냄새에 취하며, 한순간 자기 망상적인 착상에도 빠져든다. "해가 너울너울지기에 방축그림자가 강심에서 넓게 흔들거리고 내 얼굴과 상반신만이 비치었다." (p. 317) 수면에 투영된 자신의 모습을 확인하면서, "나는 어쩐지 스무 살이 퍽 넘어 보였다."라는 독백을 흘리고 있다. 이처럼 주인공의 성격은 다소 내성적이며 감성적이며, 동시에 나르씨즘으로 파악된다.

카페 앞의 젊은 여급을 통해 "현상적으로 인지되는 실체는 모두 소멸된다." 라는 1950년대 영국의 라아킨(P. Larkin, 1922~1985)적인 발상을 작가의 정신으로 인식하면서 "너도 이제 늙으면 죽을 것이다."라는 사실주의적 접근이나 말미末尾의 "거리바닥은 울퉁불퉁하여 걷기가 힘들었다."라는 장면 전환의 기법은 비교적 뛰어난 것으로 해석할 수 있다.

2) <석마>와 '朱道烈'

석마石磨는 돌로 만들어진 조금은 규모가 커다란 맷돌 형태로 소나 말에 의해 이용된다. 소설 <석마>는 "산진 거북이요 돌진 가재다"라는 도입부에서부터 주인공 주도렬朱道烈이 수전개간水田開墾에 뛰어난 조선인들과 원주민(중국인)들과의 갈등이 서술된다. 작가는 수도영농水稻營農의 눈물겨운 과거와 조선농민의 이민사에 대한 기술을 압축적으로 처리하고 있다. 일제 강점기 외부의 장애와 박해, 그리고 내부의 빈곤을 극복하면서, "손발이 닳아빠지도록 모질게 버티고 견딘 그 인고의 시간들"을 통해 인내와 성실성의 표징인 조선인의 특성과 치열한 삶을 긍정적으로 제시하고 있다.

그야말로 이를 악물고 싸우다 싶이 해서 벼고장을 만들고 들어앉
지 않았던가. 이것이 오늘날 만주국의 중요농산물의 하나인 수도영
농(水稻營農)의 눈물겨운 과거인 동시에 먼저 들어온 조선농민의 개
척사일 것이다. (p. 319)

미국 청교도들의 개척사에서 그들이 신대륙에 몸담으며, '교회와
학교, 그리고 공회당'을 개인의 처소보다 먼저 건축하였듯이 중국 연
변의 조선인들 또한 "만주에 온 조선사람은 이렇게 고생하면서도 못
사는 것은 모르는 탓이라고 알았기 때문에 자녀의 눈을 틔우기 위해
서는 어데 가든지 학교를 짓고 칠판을 건다. 그야말로 벼 다음에는 학
교였다. (p. 320)"라는 지문을 통하여 작가 자신이 얼마나 민족의 자긍
심을 부단히 일깨우려고 고뇌하고 있는가를 확인하게 된다.

그도 그때에 어떻게 알았던지 구씨는 자기를 낳은 아버지가 아닌
줄은 알았다. 그러나 그들은 자식이 없어서 그랬는지 친아들같이 생
각하고 공부까지 시켰다. 예수교계통인 학교에 넣어 공부시키다가
일본 류학까지 보내게 되었다. 같은 미선계통인 교도동지사대학(京都
同志社大學)에 적을 두게 되었다. (p. 320)

이해를 돕기 위해 심연수는 젊은 날, 심훈沈薰의 <常綠樹>를 즐겨
읽었다. 비록 용정 출신의 윤동주 시인과 교류는 하지 않았으나, 그와
관계된 유인물을 줄곧 스크랩을 하였다. 특히 심연수 자신이 일본대
학 문예창작과를 졸업한 사실을 연관 지어 고려해 볼 필요가 있다. 뿐
만 아니라, 위의 지문을 통해 도렬(본명은 邱敬山)의 성장 과정과 가
족 관계를 유추할 수 있다. 주인공 자신이 조선인임을 확인하며, 열정
적으로 조선어와 글을 터득하려고 고뇌하고 뒷날에 다소 실망은 하였

지만 고향인 경기도 연천京畿道 連川을 찾아가는 양상은 자못 허전해 눈물겹다.

우리는 <비누>에 비해 지문과 대화로 그나마 짜임새 있게 구성된 <석마>의 이 같은 장면을 통해 알퐁스 도데의 <마지막 수업>이나 셍키비치의 <등대로>라는 단편을 연상하면서 모국어의 소중함을 다시금 확인하게 된다. "본래 만주사람이 쓰던 석마를 새로 손질하여 부락사람들도 찧어먹게 되었다는 것이다." (p. 323)에서 확인되듯이 버려진 석마를 개조하여 사용하면서 단순한 물상을 매체로 하여 상상력을 화장하여 민족애로 끌어올리려는 작가의 의중은 높이 평가할만하다.

'최선생!' 불러 보고 싶은 감정조차 발산하지 못하는 도렬의 내성적인 성품은, 당나귀의 울음소리를 통하여 처량하면서도 새로운 무엇인가를 깨우쳐 주는 소리로 인식하는 섬세하고 치밀한 정감에서도 확인된다. 하숙집 주인인 안 영감의 딸 고분을 '영리하고 오동통한 얼굴에 홍조 띤 살결이며 알맞은 몸집의 처녀로' 인식하면서도 스스로의 접근을 허락하지 못하는 도렬의 심적 현상은, 자기의 운명과 같은 교직에 몸담고 있는 최선생의 운명을 가늠하는 나약성에서 발현된다.

3) <書留>와 '金永鎭'

주인공 김영진金永鎭이 등장하는 3인칭 시점의 단편소설 <書留>는 가난한 가정의 가장으로서의 고뇌가 어두운 조선인의 얼굴로 클로즈업된다. 조국의 강인 두만강을 배경으로 고향에 대한 본원적 그리움이 예외 없이 극적 효과로 긴장미를 더해준다.

그가 보려고 하던 두만강이다. 그러나 큰강은 아니다. 이 강을 건
너는 만주가는 이사군이 한줄기 눈물을 흘려 보태며 건넌다는 이 강
을. 그는 참으로 눈물이 떨어지는가고 장지가락으로 눈구석을 씻어
보았다. 그러나 영진이 눈에서는 눈물은 고사하고 희망찬 눈에서는
맹세의 굳은 빛이 빛나고 있었다. (p. 336)

　향학열에 불타는 영진의 신념은 "눈물은 고사하고 희망찬 눈에서
는 맹세의 굳은 빛이 빛나고 있었다." 라는 강렬한 표현이나, 또는 "하
며는 되겠지 꼭 된다는 신념 밑에 제 모르게 앉은자리를 힘 있게 주먹
으로 내리쳤다." 라는 지문을 통해서도 거듭 강조된다. "타는 듯한 붉
은 해가 서쪽 차창으로 내다보인다." 라는 문장의 미적 수사修辭나 "내
가 정신이 맑아 있는 동안은-" 이란 표현은 비교적 빛나는 표현이다.
특히 "배우려고 애쓰는 사람이면 알고 모르고 다 사랑하며 친하려 하
는 사람이다." 지문을 통해 혈연의 소중함을 통하여 민족의 층위를 확
인하면서 주제와 주인공의 신념을 거듭 강조하고 있다.
　영진이 지난 10월, 만주국 일본유학생시험, 할빈공과대학, 할빈의
과대학에 수위로 합격하여 관비官費나 대비貸費로 진학할 수 있는 것
은 그의 눈물겹고도 남다른 노력의 결과임을 간과하지 말아야 할 것
이다. "영진은 이름을 빛내었다. 또 모교를 빛내었다. 영진이 학교졸
업생으로 아직까지 영진이와 같이 치면 친 곳마다 수위로 합격한 일
이 없었다." (p. 339)

　4) <農鄕>과 '나'

비교적 대화나 지문이 적절하게 배치되어 효과를 거두고 있는 <농

향> 또한 <비누>처럼 1인칭 시점의 소설이다. 특히 우리는 일제 강점기를 황폐한 시대라고 규정하는 것은 정치적으로 식민지시대이고 경제적으로 궁핍한 시대이고, 정신적으로 가치 혼란의 시대이기 때문에 심연수도 현길언의 지론처럼 "황폐한 시대와 작가"로 구분 지어 해체하고 재조합 할 수 있다. 다음의 예문은 조선의 가난한 가정의 식사 때의 슬픈 풍경을 모정母情을 통해 잔잔하게 서술해 주고 있다. 당시 국외라 하지만, 조선인이 거주하고 있는 중국 용정龍井의 삶도 예외일 수는 없다.

《그만두세요. 그리고 저 애한테도 주세요.》하니까《그 애들은 실컷 먹었느니라.》하신다. 내가 《허참 그때 먹은 게 지금도 있을라구요?》하니 어머니는《별말 말구 빨리 먹어치워라.》하시며 자꾸 권한다. (p. 340)

졸업 후, 일본 유학을 고집하는 주인공과의 헤어짐을 못내 아쉬워하며 혈연血緣의 소중함을 일깨우는 모친의 심정은 다음 예문을 통해 공감을 불러준다. "《남들은 중학만 졸업하면 되는데 뭐 이만 공부하면 됐지. 일본이니 할게 있니.》하신다. 아마 며느리 보고싶은 생각이 나시는 모양이다." (pp. 340~341)

기실 <농향>은 자전적 요소가 짙다. 따라서 작품 속에 등장하는 어머니의 이 같은 심리 또한 실재적으로 심연수의 가족 관계를 한번쯤 고려해 볼 필요성을 지니게 된다. 동흥중학교를 졸업한 후 심연수는 한 동안 고민 속에서 방황하다가 1941년에 도일하고, 마침내 1943년 말 일본 유학을 마치게 된다. 다음의 인용은 그의 착잡한 심정의 토로와 그 유학 당시 가정의 분위기를 파악하게 한다.

패기에 찬 23세의 심연수는, 가족들의 따뜻한 애정을 확인하며 마침내 1941년 4월에 일본 유학의 길에 오르게 된다. 당시 그의 가족들은 의지할 곳 없이 떠돌았으며, 소작할 땅은 작고 가족의 수는 많아 살아가는 것 자체가 눈물겨운 상황이었다. 한 평의 땅을 개간하기 위하여 심연수의 부친은 부지런히 황무지를 일구었으며, 이른 새벽에 일어나 일몰 후에 집에 돌아오는 처지였다. 부친인 심운택은 비교적 힘이 강하여서 70~80kg 되는 나무도 지게로 져서 날랐다. 그러면서도 아들의 일본 유학을 위하여 한 푼이라도 절약하려고 즐기던 술과 담배까지 끊었다.

실재적으로 심연수는 일본대학 예술학원 문예창작과를 졸업했지만 기실은 고학이다. 당시의 빈곤은 동흥중학교 발행의 고학증을 통해 확인된다. 그는 가정의 어려운 형편을 피부로 절감하여 가족의 부담을 덜어주기 위하여 큰 도움이 되는 일은 아니었으나, 대학에 재학하면서도 짐을 나르고 밀차를 미는 막노동에도 몸을 담았다. 집안 식구들 역시 그가 대학을 졸업할 수 있도록 불평이나 원망함이 없이 삶의 현장에서 땀을 흘렸다. 부친은 심연수가 가족과 돈 걱정으로 고심할까 걱정하며 오로지 학업에 정진할 수 있도록 격려를 보낸다. 이 같은 시대적 상황을 고려하면서 심연수의 소설을 이해할 필요가 있다.

> 이제까지 농촌에서 나서 자라고 크지 않았는가. 그리고 어려서부터 일을 돕고 누구에게 지지 않게 일을 배우지 않았던가. 그동안 변했으면 무엇이 얼마나 변했겠는가, 간사하고 약한 것이 사람이구나. 우리의 선조로부터 할아버지까지도 농사를 하시지 않았는가. (p. 341)

주인공 자신의 가족사와 성장 과정, 그리고 내력을 단편적으로 술회하고 있다. 바로 이것은 특정한 개인사個人史라기 보다 폭 넓게는 우리 민족의 역사이기도 하다. 일제 강점기 채만식의 <레디메이드 인생>에서 접할 수 있는 지식인의 불안과 비애, 고난과 갈등이 지배적인 지식인의 직업에 대한 고충처럼 현실과 이상의 차이는 거리감이 있었지만, 보편적으로 월급쟁이 노릇을 하는 것이 모두의 기대였음은 재론할 필요가 없다. 그러나 지식계층의 귀농운동歸農運動의 허상이나 공허한 구호가 아닌 "과학적 영농의 실현화를 고집"하는 주인공의 입장은 완강하다. 이 같은 주인공의 강한 의지의 들어냄의 배경이 되는 민족주의적 색채가 강한 심연수의 시 <소년아 봄은 오려니>의 일부를 옮겨 보기로 한다.

> 봄은 가까이에 왔다. / 말랐던 풀에 새움이 돋으리니 / 너의 조상은 농부였다 / 너의 아버지도 농부였다 / 전지(田地)는 남의 것이 되었으나 / 씨앗은 너의 집에 있을게다 / 가산(家山)은 팔렸으나 / 나무는 그대로 자라더라 /...... 중략 ..../너는 농부의 아들.

그 나름의 신념은 다음 지문으로 압축된다. "우직하게 일만 하는 일군이 되지 말고 과학적으로 영농하는 현대농민이 되라고 축복하여 주었다." (p. 344) 특히 다음과 같은 서정적 서술은 미적 주권의 확립이라는 차원에서 심연수의 문학성을 돋보여주는 결정적 인자로 지적할 수 있다. 그러나 무엇보다 다행스러운 면은 비록 참담한 일제 암흑기라는 시간대에서 빈한貧寒의 삶을 영위하였지만 소설 속에 등장하는 작중 인물의 정신적 자세는 비교적 건강하고 희망적이며, 하나 같이 미래지향적이라는 점이다.

> 밤사이에 내린 이슬이 싱싱한 벼잎에 구술처럼 맺혀 있었다. 해를 등지고 논판을 바라보니 아침 해빛에 희미하게 길어진 그림자가 가리운 푸른 벼우에 령롱한 후광이 어려 있었다. (p. 344)

3 에필로그

이상 통시적 고찰이나 심연수의 단편소설 <비누>, <석마>, <서류>, <농향>을 통하여, 그의 단편소설에 대한 선행 연구로 등장인물의 아펠레이션(appellation)을 통한 성격 파악의 한 방편을 모색하며 작품의 흐름을 점검하였다.

아직은 생경한 그의 문학사적 위상과 지금까지의 연구 성과를 검토하는 과정에서 대체로 시문학적인 층위나 생애 연구에 치우친 점에 문제의식을 갖고, 소설과 수필(일기, 서간문 포함)을 아우르는 연구는 필요하다. 또 그에 대한 초 장르적인 선행연구의 미흡으로 문학사적인 자리매김이 주어지지 못한 점은 심연수 문학이 해결해야 할 문제이다. 일단은, 전시대의 문학적 토양과 유산으로 비판정신이 결여되고 그의 단편소설이 평이한 인물의 제시에 머물러 아쉬움이 남는다.

특히 이점에 있어 이명재는 "심연수 산문 작품 분포와 문학성"에서 다음과 같이 기술한 것은 그 나름의 의미를 지닌다.

> <서류>와 <농향>에서는 단조로운 대로 착실하게 그 곳 농촌생활 개척과 의좋은 형제를 다루고 있다. 그리고 <석마>와 <비누>에서는 보다 선명한 개척정신에 역사성을 곁들여서 식민지 시대 민족의식을 고취한다. 하지만 직설적인 서술성이 짙으며 소설미학적인

형상화 기량이 아직 미숙하고 분량마저 소품에 그친다. 따라서 소설은 그의 식민지 청년으로서의 自傳性을 띤 채로 짙은 민족정신과 개척의식으로써 심연수 문학의 본령인 시장르를 떠받치고 있는 셈이다.

단 <비누>의 문제점이라면, 소설의 구성이 1인칭 시점이지만 지문地文으로만 처리되어 있고 수필적인 분위기로 일관된 점이 아쉬움으로 남는다. 이에 비하여 <석마>, <서류>, <농향>은 소설의 구성 면이나 문장의 수식, 작중 인물의 고뇌 등을 통한 주제의 표출이 조금은 투명하게 표출된 것으로 지적된다. 특히 1930년대 말 우리 현대소설의 주제가 되는 불안의식의 표출, 민족・역사의식의 고취, 농촌문학의 등장, 감상적이며 사실적 경향 등을 그나마 폭넓게 수용하고 있는 그의 소설은 수필문학과 연계지어 심층적으로 검색될 충분한 여지가 있다.

결론적으로 심연수 소설 연구를 천착함에 있어 문제의 제기라면, 그가 소설 창작만으로 일관했더라면 보다 문학성이 높은 소설을 후세에 남길 수 있었을 것이라는 점이다. 특히 심연수 소설의 공통적 주제는 유고 시편에서 접할 수 있는, 조선인의 상징인 농민에 대한 남다른 애정이 강하게 표출되어 있는 점이다. 이처럼 고향과 농민 또는 농업은 소설의 골격(축)을 형성하고 있다. 이 점은 민족의 얼과 생명이 살아 있는 전통양식인 시조(68편)를 그가 즐겨 창작해 온 것은 물론 전통인식과 고향 회귀성을 심연수 시의 원동력으로 해석되는 맥락에서 이해하는 것은 무리가 따르지 않을 것이다.

본 연구는 일차적으로 심연수의 일제 강점기의 단편소설을 축으로 하여 작가의식과 방법론의 변모 양상을 보편적으로 기술하면서 인물 특성을 유기적 관련 층위로 서술하였다. 문제의 제기라면, 이 계통의 선행작업을 시도하여 보았으나 심층적인 연구는 지속적으로 수행되어야 할 것이다. 앞으로 심연수 문학에 대한 통합적(시 258편, 단편소설 4편, 평론 1편, 수필 300여 편, 기행문, 서간문 기타)이고 폭넓은 이해와 보다 체계적인 연구가 추진되어야 할 것이다.

　결론적으로 지난 2001년 8월, 용정의 실험소학교 교정의 시비 제막이나 연변의 백산호텔의 <심연수 문학> 국제 심포지엄을 통해 "沈連洙 文學의 位相과 再評價"가 점차 확인되고 있지만, 그의 작품에 내재된 작가의 정신세계와 주제성, 그리고 문학성은 심도 있는 연구의 대상으로 보다 지속적이고도 심층적으로 검색되어야 할 것이다. 아울러 아직은 선명하게 해명되지 못한 부진한 문제 또한 비교문학적인 시각에서 연계되어 분할·통합 되어야 할 것이다.

부록편

1. 민족문학의 세계화와 해외동포문학의 의미

- 김호웅(중국 연변대 교수)

1 머리말

현재 우리 민족의 인구 분포는 한반도에 공존하는 6천 800여 만 외에도 줄잡아 해외 140여 개 국에 530만 여명의 재외동포가 살고 있다.

그 중에도 약 200만여 명의 동포들이 중국에 체류 중이다. 이렇게 많은 해외 동포들 중에서 문학 활동을 하고 있는 사람들은 그리 많지 않은 형편이다. 다양한 직업군에 종사하는 해외동포 중에 그나마 중국작가협회 연변분회 산하에 약 500여명의 회원들이 활약하고 있다.

이 같은 정황은 우리문학의 세계화라는 관점에서 결코 소홀히 할 수 없는 부분이다. 차지에 중국 조선족문학의 역사와 존재양상, 해외

동포문학의 고유한 성격과 특징의 잠재적 창조성의 확충 방안 모색은 실로 의미 있는 정신작업임에 틀림이 없다.

2 민족 역사와 문학의 원초적인 공간

아시아 동북부의 광활한 공간은 일제 강점기 민족의 문학사적 흔적이 자리한 역사적 실체이다. 이 땅은 건국신화의 원초적 공간으로, 이규보의 『동명왕편』의 자생지에 해당하는 곳이다. 이처럼 상고시대 우리문학은 아시아 동북부의 대륙을 근거로 하여 훗날 발해를 거치면서 거의 천년동안 그 맥이 끊어졌다가 다시 맥을 이어 작금에 이르른 처소로, 민족문학의 발상지에 해당한다. 이 같은 맥락에서 혜초의 『왕오천축국전』, 박지원의 『열하일기』도 불가분의 관계성을 지닌다. 그리고 조선왕조 소설에는 "전傳"자 계열의 소설들이 많은데, 그 중 군담류軍談流의 거의 대부분은 중국, 즉 북방대륙을 무대로 하여 생성·변형된다.

그러나 이러한 신화를 창조한 우리 조상들이 이 땅에 대대로 살아오면서 오늘날의 조선족문학을 생성, 지속시켜 온 것은 아니다. 문학적 상상력의 모태인 북방대륙은 여전히 과거의 역사를 간직한 채 존재하고 있으며 그것을 무대로 하고 있는 신화와 민족서사시는 남아있건만, 이 광활한 대륙에 우리민족의 발자취가 오랜 세월동안 끊어진 적도 있었다. 이 땅에 살고 있었던 우리 민족들은 이민족의 침탈과 탄압을 받아야 했고 점차 이민족에게 동화되거나 남으로, 남으로 쫓기고 몰려가야 했다.

주지하다시피 북방의 요동지구에 살고 있던 고구려 사람들은 수나라, 당나라 등 강대한 봉건 왕조들의 동정東征으로 말미암아 한반도로 쫓겨 내려갔다. 요동에 남아 있던 소수의 고구려 유민遺民들은 말갈족과 함께 발해국을 세웠으나 타민족과의 전쟁, 혼인, 잡거雜居 등으로 말미암아 동화되고 말았다. 그 후 고려시기와 조선왕조 중엽에만 하더라도 수십만 명의 "고려인"과 "조선인"들이 혹은 이민으로 건너오거나 혹은 강제로 끌려와 살았으나 그 절대 다수가 타민족에게 동화되는 비극을 면치 못했다. 17세기 이후 200여 년에 이르는 청조의 "봉금령"으로 말미암아 이 땅에서 더는 우리 민족의 대하와 같은 흐름을 볼 수 없게 되었다.

이 기나긴 굴욕의 시대에서 북방은 우리 문학인에게는 "여인이 팔려간 나라"요, 오랑캐가 득실거리는 미개와 야만의 땅에 다름 아니었다. 북방으로 끌려가는 아낙들의 설음과 한이 넘치는 가운데 간혹 북방을 노려보며 칼을 갈고 있는 남이 장군과 같은 이들의 서슬 푸른 눈빛이 보일 뿐이었다.

3 대륙문학의 새로운 출범-중국 조선족동포의 문학

거의 천년간 우리민족의 발자취가 거의 끊어졌던 이 땅에, 다시 우리 민족의 동포들이 새로운 삶의 터전을 마련하기 위해 쏟아져 들어오기 시작하였다. 150여 년 사이에 200만 여명에 달하는 민족공동체를 형성하면서 자기의 말과 글을 비롯한 문화 일반을 보존할 수 있게 되었다는 것은 참으로 자랑스러운 일대 역사의 장거長擧가 아닐 수 없다. 더욱이 구전한 문학단체와 문학광장을 가지고 자기의 말과 글로 이 땅의 특유한 생활과 정서를 반영하면서 다양한 장르의 문학을 창조하고 있다는 것은 세계 민족사에 그 유례를 찾아보기 어려울 것이다. 다른 해외 지역으로 이주한 재외동포와 비교해 보아도 중국조선족의 경우는 우리 것에 대한 애착이 강했던 것이다. 비슷한 이민사移民史를 기록하고 있지만 일본, 미국, 구소련으로 간 우리 동포들의 경우에는 우리민족의 말과 글을 비롯한 우리의 고유한 문화를 간직하고 있는 경우는 드물지 않은가?

우리 민족들이 다시 중국의 동북 땅으로 대량 이주해온 것은 19세기 중반부터였다. 이주해 온 대부분의 사람들은 19세기 후반 이래로 수차의 문화적 격변의 시대를 살아왔다. 이른바 개화기의 격류 속에서는 전통문화와 서구문화 사이의 갈등, 한문학과 국문문학 간의 교체를 경험했고 일제치하에는 전통문화의 말살이라는 시련을 겪기도 한 사람들이 대부분이었다. 이런 변화와 역경 속에서 중국으로 망명하였거나 이 땅에서 이민 혹은 정착민으로 생활해온 우리 민족의 지조 있는 애국 문인들은 결코 붓대를 꺾지 않았다. 유린석, 김택영, 신규식, 신채호, 안중근, 이상룡, 김정규, 김소래, 최서해, 염상섭, 주요섭, 최상덕, 강경애, 현경준, 김창걸, 안수길, 박영준, 황건, 김조규, 윤동주, 박팔양, 이륙사, 함형수, 이학성, 천청송, 김학철, 윤해영, 심연수, 채택룡, 설인 등 헤아릴 수 없이 많은 문학도와 시인, 작가들이 바로 필설로써 그 시대를 증언해온 대표적인 지성인들이었다. 그들 중에는 고국을 떠나 갈바람에 흩날리는 낙엽 마냥 정처 없이 떠돌다가 두만강, 압록강을 건너와 허허 넓은 만주벌판, 낯선 이국의 서러운 추녀 밑에서 「간도아리랑」을 부른 망향시인이 있었으며, 하늬바람 불어

치는 산해관을 넘어 상해, 무한, 서안, 중경, 북경, 무한 등 천년고도에 떠돌이로 남아 언론매체를 빌어 "천고天鼓"를 울리고 "진단辰旦"을 노래하고 청구靑丘의 "광명"을 만방에 호소한 청년전위가 있었는가 하면, 백산, 흑수, 송료, 제로, 태항, 중원의 고전장古戰場에서 융마일생戎馬一生을 수놓아가며 목숨을 바친 무명용사도 있으며 여순, 나카사키, 후쿠오카의 감옥에서 단지혈맹斷指血盟의 뜻을 굽히지 않고 다리를 절단해가면서도 끝까지 혁명의 지조를 지켜왔거나 끝내는 "한 점 부끄럼이 없"이 꽃처럼 피어나는 피를 민족의 제단 앞에 바친 암흑기의 푸른 별들도 있었다. 그들의 피와 땀으로 가꾸어온 문화의 숲은 우리 민족의 에너지를 부단히 충전시켜주는 불멸의 혈맥, 끈질긴 생명력의 고동으로 무성하게 자라고 있으며 영광과 비애의 굴곡, 흥망과 성쇠의 기복이 교차되는 수많은 역사 주체의 명멸을 간직한 채 굳건하고 강인한 기백으로 오늘날까지 민족의 정기를 면면이 이어주고 있다.

특히 1933년 11월 옛 간도 땅 용정에서 우리 민족 문인들에 의해 출범한 문학동인 "북향회"는 주목할만하다. 이 북향동인들과 그들이 펴낸 『북향』지, 그리고 그 후의 『만선일보』예문란, 1940년대 초반에 묶어낸 『재만조선인시집』과 『만주시인집』, 종합소설집 『싹트는 대지』, 안수길의 단편집 『북원』과 장편 『북향보』 및 『만주조선문예선』 등은 적어도 200여 년 간 우리 민족의 발자취가 끊어진 북방대륙에서 우리 민족문학의 새로운 출범을 의미한다고 할 수 있다.

앞에서 살펴본 바와 같이 북방지역은 상고시기 우리 민족사의 중요한 무대요, 민족문학의 모태이다. 그러나 이처럼 유구한 우리의 역사는 발해국 이후 이 땅에서 근 천년간 맥이 끊어지고 말았다. 또한 재만조선인문학 이전에도 북방지역에 우리 문학은 있었지만 그것은 "반도문학"의 연장 내지 이식移植, 변종變種에 지나지 않았다.

1910~1930년대 산해관 이남에서도 주요섭, 최상덕, 이육사와 같은 문인들과 김택영, 신정, 신채호와 같은 "국혼적 민족주의자"들이 상해나 남통에서 활약했으며, 또한 조선의용군이나 광복군 계열의 문인들도 문학 활동을 했다. 하지만 오늘날 조선족문학의 가장 중요한 근간으로 되어준 것은 그래도 재만조선인문학이다. "북향회"계열의 작가들과 "문학부대"에 소속된 작가들은 조선인 이민사회에 뿌리박고 만주 특유의 자연과 풍토, 인간관계를 배경으로 조선인들의 고난의 이민사와 정착사, 투쟁사를 형상화하고 강렬한 민족의식과 반일사상을 고취하였으며 더욱이 북향건설의 슬로건을 내걸고 북향지향의 문학을 본격적으로 창출했다. 『북향』이라는 동인지의 이름도 의미 깊지만그 권두언에 실린「새터를 닦으러」로부터 안수길의 단편집 『북원』, 장편 『북향보』에 이르기까지 이 땅에서 활약한 문인들의 북향건설에 대한 지향과 의지는 확고했다. 천년 묵은 황무지를 개간해 논을 풀고 중국관헌과 일제의 이중삼중으로 되는 간교한 술책과 잔인한 탄압을 이겨내고 망향의 설음을 달래면서 이 땅에 제2의 고향을 이룩해 낸 만주의 조선인 개척민, 그들의 감동적인 군상은 재만조선인문학의 가장값진 창조물이다. (김호웅,『재만조선인문학연구』, 국학자료원, 1998)

물론 이 시기 북향정신—북향지향을 표현한 작품들은 위만주국의 통치이념과 체제에 순응하면서 그 시책에 따른 구상을 편 한계를 가지고 있지만 북방대륙을 제2의 고향으로 인식하고 여기에 뿌리를 내리고 우리 민족사의 새로운 공간을 획득하려 했다는 점에서는 귀중한 가치를 지닌다고 하겠다. 그리고 윤동주, 이륙사, 유치환, 이욱, 심연수 등의 시와 최서해, 강경애, 안수길, 김창걸 등의 소설들은 한국 현

대문학의 문학적 공간을 확대하고 암흑기의 공백을 메우는데 이바지
했을 뿐만 아니라 해방 후 중국조선족문단의 기틀을 잡는데 크게 이
바지했다.

해방 후 조선족은 중국국적을 취득했고 조선족 집거구에 살면서 민
족자치를 실시할 수 있는 권리를 부여받았으며 그 토대 위에서 민족
교육과 민족문학을 발전시킬 수 있었다. 물론 "좌"경 사조의 간섭과
통제, 반우파 투쟁과 "문화대혁명"과 같은 정치운동으로 말미암아 우
리 문학은 사경에 처하기도 했다. 그러한 억압과 폭정 속에서도 끝까
지 작가적 양심과 문학의 진실을 지킨 김학철과 같은 작가의 투혼도
있었지만 대체로 우리의 대부분 작가, 시인들은 어느 문학인의 말 그
대로 "하고 싶은 일을 한 것이 아니라 할 수 있는 일을 했으며", "하고
싶은 말을 한 것이 아니라 할 수 있는 말을 했을 뿐"이었다. 그러나
"문화대혁명"이 끝난 후부터 짧은 20여 년 간 우리 문학은 거족적인
발전을 이룩했다. 평론가 조성일 선생의 말 그대로 오늘날 조선족문
학은 "조선문학, 한국문학과 더불어 세계한국어문화권의 3대 산맥"으
로 거연히 솟아있다. 기나긴 시련을 이겨낸 우리 조선족문학은 시인,
소설가, 수필가, 평론가, 번역가로 구성된 튼튼한 작가 층과 폭 넓은
문단사회를 가지게 되었다. 중국작가협회연변분회(1956년 8월 창립)
에는 근 500여명의 회원이 있는데 그 중 60여명이 중국작가협회 정식
회원이다. 이런 회원들은 연변지역을 중심으로 할빈, 목단강, 장춘, 길
림, 통화, 심양, 북경, 청도 등 지역에 분포되어 다양한 문학 활동을
벌이고 있으며 창작에 정진하고 있다.

둘째로 조선족 문단은 넓고도 다양한 문학광장을 가지고 있다. 연
변지역에 『연변문학』을 비롯해 『문학과 예술』, 『아리랑』, 『일송정』

등의 문학잡지가 있으며 장춘지역에는 『장백산』, 길림지역에 『도라지』, 할빈지역에 『송화강』, 요녕지역에 『요동문학』 등의 문학지들이 출간되고 있다. 『청년생활』, 『연변녀성』 등 종합지와 『연변일보』, 『길림조선문보』, 『흑룡강조선문보』, 『요녕조선문보』, 등 여러 조문판 신문의 문예부간들, 『아동문학』, 『꽃동산』, 『별나라』, 『중학생』은 아동, 청소년잡지들까지 헤아린다면 무려 수십 종의 잡지, 신문들이 출간되고 있어 우리 문학인들에게 폭 넓은 문학광장을 마련해 주고 있다.

셋째로 해방 후 특히 새로운 역사시기 수많은 원로작가들과 신진작가들이 문학예술의 봄을 맞아 재능을 활짝 꽃피우기 시작했는데 그들은 다양한 장르의 수많은 작품들을 내놓았다. 새로운 역사시기의 대표적인 작가로는 소설가로 김학철, 이근전, 림원춘, 이원길, 정세봉, 고신일, 박선석, 최홍일, 김훈, 우광훈, 윤림호 등을 들 수 있으며 시인으로는 이욱, 김철, 김성휘, 이상각, 조룡남, 박화, 이삼월, 문창남, 남영전, 한춘, 최룡관, 김학송, 석화, 이성비, 이임원, 박정웅 등을 들 수 있으며 여류작가들로는 허련순, 이선희, 이혜선 등을 들 수 있다.

1980년대에 나온 비중이 있는 작품들로는 정세봉의 「하고싶던 말」과 「볼쉐위크의 이미지」, 「빨간 크레용 태양」, 이원길의 「백성의 마음」과 「한 당원의 자살」, 림원춘의 「몽당치마」와 같은 중, 단편소설과 이근전의 『고난의 년대』, 김학철의 『격정시대』, 이원길의 『설야』, 최홍일의 『눈물 젖은 두만강』, 박선석의 『쓴웃음』, 허련순의 『바람꽃』과 같은 장편소설들, 그리고 김철의 『새별 전』, 김성휘의 『장백산아 이야기하라』와 같은 장편서사시들을 들 수 있다.

1990년대에 들어서는 산해관 이남의 중국문학은 침체상태에 빠진데 반하여 상대적으로 우리 조선족문단에는 오히려 심각한 주제사상과 참신한 예술형식을 가진 훌륭한 작품들이 쏟아져 나왔다. 조룡남의 『그 언덕에 묻고 온 이름』, 석화의 『나의 고백』, 박정웅의 『청순한 목청의 너』 등은 주목할 만한 시집으로 평가할 수 있을 것이다. 특히 원로작가 김학철의 자서전 『최후의 분대장』, 장편소설 『20세기 신화』, 그리고 그의 심오한 사상과 강철 같은 의지의 소산인 많은 수필과 잡문들, 이원길의 장편소설 『설야』와 『춘정』, 최홍일의 『눈물 젖은 두만강』 등의 장편소설들은 우리 조선족문학의 저력을 보여준 역작들이다. 그 외 정세봉의 제2소설집 『볼쉐위크의 이미지』와 최홍일의 소설집 『흑색의 태양』은 우리 소설문학의 현주소를 말해주고 있다. 또한 실화문학의 경우 정판룡의 『고향 떠나 50년』과 유연산의 『혈연의 강들』을 들 수 있는데 전자는 "중국을 아는 사전"이요, 후자는 "력사적으로나 현실적으로나 중국에 살고 있는 우리 민족과 피의 인연을 맺었고 우리민족의 애환이 어린 두만강, 압록강, 송화강, 흑룡강과 그 유역을 답사한 후 집필한 장편기행문으로서 민족의 역사와 삶의 현장을 생생하게 떠올리고 있다." (김병민, 《민족의 력사와 삶의 현장, 그리고 문화적 성찰》, 류연산, 《혈연의 강들》, 연변인민출판사, 1999)

특히 파란만장한 일생을 살아온 조선족문단의 대부—김학철의 문학세계는 우리민족의 정신사적 흐름에 있어서 하나의 빛나는 이정표가 되며 해외동포문학의 저력을 충분히 과시하고 있다. 김학철의 문학은 다음과 같은 몇 가지 의미를 가진다.

첫째로 김학철의 문학세계에는 그의 초인간적인 정신력과 그의 풍부한 체험이 깃들어 있다. 그는 파란만장한 눈물겨운 일생을 통하여 여러 번이나 극한적인 상황을 극복하고 인간 승리의 신화를 창조했으며 일제를 반대하는 동아시아 인민들의 투쟁이 고조되던 격동의 시대

에 조선, 중국, 일본을 무대로 싸웠던 "동아시아 일체형"의 혁명투사
이다. 그의 풍부한 생활체험은 그의 문학을 체험과 증언의 문학으로
규정지었다. 특히 그는 조선의용군의 생활과 투쟁을 예술적으로 형상
화함으로써 당파 싸움에 의해 소외당했던 조선의용군 용사들을 위해
예술적 기념비를 세우고 우리문학의 한 공백을 메웠다. 둘째로 김학
철은 불의不義의 아성을 향해 돌진한 조선족문단의 대표적인 지성이
며 연변의 노신魯迅이다. 정직하고 솔직한 성격, 시류時流에 편승하지
않는 그의 독자적이고 끈질긴 탐구정신, 정의적인 위업의 불패성에
대한 그의 굳은 신조, 그 어떤 권세와 폭정에도 굴하지 않고 사회의
비리와 비정을 꾸짖어 온 그의 예리한 비판정신은 그의 문학의 힘이
자 본질이 되고 있다. 특히 전근대적인 폐습과 전제주의 폭정의 쇠사
슬을 부수고 인간의 자유와 행복을 찾기 위한 그의 후반생의 피어린
투쟁과 그의 문학이 지닌 거대한 비판성은 세계사적 의미를 지니며
적어도 자유와 민주를 위해 싸운 동시대 우리 민족의 가장 우수한 작
가에 비해도 전혀 손색이 없다. 불의를 향한 그의 날카로운 눈매와 굴
할 줄 모르는 "외발의인"의 꿋꿋한 모습은 영원히 우리 문인들의 귀
감이 될 것이다. 섯째로 혁명적 낙관주의에 바탕을 둔 풍부한 해학과
유머, 신랄한 풍자는 김학철의 힘이자 매력이다. 그의 혜안과 슬기,
그 찬란한 미소는 이 땅의 적막을 깨뜨리는 한줄기 빛이다. 그의 문학
수업의 정신적 기둥은 중국 쪽으로는 노신이고 조선쪽으로는 홍명희
이다. 그는 노신, 숄로호브 등 타민족 작가들의 유산을 자기의 문학에
용해시키면서도 시종일관 민족어에 의한 민족문학을 고수하였다.

그는 대표작『격정시대』를 통해 판소리계소설이나 홍명희의 문학
과 같은 전통적인 민중문학의 주체성이라는 탄탄한 기반 위에 역사성

과 현대성, 민족성과 세계성을 아우르고 막강한 주변 문학의 자양분을 지혜롭게 취사선택해 자기 문학을 살찌운 데 김학철 문학의 강점이 있고 우리 문학이 나아갈 길이 있다. (김호웅, 「중국조선족문학의 산맥―김학철」,『민족문학사연구』, 제21호, 2002).

상술한 사실들은 조선족문학이 동북삼성을 비롯한 중국대륙에 깊이 뿌리를 내리고 자기의 위상을 세상에 자랑하고 있음을 유력하게 증명하고 있다. 바꾸어 말하면 북향지향의 우리 문학은 마침내 세기의 교체기에 이 땅에 낙락장송으로 자라나 그 위용을 떨치고 있다고 하겠다. 이러한 조선족문학의 위용은 비슷한 시기의 이민사를 기록하고 있는 미국, 일본, 구소련에서는 볼 수 없는 자랑스러운 일이 아닐 수 없다.

4 해외동포문학의 이중적 성격과 그 잠재적 창조성

현재의 중국조선족은 중국 북방지역의 토착민족이 아니라 과경민족跨境民族이다. 이들은 대체로 19세기 중엽 이후 고향의 곤궁함으로 인해 살길을 찾아 중국의 동북경내로 이주한 농민들과 "한일합방"이후 일제의 착취와 탄압에 못 이겨 정든 고국을 등지고 중국경내로 들어온 사람들이거나 그들의 후손들이 대부분이다. 그들은 중국경내에서 중국공산당과 더불어 줄기차게 반일독립투쟁을 전개했으며 광복후에는 또 중국 공산당의 편에 서서 국민당 정권을 뒤엎는 국내전쟁에도 참가했다. "산마다 진달래. 언덕마다 열사비"라는 말은 중국조선족이야말로 이 땅의 당당한 주인임을 상징적으로 말해주고 있다. 그러므로 중국조선족의 중국 국적의 취득은 역사의 필연이며 그들의 정치, 경제, 문화 방면의 이익과 직결되는 그들의 자주적인 선택의 결과인 것이다. 중국 조선족은 중국국적을 선택하고 중국 공민의 권리와 의무를 부여받고 중국의 정치, 경제, 문화생활에 참가하고 있는 것만큼 중국 공산당을 옹호하고 현행 정치제도에 밀착해 살지 않을 수 없다. 또한 중국의 주류민족인 한족과 함께 살아가는 과정에 자연히 모국에 대한 사랑과 더불어 중국에 대한 사랑도 가지게 되었으며 중국어와 한국어의 병용이라는 이중적 언어생활을 하게 되었다. 중국조선족은 문화적, 언어적으로 두 가지 정체성을 가지고 있다. 이러한 점에서 중국조선족은 세계 어느 나라에 살든지 중국인으로 자처하는 화교들이나 모국과 거주국居住國에 다 충성하되 모국에 대한 충성심을 우선하는 유태인과도 다르다고 하겠다.

상술한 정치, 문화적인 환경과 중국조선족의 이중적 정체성으로 말미암아 조선족문학도 자연 이중적 성격을 지니게 된다. 말하자면 중국문화의 일부분인 동시에 세계의 우리 민족문학의 일부분으로 되고 있는 것이다. 조선족문학은 우리민족의 고유한 문학전통과 유산에 바탕을 두는 한편 중국의 정치, 경제, 문화생활과 그 속에서 겪게 되는 우리 민족의 희로애락을 예술적으로 형상화하고 있다. 따라서 중국조선족은 그 언어 표현방식, 풍속과 민족적 정서, 심리 등에 있어서는 모국과의 동질성을 보여주고 있지만 중국의 독특한 자연과 인간관계, 역사적 변천, 사회생활, 그 속에서 살아가는 조선족의 변화된 가치관념, 도덕규범, 사고방식, 미학적 지향 등을 반영하고 있다는 점에서 또한 모국문학과의 이질성을 보여주기도 한다.

또한 이러한 중국조선족문학의 이중적 성격— "중국적인 것"과 "한국적인 것"은 언제 어디서나 대등한 위치나 비중을 가지는 것이 아니다. 이민 초기에는 "한국적인 것"이 우위를 차지했다면 점차 세월이 흐를수록 "중국적인 것"이 우위를 차지하고 있다. 정판룡의 비유를 빈다면 "마치 중국에 시집간 딸처럼 처음에는 친정에서 양성된 습관에서 해탈되지 못하고 있다가 그 뒤 점차 습관이 되고 마지막에는 시집의 사람으로 되는 것"과 같다고 할 수 있다. (정판룡, 「우리 중국조선족문학의 성격문제」, 『중국조선족문화연구』, 목원대학교출판부, 1994, 7~17쪽)

그러나 주변 환경의 변화와 모국 문화의 우수성, 영향력이 강화될 때 "중국적인 것" 과 "한국적인 것"과의 관계는 다시 전자의 우위에서 후자의 우위로 전환될 수 있을 것이다. 아무튼 중국조선족이 가지고 있는 독특한 생활환경, 이중정체성과 그에 기인되는 중국조선족문학의 이중적 성격은 민족비극의 소산인 동시에 잠재적 창조력을 내포하며 우리민족문학의 새로운 지평을 열 수 있는 전제가 된다고 본다. 그 까닭은 아래의 세 가지로 설명될 수 있다.

첫째로 고금중외의 문학사를 살펴보면 대체로 문학의 무게는 체험의 무게와 정비례되며 국토의 길이와 넓이는 문학의 길이와 넓이를 규정한다. 구라파 사람들의 해양진출과 아메리카 대륙의 발견이 없었다면 오늘의 미국문학을 상상할 수 없었을 것이고 오직 러시아 광활한 대지에서만이 톨스토이, 도스토예프스키, 투르게네프와 같은 대문호가 탄생할 수 있었다. 우리문학의 체험적 공간과 지평을 넓혀준 혜초의 『왕오천축국전』과 연암 박지원의 『열하일기』도 같은 맥락에서 풀이될 수 있다. 좁은 공간에 갇힌 민족, 세계와 단절된 국가는 위대한 문학과 예술을 창조할 수 없다. 자의自意든 타의他意든 우리 민족의 해외로의 진출은 새로운 자연과 인종(민족 또는 국민) 및 그 문화와 접할 수 있는 기회가 되었으며 새로운 지역에서 다양하고 풍부한 우리 민족문학을 창출할 수 있는 계기로 작용하게 되었다.

중국조선족이 살고 있는 북방지역— 이 광활한 산야와 동토의 땅, 이색적인 풍속과 습관, 색다른 국체와 이념 등은 모국의 문학에서 볼 수 없는 대륙적인 정서와 미를 부여할 수 있다. 그 예로써 이육사의 「광야」와 「절정」, 유치환의 「노한 산」 등과 같은 시들이나 최서해, 안수길, 김학철의 소설들을 들 수가 있다. 또한 광활한 대륙에서 한족을 비롯한 여러 민족과 어울려 살아가는 조선족 작가들은 대륙민족의 우수한 언어와 문학전통에서 자양분을 섭취하여 그 문학적 내용은 물론이요, 그 표현에 있어서도 참신성, 또한 중후미重厚美를 기할 수 있다.

중국문화에 대한 수련을 깊이 쌓은 김학철, 이원길, 장정일, 김관웅 등의 작품에서 우리는 이를 확인할 수가 있다.

둘째로 이중적 정체성의 내적 갈등과 그 극복은 문학의 심오한 주제를 약속해 주며 세계문학으로 승화할 수 있는 내적 창조력으로 작용한다. 이중적 정체성을 가지고 이중적 언어생활을 하는 재외동포는 단일한 정체성을 가지고 단일한 언어생활을 하는 "국민"과는 달리 양쪽의 주류민족으로부터 오는 "멸시"와 "배척"을 받게 되고 그로부터 이중으로 소외된 삶을 영위하게 되며 극심한 심리적인 갈등을 겪게 된다. 청나라 말기 또는 중화민국 시절에 변발역복辮髮易服, 귀화입적 歸化入籍을 강요받으며 아웃사이더의 삶을 살아야 했던 이주민들의 설음과 한, 일제의 황민화정책에 의해 자기의 성과 이름마저도 가질 수 없었던 우리민족의 치욕과 울분, 모국에서도 인간대접을 받지 못하고 불법체류자로 숨어살아야 하는 요즘의 조선족들의 사정이 그 전형적

인 보기라 하겠다. 하지만 이러한 소외된 삶을 강요당하는 가운데 "제
3의 눈"― 비교적인 관점을 갖게 된다. 그리고 이러한 주류에서 밀려
난 삶, 소외된 삶과 밀접한 관계를 가진 것이 바로 예술이고 문학이
다. 거주국에서는 물론이요, 심지어 모국에 가서도 당당하게 주인공
으로 살지 못하고 주변으로 밀려날 때 그들은 심각한 내적 갈등을 경
험하게 되고 차츰 상대적이고 비판적인 안목으로 세상과 인간을 바라
보게 된다. 그리고 고국에서 일생을 살아가는 사람들과는 달리 세상
사와 인간의 문제를 단순히 민족적인 시각에서가 아니라 문명사적이
고 범인류적인 관점에서 다시 말하면 보편적인 관점에서 새롭게 볼
수 있게 해준다.

나라도 없이 세계에서 떠돌이 생활을 하고 있는 유태인 중에 특별
히 위대한 음악가, 미술가, 문학가, 과학자가 많은 것도 이런 까닭으
로 설명될 수 있을 것이다. 바꾸어 말하면 지극히 민족적이면서도 보
편적인 지평에 가장 가까이 육박할 수 있었던 수많은 유태인 천재들
의 업적이 증언하듯 모든 분야의 가장 값진 창조물은 동성동본의 결
합이나 근친상간에 의해서가 아니라 이종교배 혹은 잡종교배에서 탄
생되는 것이다. 재일동포의 문학은 이중적 정체성의 갈등을 문학적으
로 형상화함으로써 우리민족에게는 물론이요, 거주국 일본의 정직한
독자들에게까지도 커다란 공감대를 얻은바 있다. 김사량의 단편 「빛
속에서」로부터 김달수의 「후예의 거리」등 일련의 작품들을 거쳐 너
무 일찍 세상을 등진 김학영의 소설들과 이회성의 「쪽발이」, 「다듬이
질 하는 여인」, 그리고 여류작가 이양지의 『유희』와 유미리의 『가족
시네마』, 이회성의 『백 년 동안의 나그네』에 이르기까지 이중적 정체성
의 갈등과 그 예술적 극복― 이는 재일 동포문학의 한 갈래 중요한 사상

적 흐름을 이루고 있다. (김숙자, 『재일한국인문학연구』, 월인 2002.10. 제
2판)

　　최근 미국계 한국인 문단에 발표된 김란영의 『토담』(1986)과 이창
래의 『본토박이』(1995)도 미국이라는 이방에 살고 있는 미국계 한국
인의 이중적 정체성과 그 갈등을 예술적으로 다루고 있어 주목을 받
고 있다. 일찍 1920-1930년대 중국에 와서 혁명투쟁에 투신한 김산(본
명 장지락)역시 이중적 정체성의 갈등을 체험했던 사람이며, 그와 님
웨일즈의 공저로 되어 있는 소설 『아리랑』은 바로 그러한 점에서 우
리를 감동시키고 있다. 하지만 중국조선족의 경우 오랜 세월 이중적
정체성의 갈등을 체험해 왔으나 그것을 표현할 수 있는 자유를 부여
받지 못했다. 한때 모국 또는 모국의 역사와 문학에 대한 관심은 중국
으로부터 의혹과 불신의 대상이 되기도 하였다. 하지만 개혁, 개방 후
상대적으로 자유로운 문학의 시대를 맞아 이러한 이중적 언어생활,
이중적 정체성의 갈등을 형상화하고 그러한 갈등을 극복, 승화시켜
보편적인 인간해방의 시각으로 자연과 인간을 바라보는 우수한 작품
들이 많이 나오고 있다. 김학철의 장편소설 『격정시대』, 림원춘의 「몽
당치마」와 정세봉의 「빨간 크레용 태양」과 같은 단편소설들, 정판룡
의 실화 『고향 떠나 50년』과 김재국의 실화 『한국은 없다』 등이 그
보기라 할 것이다. (김호웅, 「김재국의 '한국은 없다'를 론함」, 『장백산』,
1997.6)

　　셋째로 중국 조선족작가들이 가지고 있는 언어적 우세와 새로운 문
학 패턴에 대한 포용력 자세이다. 조선족작가의 경우 모국어 조선어
는 물론 중국어와 일본어 또는 영어 구사능력을 가지고 있다. 적어도
모국어와 중국어를 통해 자유자재로 동서양의 새로운 문학사조와 유

파들을 수렴해 자기의 문학세계를 구축할 수 있는 여건을 가지고 있다. 우리는 이원길, 정세봉, 최홍일, 이혜선, 조룡남, 박정웅의 일부 전위적인 작품들을 통해 이를 확인할 수 있다. 최홍일은 일본에서 『도시의 곤혹』이란 중편소설집을 낸바 있는데 최근에 펴낸 중편 『흑색의 태양』은 현대소설의 다양한 문학장치와 기법들을 원숙하게 활용해 독자들을 매료시키고 있다. 그 성공의 비결은 바로 작가 자신을 비롯한 민족의 실존에 대한 깊은 고뇌와 현대적인 소설기법의 수용— 이 양자의 결합에 있다. (김호웅, 「광란의 음영과 번뜩이는 작가의 안목」, 『연변문학』, 2000.9)

한마디로 이중적 정체성의 갈등과 그 예술적 극복과 승화는 우리 재외동포문학의 영원한 주제요, 세계문학과 대화, 접맥할 수 있는 계기가 된다고 하겠다. 일본이 이회성과 이양지, 유미리, 현월 등의 작가들에게 "아쿠다가와 문학상"을 주고 미국이 이창래에게 "헤밍웨이 문학상"을 준 사실, 그리고 중국이 림원춘에게 "전국우수단편소설상"을 준 사실이 이를 단적으로 증명하고 있다. 또한 이러한 맥락에서 바로 재외동포 작가들이야말로 세계 속의 우리 민족문학의 잠재적 창조성을 기약하는 귀중한 씨앗이라고 할 수 있다. 바꾸어 말하면 장정일의 말대로 중국조선족문학도 "변두리문학의 모종 가능성"을 보여주게 될 것이다.(장정일, 「변두리문학의 모종 가능성」, 『연변문학』, 1999.8)

5 맺음말

요컨대 중국조선족은 21세기에도 지나온 100여 년의 지나온 역사를 바탕으로 대륙문화와 반도문화의 접경지대에서 이중적 정체성을 가지고 이 땅의 새로운 역사와 문학을 창조해 나갈 것이다. 그리고 광활한 대륙을 무대로 대륙문화와 반도문화와의 결합, 이중적 정체성의 갈등과 그 승화를 통해 가장 민족적이면서도 전체 인류의 공감대를 획득할 수 있는 명작들을 내 놓을 것으로 기대된다.

부록편

2. 심연수의 문학사적 자리매김

- 윤동주와의 비교를 통해서
- 김우종(문학평론가, 전경희대 교수)

1 심연수 평가를 위한 역사주의적 잣대

비평에서 역사주의적 방법은 매우 중요한 가치를 지닌다. 그렇지만 이 비평의 잣대를 과신하면 함정에 빠져 헤어 나오기 어렵다. 심연수를 평가하는 자리에도 어느 정도 이런 위험들이 도사리고 있다.

역사주의적 비평방법을 주장했던 프랑스의 테느 (Hippoyte Taine 1828~1893)는 비평의 주요 기준으로서 인종·환경·시대의 세 가지를 들었다. 좋은 문학일수록 이 같은 조건을 초월하는 보편성을 지니지만 어떤 문학도 이런 민족적 환경이나 개인적 생활환경이나 역사적 환경의 구체적 개별적 현실적 조건을 떠나서 존재할 수는 없다. 이런 구체적 현실적 리얼리티에서 생성되지 않은 어떤 문학도 보편적 가치를 얻지 못하며 시간과 공간을 초월하는 공감대를 형성하지 못한다.

그런데 모든 작품이 테느가 말하는 이 같은 조건을 작품 해석과 평가에서 동일하게 요구받게 되는 것은 아니다. 이런 조건과의 필연적 밀착 도는 작품마다 다르다.

1931년에 현실 참여적 카프 문단 조직원 대다수 칠팔십 명이 체포되고, 다시 1934년에 비슷한 규모로 체포 구속이 반복되고, 일본에선 고바야시 다키치小林多喜二의 고문치사 외에도 다른 2명이 또 취조 중 의문의 죽음을 당하며 일제 파시즘의 야만성이 극단으로 치닫자, 우리 문학은 순수문학이라는 이름의 안온한 울타리 안으로 피신하며 때를 기다린다. 이효석이 카프의 동반작가로서 <도시와 유령> 등을 쓰다가 1936년에 발표한 <메밀꽃 필 무렵>, <들>, <豚> 등을 쓴 것도 이런 피신 수단이었다.

1930년대의 배고프고 억울하고 캄캄하던 밤은 <메밀꽃 필 무렵>에서는 긴 산허리에 둥근 달이 걸려 있고 대관령 마루에서 대화리로 뻗어내려 가는 풍경의 실경 산수화로 바뀌고, 소금을 뿌려 놓은 듯 하얀 메밀꽃밭의 아름다운 달밤이 된다. 당대의 고통 받던 민중의 신음 소리는 나귀의 방울 소리와 물레방아 소리와 그 속에서 오르가즘으로 치닫는 남녀의 신음소리로 바뀌고 있다.

이런 작품도 반드시 당대의 역사적 현실에 대한 이해가 따라야만 진정한 평가가 가능하지만 그런 역사적 배경을 무시하고 뉴 크리티시즘의 방법대로 작품 자체의 미학적 구조만으로 만 평가해 봐도 이 작

품은 훌륭한 문학적 가치가 성립된다. 그런데 심연수의 문학이나 윤
동주의 문학은 역사주의적 비평 방법이 매우 주요한 비중을 차지하게
된다. 이것은 그 문학들이 그만큼 당대의 역사적 현실로부터 영향을
받았다는 것 때문만이 아니라, 일제 강점기의 억울한 조선인이라는
민족적 주체의식이 창작의 주체가 되고 있기 때문이다.

이 같은 배경 조건이 아무리 동일하더라도 이에 대한 각자의 대응
은 동일할 수 없다. 윤동주와 심연수의 경우도 그렇다. 이들은 너무도
비슷한 환경 조건 속에서 살아간 사람들이기 때문에 비슷한 결과를
유추하게 되기 쉽다. 그렇지만 그들은 비록 일제에 조국을 빼앗긴 조
선인으로서 거의 같은 시기에 걸음마를 시작하고 같은 동네에 살고
같은 시기에 억울하게 죽을 만큼 근거리의 동반자였다고 하더라도 시
인으로서 걸어간 길에는 차이가 있다. 큰 항목으로서는 둘이 모두 일
제 식민지하의 민족주의적 지식인이며, 시인이지만 각론에서는 이들
은 자신들에게 주어진 독자적 문학의 길이 따로 있었으며 우리는 이
독자적 가치를 존중해 주어야 한다.

▌▌2 동행 5명과 심연수의 자리

테느가 문학비평 기준으로 말한 인종(race), 환경(milieu), 시대(moment)
의 세 가지 조건을 좀 더 정확한 표현으로 바꾸면 이것은 민족적 환경
조건, 개인적 사회적 환경 조건, 그리고 역사적 환경 조건이라고 말할
수 있다.

심연수와 윤동주는 이 세 가지가 거의 유사하다. 그런데 이런 점에

서라면 거의 동일한 조건 속에 함께 묶일 수 있는 다른 동행들도 있
다. 즉 윤동주와 심연수가 걸어가고 있을 때 그 옆에서 거의 꼭같은
시간에 같은 식민지 백성으로서 함께 걸어가던 조선인들이 또 있다.

　그 중에서 일부는 마음도 함께 가는 동반자이고 다른 하나는 우연
한 동행자일 뿐이었다. 역사주의적 방법을 심연수와 윤동주에게 적용
해 보려면 그 방법의 위험성도 미리 알아야 하기 때문에 이 두 시인만
이 아니라, 그들 옆에서 함께 걸어가던 다른 동행자도 참고해 볼 필요
가 있다.

　동행 1. 심연수는 강릉에서 1918년에 태어나 살다가 러시아를 거쳐
　　　　　중국 간도로 갔고, 용정의 광명중학에 다닌 후 일본으로 유
　　　　　학을 가고 1945년에 죽었다.
　동행 2. 윤동주도 함경도에 살던 증조부가 중국으로 이주했고, 용
　　　　　정에서 1917년에 태어나 심연수가 다니던 광명중학교에 다
　　　　　녔고, 연희 전문 졸업 후 그 역시 일본으로 유학가고 1945
　　　　　년에 죽었다.
　동행 3. 송몽규도 조부가 함경도에 살다가 중국으로 이주했으며
　　　　　1917년에 간도의 윤동주 집에서 태어났고 명동소학교 은진
　　　　　중학교 숭실중학교 연희전문을 함께 다녔고, 함께 일본으
　　　　　로 유학 가서 1945년에 유동주와 같은 감옥에서 다음 달에
　　　　　사망했다.
　동행 4. 문익환도 비슷하다. 그 역시 함경도에 살다가 중국으로 이
　　　　　주한 집안이며, 1918년에 태어나 용정에서 윤동주 문익환
　　　　　과 함께 같은 명동소학교에 다녔다.

동행 5. 정일권도 비슷하다. 그도 함경도 출신으로서 1917년에 태어
나 중국 간도에서 심연수와 윤동주가 다닌 광명중학 동창
이다. 그리고 만주군관학교를 마친 후 일본 육군사관학교
를 나오고 8.15 후에는 육군 참모총장, 국회의원, 국무총리
등 최고위직을 섭렵했다.

이들의 출생연도를 비교해 보면 윤동주, 송몽규, 정일권이 동일하
게 1917년생이고 심연수와 문익환이 1918년생이므로 5명이 거의 모
두 동일한 시기에 태어난 것이다. 그리고 모두 간도에서 어린 시절을
보냈고 같은 학교 또는 같은 지역의 비슷한 학교를 다녔다. 그러므로
우리 현대사에 이름을 남긴 이 다섯 사람은 모두 테느가 지적한 세
가지 환경조건이 기적적일만큼 거의 동일하다. 같은 인종이고 거의
같은 개인적 사회적 환경에서 자랐고 1917년부터 1918년 사이에 서로
아기로 태어나 식민지 백성으로서의 같은 길을 걸어간 동행인이다.
그러므로 만일 동일한 원자재가 꼭 같은 제조과정을 거쳤을 때 동
일한 제품이 된다고 한다면, 이 다섯 사람은 꼭 같아져야 했다. 그리
고 역사주의적 비평은 다분히 이런 점에서 작품 평가의 도움을 얻으
려고 시도해 본다.
에밀 졸라 같은 작가의 실험소설도 다분히 이런 역사주의적 방법을
반영한 것이다. 꼭 같은 환경 조건 하에서는 거의 비슷한 캐릭터가 형
성되고 사건이 전개된다는 가정 아래서 마치 실험 결과를 보여 주듯
이 소설을 쓴다고 생각한 것이다. 그러나 이 다섯 명의 간도 사나이들
을 보면 거의 동일한 환경조건 속에서 성장해 나갔지만 이들에 대한
실험 결과는 동일하지 않다. 가장 놀라운 것은 가장 양심적이며 애국

적인 인물과 가장 비양심적이며 민족 반역적인 인물이 같은 주방 같은 솥에서 만들어졌다는 것이다.

이 중에서 심연수와 윤동주와 송몽규는 다 같이 문인이라는 공통점을 지니고 있다. 그리고 다 같이 매우 양심적인 길을 갔다는 점에서 꼭 같다. 같은 해에 죽은 것도 그 같은 양심의 길을 걸어갔기 때문이다.

문익환도 양심의 길을 간 것은 마찬가지다. 다만 문인이 아닌 목사의 길로 걸어간 것이 다르다. 그가 오래 산 것도 그의 종교적인 표현을 빌자면 하느님이 더 오래 종으로 또는 도구로 쓸 일이 남아 있었기 때문에 살려 두었다가 분단 반세기 후 한반도 민족 통일을 위한 큰 걸음을 내딛게 한 후 쓰러지게 한 것이다.

이와 달리 정일권은 너무 이질적이다. 그는 윤동주, 심연수, 송몽규, 문익환 같은 인물을 잡아들이고 그들의 민족정신을 말살시키며 가장 더럽게 일제의 앞잡이 노릇을 하는 길을 걸어갔다. 그러므로 꼭 같은 토양에 꼭 같은 씨앗(한국인)을 뿌렸지만 콩 심은데 콩 난다는 속담처럼 같은 결과가 아니라 별난 잡종도 나타나는 것이 현실임을 보여 주고 있다. 다만 그럼에도 불구하고 중국의 간도 지방과 같은 특수 환경은 다른 지역과는 매우 다른 어떤 특정 결과를 나타낸다는 점에 공통점이 있다.

근심 걱정이 없는 평안한 환경에서는 영웅도 필요 없고 간신도 필요 없다. 그러나 극복되지 않으면 안 될 난관에 직면하면 남을 밟고 넘어가는 사람과 쓰러진 사람 깔린 사람을 먼저 도와주고 희생되는 영웅도 있게 된다. 망국의 한을 품고 찾아간 나라, 갈아 먹을 땅을 찾아 간 나라, 가난한 여인이 팔려간 나라(이용학의 <북쪽>), 아무도 살지 않는 <낡은 집>만 남겨 놓고 털보 네가 야반도주해서 찾아간 "더러운 오랑캐령"(이용악), 나라를 다시 찾으려는 독립 운동가들이 모여 든 나라, 간도 땅이 바로 그런 공간이다.

그런데 최서해의 작품 속에서도 볼 수 있고, 당시의 조선총독부 자료조사 보고서(조선휘보) 내용으로도 확인할 수 있듯이 그곳은 나중에 찾아 간 사람들에게는 자갈밭도 구하기 힘든 황량한 땅이었다. 이런 환경이 결국은 우리 역사에서 길이 잊혀 질 수 없는 뛰어난 시인과 종교인과 애국자와 함께 유명한 친일 반역자도 길러낸 것이다.

3 기존 평가에서 제기되는 문제

이 속에서 일제 패망 후 반세기만에 대량으로 항아리 속에서 보물처럼 쏟아져 나온 심연수 문학은 다음과 같은 평가를 받고 있다. 심연수는 민족수난의 삶과 항일적인 작품 실적 등에서 결코 윤동주와 우열을 가리기 힘들 정도로 일제말의 한글문학을 지켜온 쌍벽이었다.
(이명재, <심연수 시인의 문학사적 위상>)

심연수는 1940년대 일제 강점 시기를 시의 횃불로 밝힌 민족 시인이며 저항 시인일 뿐 아니라 무산계급 사상 경향의 시인임을 알았고 .... (김룡운, <심연수 문학의 사상 경향성>)

심연수의 작품들은 ...(중략)... 범지구적인 차원에서 새로운 세계를 내다보는 미래 의식과 예언자적 경구를 담고 있다. ...(중략)... 저항 의식을 가진 지사로 희망을 제시하고 승리를 예언하는 예언자로 해방을 위하여 투쟁하는 투사로 되기도 한다. (김룡운, <심연수 문학의 사상 경향성>)

심연수의 시는 .... 유학 이후는 모더니즘 시기로 불러도 좋을 것이다 .... 그의 대표작들인 <지구의 노래>, <우주의 노래>, <인류의 노래> 등은 너무나 김기림의 <기상도>를 닮은 것같다. (임헌영, <심연수의 생애와 문학>)

심연수는 모더니즘을 고집한 것도 아니고 모더니즘에 대한 자의식이 있었던 것도 아니고 대체로 그의 경우엔 전통적인 서정시, 민족적인 리얼리즘, 모더니즘이 혼재한다. (이승훈, <심연수의 시와 모더니즘>) 그리고 누구보다도 심연수에 대한 많은 연구를 거듭해 온 엄창섭은 그의 시에 대하여 "유연성과 병폐성, 전통의식과 고향 회기성, 호방성과 철리성哲理性" 등을 지적하며 "그의 시편이 어디까지나 감미로운 서정성을 지니고 있음은 긍정할 필요가 있다."고 평가했다. (<심연수 시인의 문학과 시적 층위>)

이렇게 심연수 문학에 대한 평가들을 한 자리에 모아 놓고 보면 다음과 같은 문제가 제기된다.

첫째로 심연수는 민족주의적 항일 시인이라는 평가에 대한 문제다.

이명제는 "항일적인 작품 실적 등으로 '윤동주와 결코 우열을 가리기 힘들다고 했다. 그리고 김룡운도 일제 강점기를"시의 횃불로 밝힌 민족 시인이며 저항시인"이라고 했다. 이처럼 민족주의적 저항시인이라는 점에서는 다른 사람들도 대체로 공감하는 경향이며 이에 이의를 다는 경우는 없는 것으로 보인다. 그리고 심연수가 살던 중국 조선족 사회에서도 그를 항일 민족 시인으로 단정적인 평가를 하고 있다. 특히 심연수 선양사업을 위해서 동분 서주해온 엄창섭은 "민족시인"이라는 표현은 쓰고 있지만, 저항시인이라는 표현은 적극적으로는 사용하지 않고 비교적 삼가고 있다는 인상을 주고 있다.

이것은 이명제의 주장이나 중국 조선족 사회의 해석과는 약간의 차이가 있는 것으로 느껴진다. 사실로 윤동주와 우열을 가리기 힘든 '항일적인 작품 실적'이 있다는 주장은 있어도 실제로 그 같은 실적에 의한 윤동주와의 비교가 없기 때문에 이 부분을 우리는 더 논의해 봐야 할 것이다.

둘째로 심연수는 사회주의 시인인가 하는 문제가 제기될 수 있다.

김룡운은 심연수를 '사회주의 사상 경향의 시인'이라고 말하고 있기 때문이다. 그런데 이것은 심연수의 은밀한 내면풍경에 대한 관측이며 이에 공감할만한 구체적 자료도 제시되고 예리한 논리적 전개도 따르고 있지만 이것이 창작단계에서 구체화되었다고 말한 것은 아니기 때문에 그의 주장을 오해해서는 안 될 것이다.

셋째로 심연수는 모더니스트인가 하는 문제도 제기되고 있다. 임헌영은 심연수의 후기작품들을 모더니즘 계열로 분류했지만, 이승훈은 그런 경향은 부분적으로 인정하되 그것은 심연수가 모더니즘을 고집한 것도, 그에 대한 자의식이 있었던 것도 아니라고 평가했다. 만일 이승훈의 평가대로 그가 시인으로서 의식적으로 모더니즘을 추구하고 주장하는 입장이 아니었다면 그는 모더니스트로서는 함량미달이며 이는 임헌영의 주장과는 거리가 있다.

이상 몇 가지 중에서 심연수에게 주어진 가장 값비싼 평가는 '민족주의적 항일시인'이라는 것이다. 심연수가 흔히 윤동주와 비교되는 것도 윤동주가 항일 시인이었고 심연수도 그런 입장에서 쌍벽을 이루고 있다는 것 때문이다.

그에게 시성詩聖이라는 최대의 찬사까지 따라붙는 것 역시 이 평가 때문일 것이다. 그런데 일제 말기가 문인에게 아무리 항일정신을 요구하고 있었다고 하더라도 시인의 존재가치는 그것만이 전부는 아니다. 키다리와 난장이는 키 재기만으로 서열을 따져서는 안 되듯이 누구나 일방적 잣대를 대고 다른 한 쪽의 가치를 놓쳐서는 안 될 것이다.

앞에서 역사주의적 방법을 말했다. 19세기의 그것은 아직도 계속 유효하지만 이에 의한 오류 발생률도 많은 것이며 심연수의 경우에는 그런 역사적 배경 등을 잣대로 평가하면서 아직 충분한 검증 없이 과장적 표현이 허용되고 있는 느낌을 준다.

▨ 4 윤동주와 심연수의 비교

이 시인을 민족주의적 항일시인으로 평가하면서 가장 먼저 그 잣대로 삼기 쉬운 것은 그의 8.15 직전 피살사건이다. 평가가 과장될 수 있는 위험은 여기서부터 시작된다.

첫째, 이 충격적 사건을 일제에 의한 학살이라고 거의 단정적으로 말하고 믿게 되면 이것은 그의 문학평가에 선입견에 의한 과장적 해석을 유발하게 된다. 심연수가 일제에 의하여 학살되었으리라는 추측은 물로 가능하다. 그렇지만 과학적 증거가 확인되지 않은 단계에서 이를 단정적으로 말하거나 거의 그렇게 믿고 기정사실화하는 것은 쇼비니즘의 편견에 의한 논리적 횡포가 될 수 있다.

둘째, 그가 일제에 의하여 사살되었으리라는 추측이 가능하더라도 그 충분한 근거는 아직 미흡하다. 우선 트렁크 속의 원고들이 그대로 남아 있었던 것이 의문으로 남는다. 사상이 불온한 저항적인 "불령선인不逞鮮人"에 대한 응징의 형태였다면 원고가 무사하지 못했을 것이다. 윤동주도 교토의 시모가모下鴨 경찰에 체포되어 조사를 받으면서 원고를 모두 그들에게 압수당했고, 취조 중에 작품들을 일문으로 번역해 주고 있었다. 이처럼 사상적으로 의심받는 대상을 사살까지 하면서 사상적 판단의 유력한 근거가 되는 원고를 그대로 남겨 두었다는 것은 상상하기 어렵기 때문에 이는 그가 일제에 대한 항일활동 때문에 당한 것이 아닐지도 모른다는 추측도 낳게 된다.

셋째, 그는 패전으로 쫓기며 독이 올라 있던 일제 헌병이나 경찰 따위에게 재수 없이 당했을 수 있다. 심연수의 항일 활동 여부와는 상관없이 그들은 심연수가 조선인이라는 이유만으로 학살했을 수 있다. (필자는 이쪽에 더 가능성의 무게를 두고 있는 편이다.) 그런데 이렇게 그들에게 학살당했다 해도 이 때문에 그의 문학이 자동적으로 항일 문학이 되는 것은 아니다.

시인 이상도 도쿄에서 경찰 조사를 받다가 위독해져서 풀려나고 곧 도쿄 대학병원에서 죽었으므로 명백히 일제에 의한 타살로 추정되지만 아무도 그를 항일 시인으로 평가하지는 않는다. 작품평가는 우선 작품 자체를 통해서 이루어지고 다음에 그런 사건과의 관계가 논의되어야 하기 때문이다.

넷째, 심연수의 행적과 윤동주의 행적의 유사성이 작품 평가에 지나치게 작용했을 가능성이 있다. 윤동주와 동일하게 8.15 직전에 억울하게 사망했고, 조국을 떠나서 민족의식이 많이 살아있던 간도에 함께 살았고 윤동주의 작품처럼 그의 육필 원고들도 대부분이 항아리 속에 감추어져 있다가 빛을 보았기 때문에 꼭같은 저항의 의미가 유추되기 쉽다. 그렇지만 유사성은 외형일 뿐 내용은 별개다. 심연수의 그것이 항아리 속에 감춰졌던 것도 원한 모택동의 문화혁명 때문이며 일제와는 무관하다. 그러므로 확실한 자료에 의한 평가를 하며 특히 윤동주와 비교 평가하려면 다음 몇가지 사실이 또 논의되어야 한다.

첫째, 민족주의적 항일 시인이라면 작품과 행적에서 구체적 증거가 제시되어야 한다. 윤동주는 1943년 7월 10일에 일본 교토에서 독립운동 혐의로 체포되었다. 경찰은 이를 "재교토조선인학생민족주의 그룹 사건"으로 기록했으며 재판기록에는 치안유지법 위반으로 되어 있다. 이 사건은 송몽규가 주도하고 고희욱, 백인준(월북 문인) 등 모두 7명이 체포되었었지만 검찰 송치 단계에서 백인준 등 4명이 빠지고 기소 단계에서는 담당검사와 제3고교 선후배 관계였던 고희욱이 빠졌다. 사건 내용 중 가장 중요한 것은 일제가 패전의 기색이 짙어질 때를 기해서 무력으로 독립을 쟁취하려고 수차 모의한 것 때문이다. 이 중에서 송몽규는 은진중학 3년만 수려하고 중국(당시 간도는 중국이 아닌 만주였음) 낙양군관학교(중국 중앙 군관학교의 낭양 분교)에 입교하여 김구선생의 독립운동에 가담하다가 용정으로 돌아온 인물이다.

사건 진행의 내용을 보면 이 사건은 고문에 의한 허위자백이 아니며 윤동주는 이 때문에 후쿠오카형무소에서 복역중 1945년 2월 16일 새벽 3시36분에 사망했다. 시신을 인수하러 갔던 그의 당숙 윤영춘의 증언에 의하면 그의 직접적 사망 원인은 주사약물의 생체 시험인듯 하지만 확실한 증거확보는 안 되어 있고 함께 투옥된 송몽규는 다음 달 3월 10일에 뒤를 이었다. 이에 비해서 심연수는 이와 유사한 독립운동, 항일운동과 그로 인한 체포 구금 투옥 그리고 옥사 등의 행적이 아직은 밝혀진 바가 없다.

이와 함께 윤동주는 분명히 확고한 민족주의 시인으로서 항일 저항 문학을 발표했고, 이는 그의 독립운동과 직결되어 있다. 다만 이를 당

시에 발표하지 못한 것은 출판을 부탁받은 이양하 교수가 그의 뜻을
받아 주지 않았고, 그후 다른 길로 출판 기회를 찾았으나 성공하지 못
했기 때문이며 그래서 그는 육필시집으로 3권을 남기고 떠난 것이다.

십자가

괴로왓든 사나이,
행복한 예수 그리스도에게
처럼
십자가가 허락된다면

모가지를 드리우고
꽃처럼 피어나는 피를
어두어가는 하늘 밑에
조용히 흘리겠습니다.

(1941년 5월 31일)

그는 이렇게 십자가를 지고 가면서 조용히 피를 흘리겠다고 했다.
자기에게 주어진 사명을 다하기 위해서 죽겠다는 사명시이며 유서
나 다름없다. 이것이 무엇을 위한 죽음인지는 당시의 역사적 배경이
설명을 해준다. 1931년 만주사변, 1936년 조선 사상범 보호 관찰령 공
포,1937년 중일전쟁, 1938년 육군지원병령 공포,1939년 조선문인협회
발족, 창씨개명, 1941년 태평양전쟁 선전포고, 사상범 예비구속령 공
포........이렇게 몇 가지만 열거해 봐도 우리 민족 다수가 마침내 개처럼
도살장으로 끌려가고 있었음을 그는 감지하고 있었으리라 짐작된다.
윤동주의 <십자가>는 이렇게 태평양전쟁 선전 포고가 있기 반년

전의 작품이다. 마치 이를 미리 예견하고 그 시를 썼던 것 같다. 즉 우리 민족의 죽음의 행진 나팔이 바로 가까이 들려오고 있을 때 그는 이 죽음의 행진을 막도록 허락해주기만 한다면 자기 한 몸을 희생하겠다고 한 것이 <십자가>다. 그리고 그는 선전포고 약 28일 전인 1941년 11월 20일에 <서시>를 썼다.

> 별을 노래하는 마음으로
> 모든 죽어가는 것을 사랑해야지
> 그리고 나한테 주어진 길을
> 걸어가야겠다.
>
> 오늘 밤에도 별이 바람에 스치운다.

여기서 '모든 죽어가는 것을 사랑해야지'는 전쟁으로 떼죽음 당할 우리 민족 또는 인류의 고통에 대한 연민이며, 만일 이를 막을 수만 있다면 그는 이를 위해 "나한테 주어진 길을 걸어가겠다."고 선언하고, 십자가를 지고 저물어가는 하늘 아래서 조용히 피를 흘리겠다고 한 것이다. 그런 후 행동으로 구체화된 것이 독립운동이며, 마침내 후쿠오카 감옥에서 해방 전야에 조용히 피를 흘리며 사명을 다 한 것이다. 그러므로 기독교 시인이었던 그에게 후쿠오카 형무소는 그의 골고다의 언덕이며 항일 민족시인의 순교지이며 그래서 해마다 그곳에서 추도의 모임이 열린다.

5 심연수의 독자적 아름다운 세계

심연수가 민족주의적인 항일 시인으로 평가되려면 아직 연구단계에 있는 그의 작품들 속에서 좀더 구체적인 항일문학을 찾고 행적도 찾아 봐야 할 것이며 그 전에 항일시인이라는 평가에만 큰 비중을 두려 해서는 안 될 것이다. 본인은 심연수의 작품을 전반적으로 살핀 바가 없기 때문에 단언할 수는 없지만 그래도 그동안 가장 많이 심연수에 대한 애정을 기울여 온 엄창섭의 평가로서 앞에서 언급한 바가 가장 설득력이 있다. 그리고 다음과 같이 문학사적 자리매김을 해 본다.

우선, 심연수의 문학 속의 방랑의식이나 병적 감상주의는 일제하 식민지 백성으로서의 굴욕적 삶을 거부하고 조국 땅을 떠나 러시아와 중국 등으로 살 길을 찾아 헤매던 다수의 또 다른 우리 민족 집단의 고통을 웅변한 한恨의 문학이다. 그의 가족은 일본이 관동대지진을 겪으며 일본 땅 도처에서 조선인들을 닥치는 대로 대량 학살한 사건이 일어난 다음 해에 브라지 보스토크로 이주했다. 그리고 다시 만주 간도 땅으로 찾아 간 후, 중학생 때부터 만선일보에 발표하고 일본 유학 전까지 보인 작품 속엔 잃어버린 고향에 대한 그리움과 방랑의식과 감상주의적 경향이 짙다. 그리고 그 표현기법 셰블로브스키의 '낯설게 하기' 등과 같은 참신한 기법이나 독창성은 약한 편이었다. 새롭기보다는 전통적 시조가락의 민족적 정서가 짙다. 그렇지만, 그것은 모더니스트 김기림이 '어느 여인이 낙태하며 공중변소 똥통에 빠뜨린 걸 검사가 수상히 여겨 낚아 올린 것'(<시론>이라는 시에서)에 비유한 일반적 서정시와 같은 것으로 평가될 수 없다.

왜냐하면 그 작품들은 위에 언급한 것처럼 창작의 역사적 배경이

다르고 서정抒情의 주체가 다르고 그 문학의 사회적 기능이 다르기 때문이다. 단순한 넋두리가 아니라 조국을 잃은 대중과 함께 울어주며 마음의 상처를 달래주는 집단적 치유의 구실을 해주고 있었기 때문이다. 그래서 또 다른 우리 민족 집단의 고통을 웅변한 한의 문학이 된다. 그리고 그의 문학은 일제 말 진흙 속에서 피어난 순수하고 아름다운 연꽃이었다.

다수 문인들이 친일문학으로 기울던 부끄러운 계절에 조금도 때 묻지 않고 그 시대의 아픔을 지켜보며 <눈보라>를 비롯한 우수한 작품들을 남기며 암흑기를 밝은 별빛으로 반짝이고 있었다. 이런 의미에서 그는 윤동주와 함께 우리 문학사의 명맥을 이어준 귀중한 자리를 차지한다. 그리고 이것은 간도문학이 우리 문학사를 다시 써야만 하는 필연적 이유가 되기도 한다.

우리 문학사는 항상 한반도 안의 문학사에 머물고 있고 특히 분단 후는 남한만의 반 동강난 문학사로 그치고 있다. 북한 문학사를 편입시키지 않고 있기 때문만이 아니라 북한 동포의 어떤 아픔에도 거의 무관심하도록 작심한 채 절대다수가 남한의 울타리 안에서만 상상력이 발동하고 있어서 동네문학 수준일 수밖에 없다. 그리고 집구석이 망해서 가족이 흩어져도 그들은 한 가족이듯이 중국 조선족의 문학이라면 나라가 망해서 흩어진 동족의 문학이니 그것도 당연히 우리 문학사가 되어야 한다. 더구나 한반도 안에서는 총독부의 지휘 받고 검열 받고 허락받는 문학만 하고 마침내 민족을 배반하는 문인들까지 설치고 그 악취는 지금도 설치는데 이와 달리 중국 조선족의 문학은 민족적 자존심과 긍지가 계속 살아 있었으며 그 한 가운데 심연수도 있었고 윤동주도 있었다.

다만, 윤동주는 43년 7월 14일에 검거되고 44년 3월말에 2년형 언도 받고 후크오카 형무소로 가 있었기 때문에 이때는 심연수 혼자 남아서 어둠 속의 촛불을 지켜야 했다. 그러다가 B·29의 원폭 투하로 일제의 모든 악마. 축제가 끝장나게 된 다음날 8월 8일에 운명의 신이 그를 영원한 안식처로 데려 간 것이다. 그의 의식 세계는 비록 적극적인 저항은 아니라도 앞에 언급한 귀중한 가치만으로 윤동주와 달리 독자적 문학 유산을 남긴 민족 시인으로서 길이 추앙되어야 할 것이다.

沈連洙의
시문학 탐색

3. 심연수의 시의 원정 확정 문제

- 허형만(목포대 교수, 시인)

1 서론

일제 강점기의 시인인 심연수(1918. 5. 20.~1945. 8. 8.)는 당대의 윤동주 시인과 더불어 민족 시인으로 조명되어지고 있다. 이러한 조명은 연변의 『20세기 중국 조선족 문학사료전집』 편집위원회와 심련수문학연구소조의 합의 아래 발간된 《심련수문학편》[1](이하 『전집』으로 통칭)에 의해 구체적으로 드러났으며 이를 토대로 심연수의 출생지인 강릉에서 <민족시인 심연수 학술심포지엄>이 개최[2]됨으로써

한국 문단과 학계에서도 비상한 관심을 갖게 되었다.

이후 2001년 8월 8일, 한국 우리문학기림회에 의해 「沈連洙 文學의 位相과 再評價」라는 주제로 심연수문학 국제심포지엄이 중국 연길 백산호텔에서 열리고3), 이어 용정 실험소학교 교정에 심연수 시비가 건립되었다. 같은 해 11월 8일 한국에서는 강릉시청 대회의실에서 「심연수 시인 선양사업위원회」가 창립 결성되었다.

사실 한국에서 민족 시인으로서의 심연수 시인이 알려지게 된 동기는 한 지역신문사 기자의 뜨거운 열정이 있었기에 가능했다. 2000년 7월 중국 연변인민출판사에서 『전집』을 간행하고 현지에서 출판기념 행사가 이루어진 직후 귀국한 중국조선족문화예술인후원회 이상규 회장으로부터 이 소식을 전해들은 강원도민일보 문화부 박미현 기자는 「8·15문화특집, 55년만에 이국땅서 재조명」(2000. 8. 16.), 「연변 심연수 시인 육필 원고 선봬」(2000. 8. 19.), 「저항시인 심연수 '생가 터 찾았다'」(2000. 8. 21.) 등 한국 언론사상 최초로 심연수 특종기사를 내보내면서 한국 학계의 심연수 연구를 유도하기 시작했다.4)

지금까지 한국에서의 일제 강점기 민족시인 심연수에 대한 연구는 심연수 문학세계를 단행본으로 발간한 엄창섭5)을 비롯한 임헌영6),

---

이 각각 발표했다.

3) 이 심포지엄은 제1부 중국측 전국권의 「심련수 문학의 항일 민족적 특질」, 김성호의 「심련수의 전기적 고찰」 발제와 김호웅, 류연산의 토론이 있었고, 제2부 한국측 허형만의 「심연수 시의 의미와 특성」, 이명재의 「심연수의 문학사적 위상」 발제와 김원중, 김효자의 토론으로 진행되었다.

4) 박미현 기자의 심연수 특종 취재는 총 22건으로 ①국내 처음으로 심연수 고향 현장 확인 ②심연수 자선시집 『地平線』 준비 확인 ③심연수의 학도병 징집 거부 항일운동 주도 ④강릉의 생가터 확인 ⑤심연수 연보 작성 ⑥국내 심연수 증언자 확인 등으로 압축될 수 있다. 자세한 기사 내용은 참고문헌-박미현 편 참고.

5) 엄창섭은 『민족시인 심연수학술심포지엄』에서 「심연수의 문학사적 의미」를 발표(2000. 11. 30.)한 이후 3년간 심연수에 관해 쓴 논문들을 묶어 단행본으로 발간했다. 『문학평론집-민족시인 심연수의 문학과 삶』, 홍익출판사, 2003.

최재락[7], 이명재[8], 이재호[9], 허형만[10], 황규수[11] 그리고 고세환[12], 김명순[13], 임향란[14]의 석사학위 논문과 한국정신문화연구원에서 박사학위 논문을 쓴 김해응[15]의 연구에까지 이르고 있다.

심연수 시인에 대한 평가는 심연수의 작품을 정리하고 『전집』 발간에 참여한 중국연변사회과학원 심연수문학연구소조 소속 김룡운에 의해 처음으로 시작되었다. 김룡운은 심련수의 시 창작 시기를 전기와 후기로 구분하고 전기는 동흥중학교 재학시기로서 '시의 유연성'이 두드러진 반면 일본 유학에서부터 1945년 사망까지인 후기는 '시의 거창성'이 특징이라고 분석하고 심연수에 대해 다음과 같이 평가했다.

심련수(沈連洙), 우리에게는 얼마나 생소한 이름이냐, 까딱하면 영원히 매몰되어 버렸을지도 모르는 시인의 이름, 어찌보면 유명한 저항시인 윤동주와 쌍벽을 이룰지도 모르는 이 시인 …(중략)… 심련수 시에서 특징으로 되는 것은 사실주의시든 초현실주의 시든 염세적이

---

6) 임헌영, 「심연수의 생애와 문학」, 『민족시인 심연수학술심포지엄』, 2000. 11. 30.

7) 최재락, 「심연수문학론Ⅰ:시편-설움에 반죽된 눈물의 지문이여」, (『臨瀛文化』제24집, 강릉문화원, 2000).

8) 이명재, 「시인 沈連洙문학론」, 『韓國學研究』 (창간호, 중국연변과학기술대학 한국학연구소 편, 태학사, 2001).

9) 이재호, 「민족시인 심연수의 대표시 해설」, 『교단문학』 제29호, 2001 봄호.

10) 허형만, 「심연수 시의 의미와 특성」, 『沈連洙文學의 位相과 再評價』, 심연수국제심포지엄 요지문, 2001. 8. 8.
       , 「심연수 시 연구」, 『한국문학이론과 비평』제22집(8권 1호), (2004. 3. 한국문학이론과 비평학회).

11) 황규수, 「윤동주 시와 심연수 시의 비교 고찰」, 『한국학연구』 제12집, (인하대학교 한국학연구소, 2003).

12) 고세환, 「심연수의 시연구-시의 발전과정과 시의식 전개를 중심으로」, (관동대학교 교육대학원 석사학위논문, 2002. 6).

13) 김명순, 「심연수 시의 상상력과 모더니티 연구」, (관동대학교대학원 석사학위논문, 2003).

14) 임향란, 「沈連洙 시 연구」, (안동대학교대학원 석사학위논문, 2003).

15) 김해응, 「심연수의 생애와 시세계 연구」, 『國際 韓人文學의 現況과 課題』(國際韓人文學會 제1회 정기학술대회, 2003. 5. 30).

고 현실도피적인 것이 크게 없고 대결의식과 반항의식이 농후하며 지향점이 강건하고 현실 삶과 밀착하며 진리와 정의를 언제나 주장한다는 것이다. 그 주장에 거창한 시정신이 받침돌로 되고 있어 시를 더욱 건전하게 밝게 하고 있다.[16]

김성호는 심연수를 전기적 입장에서 고찰하면서 특히 중학시절에 왕성한 창작열을 나타내 보인데 대해 깊은 관심을 갖고 그 근거를 『만선일보』에서 찾고 있다.

　　일본의 오오무라선생과 리상범씨가 합작하여 펴낸《『만선일보』문학관계 기사색인(1939년 12월~1942년 10월)》에서 심련수의 작품 제목을 찾아낼 수 있다. 그것들은 『만선일보』 1940년 4월 16일부에 실린 시 「대지의 봄」, 1940년 4월 29일부에 실린 시 「려창의 봄」, 1940년 5월 5일부에 실린 시 「대지의 모색」, 1941년 2월 18일~3월 5일에 거쳐 실린 기행문 「근역을 차자서(1~3)」, 1941년 3월 3일부에 실린 시 「길」, 1941년 11월 12일~11월 19일 두 번에 거쳐 실린 단편소설「농향(상, 하)」, 1941년 12월 3일부에 실린 시 「인류의 노래」 등이 있다. 5편의 시, 1편의 기행문, 1편의 단편소설이라고 보니 심련수는 문학창작초기에 단순히 시인이 되려는 흔적만을 보이는 것이 아니다. 그는 문학을 장르적으로 세분하지 않고 어떤 형식이 내용표현에 알맞다고 하면 그런 형식을 취하였는데 실제로 그의 재능은 시 창작에서 보다 선명하게 나타났을 뿐이다.[17]

이명재는 일제 말 이역 땅에서 항일 민족 시인으로서 쌍벽을 이루

---

16) 김룡운, 「문단에 솟아난 또 하나의 혜성」,『20세기 중국조선족문학사료전집(심련수 문학 편)』, (연변인민출판사, 2000), 621-642면 참조.
17) 김성호, 「심련수의 전기적 고찰」,『沈連洙文學의 位相과 再評價』, (심연수문학 국제 심포지엄, 2001. 8. 8).

며 최후까지 민족문학을 지켜낸 윤동주와 심연수의 여건과 실상들을
객관적으로 정리한 후, 다음과 같이 기술하고 있다.

> 심연수가 남긴 시 등 250편의 작품들에는 대개 짙은 유랑의식과
> 개척의지, 항일적인 민족의식들이 주된 테마였다. 그리고 당시 참혹
> 한 식민지적 민족 수난 고발과 고난극복 노력 및 범우주적인 제재 면
> 을 보였다. 또한 기법 면에서는 다소 투박한 면이 없지 않은 대로 적
> 잖은 시적인 상징성과 남다른 시조양식(時調樣式)의 활용 등을 심연
> 수 문학의 특성들로 파악할 수 있었다.18)

"이런 심연수의 시 미학적 특성들과 문학사적 의미를 감안하면 그
는 실로 식민지시대 항일문학의 한 전형(典型)이다. 심연수는 모름지
기 일제 말엽 한국 민족문학을 지켜오다가 끝내 이국에서 숨진 이육
사나 윤동주와 더불어 항일 민족시인의 반열에 우뚝 선다. 더욱이 심
연수는 민족수난의 삶과 항일적인 작품실적 등에서 결코 윤동주와 우
열을 가리기 힘들 정도로 일제말의 한글문학을 지켜온 쌍벽이었다.
심연수는 특히 일제 강점하의 암흑기 민족문학의 불씨가 사그러져
가던 한반도 문학을 중국 대륙 북간도 땅에 이어받아 한글문학을 불
밝힌 우리 민족문학 최후의 수호자"19)로 평가했다.
임헌영은 심연수의 시가 일본 유학 이후에 모더니즘적 경향이 강하
다고 보고 모더니즘 중 윤동주가 정지용 계열이었다면 심연수는 김기
림 계열이라 불러도 좋을 것이라고 평가하면서 구체적으로 다음과 같
이 결론을 맺는다.

---

18) 이명재, 「심연수 시인의 문학사적 위상」, 『시와세계』 (창간호, 2003 봄), 64면.
19) 이명재, 위의 책, 65면.

　　심련수는 동흥중학 시절 습작기의 작품부터 일본 유학 이후의 모더니즘 세례를 받은 뒤 작품까지 두루 갖추고 있다. 특히 모더니즘계 시가 우수하다. 이 시기 모더니즘이란 현실도피가 아니라 엄청난 역사적 격변과 부담감이 주는 충격을 미학적인 위안으로 치유하려는 형식으로 이루어진 것 같다. 남성적 모더니즘 성향에다 의지의 시가 특색을 이룬다. 일본 유학 시절을 노래한 시는 반일적 색채가 강하다. 특히 기행시에 이런 경향이 나타나 있다. …(중략)… 초기의 습작품과 함께 후반기(유학 이후)의 작품 중 몇 편은 집중 분석을 요한다. 심련수는 암흑기의 문학사에 떠오른 또 하나의 별이다.[20]

　엄창섭은 심연수의 시정신과 시세계를 논하는 자리에서 심연수의 시적 언어는 정직하다고 전제한다. "그는 일제 강점기에 몸담았던 어떤 시인보다 표현하고자 하는 즉물적 대상에 관하여는 주저함이나 망설임 없이 곧장 투명한 언어로 그 틀을 엮어 가는 힘을 지니고 있다. 그의 시편은 정직한 언어의 행보에 있어 지나친 시적 구사는 언어의 유희나 군더더기로 인식되기에 앞서 가공되지 않은 일상의 어법으로 처리되어 질감의 투박함이 그대로 자리해 있다.[21]"는 것이 그 이유이다.

---

20) 임헌영, 「심련수의 생애와 문학」, 위의 책, 44면.
21) 엄창섭, 「정직성과 남성다움의 시적 매력」, 위의 책, 45면.

2 원전 확정을 위한 검토

앞에서 검토한 것처럼 국내의 대표적인 심연수 연구자들의 연구에
도 불구하고 최근 심연수 육필 원고와 이미 출간된 『전집』과의 여러
가지 문제점의 발견으로 학계에서는 원전비평의 중요성을 강조하기
에 이르렀다. 『전집』 발간 과정에서 육필 원고(원전)에 대해 인위적인
개작과 첨삭, 그리고 누락, 오기 등이 드러나기 시작한 것이다.22)

이에 논자도 심연수 시를 연구하는데 있어 가장 근본적인 문제는
원전 확정이라는데 인식을 같이 하고 심연수의 육필 원고를 검토한
결과 초고→퇴고→완성의 단계를 거친 중복된 작품들이 상당수 발견되
었다. 어떤 작품은 하루에 두 세 차례 씩 옮겨 쓰면서 언어를 다듬고
행과 연을 조정하고 첨삭, 가필, 정정을 반복함으로써 치열성을 보여
주는 반면 연구자에게는 어떤 작품이 과연 심연수가 채택한 완성본인
지 결론짓기 어렵게 만들고 있다.

특히 1940년에서 1941년 도일 직전에 발간하려 했던 것으로 추정되
는 시집 『地平線』의 목차에 수록된 작품들에서 그러한 혼돈의 경향은
두드러지게 나타나는데23) 실제 어떤 작품은 시집 목차의 면수와 같은
면수가 원고 위에 적힌 것도 있으니 그 작품을 원전으로 채택할 수

---

22) 이러한 문제점 지적은 일찍이 이명재에 의해 지적된 바 있으며 엄창섭도 『전집』을
육필원고와 대조하여 47편의 시와 기행시조에서 잘못된 시행과 제목을 확인하여 바
로 잡았다. 임향란 또한 자신의 석사학위논문에서 같은 문제점을 지적했다. 김호웅
은 김해응의 논문발표(「심연수의 생애와 시세계 연구」, 『국제 한인문학의 現況과 課
題』, 國際韓人文學會 제1회 정기학술대회, 2003. 5. 30.) 토론자로 나서 이 문제점에
대해 "하지만 임연, 오오무라 마스오 등 학자들에 의해 그동안 텍스트로 다루어왔던
『심련수문학편』이 편집자들의 지나친 흥분과 무식함의 소치로 육필원고에 비해 적
잖게 가필, 윤색되었음이 밝혀짐에 따라 지금까지의 연구는 그야말로 「공중누각」이
라는 비판을 면치 못하게 되었다" 고 한층 더 강도 높은 비판을 한 바 있다.

23) 시집 『地平線』의 48편 중 65%에 해당하는 31편에서 나타났다.

있겠지만 대부분 작품은 그렇게 쉽게 찾아지지 않았다. 어떻든 원전 확정에 있어 문제되는 양상을 정리하면 다음과 같다.

① 2편의 제목은 같으나 가필 첨삭된 작품
「아츰」, 「壽命」, 「追懷」, 「떠나는 설음」, 「安息處」, 「어제와 오늘」, 「歸路」, 「어대로갈가」, 「郊外」, 「들길」, 「大地의 여름」, 「玄海灘을 건너며」, 「追憶의 海蘭江」, 「들꽃」, 「한줌의 모래」, 「기다림」

② 3편의 제목은 같으나 가필 첨삭된 작품
「大地의 暮色」, 「隕星」, 「所願」, 「沈黙」, 「異域의晩鐘」, 「旅窓의 밤」, 「앞길」, 「靑春」, 「大地의 가을」, 「쏟아진잉크」, 「인생의砂漠」

③ 2편의 제목은 같으나 시의 내용이 전혀 다른 작품
「나그네」, 「死의美」

④ 2편의 제목은 같으나 전반부는 같고 후반부가 다른 작품
「寢頌」, 「松花江저쪽」

⑤ 2편의 제목은 같으나 원제목을 바꾸고 내용도 일부 가필 정정한 작품 「黎明」(원제목 「地平線」에서 「黎明」으로 개제)

⑥ 3편의 제목은 같으나 내용이 2편은 같고 1편은 다른 작품
「맨발」, 「새벽」

⑦ 3편의 내용은 같으나 2편과 1편의 제목이 다른 작품
「세기의노래」(2편), 「우리의부름」(1편)

⑧ 4편의 제목은 같으나 2편의 내용은 같고 2편은 각각 내용이 다른 작품 「孤獨」, 「불탄자리」

⑨ 4편의 내용은 같으나 3편과 1편의 제목이 다른 작품
「大地의봄」(3편), 「北國의봄마지」(1편)

실제로 논자가 찾아낸 위와 같은 문제의 양상 중에서 극히 일부이지만 4편만 골라 제목별로 원전을 제시하고 어떻게 차이가 드러나는가를 상세히 밝히도록 하겠다.(각 작품의 번호는 논의의 편의상 논자

가 임의로 부친 것이며, 작품 속의 괄호 안은 수정 전 초고임.)

  ① 띠잉……띠잉……
   餘韻은 길게-
   짙어가는 暮色을
   흔들어 놋는다.
   쓰림에 가슴쥐고
   짖어눕는 저鬪(拓)士야
   期待튼 이하로도
   보람없이 가버린다
   띠잉……띠잉…….
   音響은 굵게 길게
   이땅의 모든(不平)설움
   모아울어 주(는고)려무나.

                          -<異域의晚鐘> 강덕七.四.五.

  ② 띠잉…‥띠잉…‥
   餘韻은 길게-
   짙어가는暮色을
   흔들어 놋는다.
   쓰림에 가슴쥐고
   짖어눕은 저鬪士야
   期待튼 이하로도
   보람없이 가버린다.
   띠잉…‥띠잉…‥
   音響은굵게길게
   이땅의 모든不平
   모아울어 주렴으나.

                          -<異域의晚鐘> 강덕七.四.五.

③ 띠잉……띠잉……
　餘韻은 길게-
　짙어가는 暮巷을
　흔들어 놋는다

　쓰림에 가슴쥐고
　짖어눕는 저拓士야
　企待턴 이하로도
　보람없이 가버리나

　띠잉……띠잉……
　音響은 굵게길게
　이땅의 모든설움
　뭉아울어 주려무나

　　　　　　　　　-<異域의晩鐘> 七.四.五.

　　3행에서 ①, ②는 "짙어가는 暮色을" 인데 ③은 "짙어가는 暮巷을"
두가지로 나타나며, 6행에서 ①은 "짖어눕는 저鬪士야"의 "鬪"字 옆에
"拓"字도 동시에 써놓아 "鬪"로 할지 "拓"으로 할지 고민하다가 ②에
서는 "鬪士"로, ③에서는 "拓士"로 각각 다르게 쓰고 있다. 7행의 경우,
①과 ②는 "期待튼"인데 ③은 "企待턴"으로 달리 쓰이고, 8행에서 ①
과 ②는 "보람없이 가버린다"인데 ③은 "보람없이 가버리나"로 씌었
고, 11행에서 ①은 "이땅의 모든不平"을 "이땅의 모든설움"으로 수정
했는데 ②는 "모든不平", ③은 "모든설움"으로 각각 다르며, 12행의 경
우도 ①은 "모아울어 주는고나"를 "모아울어 주려무나"로 수정한 후
②는 "모아울어 주렴으나", ③은 "뭉아울어 주려무나"로 표기가 각각
다르다. 또한 ①은 연 구분없이 전체가 한 연으로 12행인데 ②, ③은

3연 4행 총 12행으로 되어 있다.

① 길손이 잠 못이루는
　이한밤
　胡窓에 희미한 등불
　더욱히나 서글퍼요.

　갈자리 틈 눈에는
　뭇손의 旅塵이 쩔어있오
　칼자리 난 木枕에는
　旅愁가 몇천번 베여젓댓나.

　지난 손 화김에
　애꾸지 탠 담배꽁다리
　구석에 타고 있어
　마음 더욱 설레운다.

　어두운 이밤길에 달리는 旅車
　왈그럭 떨그럭
　胡馬의 말굽과 무거운박휘
　이마음 밟고 굴러가누나.

-<旅窓의밤> 강덕七.四.二. 龍井에서

② 길손이 잠 못이루는
　이한밤
　胡窓에히미한등불
　더욱히나서글퍼요.
　갈자리틈눈에는

　　　뭇손이旅塵이쩔어있고
　　　칼자리난木枕에는
　　　旅愁가몇千번베여젓댓나.
　　　지난손화김에
　　　애꾸지탠담배꽁다리
　　　구석에라고있어(마음더)
　　　마음더욱설네운다.
　　　어두운이밤길에달리는旅車
　　　왈그럭떨그럭
　　　胡馬의말굽과무거운박휘
　　　이내마음밟고넘어가누나.
　　　　　　　　　　-<旅窓의밤> 강덕七.四.二. 龍井에서

③ 길손이 잠못이루는 이한밤
　　　胡窓에 히미한 등불
　　　더욱히나 서글퍼!

　　　갈자리 틈눈에는
　　　뭇손의 旅塵이 쩔어있고
　　　칼자리난 木枕에는
　　　旅愁가 몇千번 베여졌댓나?
　　　지낸손 화ㅅ김에
　　　애꾸지 탠 담배꽁다리
　　　구석에 쌓여있어 맘더욱 설렌다.

　　　어두운 이밤길에 달리는 幌馬車
　　　胡馬의 발굽과 무거운박휘
　　　이마음 또밟고 넘어가누나.
　　　　　　　　　　　　　-<旅窓의밤>

1연에서 ①, ②는 4행인데 ③은 1행과 2행을 붙여 한 행으로 씀으로써 1연을 3행으로 했고, 4행에서 ①, ②는 "더욱히나 서글퍼요"로 끝나는데 ③은 "서글퍼!"로 탄식을 강조했다. 2연 2행에서 ①, ③은 "뭇손의"인데 ②는 "뭇손이"로, ②, ③은 "쩔어있고"인데 ①은 "쩔어있오"로, 2연4행 "베여젓맷나"는 ①, ②가 마침표로, ③은 물음표로 끝난다. 3연1행은 ①, ②가 "지난 손 화김에"인데 ③은 "지낸손 화ㅅ김"에로, ①, ②는 3연을 4행으로 나누고 3행과 4행을 "구석에 타고 있어/마음 더욱 설레운다"로 썼는데 ③에서는 3행과 4행을 한 행으로 붙이고 "구석에 쌓여있어 맘더욱 설렌다"로 완전 수정이 되어 있다. 4연에서는 1행에서 ①, ②는 "旅車"인데 ③은 "幌馬車"로 2행의 "왈그럭 떨그럭" 의성어가 ①, ②에는 있는데 ③에서는 아예 빠졌고, 특히 4연 4행에서 ①은 "이마음 밟고 굴러가누나.", ②는 "이내마음밟고넘어가누나.", ③은 "이마음 또밟고 넘어가누나"로 각기 다르게 표현되어 있다.

> ① 봄을 잊은듯하던 이땅에도
> 蘇生의 봄이 찾어오고
> 綠蔭을 버린 듯이 얼엇던江에도
> 얼음장 나리는 봄이왓대요
>
> 눈우에 말은풀 뜻던
> 불상한 羊의무리
> 새풀먹을 즐건날
> 멀지않엇네.
>
> 넓은 荒蕪地에단
> 蜃氣樓 宮을 짓고

새로오신 봄님마지
잔치노리 한다옵네

옛봄이 가신곧
내일 밧버 못밨길래
올해오신 이봄님은
누구더러 보라할고.

                    -<大地의봄> 강덕七.四.一. 龍井에서

② 봄을 잊은듯하던 이땅에도
   蘇生의 봄이 찾어오고
   흐름을 버린 듯이 얼엇던강에도
   얼음장 나리는 봄이왔대요.

   눈우에 말은풀 뜻던
   불상한 羊의무리
   새풀먹을 즐건날 멀지않었네.

   넓은들 荒蕪地에단
   蜃氣樓 宮을 짛고
   새로오신 봄님마지
   잔치노리 한다옵네.

   옛봄이 가시던곧
   내일 밧버 못밨길래
   올해 오신 이봄님은
   누구더러 직히랄고

                    -<大地의봄> 강덕七.四.一.

③ 봄을잊은듯하던이땅에도
　蘇生의봄이찾어오고
　綠蔭을버린듯이얼엇던강에도
　얼음장나리는봄이왓대요.
　　　×　　　×
　눈우에마른풀뜯던
　불상할羊의무리
　새풀먹을즐건날
　멀지않었네.
　넓은　荒蕪地에단
　蜃氣樓宮을짛고
　새로오신봄님마지
　잔치노리한다옵네
　　　×　　　×
　옛봄이가신곧
　내일밧버못봤길래
　올해오신이봄님은
　누구더러보라할고.

　　　　　-<大地의봄> 강덕七.四.一. 龍井에서

　1연 3행에서 ①은 "綠蔭을 버린 듯이 얼엇던江에도"이나 ②는 "흐름을 버린 듯이 얼엇던강에도"로, 각각 "綠蔭"과 "흐름"으로 달리 쓰였고, ①은 2연을 4행으로 하여 "새풀먹을 즐건날/멀지않엇네"처럼 2행과 4행을 나누었지만 ②는 "새풀먹을 즐건날 멀지않었네"처럼 한 행으로 처리했다. 3연 1행에서 ①은 "넓은 荒蕪地에단"인데 ②는 "넓은들 荒蕪地에단"으로 ②가 "넓은" 다음에 "들"을 추가했고, 4연 1행에서 ①은 "옛봄이 가신곧"인데 ②는 "옛봄이 가시던곧"으로, 4연 4행

에서 ①은 "누구더러 보라할고"인데 ②는 "누구더러 직히랄고"로 각
각 다르게 表現되어 있다. 특히 이 作品은 「北國의봄마지」로 제목이
개제된 것도 있다.

> ① 假裝을벗어던진 痛快感으로
>   끝없는스텦프를 달리는마음
>   내소원이참우슴을우스며
>   (터부럭이너울을 벗어던졌다)
>   해뜨는東쪽하늘가로 달리고 있다
>   어려서가저보던 참을(가저보려고)찾고저
>   (초지처러)땀뭇은 過去를 달게받엇나-
>   꺼저분한形式은 누가만(들엇)들고
>   억울하게 服從할者 그누구르냐
>   覇絆을끊어던진 알몸둥이로
>   활개치며 하늘아래巨步를(한다)하자
>   아낌없이 이땅을 굴러보노라
>   銳利해진 발바닥으로 짚어보노니
>   地脈은 예보다 더힘차게뛰고있더라.
>
> -<맨발> 六.一.

> ② 假裝을 벗어던진 痛快感으로
>   끝없는 스텦프를 달리는마음
>   내소원이 참우슴치며
>   해뜨는 東쪽하늘가로 달리고 있다.
>   어려서 갖어보든참을찾고저
>   땀뭇은 過去를 달게받엇나니
>   꺼저분한 形式은 누가만들며
>   억울하게 服從할者 알몸둥이로

활개치며 하늘아래 巨步를하자
아낌없이 이땅을 굴러보노라
예리한 神經을 짚어보노니
地脈은 예보다 더 힘차게뛰고있더라.

-<맨발> 六.一.

③ 가장을 벗어던진 통쾌
　오- 내게로 돌아온 자연
　그무엇에 억매우랴
　거짓없는 감촉이 감사하다.

　돌부리(에)를 (채워)차 피가난대도
　잊지못할 永幼의 試鍊
　다대앉은 傷處에는
　새살이 굳어간다.

　벗으마 무거운 (헌)신을
　뒤ㅅ축높은 군떡게를
　끊어라 (발목을) 죄아는들매
　그 발목에 피가돌리라

-<맨발> 一七.八.一八.

　①과 ②는 6월 1일 같은 날에 씌어진 것으로 밝혀져 있고 초고인
①의 작품을 손질하여 ②의 작품으로 완성했다. 그런데 문제는 동일
제목으로 8월 18일에 쓴 작품은 "가장을 벗어던진 통쾌"로 시작한 첫
행만 ①, ②의 첫행 "假裝을 벗어던진 痛快感으로"와 같고 나머지는
전혀 다른 작품으로 또 한편이 씌어졌으니, 이 경우 ①, ②와 ③은 동
일제목이지만 각기 다른 작품으로 보아야 할 것 같다. 이상 4편을 대

상으로 지적된 문제점을 표로 정리하면 다음과 같다.

제목	연.행수	①	②	③	『전집』(2000.7)	시선집 『소년아봄은오려니』
異域의 晩鐘	3행	暮色	暮色	暮巷	모색(暮色)	모색(暮色)
	6행	鬪士/拓士	鬪士	拓士	척토(拓土)	투사
	7행	기대튼	기대튼	기대턴	기대튼	기대하던
	8행	가버린다	가버린다	가버리나	가버린다	가버린다
	11행	모든설음	모든不平	모든설음	모든설음	모든 불평
	12행	모아울어주려무나	모아울어주렴으나	뭉아울어주려무나	모아울어주려무나	모아울어주려무나
	연	연구분없이12행	3연4행총12행	3연4행 총12행	연구분없이 12행	연구분없이 12행
旅窓의 밤	1연	4행	4행	3행(1,2행붙여씀)	4행	4행
	1연4행	서글퍼요	서글퍼요	서글퍼!	서글퍼요	서글퍼요
	2연2행	뭇손의	뭇손이	뭇손의	뭇손의	뭇손의
		절어있오	절어있고	절어이고	절어있고	절어있고
	2연4행	베여젓댓나	베여젓댓나	베여젓댓나?	배였구나	베어졌댓나.
	3연1행	지난손 화김에	지난손화김에	지낸손 화김에	지난손 화김에	지난손 홧김에
		3연을4행으로나눔 "구석에타고있어무/마음 더욱 설레운다"	3연을4행으로나눔 "구석에타고있어/마음더욱설레운다"	3행과4행을붙여3연을3행으로줄이고개작 "구석에쌓여있어맘더욱설렌다"로완전수정	4행	4행
	4연1행	旅車	旅車	幌馬車	려차(旅車)	旅車
	4연2행	왈그럭 떨그럭	왈그럭 떨그럭	없음	왈그럭덜그락	왈그럭 덜그럭
	4연4행	이마음 떨밟고 굴러가누나	이내마음밟고 넘어가누나	이마음또밟고 넘어가누나	이마음밟고 굴러가누나	이마음밟고 넘어가누나
대지의 봄 (*내용은 같으나 제목이 『北國의 봄마지』로개제된작품1편있음.)	1연3행	녹음을 버린 듯이 얼었던 江에도	흐름을 버린듯이 얼었던 강에도	녹음을 버린듯이 얼었던 강에도	록음을 버린 듯이 얼었던 강에도	녹음을 버린 듯이 얼었던 강에도
	2연	4행	3행	2연과 3연을 합침	2연과 3연을 합침	2연과 3연을 합침
	3연1행	넓은 황무지에단	넓은 황무지에 단	넓은황무지에단	넓은땅무지에단	넓은황무지에단
	4연1행	옛봄이 가신곧	옛봄이가시던곧	옛봄이가신곧	옛봄이 가신 곳	옛봄이가신 곳
	4연4행	누구더러 보라할고	누구더러 직히랄고	누구더러 보라할고	누구더러 보라할고	누구더러 보라 할꼬
맨발	창작일자	6월1일	6월1일	8월18일	「맨발」(1)로표기 6월 1일	「맨발」(1)로표기 날짜 없음
	1행	假裝을 벗어던진 痛快感	假裝을 벗어던진 痛快感으로	가장을 벗어던진 통쾌	가장을벗어던진통쾌감으로,③의시 1행을"거짓과허위를 벗어던진알몸"으로완전개작	가장을 벗어 던진 통쾌감으로
	2행 이하		①, ② 동일	내용이 전혀다른 작품	③은「맨발」(2)로 별도작품인정 ③은8월16일로 오기	

이상에서처럼 원전 확정 문제를 논의하는 이유는 작품이 곧 시인의 세계관과 인생관, 나아가 시 정신을 담아내는 그릇이라고 보기 때문이다. 또한 원전이 확정되지 않을 경우 독자나 평자들의 눈을 흐리게 할 소지가 다분함은 재론의 여지가 없기 때문이다.

3 결 론

일제 강점기 시대의 시인인 심연수(1918. 5. 20. - 1945. 8. 8.)는 당대의 윤동주 와 더불어 민족 시인으로 조명되어지고 있다. 이러한 조명은 지난 2000년 7월, 중국 연변에서 발간된『20세기 중국조선족 문학사료전집-심련수문학편』에 의해 구체적으로 드러났으며 이를 토대로 강원도민일보 문화부 박미현 기자의 적극적인 자료발굴 및 보도 그리고 엄창섭 교수의 노고로 심연수의 출생지인 강원도 강릉에서의 <민족시인 심연수 학술심포지엄>과 중국 연변에서의 한국 우리문학기림회 주관 <심연수 문학의 위상과 재평가>를 비롯 엄창섭 교수의 단독 저서『민족시인 심연수의 문학과 삶』등 학계에서도 비상한 관심을 갖기에 이르렀다.

심연수 시인에 대한 평가는 심연수의 수많은 육필 원고를 정리하고『전집』발간에도 참여한 중국 연변사회과학원 소속 김룡운에 의해 맨 처음 시작되었다. 김룡운은 심연수의 시 창작 시기를 전기와 후기로 구분하고 전기는 동흥중학교 재학 시기로서 '시의 유연성'이 두드러진 반면 일본 유학에서부터 1945년 사망까지인 후기는 '시의 거창성'이 특징이라고 분석했다. 이후 심연수 연구자들은 모두 이 견해에 동조하고 있다. 그러나 논자는 심연수 시를 연구하기에 앞서 우선적으로 원전이 확정되지 않으면 안 된다는, 즉 원전 확정의 문제를 이 논문에서 핵심적으로 제기했다. 논자가 심연수의 육필 원고를 검토한 결과 초고→퇴고→완성의 단계를 거친 중복된 작품들이 상당수 발견되었다. 어떤 작품은 하루에도 두세 차례씩 옮겨 쓰면서 언어를 다듬고 행과 연을 조정하고 첨삭, 가필, 정정을 반복함으로써 시인의 치열성을 보여주는 반면 연구자에게는 어떤 작품이 과연 심연수가 채택한 완성본인지 결론짓기 어렵게 만들고 있음을 알았다. 그리하여 논자는 원전 확정에 있어 문제되는 양상을 8가지로 정리했다.

4. 심연수 문학의 연구 성과와 과제

- 홍문표(오산대학 학장, 한국현대문예학회 회장)

1 서언

2000년 7월, 심연수 시인이 작고한지 55년 만에 중국조선족들에 의해 그의 육필원고가 『20세기중국조선족문학사료전집』으로 햇빛을 보게 되면서 심연수문학에 대한 관심은 요원의 불길처럼 번졌고, 그의 문학에 대한 역사적 조명과 작품에 대한 평가가 계속 활발하게 전개되고 있다. 특히 심연수의 탄생지인 강릉에서는 <심연수시인선양사업위원회>를 결성하여 그의 생가복원 국제학술심포지엄, 문학비 건립, 다양한 기념행사를 추진하고 있고 많은 문학연구가들에 의해 그의 문학적 성과를 조명하고 있는 것이다.

　문학인구 일만 명을 넘고 있는 이시기에 거의 한 세기 전 이 땅에 태어나 무명의 시인으로 그것도 27세라는 미성숙한 나이로 살다간 한 문인에 대하여 이처럼 우리가 관심을 가져야 하고 그에 대한 문학적 성과를 밝히고 선양해야 하는 당위가 무엇인가, 이는 잊혀졌던 한 시인에 대한 인간과 문학에 대한 정당한 평가라는 기본적인 이유도 있겠지만 그보다 더욱 중요한 것은 일제 강점기 우리문학사를 기술함에 있어 내국에서는 정상적으로 문학을 할 수 없었다는 부정적인 요인과 더구나 1940년에서 1945년 광복이전 까지는 민족어마저 말살된 암흑기에 대부분의 문인들이 친일까지 함으로써 반민족적인 어용문학기로 기술해야 하는 불행한 시기였지만 다행스럽게도 이육사 윤동주가 있어 이 암흑기 문학사를 저항기 문학사로 반전시킬 수 있는 계기를 마련하였고, 여기에 심연수 시인이 발굴되면서 보다 확고한 저항문학사로, 그리고 중단 없는 민족문학사로 복원할 수 있는 결정적인 계기가 되었다는 데서 심연수문학의 재조명은 민족 문학사적으로 대단히 절실하고 중요한 사건이 되고 있는 것이다.

　따라서 심연수 문학에 대한 연구는 결코 어느 문중이나 특정지역만의 과제가 아니라 국가적이고 민족적인 과제라는 점에서 심연수 문학 연구에 대한 국민적 관심과 이해를 촉구하면서 그동안의 심연수 문학의 조명작업과 연구 성과에 대한 총체적인 점검과 심연수 문학의 역사적 위상을 확고히 하는 바람직한 미래를 모색하는 일 또한 중요한 과제가 되었다.

　사실 심연수 문학에서 가장 비중 있게 다뤄야 할 부분은 일제 말 암흑기에 이미 검증된 이육사나 윤동주와 같은 반열에서 그를 민족시인 또는 저항시인으로 명명할 수 있는가 하는 문제다. 그리고 그러한 명명이 가능하다면 그동안의 연구 성과가 그러한 문학사적 위치를 확보할 만큼 충분히 검증되고 객관화되었느냐 하는 것이다.

둘째로는 그를 민족시인, 저항시인으로 명명하기 위해서는 불행한 시대를 준열히 살아온 그의 생애와 사상뿐만 아니라 그러한 사상을 예술적으로 승화시킨 그의 문학작품들이 충분하게 담보되고 있는가?

그리고 그러한 작품들에 대해서 다양한 비평적 방법으로 엄격하게 평가되고 객관화 되었는가 만일 이러한 객관적 검증과 평가가 미흡하다면 심연수 문학의 위상은 아직도 심정적인 수사나 일부의 주관적인 주장으로 제한 될 수 있다는 점에서 심연수 발굴 8년을 맞는 이 시점에서 그에 대한 총체적 점검과 미래를 전망하는 일은 매우 의미가 있는 것이다.

2 심연수 문학 연구의 기본 방향

2000년 8월, 중국 연길에서 대대적인 문학 행사가 있었다. '제2의 윤동주 발굴'이란 제목으로 치러 진 이 행사는 1918년 5월 20일에 태어나 1945년 8월 8일 27세의 나이로 일본군 앞잡이에 의해 피살당한 심연수 시인의 자료가 발굴 공개 하는 역사적인 것이었다. 더구나 윤동주와 같은 지역 같은 시대에 문학을 하다 육필 원고를 남겨둔 것이 55년 만에 그의 동생 심호수에 의하여 공개되고, 『20세기중국 조선족 문학사료 전집 (심연수문학편)』이 연변인민출판사에 의해 출간되었으니 모두가 흥분할 수밖에 없었다. 뒤늦게 이 책이 국내에 소개되면서 심연수 시인을 조명하는 기사가 각종 언론에서도 특집으로 다루었다.

특히 강원도민일보사에서는 『소년아 봄은 오려니』(2001.8) 라는 제목으로 심연수 시선집을 발간하였다. 그 후 심연수 시인의 생애와 사상, 문학사적 위상, 시의 의미와 경향 등에 대한 연구가 다양하게 진행되었다. 아울러 심연수 선양사업위원회에서는 매년 국제학술세미나를 개최하여 심연수 문학에 대한 보다 심층적인 연구와 선양에 앞장서고 있다. 이러한 연구와 선양의 가장 큰 의미는 바로 '문단에 솟아난 또 하나의 혜성' '또 하나의 詩聖', '우주적 시야와 거창한 안목', '별과 같은 시인', '민족시인', '저항시인', '윤동주와 필적하는 시인' 등의 수사적 구호가 보여주듯이 심연수는 일제 암흑기 문학사를 복원할 수 있는 민족 시인이고 저항시인이라는 점에 있다. 그렇다면 그의 문학이나 생애를 통해 구체적으로 어떤 점에서 민족 시인이고 저항시인인가를 먼저 밝혀야 하는 것이다.

> 민족 시인이란 한 시대 민족을 대표할 만한 시인이어야 할 것이다. 그렇다면 민족적 정서를 담고 있는 뛰어난 작품성이 필수적일 것이다. 그러나 강한 민족의식, 즉 민족주의를 보여 주는 시인도 민족 시인이라고 할 수 있다. 이때 민족주의란 이념적인 것도 있지만 심정적인 것 또는 행동적인 것도 있다. 민족의 동질성 회복을 위한 강한의식과 행동이 정치적으로 문화적으로 행동적으로 표출될 때 우리는 민족적이라는 말을 하게 되는데, 특히 민족 시인이나 민족작가라 할 때는 지사적 인격과 일관된 민족의식, 뛰어난 작품 활동이 요구된다. 24)

민족 시인이란 첫째로 지사적 인격과 일관된 민족의식을 지닌 시인이어야 하고 둘째로는 한시대의 민족을 대표 할만한 뛰어난 작품성을

---

24) 홍문표, 「민족시인. 저항시인. 리얼리즘 시인 심연수」(2007. 9. 월간문학).

갖추어야 한다는 말이다. 여기서 지사적 인격과 일관된 민족의식을 규명하기 위해서는 시인의 전기적 연구가 필수적이다. 시인의 전기적 연구는 바로 역사주의 비평적 태도다. 테느는 위대한 작품의 생산자는 더욱 위대하다고 하였는데 작품의 보다 과학적 탐구를 위해서도 그렇지만 특히 심연수를 민족 시인이나 저항시인으로 규정하고자 할 때는 더욱 역사주의 비평이나 전기적 연구가 필수적인 것이다. 민족 시인이란 한국민족의 역사적 맥락 또는 사상사적 맥락에서 명명될 수 있는 것이고 저항시인도 역사적 맥락에서 명명될 수 있기 때문이다.

셋째로 한시대의 민족을 대표할만한 뛰어난 작품성이라고 할 때 여기에도 몇 가지 조건이 요구된다. 우선, 당대를 대표할만한 시인으로는 이미 이육사와 윤동주가 있다. 따라서 이들과의 비교연구가 필수적이다. 이들과 견줄만한 삶이나 문학적 성과가 충분한 것인가, 같은 위치라 하더라도 그 변별성은 무엇인가 하는 부분들이 밝혀져야 한다. 그러기위해서는 앞서 지적한 전기적 연구가 선행되어야 하고 더하여 작품에 대한 독자적인 존재론적 연구가 함께 이루어져야 한다.

그러나 전기적 연구와 작품에 관한 분석적 연구가 다양하게 검토되었다 하더라도 간과해서는 안 되는 부분이 바로 독자와의 관계성에 대한 부분이다. 가다머는 작품이란 이미 결정되어 깔끔하게 포장된 의미의 꾸러미가 아니라고 했다. 의미란 지각자의 인식, 해석자의 역사적 상황에 좌우되는 것이라는 말이다. 따라서 심연수를 민족시인, 저항시인, 천재시인이라고 연구가인 발신자들에 의해서 주장된다 하다라도 이를 수신하는 오늘의 독자들 오늘의 국민들이 얼마나 그 메시지에 공감하고 진정성을 인정하는가 하는 것이 마지막 과제가 된다. 한편, 심연수 문학연구의 기본방향은 작가. 작품. 독자라는 삼각구

조에서 작가에 대한 전기적 연구, 작품에 대한 비교문학적 연구, 작품
자체에 대한 분석적 연구, 독자반응에 관한 연구 등이 개별적으로 또
는 통합적으로 연구되어야 할 것이다.

▮3 심연수의 전기적 연구

　문학연구의 기본방향은 작가-작품-독자에 관한 연구라고 하였다.
　여기서 작가에 관한 연구는 역사주의 비평이 된다. 역사주의 비평
은 인과율에 근거한 것으로 모든 문학 작품은 그 원인이 되는 작가로
부터 연유된 것이라는 입장이다. 테느는 화석이 된 조개껍질 뒤에는
생물이 있었고 문서의 뒤에는 사람이 있었다고 했다. 작가는 고립된
개체가 아니라 종족적인 존재이고 환경적인 존재이고 시대적인 존재
이기 때문이다. 이러한 요소들이 거울처럼 작품으로 반영된다는 것이
역사주의 관점이다. 따라서 역사주의 비평이나 작가의 전기적 연구는
작품의 객관성과 실증성을 보장하는 중요한 방법이 된다. 그리하여
작가연구자는 작품 생산자에 관련된 작가의 모든 면모를 다 파헤치게
된다. 작가의 정신적 자세, 교육, 교우관계, 신체적 조건, 친척관계, 직
업, 재산정도, 애정관계, 읽은 책, 정치사상, 습관, 취미, 심지어는 입
맛까지도 작품생산에 관련이 있다고 판단되면 가치 있는 정보로 간주
하여 수집, 정리하는 것이다.
　작가의 전기적 연구 방법으로 리온 에델은 포괄적 연대기(chronicle
compendium), 문학적 초상화(literary portrai), 유기적 전기(organic biography)
를 들고 있다.25) 포괄적 연대기는 시간순서에 따른 삶의 요약이고, 문학

적 초상화는 작가의 성격양상만을 드러내는 프로필이고, 유기적 전기
는 비평가에 의해 재해석된 이야기다. 그러나 작가의 전기적 연구는
광범위한 자료의 수집과 엄격한 취사선택이 필요하고 작가정신을 다
루는 것인 만큼 심리학적인 분석도 필요하다. 그리하여 전기적 연구
는 문학작품을 연구하는 권위 있는 기본 자료가 되어야 하며 그의 사
상을 바르게 파악할 수 있는 근거가 되어야 한다.

　심연수가 민족시인. 저항시인이라고 할 때 그의 생애와 삶이 민족
주의적이고 저항적인 기질과 정신을 담보하고 있음을 밝히는 전기적
연구는 가장 우선 되어야 할 기초적인 과제가 된다. 그런데 현재까지
보여 진 심연수의 전기적 연구는 매우 빈약한 실정이다. 심연수 문학
의 기본 텍스트가 되고 있는『20세기 조선족 문학사 자료집』은 주로
작품 자료만을 편집한 것이고 몇몇 학위논문들이 심연수의 생애를 개
괄적으로 다루었을 뿐 심연수 생애에 대한 본격적인 자료수집과 연구
결과가 전무한 것이다. 다만 김해응의 「심연수의 생애와 시세계 연구」
(국제한인문학회 세미나 2003), 임헌영의 「심연수의 생애와 문학」(학
술 심포지엄 2003), 김성호의 「심연수의 전기적 고찰」(국제심포지엄
2001) 엄창섭의『민족시인 심연수의 문학과 삶』(2003, 홍익출판사) 등
이 생애를 언급하고 있는데 이들은 지금까지 알려진 연대기적 자료
의 범위를 벗어나지 못하고 있다. 심연수의 전기적 연구는 먼저 강릉
에서의 성장과정, 러시아 체험, 중국에서의 활동, 일본 유학시절, 유학
이후 용정시대의 활동 등이 심리학적으로, 사회학적으로 보다 상세히
밝혀지고 이러한 정보들이 마침내 그의 작품으로 승화되었을 뿐만 아

---

25) Leon Edel, "Literature and Biography," in Relations of Literary study,
　　ed., James Thorpe (New York : MLA, 1967).

니라 그의 생애와 사상이 진정 민족 시인으로 저항시인으로 정당하게
부각된 것임을 밝혀야 한다.

4 심연수의 작품 연구

둘째로 심연수 문학작품연구는 바로 심연수의 사상은 물론 그의 문
학적 성과를 통하여 민족시인, 저항시인으로서의 문학사적 위치를 확
고히 하는 것이며 그의 문학성과와 작품성에 대한 평가라는 데서 가
장 중요한 비중을 차지하게 된다.

작품연구도 크게는 역사주의 방법과 형식주의 방법으로 구분할 수
있다. 작품의 역사적 연구에서 크게 고려될 부분은 먼저 텍스트에 대
한 연구다. 텍스트(text) 연구는 역사주의 연구일 뿐만 아니라 모든 문
학연구의 기본 요구이기도 하다. 텍스트연구의 핵심은 원본을 확정하
는 일이다. 원고, 편집, 인쇄, 필사, 보급의 과정에서 원전의 어휘나 내
용들이 변질될 수 있기 때문이다. 심연수 문학텍스트는 그동안 보관
되었던 육필 원고를 전집으로 편집하여 인쇄한 연변인민출판사의『20
세기중국조선족 문학사료 전집』과 강원도민일보사의『소년아 봄은 오
려니』가 그 전부이다. 따라서 원본확정이라는 과제는 연대로 보나 과
정으로 보아 크게 무리가 없는 것으로 생각한다. 그런데 허형만의「심
연수 시의 원전 확정문제」에서 이미 지적하고 있는 것이지만 육필원고
와 인쇄본 텍스트사이에는 제목은 같으나 가필 첨삭된 작품 등 9개항
의 문제점이 있는 것을 지적하고 있다.26) 이밖에 황규수가「심연수 시
의 원전과 세계탐구」27),『일제 강점기 재만 조선시인 심연수 원본대조

시선집』, 김해응의 「심연수시문학연구」(박사논문, 2004), 엄창섭의 「심연수초기시의 사적 고찰」(홍익출판사, 2003) 등에서 많은 오류를 지적하고 있다. 원본에 대한 현재의 난맥상만으로도 심연수 문학작품들의 원본확정을 위한 작업이 시급한 것이고 조속히 결정판(definitive edition)을 마련하여 원전의 공신력을 높이는 일이 중요한 과제가 되고 있다.

작품 연구의 두 번째 문제는 바로 작품의 사상이나 주재를 검토하는 일이다. 그레브스타인은 문학작품 속에 구현된 사상은 작품의 형식이나 기교 못지 않게 중요하다. 작품의 형식이나 기교는 부분적으로는 작품의 사상에 의해 결정되고 이루어진다. 더욱이 작품의 질이나 그것이 야기 시키는 비평적 반응은 사상의 질과 정비례한다. 어떠한 위대하고 생명력 있는 작품도, 보잘 것 없고 천박한 사상의 토대위에서 이루어진 경우는 없다. 이런 의미에서 문학은 진지한 것이라고 하였는데 심연수문학이 민족적이고 저항적이라는 주제도 결국은 작품의 내용 즉 작품의 주제와 사상을 통해 구현될 때만 정당화 될 수 있는 것이다.

지금까지 심연수에 대한 학술적인 연구논문은 60여 편에 달한다. 그중에 심연수 문학의 사상이나 주제를 다룬 것이 30여 편에 이른다. 그중에 심연수문학의 사상성은 관심이 많다. 심연수 문학의 사상성은 주로 민족의식, 항일정신, 유랑의식, 귀농의식, 계급의식, 고향의식, 실존의식 등으로 해석되고 있는데 특히 심연수 시의 항일정신은 윤동주와 더불어 상당히 언급되고 있지만 민족 시인으로서의 심연수에 관한 부분은 논리적 해석이 빈약하다. 이는 민족 시인에 대한 개념

---

26) 허영만, 「심연수의 원전확정문제」(제5차 국제 학술 세미나, 2005).
27) 황규수, 「심연수의 원전과 세계탐구」(한국어문 연구회 「어문연구」2007).

정리가 선행되어야 하는데 이 부분에 대한 언급은 필자가 발표한 「심
연수의 문학세계」(6차 세미나), 「민족시인. 저항시인. 리얼리즘시인」
(월간문학 2007), 이명재의 「암흑기 민족시인의 환생」(소년아 봄은 오
려니 2001) 등이 있을 뿐이다. 작품연구에서 민족시인의 성격을 규명
하는 작업은 먼저 민족시인의 개념을 보다 확고히 해야 하는 것이며
구체적인 방법으로는 항일정신, 유랑의식, 귀농의식, 고향의식, 계급
의식 등을 민족의 현실과 민족의 정서라는 측면에서 재해석함으로써
가능할 것으로 기대된다.

또한, 민족시인의 경우는 이미 검증된 이육사, 윤동주와 동격으로
생애와 사상과 작품이 검증되어야 하는데 이들과의 비교문학적 연구
에서도 심연수의 생애와 사상과 문학이 보다 광범위하고 심층적인 연
구가 요구 된다. 물론 이들은 이미 60년 전 광복과 더불어 발굴된 인
물이고 심연수는 겨우 7년이라는 시산상의 한계가 있는 것이지만, 석·
박사논문의 경우는 이들도 1970년대부터 시작된바 윤동주의 경우 박
사논문 40편 석사논문 230편 이육사의 경우 박사논문 20편 석사논문
100편으로 윤동주는 매년 7편, 이육사는 3.5편, 심연수는 현재 박사논
문 2편, 석사논문 7편으로 매년 1.5편에 머무르고 있다. 뿐만 아니라
이들의 문학연구는 역사주의나 형식주의에 머무르지 않고 심리주의
신화비평, 구조주의 기호학에 이르는 광범위한 방법으로 검토되고 있지
만 심연수 문학연구는 아직 심리주의나 신화학 비평이 전무한 상태여서
질과 양에 있어서 더욱 분발이 요구된다. 또한 비교문학적 연구의 경우
심연수 연구논문마다 윤동주. 이육사를 양념처럼 단편적으로만 언급하
고 있는데 앞으로는 체계적이고 전문적인 비교연구가 요구된다.

작품연구의 세 번째 문제는 바로 작품표현에 관한 연구가 된다. 이

는 작품자체의 구조와 표현에 관한 미학적 탐구로 작품의 문학성을 확인하는 중요한 방식이다. 전통적으로 작품의 사상이나 주제를 내용으로 보고 미학적 표현을 형식으로 보았는데, 이를 달리는 역사주의와 형식주의로 구분하기도 한다. 형식주의 비평의 기본적인 원리는 작품의 분석이다. 분석은 전체와 부분의 분석, 부분간의 분석, 비교와 대조를 포함하여 다양한 방법이 있다. 그러나 작품의 기본구성을 언어적인 것으로 전제하고 있기 때문에 자연히 언어적인 제 조건을 통하여 분석할 수밖에 없다. 여기서 언어적인 조건이라면 언어의 음성적 조직, 시적인 언어, 문체, 비유, 의미의 형식적 조직, 극적상황, 복합성과 통일성에 관한 문제가 된다.

심연수 시의 미학적 연구는 최종인의 박사학위 논문 「심연수 시문학 연구」(관동대, 2006)가 가장 심도 있는 것이다. 이 논문에서는 심연수 시의 미적 특성에서 이미지, 시어 등을 다루고 있다. 석사논문의 경우, 고세환의 「심연수 연구」(관동대, 2002), 김명순의 「심연수 시의 상상력과 모더니티 연구」(관동대, 2003) 등도 시의 어조, 시의 구조와 이미지 등을 다루고 있으며 구조주의와 기호학의 관점에서는 필자의 「심연수 시에 나타나는 시간의식과 공간의식」(5차 국제학술심포지엄, 2005), 엄창섭의 「심연수 시문학의 시간과 공간」(홍익출판사, 2003) 등이 있다.

한편, 심연수 문학을 사조적인 관점에서 연구하고 있는데 그대표적인 것이 모더니즘과 리얼리즘이다. 심연수 시의 모더니즘적 견해는 임헌영, 이승훈, 엄창섭 등에 의해서 제기되고 있다. 이들 견해가 심연수문학 전체를 모더니즘으로 보는 것은 아니지만 특히 일본유학이후 후기 시를 모더니즘 계열로 평가하고 있고 고세환, 김명순 등의 석사논문도 이들 견해를 따르고 있다. 리얼리즘의 관점에서 접근하는 경우는 필자가 발표한 「민족시인. 저항시인. 리얼리즘 시인 심연수」 (월간문학, 2007) 가 가장 명시적인 것이며 이재호의 「일제 암흑기와 심연수 문학」(소년아 봄은 오려니, 2001)에서 사실주의 경향이 주조를 이룬다는 언급정도다. 물론 27세에 요절했고 더구나 문학 환경의 열악한 조건에서 모더니즘이나 리얼리즘의 사조를 충분히 수용할 수 없었다는 데서 사조적 단정은 무리다. 다만 심연수 문학에 모더니즘적인일면이나 루카치의 리얼리즘이 아니라 소박한 모사주의적模寫主義的 리얼리즘의 일면을 지적할 수 있을 뿐이다.

여기서 한 가지 분명히 할일은 민족시인, 저항시인으로서 심연수라고 지칭할 때, 이는 역사의식이나 현실의식이 투철한 리얼리스트이거나 로맨티스트가 오히려 어울리는 해석이라는 점이다. 실제 시와 시조 238편을 분석할 경우 일제 치하 이국땅을 유랑하며 어두운 민족의 현실을 직시하며 그 아픔을 직설적으로 표현하는데 비중을 두었는가 아니면 근대문명의 우울을 도시적 감수성으로 감각화 하는데 비중을 두었는가를 엄격히 구별하여 심연수 시인의 사조적 위치를 명백히 해야 할 것이다. 특히 모더니즘시인을 강조할 때 그의 문학성을 정지용, 김기림, 김광균 등과 비교해야 하는데 이는 심연수를 상대적 열세로 모는 결과가 될 수도 있다.

5 결어를 대신하여

불행한 우리문학사의 빈자리에 민족시인. 저항시인으로 심연수를 만나게 된 것은 정말 기적적인 사건이 아닐 수 없다. 이제 우리는 심연수 문학을 보다 철저히 연구하고 선양하여, 1940년대 암흑기 문학사를 저항기 문학사로 당당히 복원해야 한다. 그러기 위해서는 심연수 문학 연구가 같은 식대 민족시인, 저항시인으로 검증된 이육사나 윤동주의 위치만큼 생애와 사상과 작품성이 연구되고 일반화되어야 한다.

여기서 간과해서는 안 되는 부분이 심연수문학에 대한 독자들 즉 국민들의 인식이다. 민족시인, 저항시인은 몇몇 연구가들의 주장만으로는 한계가 있으며 국민 대다수가 민족 시인으로 공감하고 사랑하는 정서적 분위기가 필요하다. 여기에 중요한 과제가 대표작 발굴과 보급이다. 윤동주의 경우 널리 애송되는 <서시>와 <참회록> 등이 있고 이육사의 경우 <광야>, <청포도> 등이 있다. 심연수의 대표작은 무엇인가 본인이 사랑한 <지평선>과 일부 거론되고 있는 <소년아 봄은 오려니>, 그리고 대표작의 발굴은 선정만으로는 미흡하고 이들 개별 작품들에 대한 집중적인 연구와 보급이 있어야 한다. 그리하여 마침내는 많은 문학 사가들에 의하여 현대문학사 속에 확고하게 기술되어야 하는 것이다.

따라서 지금까지의 심연수문학 연구를 종합해보면 너무 개괄적이고 초보적이다. 연구논문 대부분이 역사주의 형식주의, 생애와 사상과 작품들을 종합적으로 개괄하기 때문에 심연수 문학의 개성이 돋보이지 않는다. 따라서 심연수 문학연구는 이제 개별적이고 전문적인 주제와 관점으로 작가와 작품과 독자가 연구되어야 할 것이다.

沈連洙의
시문학 탐색

5. 심연수沈連洙의 일본관

- 오오무라 마스오(와세다대학 명예교수)

───

심연수 연구는, 2000년에 처음 자료가 공개된 이래, 7년 간 급속한 발전을 보고 있다.

(1) 엄창섭,『민족시인 심연수의 문학과 삶』(홍익출판사, 2003.10)

(2) 金海鷹,『심연수 시문학연구』(박사학위논문, 2003.12)

(3) 엄창섭·최종인,『심연수 문학연구』(푸른사상, 2006.5)

(4)황규수,『심연수 원본대조 시전집』(한국학술정보, 2007.2)

기타 논문 김룡운,「심련수에 대한 재검토」(문학과예술, 2005.1)에도 신자료가 소개되어 있다. 특히 (2)와 (4)는 텍스트 비평이 튼튼하게 이뤄져 있다.

(A) 『20세기 중국조선족 문학사료 전집 제1집 (심련수문학편)』, (연변인민출판사, 2000.7)

(B) 『소년아 봄은 오려니』(강원도민일보사, 2001.8)

(C) 『20세기 중국조선족 문학사료 전집 제1집 (심련수문학편)』 (서울, 중국조선민족문화예술출판사, 2004. 4, A의 개정판) 등은 이미 발견 초기의 광채를 잃어가고 있다.

단 개인 연구자들인 임헌영, 이명재, 이재호, 박미현 씨 등의 논문은 불충분한 텍스트에 의거한 것들이긴 하나 아직 광채를 잃고 있지는 않다.

심연수는 아직 확정적인 평가를 얻지는 못하고 있다. 윤동주와 쌍벽을 이룬다는 설로부터, 마르크스주의 문학자라는 설(김룡운, 「심련수 문학의 사상 경향성」, (문학과 예술, 2006.1)에 이르기까지 다양한데, 결국 민족시인, 항일시인으로 보려는 경향이 대세를 이루고 있다고 하겠다. 그러나 결론을 서두른 나머지, 그 결론에 들어맞지 않는 작품을 배제하려 한다든지 작품을 왜곡하려 하는 문제 등도 생기는 것이 아닌가 싶다. 황규수 씨 같은 원전연구가 필요시 되는 바이다.

우선 텍스트를 확정하는 작업으로부터 출발해야 한다. 심연수론은 그때부터 시작해도 늦지 않다. 그런 의미에서 황규수 씨의 작업은 귀감이 된다. 그런 한편으로 역시 불충분하다고 생각되는 점도 있다. 첫

째, 왜 시만 하고 소설, 각본, 평론, 수필 등 다른 분야의 원문 대조에
는 손을 대지 않았는가. 둘째, 왜 원고의 사진판을 사용하지 않았는가.

사진판이라면, 본인의 필적을 그대로 전해준다. 사진판에는 오기도
있을 터이니, 그것을 정정한다거나 방언, 한어漢語, 고어에 주를 붙이
든가 해서 사진판을 기본으로 원문을 확정한 후에 현대어로 고쳤더라
면, 하는 생각이 든다. 셋째, 더 나아가 말한다면, 시<龍高>처럼 심연
수 작인지 불분명한 것까지 심연수의 작품으로 하고 있다. <용고>는
기성의 교가(일부 오기가 있다)를 베꼈든가, 학생임에도 불구하고 당
시 교가 응모에 내려고 했던 원고일 가능성이 높다. 황규수 씨도 「심
호수 씨가 현재 보관하고 있는 원고 묶음 중에 포함되어 있음」이라고
주석에 밝혀 다른 작품일 가능성도 암시하고 있다.[28]

二

심연수는 27년이라는 생애 동안, 방대한 양의 작품과 장서들을 남
겼다. 현재 필자가 확인한 것만도 시 174편, 기행시조 64편, 단편소설,
수필 11편, 기행문 1편, 서간 26편, 일기 1940년 1-12월분, 시나리오 1
편이 있다. 한국의 국민시인 윤동주가 시 121편, 산문 4편인데 비해본
다면 저작 량으로 볼 때 3배 이상이 된다.

---

28) 이 교가가 심연수가 쓴 것이라 하더라도 본심을 노래한 것으로 보기는 어려울 것이다.

생전에 발표한 저작은 다음과 같다.

『滿鮮日報』
1940년 4월 16일 조간 시 <大地의 봄>
　　　　4월 29일 조간 시 <旅窓의 밤>
　　　　5월 5일 조간 시 <大地의 暮色>
1941년 2월 18, 26일, 3월 5일 여행기 <槿域을 차저서>
　　　　3월 3일 詩 <道>
11월 12일, 19일 단편소설 <農鄕>上・下
12월 3일 시 <人類의 노래>

『每日新報』
1942년 7월 1, 2, 8일 報告 「문학의 使命-文學報國會發會式을 보고서」상, 하, 속
1943년 6월 2~5일 평론 <映画와 演技> 1~4

그중 「每日新報」에 실린 문학 자료는 아무도 논한 바 없다. 아마 「每日新報」가 조선총독부기관지라는 점, 부제가 「文學報國會發會式을 보고서」로 되어 있으니, 심연수의 '민족시인', '항일시인'이라는 이미지에 맞지 않는다고 생각했기 때문일 것이다. 이 글은 심연수가 일본대학 예술학원에 재학 중이었던 시기에 「文學報國會發會」의 발회식을 참관할 기회를 얻고 쓴 보고문이다. 대회에 참가한 것이 자의였는지 타의였는지는 알 수 없다. 보고문을 쓴 것 역시도 자의였는지 타의였는지 알 수 없다. 단 3회에 걸친 기사 내용 속에는, 시국을 찬미하는 듯한 언사

는 별로 없다. 발회식의 모양을 건조하게 전하고 있을 뿐이다.

「文学의 사명」은 소설부 대표 기쿠지칸菊池寬, 평론부 대표 가와카미 테츠타로河上徹太郎, 하이쿠俳句 부 대표 후카가와 쇼이치로深川正一郎 등이 연설하고 있다. 심연수는 비평은 하지 않고 충실하게 그 내용을 열거하고 있다. 열거함으로써 의무를 다하고 있다. 「文學報國會發會」에 참여했다고 해서 그 회의의 취지에 찬성했다고 본 것은 아닌 것이다. 평론 「영화와 기법 1-4」는 별로 주목할 만한 데는 없다.

1940년도 일기에서 독서기록을 보기로 한다. 21세 중학생 때의 기록이다.

> 1월 15일   '「キソグ」라는 日本雜誌 二月号를 샀다.'
>   25일   '집에 「キソグ」二月号를 읽다.'
>   28일   '龍井에 가서 書店에 들러, 소설 「渦の中」(荒本巍),
>   「脱出」(福全淸人)을 50전 주고 사다.'
> 2월 1일   '밤, 소설 「雪明り」, 「木搖れ」, 「五分の魂」을 읽다.'
> 3월 13일   '어제부터 보든 「常綠樹」를 다 보다.'
>   18일   '郵便局에 가서 大阪三省堂書店으로 책을 주문하다.'
>   28일   '「鷺山時調集」을 사다. 그는 最幸福者다. 때때의 마음을
>   잃지 않고 남긴 사람이다. 나는 그대를 崇敬한다. (그

　　　　　　　는 노산 이은상을 존경하고 있었기 때문에 초기에 시조
　　　　　　　를 썼을 것이다)

4월　9일　'詩를「灣鮮日報」와「東亞日報」에 보내려고서 쓰어두다.
　　　　　　　人生은 芸術을 떠너서는 살수없다.'

　　16일　'「灣鮮日報」로 3首를 보내다.'

　　20일　'詩 1首를 보내다.'

　　24일　'朝鮮三國時代詩話集을 보다.'

　　26일　'史話集을 다 보다. - 農家라는 것을 밤새도록 쓰다.'

　　29일　'修学旅行費를 내다. 韓龍雲 저「님의 沈黙」을 사다. 그
　　　　　　　의 書法은 거츨고도 아름답다.'

6월　8일　'동무에게서「흙」을 얻어가지고 보게되였다. 그 집에서
　　　　　　　나는「三曲線」을 끝보고 동무에게 주고…'

7월　7일　'蘆子泳저의「青空洗心記」를 보다.'

　　10일　'저녁에는「殉愛譜」를 처음 보다. (용정 출신 朴啓 周
　　　　　　　의 작품이다)'

　　18일　'오늘「殉愛譜」를 다 보다.'

　　23일　'朝鮮으로 創氏의 편지를 하다.'

9월　9일　''授業料」라는 영화를 구경하였다. 우리는 朝鮮映画를
　　　　　　　많이 보지 못하엇다. 그것은 作品이 적은 까닭이냐. 우
　　　　　　　리가 보아서는 아니 될 것이냐.'

　　24일　'島崎藤村의「櫻の実の熟する時」을 보기 시작하다.'

10월　3일　'漢文時間에 前後「赤壁賦」를 배웠다.'

　　19일　'午後에 劇場에서 映画를 하엇는데, 教育的 価値가 있
　　　　　　　다기에 구경을 갓었다.「海援隊」와「第2出發」을 보앗
　　　　　　　는데 두곳에서 많는 収穫이 있으리라고 밋어진다.'

　　24일　'高協에서 하는「無影塔」을 歷史상으로 史話상으로 우

리는 二千餘 年전 百濟와 新羅의 일을 劇을 통하여 보
게 되엿다. 우리는 俳優의 演技보다도 그들이 우리들
에게 넣어주려하는 그 精神 則 그 演劇의 眞髓를 보
아야 한다.'

11월 1일 '「文章講話」를 사서, 밤새도록 절반을 보앗다.'

   3일 '「文章講話」를 보앗다.'

   5일 '「文章講話」를 보앗다.'

   8일 '芥川龍之介저의 「百草」를 사서 보다.'

  10일 '아침절에 「ああ無情」을 보앗다. 참으로 名作이다. 누
       구던지 한번 꼭 보아둘만한 소설이다. 島崎藤村의
       「新 生」을 시작하엿다.'

  19일 '「國境」이란 朝映을 구경하엿다.'

  20일 '「新生」을 다보다. 그리고서 「鐵仮面」을 얻어 다시 시
       작하다.'

  26일 '「朝鮮文學全集短篇集」 中을 사서 보기시작하다.'

  27일 '「朝鮮文學全集短篇集」 下를 사다.'

  28일 '「朝鮮文學全集短篇集」을 다 보고서 下를 보기 시작하
       엿다.'

  29일 '「金色夜叉」를 李庸救군에서 얻어다가 보기 시작하엿다.'

12월 5일 '저녁을 먹고서 오늘 掃除한 서늘한 房에서 마주막을
       남은 燭에다 불 켜고 「金色夜叉」를 다 보앗다.'

  19일 '劇場에 가서 「シカゴ」라는 西洋映畫를 구경하엇다.
       의미는 잘 알 수 없엇다. 그러나 滋味있엇다.'

이상이 1940년 1년간의 일기에 씌어 있는 독서기록이다. 기본적으로

조선문학이 있고, 그 외에 일본문학의 영향이 농밀하다는 것을 알 수 있다.

四

다음으로 심연수의 장서 총목록을 제시해 보기로 한다. 어디에 관심이 있었는지 그 대강을 알 수 있을 것이다. 현재 남아 있는 것은 대부분이 일본어 도서다. (*별지는 생략함)

五

심연수가 창작 외에 대학노트 [chiyoda note CO. LTD]와 [学用ノート 統制式会社]製의 2권을 사용해서 「詩聖タゴール」라는 제목을 붙인 일문 문장을 필사해 놓은 바 있다.

이것은 『世界大思想全集39巻』의 타고르 부분을 그대로 필사한 것이다. 『世界大思想全集』은 전 123권인데, 그 중 39권은 타고르 저 『創造的統一』(후루다치 세이타로 古館淸太郎 역)과 간디 저 『論文集』(다카다 다케타네 高田雄種 역편)과 호적의 『建設的文学革命論其他』(야나기다 이즈미 柳田泉 역)을 합쳐서 춘추사春秋社에서 1939년 7월 25일에 출판한 책이다.

그 타고르의 원본은 『Creative Unity』로서 타고르의 사상적·철학적 사색의 족적을 서술해 놓은 것이다.『創造的統一』은「역자로부터」,「타고르 소전(小傳)」이 권두에 붙어 있고, 그 뒤에 타고르의 저술로 옮겨간다.「詩人의 宗敎」,「統一的 觀念」,「森의 宗敎」,「印度의 民族宗敎」,「東洋과 西洋」,「現代」,「自由의 精神」,「國民」,「婦人과 宗敎」,「東洋의 大學」이렇게 이어진다. 이 중「詩人의 宗敎」,「統一的 觀念」,「東洋과 西洋」의 3장과 부록의「태서 나쇼날리즘」,「일본의 나쇼날리즘」,「인도의 나쇼날리즘」의 3장을 빼고, 전문을 베껴놓았다. 복사기가 있었던 시대라면 복사를 할 수 있었을 것을, 정성스럽게 베껴놓았다. 일본어로 베낀 그 필적은 능숙한 필체이며, 한자 지식도 상당할 데다가, 읽기 쉬운 필체로 되어 있다. 속에 인용된 영어도 분명한 것들이다. 심연수는 일본에 와서 일본어 실력이 급속하게 늘었음에 틀림이 없다.

「詩聖 타고르」라고[29] 심연수가 제목을 붙인 이 글은, 그의 일본어 수준이 높았음을 보여줄 뿐만 아니라, 심연수가 얼마나 타고르에 심취해 있었는가를 웅변하고 있다.

그럼 심연수는 어째서 많은 문학자, 사상가가 있는데도 타고르에 빠져 있었는가, 심연수가 밝혀놓지 않은 이상은 추론을 할 수밖에 없다.「타고르 소전」속에서 역자는 다음과 같이 타고르를 소개하고 있다.

그는 인종적 증오, 인종적 편견의 소탕에 뜻을 두고, 계급제의 타파에 노력하였으며, 신인도의 실현을 기함과 동시에, 나아가 제국민의 친

---

[29] 당시 일본에서는「시성 타고르」라고 흔히 불리고 있었다. 심연수는「창조적 통일」대신에「시성 타고르」를 표제로 삼았을 것이다.

화연합(親和連合)을 꿈꾸었다. 이에 달하는 유일한 길은 「사람 교육」에 있다는 것을 통감함에 이르렀다

타고르에게는 많은 시집, 소설, 희곡이 있으나 평론이 그의 사상의 근저를 보여주고 있다고 할 수 있다. 타고르가 최초로 일본에 소개된 1914년 2월부터 1943년에 이르기까지, 그에 관한 번역물은 많다. 오오루이준大類純 아키야마 미노루秋山實 편 「일본에 있어서의 타고르 문헌 목록」에 의하면, 109점에 달한다. 일세一世를 풍미했다 해도 좋을 것이다. 1923년 양계초의 초청으로 중국을 방문한 타고르는 이렇게 말한 바 있다.

우리는 거지처럼 남에게 얻어먹으며 살아왔다. 우리는 우리 자신이 아무것도 아니라고 생각해 왔다. 우리는 아직도 우리 자신에 대한 자신감의 결핍 때문에 고민하고 있다. 우리는 우리 자신이 보물을 갖고 있다는 것을 깨닫지 못하고 있는 것이다.
우리는 잠에서 깨어나야 한다. 거지가 아니라는 것을 증명해야 한다. 이것은 우리의 책임이다. 불멸의 가치를 위하여 여러분은 여러분 자신의 집을 탐색해보라, 그때야 비로소 여러분은 구원을 얻게 될 것이며, 전인류를 구하는 것이 가능한 것이다.

동양인은 서양의 마음을 빌리는 것은 불가능하다. 지금이야말로 동양인 자신의 생존권을 찾아내자고 타고르는 생각했다. 타고르는 심연수가 필사한 책 속에서 서양의 나쇼날리즘은 침략이라고 결론짓고 있

다. 이어 일본의 나쇼날리즘에 대해서는 다음과 같이 말하고 있다.

> 아시아에 있어서 우리가 자기 최면에 걸려서 무슨 가능성이 있어도 결국 변화는 불가능하다고 굳게 믿고 있는 동안에, 일본은 자기의 긴긴밤의 꿈속으로부터 감연히 각성하여, 무활동無活動의 수세기로부터 탈피하여 거대한 발걸음으로 전진을 시작하여, 제1등의 성공에 달하였다. <중략> 이 사실은, 일종의 지리적 제약과도 관련하여 오랫동안 당연시되어 온 아시아 민족의 나타懶惰, 몇 세대 동안 우리를 마비시켜온 그 금압禁壓을 분쇄해준 것이었다. <중략> 이것은 이후 출발한 아시아의 다른 국가들에게도 활기를 불어넣어준 것이었다. 우리는 우리에게도 생명이 있다는 것을 깨달았다.

일본의 근대화가 다른 민족에게 희망을 주었다라고, 타고르는 말하면서 "일본은 태서(泰西)로부터 먹을 것은 수입했지만, 생명의 본질은 수입하지 않았다 … 일본이 외국 지식을 뽐내기만 하면서 자기 자신의 영(靈)에 대한 신앙을 잃지 않기를 진심으로 바란다(1929)"고 일본에 대한 주문을 덧붙이고 있다. 태서 국민이 일본에 존경을 느낀 것은, 악마의 탐정견(犬)이 유럽 사냥개의 무리 속에서 자라나고 있었을 뿐만 아니라, 일본에서도 양육되고 있다는 것이 실증된 뒤에 있어서였다.(1924, 일역)

이렇게 해서 일본에 실망하고는 이렇게 말한다.

　　"지금 이 시대는 인류 문명 중에서 가장 어두운 시대라 하지 않을
수 없다. 그러나 우리는 절망하지 않는다. 아직 새벽은 어둡지만 아침
일찍 닭이 울어 일출을 고하면, 우리의 마음도 또한 위대한 미래의
도래를 주장하고 노래할 것이다. 그 시기는 임박했다. 우리는 이 새로
운 시대를 맞이할 준비를 해야 한다(1924.5)"

　마르크스주의가 쇠퇴하고 있던 이 시기, 이 노벨상 수상 작가의 발
언은 심연수의 혼을 사로잡았을 것이다.

六

　마지막으로 심연수의 작품을 통해 그가 갖고 있었던 일본관의 일단
을 보기로 한다. 일본대학 전문부의 합격통지서를 받은 심연수는
1941년 2월 9일 케이토쿠 마루景德丸호를 타고 부산부두를 출항, 현해
탄을 건넌다. "理想의實現될 나의 앞날에" 희망을 부풀리면서 "希望실
고 뜬 배"에 몸을 맡긴다. 「현해탄을 건너며」라는 제목의 시의 일절
이다.

　일본에 도착한 후 최초로 쓴 작품이 2월 9일 차안에서 쓴 「理想의
나라」라는 제목의 시다. 내용은 다음과 같다.

　　해돋는 아츰바다
　　맑고 깨끗한 섬땅

섬은 섬이나 섬 아닌나라

맑은내 흐른곧에 대숲이 있고

논 밭이있는곧에 사람이산다

車中의사람 車外의自然

조애(朝靄)에 싸인데는 마을이 있고

마을있는데는 生氣가 있다

瀨戶內海 고흔물에

松島가 띄여있고

白帆이 움직이는데는

하늘이 맑게개엿다

自然도그렇고 人力도그렇다

人力이빛나는곳에 理想鄕있나니

沿線에 일하는 모든哲士는

理想鄕을 建設하는 鬪士들이니

나도 내려가 팔을 걷고 땅을 파고싶다

二月 九日 車中에서

　수학여행 중 한반도 남단에서 북단까지, 그리고 구 '만주'에서 러시아까지를 둘러보았으나, 지방도 외국도 처음은 아니나, 일본은 이때가 처음이었다. 심연수는 세토나이카이瀨戶內海 연안을 열차로 달리면서 "조애(朝靄)에 싸인데는 마을이 있고" "백범이 움직이는데는/ 하늘이 맑게개엿다"고 하면서, 처음 접하는 일본의 풍경과 그 속에서 살아가는 사람들과 마음을 나누고 있다. 때문에 연선에서 일하는 농민들과 함께 대지를 갈고 싶다고 기원하는 것이다. 이것은 추상적인 일본국가나 일본민족에 공명하고 있는 것이 아니다. 스스로의 생활향상을 위해 일하는 그 대지의 사람들에게 시인은 자신들의 생활과 동질적인 것을 느끼는 것이다. 시「理想의 나라」가, 중국에서 출판된『20세기 중국조선족 문학사료전집 제1집 심련수문학편』(연변인민출판사, 2000.7)』, 한국에서출판된『중국조선족문학사료전집』(2004.3.1)에 수록되어 있지 않은 것은 필자에게는 이해하기 어렵다. 「理想의 나라」는 결코 친일 시가 아니기 때문이다.

다음으로「異鄕의 夜雨」를 보기로 한다.

> 보금자리 옴겨놓은
> 이마음의 나그네
> 머무든 자리마다
> 情羽를 흘렛다
> 비나리는 異鄕거리
> 어두워 밤이오면
> 차디찬 客房에
> 旅愁가 찾어오고
> 어설프게 새로운
> 이 마음의 구석에는
> 앞날의 宿題가
> 작고만 뿔어가네.
> 비나린아스팔트 自動車달리는소리
> · · ·
> 舖道에 끄으는 게다소리

　　. .
　　헤여아는 엽방의 時計치는소리
　　모다가 깊어지는 밤의소리가
　　아! 깃빠지는 이보금자리
　　비나리는 이거리의밤

▨ 3.3 戸塚에서

　「異鄉의 夜雨」는 동경에 도착해서 얼마 지나지 않았을 대의 여수旅愁
를 노래하고 있다. 「앞날의 宿題」 즉 장래에의 불안과, 차가 질주하는
소리, 옆방의 기둥시계 소리에 잠을 이룰 수 없는 시인의 감정이 솔직
하게 노래 불러지고 있다. 이향 땅에 홀로 내던져져, 잠들지 못하는 밤
에 우선 생각나는 것이 고향 「해란강」이며, 돌아가신 할아버지였다는
것은 납득할 만한 일이다. 「異鄉의 夜雨」의 창작 장소인 '도즈카戸塚'는
현재의 신쥬쿠구 와세다대학 근처로서, 학생 상대의 하숙집이 많은 장
소였다. 심연수는 우선 도즈카를 일본에서의 최초의 거주지로 정했던
것 같다.

　심연수에게는 「歸路」(1941.5.5)라는 제목의 시가 있다. 그 중에서 「에도
가와(江戸川) 한쪽 옆을 달리는 전차」, 「태평양이 불어 뿜는 어둠」을 노래
하고 있다. 도시마구豊島区에 있는 일본대학 에코다江古田 교사校舍에서 하
숙까지 가는 귀로歸路, 아마도 이쿠부쿠로池袋에서 도즈카戸塚까지 걸었든

가 그 도중에서 오오지王子 전차를 이용하든가 했을 것이다.

　이상으로 심연수의 일본유학 초기의 시 몇 편을 일별해 보았다. 심연수의 시는 내성적이지 않으며, 단순 솔직하게 자신을 드러내고 있다. 예술적 향기라는 면에서는 다소 떨어지나, 기록성 면에서는 귀중하다. 당시의 재「만」조선청년이 어떤 생각을 갖고 어떤 생활을 보내고 있었는가를 알기에는 매우 좋은 재료다. 그런 의미에서 그의 상세한 일기는 시 못지않게 귀중하다.

　심연수의 시에는 「민족의식과 항일정신」의 면 역시도 농후하게 들어있다. 그러나 「항일」이란 일본의 모든 것을 거부하는 것은 아니다.

　심연수 뿐만 아니라 김기진, 윤동주 그 외 많은 일본 유학생들도, 일본을 통해 근대사상과 근대화를 흡수하면서 성장해갈 수 있었다고 할 수 있을 것이다. 흡수라는 것은 전면적 섭취와는 다르다. 자기 형성과정에서 취해 마땅한 것은 취하고, 버려 마땅한 것을 버리는 것이다. 자기형성 과정에서 취해 마땅한 것은 취하고, 버려 마땅한 것은 버리는 것이다. 제2차 세계대전 개시 전후부터 일본사회가 극도로 국수화 되면서 광적인 파씨즘이 횡행하자, 많은 유학생들이 등을 돌리고 비협력적 태도를 취한 것은 역사적 사실이나, 이 과정은 조금 더 분석할 필요가 있다고 생각한다.

심연수의
연보

沈連洙의
시문학 탐색

연보

1918년 1세

5월 20일 강릉군 경포면 난곡리 399(현 강릉시 난곡동 399)에서 삼척 심씨 심
운택沈雲澤과 최정배崔貞倍 사이에서 심연수沈連洙(三陟沈氏世譜卷之四에는 鍊洙)는
5남 2여 중 장남으로 출생하다.(그의 위로는 누이 진수와 면수, 학수, 호수, 근수,
해수라는 남동생이 있다.)

1925년 7세

3월경 조부모, 부모, 삼촌, 고모 등 가족과 함께 러시아 블라디보스토크로 이
주하다.

1930년 12세

중국(당시 만주국) 흑룡강성 밀산密山을 거쳐 신안진 이주, 소학교에 입학하다.

1936년 18세

용정으로 이주, 동흥소학교 (5학년)에 편입하다.

1937년 19세

3월 4일, 용정 동흥소학교 졸업하고, 동흥중학교 입학하면서 본격 습작에 들
어가다.

1940년 22세

4월 ≪만선일보≫에 <대지의 봄>, <여창의 밤>, <대지의 여름> 등을 발

표하다. 5월 조선 전역과 중국 북부 일대의 (20여 일간) 수학여행 후, 64편의 기행시를 주로 시조의 형태에 담아 창작하다(동흥중학 재학 시에 교무주임 장하일張河一의 부인 강경애姜敬愛(「지하촌」의 작가)와 가까이 교유하는 인연을 맺는다.

12월 5일, 동흥중학교(용정제2국민고등학교 제2회에 해당, 211명)를 제18회로 졸업하고, 17일~25일 생애 마지막으로 고향인 강릉을 눈물 속에서 다녀가다.

1941년 23세

2월 일본으로 도일하여, 4월 일본대학 예술학원 창작과에 입학하다.(심연수는 일본대학 예술학원 문예창작과에서 고학을 한다. 동흥중학교 발행의 고학증 苦學證을 통해 확인되며, 짐을 나르고 밀차를 밀며, 신문 배달에도 열중하였다.)

1943년 25세

7월 13일 일본대학 졸업하고, 일본 지바현 등지에서 일제의 학병 강제징집을 피하다가 그 해 겨울을 전후해 나진항을 거쳐 만주 용정으로 귀환하다. 이후 학병을 피해 연안현 신안진 등지에서 소학교 교사로 근무하며 민족의 혼을 가르치다.(대학 졸업 후, 일본의 학도병 징병을 피하여 흑룡강성 신안진 진성소학교에서 교도 주임 겸 6학년의 담임을 맡는다. 이 때도 학생들에게 반일 사상과 독립의식을 깨우친 것으로 두 차례 유치장에 구속되기도 한다.)

1945년 27세

2월, 용정 시내의 예배당에서 백보배와 결혼하다. 같은 해 8월 8일에 전쟁이 극도로 혼란해 지고, 일제의 패전이 짙어가자 영안현서 용정으로 오던 중 중간 지점인 왕청현汪淸縣 춘양진春陽鎭에서 의분이 강한 성품으로 일제 앞잡이의 총에 의해 피살되어 27세의 불꽃같은 생을 마감하다. 당시 유작노트 8권 (시 312편, 수필, 소설 4편, 1년 치의 일기, 편지 등)이 트렁크 속에 담겨지다.(피살 소식을 접하고 용정에서 달구지를 몰고 간 부친은, 허술한 트렁크 고리를 잡은 채 풀밭에 쓰러져 있는 비참한 현장을 목격한다. 그 트렁크 안의 유작이 뒷날 무려 55

년 이후에야, 동생인 심호수에 의해 항아리 속에 숨겨져 보관되어 왔다).

1946년

3월, 시신 수습해 용정 토기동 뒷산 가족묘지에 안장되고(2003년 6월, 삼척 심씨 종친회의 도움으로 5기의 가족 묘소가 정비되다), 유복자 심상룡沈相龍이 태어나다.(현재 평양에 거주함.)

2000년

그간 동생인 심호수沈浩洙,(용정 길흥 8대 거주)가 55년 간 항아리에 담아 비밀리에 간직해왔던 육필유고가 『20세기중국조선족문학사료전집』(제1집 심련수문학편)(중국 연변인민출판사)이 7월 1일자로 출간되고 현지에서 문집출판기념 행사가 8월 15일에 행하여지다. 같은 해, 11월 30일 「제1차 민족시인 심연수 한·중 학술심포지엄(강원도민일보사 · 강릉예총)」이 개최되다.

2001년

8월 8일 한국 우리문학기림회에 의해 심연수 <地平線>시비 건립(용정시 용정실험소학교 교정) 및 「민족시인 심연수문학 국제심포지엄」(연변인민출판사)이 개최되다. 비로소 8월 15일 KBS TV 및 「강원도민일보」의 박미현 기자에 의해 대서특필되고 국내 일간지에 심연수 시인이 소개되다. 11월 8일, 강릉시청 대회의실에서 「심연수 시인 선양사업위원회」가 창립되어 결성되고, 12월 10일 제1차 「심연수 시인 선양사업위원회」모임을 강릉예총 사무실에서 개최하고, 구체적 사업 계획을 확정하다. (생가 복원, 국제학술심포지엄, 문학비 건립, 중국 용정시와의 국제 교류 증진, 「심연수의 문학과 삶」(저서 간행), 문학 행사, 시비 건립 등이 논의되다.

2002년

1월 기관지 「강릉예총」에 <심연수 시인의 삶이 조명되다>. 8월 13일 「創造

文學」 하계세미나에서 <한국문학의 재발견-강원문학의 새로운 지평, 심연수>에 대한 주제 발표.

8월 15일 춘천春川 KBS 총국 (라디오 특집 방송, 60분) "민족시인 심연수의 문학과 삶" 등이 소개되다. 12월 5일, <제2회 한중국제학술심포지엄>이 개최되다. (강릉예총의 애향 심포지엄과 병행) 되다.

2003년

5월 20일 강릉 경포호변 시비조각 공원 초입에 심연수의 시 <눈보라>가 건립되고, 6월, 용정 현지에서 심연수 시인 가족 묘 5기가 '삼척 심씨' 문중의 도움에 의해 단장되다. 아울러 10월 3일, 개천절을 맞아, 『민족시인 심연수의 문학과 삶』가 출간되고 10월 12 - 15일 <영동종합 예술제> 행사 기간 중에, 심연수 추모 문학 행사(문학 강연, 시낭송의 밤, 백일장 등)가 치러지다.

2004년

2월 김해응에 의해 「심연수 시문학연구」(박사학위)논문발표. 3월 1일 중국조선민족문화예술출판사에 의해 『20세기 중국조선족 문학사료전집(심연수 문학편)』(2004. 3. 1) 간행.

2005년

11월 18일 강릉시청 대강당에서 <민족시인 심연수 60주기 추모 음악회>가 거행되고, 19일에는 <제5차 국제학술세미나>가 개최되다.

2006년

6월 24일 <심연수 시인 선양 제1회 전국 시낭송대회>(강릉 MBC, 심연수선양사업위원회 공동 주관)가 개최되다. 10월 18-19일에 <심연수 시인 추모 음악회(강릉문화예술관) 및 제6차 학술세미나(강릉관광호텔)>가 개최되다.

2007년

12월 5일 <제1회 심연수 문학상(이승훈) 시상식, 제7차 한·일 중 국제학술심포지엄, 심연수 소설(이경득) 출판기념회>(서울 프레스 센터 8층 국제회의실)가 개최되다. (문학상 상금은 1천 만원.)

2008년

8월 8일 <심연수 시인 선양 제3회 전국시낭송대회>(강릉 MBC, 심연수선양사업위원회 공동 주관)와 <추모 음악회 및 제2회 심연수 문학상(오양호) 시상식>(강릉문화예술관)이, 8월 9일에는 <제8차 국제학술세미나>(강릉청소년수련관)가 개최되다.

2009년

5월 20일 강릉시 난곡동 399번지 생가터에 심연수 시인 흉상 제막식 준비중(조각가 최종림)

참고문헌

■ **기본 자료**

심연수, 『20세기 중국조선족문학사료전집 제1집』(심련수 문학편)』, 2004.

심연수 육필원고 복사본(엄창섭 교수 소장본)

황규수 편저, 『심연수 원본대조 시전집』, 한국학술정보(주), 2007.

■ **단행본**

김득황, 『만주의 역사와 간도문제』, 남강기획, 2005.

김병익, 『한국문단사』, 일지사, 1973.

김승찬 외 5인, 『중국 조선족 문학의 전통과 변혁』, 부산대학교출판부, 1997.

김용직 편저, 『모더니즘 연구』, 자유세계, 1993.

김용직·염무웅, 『日帝時代의 抵抗文學』, 신구문화사, 1976.

김윤식 편, 『한국 현대 모더니즘 비평 선집』, 서울대학교출판부, 1991.

김준오, 『한국 현대문학 사상사론』, 일지사, 1992.

김호웅, 『재만 조선인 문학연구』, 국학자료원, 1998.

나병철, 『전환기의 근대 문학』, 두레시대, 1995.

문덕수, 『모더니즘을 넘어서』, 시문학사, 2003.

민족문학사연구소 엮음, 『민족문학과 근대성』, 문학과 지성사, 1995.

박민석 엮음, 『유서 깊은 해란강』, 연변인민출판사, 2001.

백민성 엮음, 『유 서깊은 해란강반』, 룡정시 관광지점 안내 제1권, 연변인민출판사, 2001.

엄창섭, 『민족시인 심연수의 문학과 삶』, 홍익출판사, 2003.

_____, 『한국현대문학사』, 새문사, 2004.

엄창섭·최종인, 『沈連洙 문학연구』, 푸른사상, 2006.

연변조선족 자치주 개황 집필 소조,『중국의 우리 민족』, 한울, 1988

오양호, 『만주조선인문학연구』, 문예출판사, 1996.

_____, 『일제강점기 만주조선인문학연구』, 문예출판사, 1996.

윤영천, 『한국의 유민 시』, 실천문학사, 1988.

이기형, 『몽양 여운형』, 실천문학사, 1984.

이명재, 『한국현대 민족문학사론』, 한국문화사, 2003.

이상경, 『강경애』 2005 이달의 문화인물 3월, 문화관광부, 2005.

이윤기, 『잊혀진 땅 간도와 연해주』, 화산문화사, 2005.

전광하・박용일 편저, 『세월속의 용정』, 연변인민출판사, 2000.

정현종・김주연・유평근 편, 『詩의 理解』, 민음사, 1983.

조동일, 『문학 연구 방법론』, 지식산업사, 1980.

조선문학가동맹 엮음, (최원식 해제), 『건설기의 조선문학』, 온누리, 1988.

조성일・권철 外, 『중국 조선족 문학 통사』, 이회, 1997.

차기벽 엮음, 『일제의 한국 식민통치』, 정음사, 1985.

채 훈, 『재만한국문학연구』, 깊은샘, 1990.

황규수, 『심연수 시의 원전비평』, 한국학술정보(주), 2008.

황송문, 『중국 조선족 시문학의 변화 양상 연구』, 국학자료원, 2003.

네쯔까 나오끼, 『중국의 연변 조선족』, 학민사, 2000.

오오무라 마스오, 『윤동주와 한국문학』, 소명출판, 2001.

■ 연구 논문

강은해, 「일제강점기 망명지 문학과 지하문학」, 『서강어문』3, 서강어문학회, 1983.

고세환, 「심연수의 시 연구-시의 발전과정과 시의식의 전개를 중심으로」, 관동대 교육대학원 석사학위 논문, 2002.8.

권 철, 「형성과정 개관」, 『연변지역 조선족 문학연구』, 숭실대학교출판부, 1992.

김경훈, 「심련수 시세계」, 『문학과 예술』, 중국연변사회과학원, 2001. 2월호.

김룡운, 「문단에 솟아난 또 하나의 혜성」, 『20세기 중국조선족 문학사료전집』(심련수 문학편), 연변인민출판사, 2000.

_____, 「심련수 문학 작품 발굴 경위」, 『문학과 예술』, 중국연변사회과학원, 2001. 4월호.

김명순, 「심연수 시의 상상력과 모더니티 연구」, 관동대 대학원 석사학위 논문, 2003.

김성호, 「심련수의 전기적 고찰」, 『심연수 문학의 위상과 재평가』, 심연수 문학 국
　　　제심포지엄, 2001. 8.

김오성, 「조선의 개척문학 - 『싹트는 대지』를 평함」, 『국민문학』, 1942. 3.

김해응, 「심연수 시문학 연구」, 한국정신문화연구원 한국학대학원 박사학위 논문,
　　　2003.

_____, 「심연수의 생애와 시세계 연구」, 『국제한인문학의 현황과 과제』, 국제한인
　　　문학회 제1회 정기학술대회, 2003.

김호웅, 「조선족 문학의 역사적 흐름과 그 잠재적 창조성」, 『문학과 예술』, 중국연
　　　변 사회과학원, 2001. 4월호.

노　철, 「심연수 시에 나타난 시 의식 연구」, 심포지엄 <일제강점기 재만조선인 문
　　　학 재조명 ; 심연수 문학을 중심으로>, 『인문사회과학연구』제5권, 부경대
　　　학교 인문사회과학연구소, 2004.

류연산, 「심련수 문학의 발굴과 조선족 문학」, 『민족시인 심연수 학술심포지엄』, 2000. 11.

류지연, 「자기극복의 의지 - 시인 이육사와 심연수의 시적 비교」, 『한국문예비평연구』
　　　제19권, 한국현대문예비평학회, 2002.

림　연, 「심련수의 문단사적 자취와 현주소」(1), 『문학과 예술』, 중국연변사회과학
　　　원, 2001. 3월호.

_____, 「심련수의 문단사적 자취와 현주소」(2), 『문학과 예술』, 중국연변사회과학
　　　원, 2001. 4월호.

박복금, 「심연수 시의 시적 정서와 주제적 특성 연구」, 강릉대 대학원 석사학위 논
　　　문, 2005.

오양호, 「북향보 연구」, 『어문학』46, 한국어문학회, 1985.

오　영, 「만주 여류작가 군상」, 『국민문학』, 1945. 2.

유관지, 「민족 수난의 체험과 한국현대문학」, 중앙대 대학원 석사학위 논문, 1983.

이기영, 「만주와 농민문학」, 『인문평론』, 1939. 11.

이명재, 「식민지 시대 문학의 특성 연구」, 경희대 대학원 박사학위 논문, 1983.

_____, 「시인 심연수 문학론」, 『한국학 연구』창간호, 중국연변과학기술대학 한국
　　　학 연구소편, 태학사, 2001.

_____, 「암흑기 민족 시인의 환생」, 『소년아 봄은 오려니』, 강원도민일보사, 2001.

_____, 「심연수의 문학사적 위상」, 『심연수 문학의 위상과 재평가』, 심연수 문학 국제학술 심포지엄, 2001. 8. 8.

_____, 「심연수 시인의 문학사적 위상」, 『시와 세계』창간호, 2003. 봄호.

이승훈, 「심연수의 시와 모더니즘」, 제5차 심연수 국제학술세미나, 2005.

이원길, 「중국조선족민족문학사에서의 또 하나의 혜성」, 『문학과 예술』, 중국연변 사회과학원, 2001. 5월호.

이장식, 「심연수 시 연구」, 전남대 교육대학원 석사학위 논문, 2004.

이재호, 「민족시인 심연수의 대표시 해설」, 『교단문학』6월호, 2001.

_____, 「민족시인 심연수의 대표시 해설」, 『교단문학』제29호, 2001. 봄호.

임 연, 「심련수의 문단사적 자취와 현주소(Ⅰ)」, 『문학과 예술』3월호, 중국연변사 회과학원, 2001.

임향란, 「심연수 시 연구」, 안동대 대학원 석사학위 논문, 2003.

임헌영, 「심연수의 생애와 문학」, 『민족시인 심연수 학술심포지엄』, 2000. 11.

전국권, 「심련수 문학의 항일 민족적 특질」, 『심연수 문학의 위상과 재평가』, 심연 수 문학 국제학술심포지엄』, 2001. 8.

전성호, 「심련수 문학 정신고」, 『문학과 예술』, 중국연변사회과학원, 2001. 3월호.

조동구, 「심련수 시의 민족시적 위상 - 일제 말 민조시의 한 좌표」, 학술심포지엄 <일제강점기 재만조선인문학 재조명;심연수 문학을 중심으로>, 『인문사 회과학연구』제5권, 부경대학교 인문사회과학연구소, 2004.

최종인, 「심연수 시문학 연구」관동대학교 대학원 박사학위논문, 2006. 2.

허형만, 「심연수 시의 의미와 특성」, 『沈連洙 文學의 位相과 再評價』, 심연수 국제 심포지엄 요지문, 2001. 8.

_____, 「심연수 시 연구」, 『한국문학이론과 비평』제22집(8권 1호), 2004. 3. 한국문 학비평과 이론학회.

_____, 「심연수 시의 텍스트 비평」, 심포지엄 <일제강점기 재만조선인 문학 재조명 ; 심연수 문학을 중심으로>, 『인문사회과학연구』제5권, 부경대학교 인문사회과 학연구소, 2004.

황규수, 「윤동주 시와 심연수 시의 비교 고찰」, 『한국학연구』제12집, 인하대학교 한국학연구소, 2003.

■ 신문 자료

조선일보, 잊혀진 시인 심련수 발굴… 연변 흥분, 2000. 8. 1.

한겨레신문, 심련수 존재에 우리 정보도 관심 기울였으면, 2000. 8. 15.

광주매일, 또 하나의 저항시인 용정의 심련수, 2000. 8. 21.

대한매일, 조선족 문학사료전집, 2000. 9. 1.

오마이 뉴스, 항일 민족시인 심연수의 문학사적 의미 - 심연수 심포지엄 주제 발표
　　요지, 2001. 4. 28.

김기진, 「국민문학의 출발」, 매일신문, 1942. 1.

김종한, 「재만 시단의 진로」, 《매일신보》, 1942. 11.

박미현, 8.15 문화 특집, 55년만에 이국땅서 재조명, 강원도민일보, 2000. 8. 16

_____, 연변 심연수 시인 육필 유고 선뵈, 강원도민일보, 2000. 8. 19.

_____, 저항시인 심련수 '생가터 찾았다', 강원도민일보, 2000. 8. 21.

_____, 심연수 시인 유고집 출간, 책세상, 2000. 8. 28.

_____, 심연수 고향 강릉서 재조명, 강원도민일보, 2000. 11. 27.

_____, 55년만에 부활하는 암흑기 문학 - 극적인 삶과 고향 강릉, 강원도민일보,
　　2000. 11. 28.

_____, 내가 본 심연수 - 원로시인 이기형옹, 강원도민일보, 2000. 11. 30.

_____, 최재락씨 심연수 시세계 조명 논문, 강원도민일보, 2001. 1. 22.

_____, 사후 55년만에 빛 본 심연수 문학세계를 찾아, 강원도민일보, 2001. 3. 1.

_____, 민족시인 심연수 재조명 '활발', 강원도민일보, 2001. 6. 25.

_____, 심연수 항일 현장을 가다, 강원도민일보, 2001. 7. 11.

_____, 겨울의 벌판에서 봄의 들녘으로…, 강원도민일보, 2001. 8. 6.

_____, 암흑기 문학… 불씨 다시 피운다. 강원도민일보, 2001. 8. 13.

_____, 정금석 中 용정실험소학교장 인터뷰, 강원도민일보, 2001. 8. 13.

_____, 고향 강릉과 심연수, 『소년아 봄은 오려니』강원도민일보사, 2001. 8.

_____, 문학성적 '慢' 일본문학 '呵' 항일시인, 강원도민일보, 2001. 8. 14.

_____, 심연수 시선집 출판 기념회, 강원도민일보, 2001. 8. 14.

_____, 일화로 본 '인간 심연수' 강원도민일보, 2001. 8. 29.

_____, 심연수 시인 학도병 반대투쟁 벌였다. 강원도민일보, 2001. 8. 31.

_____, 가난했지만 나음은 부유했던 自由人-형, 심연수를 말한다. 동생 심호수씨
　　　인터뷰, 강원도민일보, 2001. 9. 7.

_____, 항일시인 심연수 시세계 조명 활발, 강원도민일보, 2001. 10. 29.

_____, 심연수 후기 시 긴장미 완성, 강원도민일보, 2002. 7. 18.

_____, 심연수 시인 문학세계 조명 활발, 강원도민일보, 2003. 4. 7.

_____, 일제 저항시인 위상 재확인, 강원도민일보, 2003. 9. 15.

_____, 엄창섭씨 연구서 출간, 강원도민일보, 2003. 10. 20.

신종효, 맏아바이 선양사업 고맙습니다. 강원도민일보, 2001. 1. 11.

_____, 강릉출신 심연수 시인 선양사업 강릉, 용정시 공동추진, 강원도민일보,
　　　2001. 1. 12.

박경란, 심연수 시인 홍보 강화해야, 강원도민일보, 2002. 11. 28.

_____, 심연수 시인 선양사업 활기, 강원도민일보, 2003. 5. 8.

_____, 민족시인 심연수 시비 제막, 강원도민일보, 2003. 5. 21.

윤정훈, 제2의 윤동주 - 심연수 시 국내 첫선, 강원도민일보, 2001. 9. 1.

최동열, 저항 문학사 혼불 밝힌다, 강원도민일보, 2000. 11. 30.

_____, 심연수 윤동주와 쌍벽. 문학계 보배, 강원도민일보, 2000. 12. 1.

_____, 抗日 魂, 고향서 환생, 강원도민일보, 2001. 8. 15.

_____, 민족詩, 읽으며 克日의지 다져, 강원도민일보, 2001. 8. 15.

_____, 恨서린 현실 고발한 詩 햇빛, 강원도민일보, 2001. 8. 16.

_____, 강릉은 형님 詩心 영원한 고향, 강원도민일보, 2001. 9. 3.

_____, 심연수 시인 선양 한·중 협력, 강원도민일보, 2001. 11. 9.

_____, 심연수 시인 문학 세계 재조명, 강원도민일보, 2002. 11. 27.

찾아보기

沈連洙의
시문학 탐색

嚴昌燮   강릉 출생
　　　　성균관대학교 대학원 국어국문학과
　　　　박사과정 수료(문학박사)
　　　　현재 관동대학교 국어교육과 교수(교무처장, 대학원장 역임)
　　　　한국시문학회 회장, 한국현대문예비평학회 부회장
　　　　국제펜클럽한국본부 이사
　　　　아시아문예 주간

저서   『김동명 문학 연구』, 『문화인식의 확장과 변형』, 『문화인식의 변형과
　　　　다이돌핀』, 『인식의 전환과 현대시의 변주』, 『감성적 삶을 위한 잠언』
　　　　『한국현대문학사』, 『문화인식의 현상과 이해』, 『민족시인 심연수의
　　　　문학과 삶』, 『아름다운 삶을 위한 지혜』,
　　　　『沈連洙의 문학연구』, 『문예사조론』, 『현대시의 현상과 존재론적 해석』,
　　　　『삶과 문학, 그리고 箴言』 외 다수.

개인시집   『바다와 해』, 『골고다의 새』, 『생명의 나무』 외6권.

수상   <한국현대시협상>, <동포문학상>, <서포문학상>, <후광문학상>,
　　　　<강원도문화상> 외 다수.

심연수의 시문학 탐색

초판인쇄 2009년 3월 23일
초판발행 2009년 3월 30일

저자 엄창섭
발행 제이앤씨
등록 제7-220호

주소 서울시 도봉구 창동 624-1 현대홈시티 102-1206
전화 (02) 992-3253(대)
팩스 (02) 991-1285
전자우편 jncbook@hanmail.net
홈페이지 http://www.jncbook.co.kr
책임편집 이혜영

ISBN 978-89-5668-702-5 93810   정가 21,000원

* 저자 및 출판사의 허락 없이 이 책의 일부 또는 전부를 무단복제·전재·발췌할 수 없습니다.
* 잘못된 책은 교환해 드립니다.